Souvenirs
de la
banlieue

Catalogage avant publication de Bibliothèque et Archives nationales du Québec et Bibliothèque et Archives Canada

Souvenirs de la banlieue
Sommaire: t. 1. Sylvie.
ISBN 978-2-89585-231-5 (v. 1)
I. Titre. II. Titre: Sylvie.
PS8623.A24S68 2012 C843'.6 C2011-942894-6
PS9623.A24S68 2012

Les Éditeurs réunis bénéficient du soutien financier de la SODEC et du Programme de crédit d'impôt du gouvernement du Québec.

Nous remercions le Conseil des Arts du Canada de l'aide accordée à notre programme de publication.

Nous reconnaissons l'aide financière du gouvernement du Canada par l'entremise du Fonds du livre du Canada pour nos activités d'édition.

Édition :
LES ÉDITEURS RÉUNIS
www.lesediteursreunis.com

Distribution au Canada :
PROLOGUE
www.prologue.ca

Distribution en Europe :
DNM
www.librairieduquebec.fr

Suivez Les Éditeurs réunis sur Facebook.

Pour communiquer avec l'auteure : rosette.laberge@cgocable.ca

Imprimé au Canada

Dépôt légal : 2012
Bibliothèque et Archives nationales du Québec
Bibliothèque nationale du Canada
Bibliothèque nationale de France

ROSETTE LABERGE

Souvenirs de la banlieue

Tome 1

Sylvie

LES ÉDITEURS RÉUNIS

De la même auteure

Maria Chapdelaine – Après la résignation, roman historique, Les Éditeurs réunis, 2011.

La noble sur l'île déserte – L'histoire vraie de Marguerite de Roberval, abandonnée dans le Nouveau Monde, roman historique, Les Éditeurs réunis, 2011.

Le roman de Madeleine de Verchères – Sur le chemin de la justice, roman historique, Les Éditeurs réunis, 2010.

Le roman de Madeleine de Verchères – La passion de Magdelon, roman historique, Les Éditeurs réunis, 2009.

Sous le couvert de la passion, nouvelles, Éditions du Fada, 2007.

Histoires célestes pour nuits d'enfer, nouvelles, Éditions du Fada, 2006.

Ça m'dérange même pas !, roman jeunesse, Éditions du Fada, 2005.

Ça s'peut pas !, roman jeunesse, Les Glanures, 2001.

Ça restera pas là !, roman jeunesse, Les Glanures, 2000.

À ma sœur et amie Chantale,
cette battante qui ne se contente pas de rêver sa vie…

Chapitre 1

Longueuil, le 15 janvier 1966

Le regard noir, Sylvie s'adresse aux jumeaux :

— C'est la dernière fois que je vous le dis ! Vous n'aviez qu'à y penser avant. Vous irez au lit aussitôt que vous aurez fait vos devoirs et vos leçons. Et je ne veux plus entendre un seul mot sortir de votre bouche aujourd'hui. J'espère que je me suis bien fait comprendre...

Du haut de leurs huit ans, François et Dominic baissent la tête. Ils connaissent suffisamment leur mère pour savoir qu'il vaut mieux qu'ils se fassent oublier – et le plus tôt sera le mieux. De nature habituellement tolérante, Sylvie punit très rarement ses enfants. C'est vrai qu'ils ne lui en donnent pas souvent l'occasion ; chez les Pelletier, chacun sait ce qu'il a à faire. Mais quand les enfants l'obligent à sévir, elle est intraitable. Elle se plaît souvent à leur dire qu'elle peut être adorable, mais qu'elle peut aussi se montrer impitoyable. Dans ces cas-là, même Michel, son mari, n'arrive pas à la faire changer d'idée. Chaque fois qu'il est témoin d'une telle scène, il ne peut s'empêcher de plaider la cause de ses enfants.

— Voyons donc, tu pourrais au moins les laisser aller jouer dehors une petite demi-heure après le souper. Ils ont passé la journée enfermés à l'école, ces pauvres enfants.

— Combien de fois vais-je devoir te le répéter ? s'indigne Sylvie avant de soupirer. Il n'est pas question que tu viennes défaire ce que je fais. Je te rappelle que c'est moi qui les élève, ces enfants-là.

— Tu devrais en profiter pourtant, reprend Michel. Avant, tu te plaignais que je travaillais trop et là, tu te plains que je me mêle de tes affaires. À ce que je sache, tu ne les as pas faits toute seule ces enfants-là.

— C'est bien certain. Mais ça ne te donne pas le droit de travailler contre moi.

Les jumeaux aiment voir leur père les défendre même s'ils savent très bien qu'il n'a aucune chance de gagner. Les dés sont jetés : ils n'iront pas jouer dehors ce soir, même s'il neige à plein ciel. Ils feront ce que leur mère leur a ordonné sans rouspéter. Ils ne l'avoueront pas, mais cette fois ils ne l'ont pas volé. La tête baissée sur leur assiette, ils se lancent des regards en coin, les yeux remplis de malice. Aujourd'hui, le jeu en valait largement la chandelle. Ils se retiennent d'éclater de rire tellement ils sont fiers d'eux. À côté du plaisir qu'ils ont eu à lancer des œufs sur la maison du vieux Masson, aller au lit plus tôt ce n'est vraiment pas grand-chose. Ils étaient six à viser les fenêtres en criant des injures au vieil homme aussi fort qu'ils le pouvaient, tellement qu'ils en ont presque perdu la voix. Il était grand temps qu'ils lui règlent son compte, à celui-là. Monsieur Masson est si malcommode que chaque fois qu'ils passent devant sa maison – c'est-à-dire à l'aller et au retour de l'école le matin, le midi et le soir –, il sort dehors et leur crie de changer de côté de rue en les menaçant de son vieux balai qui ressemble à celui d'une sorcière.

— Allez-vous-en ! Je vous interdis de marcher sur mon terrain, *gang* de petits morveux ! Je vais vous apprendre à vivre, moi. Si vous étiez mes enfants, je vous botterais le derrière.

C'est trop injuste ! Jamais personne n'a osé poser un pied sur son terrain sacré. Tous restent sur le trottoir quand ils passent à la hauteur de sa maison ; personne ne veut avoir affaire à cet homme qui aboie comme un chien méchant. D'ailleurs, plus souvent qu'autrement, c'est en courant que les jeunes passent devant chez lui pour éviter les coups. Il serait plus simple de marcher de l'autre côté de la rue, mais la dame qui vit en face du vieux Masson est encore pire que lui. Elle passe son temps à laver son bout de trottoir à la brosse, à genoux.

Beau temps, mauvais temps, madame Parapouil – c'est comme ça que les enfants l'ont surnommée – s'acharne à la tâche en chantonnant en autant que personne ne vienne troubler son travail. Si, par malheur, quelqu'un ose piétiner le ciment fraîchement nettoyé sous ses yeux, gare à lui. Elle se relève d'un bond et se lance à la poursuite du coupable dans l'espoir de lui asséner des coups de brosse. Alors, entre la vieille et le vieux, le risque de se faire frapper demeure moindre du côté de monsieur Masson, car il est moins alerte qu'elle. Tout ça, c'était vrai… jusqu'à la semaine dernière. Alors que les enfants passaient devant sa maison comme ils le font chaque jour, il a réussi à attraper un jeune de la *gang* alors que personne n'avait rien fait. Il l'a frappé si fort avec son balai que le pauvre a encore un gros bleu sur le bras. C'en était trop ! Les enfants en ont discuté et c'est là qu'ils ont décidé de passer à l'attaque. Ils ont tous vidé leur tirelire et, en mettant leurs avoirs en commun, ils ont eu assez d'argent pour acheter trois douzaines d'œufs. Le calcul était facile à faire : ils auraient chacun six œufs à lancer sur la maison du vieux Masson. Aussitôt dit, aussitôt fait. Deux projectiles ont même atteint le vieux en pleine poitrine. Jusque-là, tout allait bien. C'est alors que les choses se sont gâtées.

Sylvie revenait du dépanneur au même moment. En tournant le coin de la rue, elle a tout vu. Les jeunes riaient à gorge déployée alors que le pauvre vieux se défendait comme il le pouvait, son balai à la main. Plus elle approchait de la scène du crime, plus ses craintes se confirmaient. Elle entendait bel et bien ses jumeaux hurler de plaisir. Sans réfléchir davantage, elle s'est mise à courir. Quelques secondes plus tard, elle a agrippé ses deux rejetons par un bras et les a obligés à la suivre jusqu'à la maison. Elle était si furieuse que, parfois, ils ne touchaient même pas le sol. Les jumeaux ont eu beau lui raconter ce qui s'était réellement passé, elle n'a rien voulu entendre. Pour elle, les enfants doivent le respect aux adultes, un point c'est tout.

— Junior, passe-moi le beurre, ordonne Sylvie dans l'espoir de mettre fin à la discussion avec Michel. Et arrête de t'empiffrer comme si c'était ton dernier repas. Je ne sais pas comment tu fais ton compte, mais chaque fois, tous les plats se retrouvent devant toi, comme si tu étais le seul à manger dans cette maison.

Sans dire un mot, le jeune garçon s'empare du beurre et le tend à sa mère avant de piquer à nouveau sa fourchette dans un gros morceau de poulet rôti.

Sylvie se fâche :

— Coupe ta viande ! Je ne peux pas croire qu'à douze ans, tu manges encore comme un enfant. Depuis que tu es au monde, je te montre les bonnes manières et c'est comme si je parlais à un mur. Une chance qu'on ne va jamais au restaurant parce que je serais gênée.

Trop intéressé par ce qu'il y a dans son assiette, Junior ravale ses larmes. Il est habitué à ce que sa mère lui fasse des remarques à table, c'est comme ça à chaque repas, mais en même temps il ne s'habitue pas. Il se demande pourquoi elle agit ainsi avec lui. Il ne fait rien de plus que les autres ; il mange, c'est tout. Il porte sa fourchette à sa bouche et engloutit le gros morceau de poulet qui lui remplit les joues, tellement qu'il a peine à mâcher. Sylvie voit rouge. Elle se lève en repoussant sa chaise bruyamment et, une fois à la hauteur de son fils, elle lui tire une oreille en soupirant avant de s'emparer de son assiette. Elle retourne à sa place et se met à couper la viande en petites bouchées. Elle y met tellement d'ardeur que le couteau grince dans l'assiette.

— Tu devrais avoir honte que maman te coupe encore ta viande ! s'exclame Sonia, la seule fille de la famille.

— Au lieu de faire la morale à ton frère, passe-lui son assiette, rétorque Sylvie.

Sonia s'exécute en silence. Il vaut mieux ne pas jeter d'huile sur le feu. Junior n'est pas son frère préféré… enfin, plus maintenant. Le regarder s'empiffrer de la sorte lui donne mal au cœur. Et puis, il est plus sensible qu'une fille. Dès que quelqu'un l'agace un peu trop, de grosses larmes perlent au coin de ses yeux. Junior, c'est un mou, il n'a aucune défense, et ça, Sonia ne peut pas le supporter. Son frère est tout le contraire d'elle, à croire que le bon Dieu s'est trompé : il lui a donné un caractère de garçon et Junior a hérité d'un tempérament de fille. Alors qu'elle se fait souvent traiter de garçon manqué, Junior, lui, se fait traiter de fillette. Heureusement, Sonia a assez de caractère pour ne pas se laisser atteindre par les insultes. De son côté, Junior encaisse sans laisser voir combien ces attaques lui font de la peine.

Dès que son assiette est devant lui, Junior pique plusieurs morceaux de viande sur sa fourchette puis il porte celle-ci à sa bouche. Avant que sa mère coupe sa viande, il prenait de gros morceaux. Maintenant, il en prend autant qu'il le peut avec sa fourchette, ce qui revient au même. Ce n'est pas sa faute, il adore manger. S'il ne se retenait pas, il n'arrêterait jamais. Par-dessus tout, il déteste prendre de petites bouchées ; il aime avoir la bouche remplie de nourriture. Ce n'est qu'ainsi qu'il a l'impression de manger à sa faim. Alors que sa mère s'apprête à le gronder, Martin – son frère de quinze ans – se dépêche de venir à sa rescousse :

— Vous ne devinerez jamais qui j'ai vu en revenant de l'école aujourd'hui…

D'un tempérament doux, Martin n'aime pas les disputes, et encore moins à table. Il déteste vraiment lorsque sa mère s'en prend à Junior et à sa façon de manger. C'est vrai que son frère s'empiffre toujours comme s'il n'avait rien avalé depuis deux jours, mais qu'est-ce que ça peut bien faire ? Junior mange tout le temps. Il sort à peine de table qu'il a déjà le nez dans les armoires, mais cela ne fait pas de lui un mauvais garçon. Et il n'est même pas gros ! Martin a toujours eu un faible pour Junior. Déjà, quand il était petit, il prenait sa défense. Il lui arrive même d'aller passer les circulaires avec lui. Il est sûrement celui qui le connaît le plus. Junior est sans défense alors que Martin en impose juste par sa stature, qu'il a héritée de son père. D'ailleurs, celui-ci lui dit souvent qu'il est un vrai Pelletier, qu'il ressemble à son frère le plus vieux. Mais cet oncle, il ne l'a jamais vu et son père n'en parle jamais.

Sans attendre que quelqu'un risque un nom ou, pire, que sa mère réprimande encore Junior, Martin poursuit :

— Imaginez-vous que je suis arrivé face à face avec la belle Lucie.

— Lucie Lépine ? demande Alain, l'aîné de la famille, soudainement intéressé par les propos de son frère.

— En personne ! Tu aurais dû la voir. Elle est plus belle que jamais.

— Mais que faisait-elle dans le coin ? demande Alain.

— Sa famille et elle viennent de s'installer à quelques coins de rue d'ici.

— Ça, c'est une excellente nouvelle ! s'écrie Alain en se frottant les mains, un large sourire sur les lèvres.

— Calme-toi, conseille Martin en le regardant. Ne te fais pas trop d'idées. Elle m'a raconté qu'elle sortait avec quelqu'un, un certain Stéphane Parent.

— Non, elle ne sort pas avec ce crétin ! fulmine Alain. Je ne te crois pas.

— Le nom me dit quelque chose, mais je n'arrive pas à mettre un visage dessus.

— Laisse-moi te rafraîchir la mémoire. Te souviens-tu du grand brun qui travaillait à la piscine ?

— Celui qui avait des grandes palettes et qui zozotait ?

— En plein lui !

— Voyons, tu n'es pas en train de me dire que c'est avec lui qu'elle sort ? Ça n'a aucun sens. Dans le temps, pas une seule fille ne s'intéressait à lui. En plus, c'est un imbécile, il est toujours prêt à se battre pour un rien. Je ne peux pas croire…

— Moi, je suis plutôt content de savoir qu'elle sort avec lui. Comme ça, ce sera plus facile pour moi. Je l'ai toujours trouvée belle, cette fille-là. Et intelligente aussi !

— Je t'avoue que depuis que je sais avec qui elle sort, je la trouve pas mal moins intéressante.

— Ne sois pas méchant, lance Sylvie. Il a peut-être changé depuis le temps.

— Impossible ! répond Alain. Quand tu viens au monde innocent, c'est pour la vie.

— Je suis assez d'accord avec toi, lance Martin.

— C'est comme le père Masson, laisse tomber François du bout des lèvres.

Mais ces quelques mots n'échappent pas à Sylvie.

— J'ai très bien compris ce que tu viens de dire ! s'écrie sa mère en lui lançant un regard courroucé. Je t'avais pourtant averti. Tu seras privé de sortie demain aussi.

François a envie de rouspéter, mais il se retient à temps. C'est alors qu'il reçoit un coup de pied sur une cheville. Surpris, il lance à son frère Luc :

— Ayoye ! Pourquoi m'as-tu frappé ?

Sylvie se rend près de François. Elle le prend par un bras et lui ordonne de se lever.

— À bien y penser, tu feras tes devoirs et tes leçons demain matin. Pour le moment, je t'ai assez vu. File dans ta chambre. Je t'interdis d'en sortir avant demain matin.

— Lâche-moi, tu me fais mal !

— Tu ne t'en souviendras plus le jour de tes noces, je te le promets.

— Est-ce que je peux au moins aller aux toilettes ? demande l'enfant une fois libéré de l'emprise de sa mère.

— Tu as intérêt à faire vite !

Fier de son coup, Luc se tient les côtes tellement il rit. En apparence très réservé, il tire un malin plaisir à faire prendre des punitions aux jumeaux. Tout le monde le sait, mais chaque fois que Sylvie le punit il se paie une nouvelle crise d'asthme. Et la maladie, c'est quelque chose qu'elle ne peut supporter. En dix ans de vie, Luc a fait autant de séjours à l'hôpital qu'il a d'années d'âge et chacun d'eux a été très pénible pour elle. Sylvie aimerait tellement que son fils ne soit plus jamais obligé de retourner à l'hôpital. La conséquence de tout ça, c'est que Luc profite de la situation autant qu'il le peut. Seulement, ce soir, il a oublié que son père était arrivé de travailler plus tôt. Michel n'accepte pas qu'un des enfants ait des privilèges. Pour lui, la justice passe avant tout. C'est pourquoi il dit à Luc :

— Toi aussi, tu vas aller dormir après avoir fait tes devoirs et tes leçons.

En entendant ces mots, Luc se met instantanément à respirer difficilement, mais cette fois, Michel n'a pas l'intention de s'en laisser imposer. Il hausse le ton d'un cran :

— Tu peux te taper la crise que tu voudras, tu vas quand même aller te coucher en même temps que Dominic. Si tu penses que je ne me suis pas rendu compte de ton petit jeu, mon garçon, tu te mets un doigt dans l'œil jusqu'au coude.

Luc est asthmatique, et toute la famille sait qu'il se sert souvent de sa maladie pour éviter les punitions. Comme son père est rarement à la maison ces derniers temps, en fait ces dernières années parce qu'il travaille tout le temps, Luc peut faire ses mauvais coups à son aise. C'est beaucoup plus facile avec sa mère. D'ailleurs, selon les autres enfants de la maison, Sylvie couve un peu trop son « petit malade » – comme elle se plaît à l'appeler.

Michel regarde son fils dans les yeux, insensible à sa difficulté de respirer. Il le sait quand il fait semblant, et c'est le cas présentement. Il s'est fait mener en bateau tellement souvent. Il se permet même d'ajouter d'un ton autoritaire :

— Et s'il le faut, je te conduirai moi-même à l'hôpital.

Sylvie est outrée par ce qu'elle vient d'entendre. Plus Michel parle, plus elle sent la colère l'envahir. N'en pouvant plus, elle s'écrie :

— Veux-tu bien arrêter de l'agresser ! Tu vois bien qu'il a de la misère à respirer, le pauvre enfant.

— Si tu ne le couvais pas autant, il irait beaucoup mieux. Regarde-le attentivement : il joue la comédie.

— Ça paraît que tu ne fais pas d'asthme. Comment peux-tu t'imaginer qu'il fait semblant ?

Puis, à l'adresse de son fils, elle murmure :

— Respire tranquillement, mon grand. Je vais te donner ton sirop rouge.

Elle fait avaler une grosse cuillère de sirop à Luc. Il grimace. De retour à sa place, elle surveille le moindre petit signe de détresse de la part de son fils.

— Si ça ne va pas, je t'en donnerai une autre dose.

Quelques minutes suffisent pour que Luc respire normalement, ce qui n'échappe pas à Michel. Celui-ci déclare :

— Je te l'avais dit qu'il n'était pas en crise. Il te manipule comme il veut. Allez, Luc, va faire tes devoirs et tes leçons et après tu iras te coucher.

— Mais papa…

Michel ne le laisse pas finir sa phrase.

— Il n'y a pas de mais. Je ne changerai pas d'idée.

Michel déteste se faire manipuler par un de ses enfants. Et Luc est passé maître dans cet art. Le fait qu'il soit malade n'excuse en rien son comportement.

Michel n'aime pas la maladie lui non plus, mais contrairement à Sylvie, il vit plutôt bien avec elle. D'après lui, lorsque la maladie nous frappe, il faut faire avec. C'est sûr qu'il n'a pas le même vécu que sa femme à ce chapitre ; cette dernière a fait de l'anémie pendant les trois premières années de sa vie. Quand il l'a rencontrée, elle tremblait encore à la seule vue d'un hôpital. Il doit reconnaître qu'elle a fait beaucoup de progrès depuis. Aujourd'hui, elle est capable de soigner les siens et même d'entrer dans un hôpital. Dans sa famille à lui, on jouit d'une santé à toute épreuve. Chez les Pelletier, on vit vieux et on meurt en santé…

Depuis qu'il travaille à Longueuil, Michel mange plus souvent avec la famille. Cela lui plaît beaucoup maintenant, mais il a mis un peu de temps à s'habituer. Avant, quand il travaillait à bâtir l'île Notre-Dame, il partait au travail avant que tout le monde se lève et rentrait plus souvent qu'autrement alors que tous les siens étaient déjà au lit ou sur le point d'y aller. Il passait ses grandes journées à charroyer la terre qu'on retirait du sol pour creuser le métro de Montréal et allait la porter sur l'île Notre-Dame – enfin, ce qui est devenu l'île Notre-Dame. Il a tellement fait de voyages de terre qu'il a arrêté de les compter. Chaque fois qu'il y pense, il n'en revient pas : une île a été bâtie de toutes pièces. Elle a été créée pour l'Expo 67 afin de souligner le 100e anniversaire du Canada. Quand Michel va voir sa famille au Saguenay, personne ne le croit lorsqu'il raconte qu'il a participé à la construction d'une île. Quand il explique que ce bout de terre va recevoir des millions de personnes de partout dans le monde pendant les six mois que durera l'Expo universelle, tous le regardent avec un sourire en coin. Mais le pire, c'est lorsqu'il annonce que bientôt Montréal aura un des plus grands tunnels sous-marins au Canada. Là, c'est le comble. Ils ne se contentent plus de sourire, ils éclatent de rire. « Voyons donc ! s'est exclamé le mari de sa sœur aînée. Ce n'est pas possible de construire un tel tunnel. Ça n'a pas de bon sens ce que tu racontes. »

Pourtant, c'est grâce à la construction de ce tunnel que Michel a pu enfin s'installer en banlieue ; il en rêvait depuis si longtemps. Il n'est pas le seul à avoir été exproprié, mais dans l'ensemble les familles ont préféré demeurer sur l'île. Lui, il a sauté sur l'occasion pour venir s'installer à Longueuil. Sylvie aurait préféré rester sur l'île, elle y est née, mais Michel considérait qu'il avait fait sa part. La vie à la ville, ce n'est pas pour lui. Il préfère de loin une vie plus tranquille. Ici, il peut suivre facilement les allées et venues de ses enfants – enfin, quand il est là –, alors qu'à Montréal il perdait leur trace plus souvent qu'autrement. Les jours d'été, les enfants partaient le matin pour aller à la piscine et revenaient seulement pour le souper. Entre les deux, les parents ignoraient où étaient leurs enfants et ce qu'ils faisaient. Ils savaient que ceux-ci étaient sur le point de rentrer quand ils les entendaient insulter les Anglais qui habitaient sur la rue. La seconde d'après, les opprimés leur rendaient la monnaie de leur pièce au centuple. Les jours d'hiver, les enfants allaient patiner là où la glace était la plus belle, ce qui les entraînait parfois un peu loin de la maison, selon leurs parents. Les jours de neige, les jeunes déclaraient la guerre aux Anglais. Une guerre sans merci se poursuivait pendant tout l'hiver chaque fois que l'une des parties osait mettre les pieds sur le territoire ennemi.

Maintenant que Michel travaille à Longueuil, il pourrait même venir dîner à la maison, mais il préfère manger sur le chantier, avec ses collègues de travail.

Ce n'est qu'à dix heures que la maison retrouve enfin sa tranquillité. Endormi dans son fauteuil, devant la télévision, Michel n'entend plus les nouvelles depuis un bon moment. Comme chaque soir, Sylvie laisse son tricot de côté et vient le réveiller :

— Tu ferais mieux d'aller te coucher dans le lit. Je vais te rejoindre dans quelques minutes.

À peine une heure plus tard, Michel se réveille en sursaut. Il entend râler dans son oreille droite. Il entrouvre les yeux, mais le bruit reste présent. Il ferme ses yeux ; le son est toujours là. Il s'assoit d'un coup dans son lit. C'est alors qu'il voit Luc planté à côté de lui. Il est pâle à faire peur. Le pauvre a toutes les misères du monde à respirer. Paniqué, Michel se tourne vers Sylvie. Elle dort à poings fermés, elle ronfle même. Il la secoue pour qu'elle se réveille. Quand elle réalise dans quel état se trouve Luc, elle sort de ses gonds :

— Je savais que Luc ne jouait pas la comédie. C'est bien toi qui as dit que tu le conduirais à l'hôpital s'il faisait une vraie crise ? Eh bien, vas-y. Je vais t'attendre ici.

— Mais je travaille à sept heures ! réplique Michel. Je pensais plutôt vous conduire à l'hôpital et revenir me coucher.

La seconde d'après, Sylvie se tourne sur le côté et remonte les couvertures par-dessus sa tête. Comme chaque fois qu'un des siens est malade, elle est morte d'inquiétude, mais elle se garde bien de le laisser paraître. Cette nuit, l'occasion est parfaite pour que Michel comprenne que Luc ne fait pas semblant.

Chapitre 2

Plus monsieur Belley s'approche de la porte, plus la voix mélodieuse de Sylvie lui parvient clairement. Il sourit. Chaque fois qu'il l'entend chanter, son cœur s'emballe car il a l'impression d'entendre sa femme. Mais ça c'était avant qu'elle se jette la tête la première dans le puits pour échapper à l'insistance du curé qui menaçait de l'excommunier si elle n'enfantait pas dans l'année, même si elle venait de faire cinq fausses couches d'affilée. La pauvre femme était désespérée. Camil a tout essayé pour que le curé cesse de la harceler. Il lui a rappelé que sa femme et lui avaient déjà huit enfants vivants. À l'époque, les familles aussi nombreuses n'étaient pas légion. Il lui a dit que les fausses couches répétées avaient miné le moral de sa femme, qu'elle pleurait souvent. Il lui a même promis qu'ils feraient tout pour avoir d'autres enfants, mais qu'il fallait laisser à sa femme le temps de se rétablir. Têtu comme une mule, le curé n'a rien voulu entendre. Au contraire, il a redoublé d'ardeur en multipliant ses visites à la maison du couple. Plus les jours passaient, plus la mère de Sylvie dépérissait. Il ne restait plus qu'un pâle souvenir de la femme enjouée qu'elle avait été. Elle n'avait plus assez de forces pour suffire à la tâche toute seule. Étant donné que Camil était très rarement à la maison à cause de son travail, il avait demandé à une des sœurs de sa femme de venir lui donner un coup de main. Dès qu'elle revenait de l'école, Sylvie mettait elle aussi la main à la pâte.

Un jour, en rentrant à la maison, Sylvie a découvert sa tante en pleurs. Assise au bout de la table, elle ne cessait de répéter qu'elle ne trouvait plus sa sœur. La jeune fille ne comprenait rien. Comment pouvait-elle avoir perdu sa mère ? Sylvie et sa tante se sont mises à chercher partout : dans la maison, dans la cour, dans la rue, dans le quartier… sans aucun résultat. Camil étant à l'extérieur de la ville jusqu'au lendemain, en désespoir de cause sa belle-sœur a décidé de téléphoner à la police. Une heure plus tard, les policiers ont sorti le corps de madame Belley du puits. La mort de sa mère avait obligé Sylvie à mettre fin à ses études et à ses rêves. Du jour au lendemain, la jeune fille était devenue responsable de la maison et de toute sa fratrie, dont l'âge variait entre cinq et treize ans. Alors qu'elle n'avait pas encore réfléchi à son avenir, elle s'était retrouvée mère à plein temps auprès de ses frères et sœurs.

Dévasté par les événements, au lieu de s'apitoyer sur son sort et de rentrer plus tôt à la maison pour s'occuper de sa famille, monsieur Belley avait redoublé d'ardeur au travail pendant toute la première année. Alors qu'avant il découchait seulement à l'occasion pour aller vendre ses épices Club House dans les épiceries environnantes, voilà que depuis le suicide de sa femme il partait des semaines complètes et parcourait le Québec au volant de son Impala Station Wagon noire. En quelques mois à peine, il avait développé une clientèle qui faisait l'envie de plusieurs vendeurs de la compagnie. Il s'était même vu offrir un poste sur un plateau d'argent au siège social de Steinberg, ce qui lui aurait permis de mettre fin à ses nombreux déplacements. En plus, on lui avait offert un excellent salaire. Mais sa réflexion n'avait duré que quelques minutes. Il n'était pas prêt à sacrifier la sensation de liberté que lui offrait son travail actuel. Il faisait la même chose depuis plus de vingt ans et y prenait toujours autant de plaisir. « Mangez épicé » était sa devise. Ces deux petits mots suffisaient à semer la bonne humeur partout où il les lançait. Ils lui avaient d'ailleurs valu bien des éclats de rire. Il avait même réussi à les laisser tomber alors qu'il participait à une tribune téléphonique à la radio. Surpris par ses propos, l'animateur était resté silencieux quelques secondes, le temps de trouver un sens à ce qu'il venait d'entendre.

En plus d'avoir perdu sa mère, Sylvie avait la nette impression d'être aussi orpheline de père, en tout cas au quotidien. Un jour, alors que celui-ci était passé à la maison pour changer de valise, la jeune fille avait piqué une crise mémorable. Des injures les plus terribles aux cris de détresse les plus déchirants, il n'y a rien qu'elle n'avait pas dit à son père. Monsieur Belley s'en souvient comme si c'était hier. Sylvie en avait tellement sur le cœur qu'il croyait que ça ne finirait jamais. Elle était déchaînée, à tel point qu'il n'avait pas osé l'interrompre une seule fois. Quand elle s'était enfin tue, elle s'était laissée tomber sur une chaise et s'était mise à pleurer comme une Madeleine. Monsieur Belley avait alors posé ses mains sur les épaules de sa fille et lui avait parlé du ton le plus doux qu'il était capable d'employer :

— Je suis désolé, ma petite fille, je t'ai tout laissé sur les bras. Pardonne-moi. La mort de ta mère a causé un si grand vide dans ma vie que tout ce que j'ai trouvé pour m'en sortir c'est de travailler. Tu as bien fait de me parler. Ce n'est pas à toi de tout assumer. Ce sont mes enfants, pas les tiens. Je ne repartirai pas demain comme c'était prévu. On va parler ensemble. Il existe sûrement un moyen pour que je puisse continuer à travailler et que toi, tu sois au moins en mesure de finir ton secondaire. Nous allons trouver une solution.

— Vous êtes tout pardonné, papa, était parvenue à dire Sylvie entre deux sanglots tout en serrant les mains de son père dans les siennes. À moi aussi, elle me manque. Elle me manque énormément et, en même temps, je lui en veux de toutes mes forces de nous avoir abandonnés. Elle n'avait pas le droit. Les enfants passent leur temps à la demander. Ils ne comprennent pas pourquoi elle ne revient pas. Et moi, je ne sais plus quoi leur répondre.

— Je vais leur parler. Tu ne devrais pas en vouloir à ta mère. Elle a fait tout ce qu'elle pouvait, tu sais, mais elle n'était plus capable.

— Je déteste ce curé. C'est à cause de lui si maman n'est plus avec nous. Il n'avait pas le droit de lui dire tout ce qu'il lui a dit.

— Ne perds pas ton temps à détester les gens, ça ne mène nulle part. Moi aussi, j'ai été tenté de le faire. J'ai même pensé aller lui casser la gueule, mais ça n'aurait rien changé à la situation. Ta mère a quitté ce monde, mais nous, nous devons nous relever parce que nous sommes bel et bien vivants.

— En tout cas, ne comptez pas sur moi pour adresser à nouveau la parole au curé. Jamais plus je n'aurai confiance en tout ce qui porte une soutane. Mais surtout, jamais plus je ne m'en laisserai imposer par un homme d'Église.

— Tu es bien dure, ma petite fille. La religion n'a pas que du mauvais.

— Mais elle n'a pas que du bon non plus, vous en conviendrez. En tout cas, pour le moment, c'est ce que je pense.

Monsieur Belley avait respecté sa promesse. À part quelques exceptions, il s'était organisé pour rentrer à la maison chaque soir. Il s'était aussi assuré que Sylvie puisse compter sur l'aide d'une voisine pour veiller sur les plus jeunes en attendant qu'elle revienne de l'école. Elle avait donc pu compléter ses études secondaires.

Camil est rendu devant la porte. Il pose son index droit sur la sonnette, mais il attend avant d'appuyer. Il sait bien qu'il rompra le charme aussitôt qu'il appuiera dessus. Il recule d'un pas, se croise les bras et décide de profiter du petit concert que lui offre sa fille. Il va attendre qu'elle termine sa chanson. Il a toujours aimé entendre une bonne soprano. Et selon lui, Sylvie est excellente. Sa voix est juste et forte, mais elle peut aussi être très tendre. D'ailleurs, monsieur Belley ne le sait pas, mais Sylvie aurait aimé devenir chanteuse. D'ailleurs, même Michel ignore tout de son rêve. Le jour où sa mère a mis fin à sa souffrance, la vie de Sylvie a basculé d'un seul coup et elle n'a plus jamais été la même.

Voilà déjà quelques secondes que Sylvie a cessé de chanter. Encore sous le charme, Camil n'ose pas sonner. Il vient tout juste de reprendre ses esprits quand Sylvie ouvre brusquement la porte, un tapis à la main. En voyant son père, elle sursaute.

— Ne me faites plus jamais le coup ! J'ai cru que mon cœur allait lâcher. Mais pourquoi n'avez-vous pas sonné ?

— Je t'écoutais chanter.

— La prochaine fois, poussez la porte, elle n'est jamais verrouillée.

— J'avais trop peur que tu arrêtes de chanter en me voyant, car c'est ce que tu fais d'habitude. Tu sais à quel point j'aime t'entendre…

— Ouais ! Mais vous savez à quel point ça me gêne de chanter devant vous. Disons qu'à compter de maintenant, vous pourrez venir m'entendre répéter. En tout cas, je vous promets d'essayer de toutes mes forces de chanter en votre présence.

— C'est ça que je ne comprends pas. Tu chantes dans une chorale, parfois devant des centaines de personnes, mais tu perds tous tes moyens quand tu es devant moi.

Touchée par les paroles de son père, Sylvie s'approche de lui et lui caresse une joue du revers de la main. Jamais elle n'aurait pu espérer avoir un meilleur père. Elle l'aime de tout son cœur et craint le jour où il va mourir.

— Mais vous n'allez pas rester sur le perron ! Entrez, je vais nous préparer un bon café.

— À une condition : qu'après avoir bu notre café, on aille prendre une marche sur le bord du fleuve. Le temps est si doux aujourd'hui qu'il vaut mieux en profiter, d'autant qu'on nous annonce un froid de canard pour le reste de la semaine.

— Je veux bien, mais m'avez-vous vu la tête ? Ce soir, je dois assister à une rencontre à l'école des jumeaux, alors je ne peux pas enlever mes bigoudis maintenant. Vous savez bien que j'ai les cheveux aussi raides qu'une barre de fer.

— Ce n'est pas la première fois que je te vois ainsi, et j'imagine que ce ne sera pas la dernière non plus.

— Oui, mais je suis mal à l'aise d'aller prendre une marche attriquée de la sorte.

— Arrête de faire ta fière, ma fille. Tu n'auras qu'à mettre un foulard sur ta tête. Juste dans le quartier, j'ai vu au moins trois femmes en train de déneiger leur galerie la tête pleine de bigoudis, comme toi.

— C'est d'accord. Vous savez que je ne peux rien vous refuser.

Une fois dans la cuisine, Sylvie met l'eau à bouillir. Elle sort ensuite le pot de Nescafé, le sucre, le lait et deux tasses avant d'aller s'asseoir à la table de cuisine.

— Comment va Luc ? lui demande son père.

— Il va mieux, mais il nous a fait une de ces peurs ! Il a dû passer trois jours à l'hôpital. Mais le pire, c'est que Michel croyait que Luc faisait semblant. Il l'avait même mis en punition tellement il était fâché après lui. Quand Luc l'a réveillé parce qu'il n'arrivait plus à respirer normalement, il a bien vu qu'il ne jouait pas la comédie. Il faisait une vraie crise et pas une petite. Je l'ai même laissé l'amener à l'hôpital lui-même. Le pauvre Michel, il est revenu aux petites heures du matin et il travaillait à sept heures.

— Te connaissant, tu devais être morte d'inquiétude.

— Pour tout avouer, je n'ai pas pu dormir avant le retour de Michel. Vous auriez dû le voir, il était débiné. Il s'en voulait énormément.

— Entre toi et moi, ça n'aurait pas été la première fois que Luc se serait servi de sa maladie pour obtenir ce qu'il veut.

— Vous êtes trop dur avec lui. Luc est tout sauf manipulateur.

— Je ne peux pas croire que tu le défendes encore. C'est vrai qu'il est malade, mais il se sert de son asthme pour parvenir à ses fins.

— En tout cas, pas cette fois-là.

Camil connaît suffisamment sa fille pour savoir qu'il est inutile d'insister. Elle défend toujours son petit malade avec énergie.

— Comment Luc va-t-il maintenant ?

— Plutôt bien. Il est retourné à l'école tout de suite en sortant de l'hôpital.

— Tant mieux. Et toi ?

— Moi ? Ça va plutôt bien. J'ai toujours autant de misère à supporter la maladie. Il faut que je me pile sur le cœur, mais à part ça c'est le train-train quotidien. Vous savez, entre la maison, les enfants, la chorale et quelques heures de tissage avec le Cercle des fermières, les journées filent sans que je les voie passer. Et vous ?

— Tu me connais, je travaille toujours autant.

— Allez-vous arrêter un jour ?

— J'ai bien l'intention de travailler tant que ma santé me le permettra. Je ne suis pas à bout d'âge, j'ai juste soixante-dix ans. Me vois-tu en train de me bercer à longueur de journée ? Ou pire encore, de passer mon temps à jouer aux cartes ? Ou aux quilles ? Non, j'aime trop ce que je fais pour prendre ma retraite. De toute façon, la compagnie n'a encore trouvé personne pour me remplacer.

— C'est normal, vous êtes irremplaçable !

— Tout le monde peut être remplacé, même moi. Bon, on va la prendre, cette marche ?

— Le temps de ranger la cuisine et je suis prête. Nous avons une bonne heure devant nous, car le dîner est déjà prêt. J'y pense : les enfants seraient très heureux si vous mangiez avec nous.

— On verra ça quand on reviendra. Allez, dépêche-toi !

Chapitre 3

— Est-ce qu'on en a encore pour longtemps ? demande Sonia sur un ton impatient.

— Ma petite fille, je te conseille de prendre ton mal en patience, lance Sylvie d'une voix autoritaire. On en a encore pour deux heures au moins. Je te le répète : le congélateur est vide et il faut qu'on prenne un peu d'avance parce que mon spectacle s'en vient. Et après le dîner, on va faire le lavage.

— Ça signifie que je ne pourrai pas aller voir mes amies de toute la journée ? Ce n'est pas juste ! On croirait qu'il n'y a pas d'autres enfants dans cette famille. Tu le sais bien que je n'aime pas cuisiner.

— Tu n'aimes pas faire le lavage ni le ménage, ni ranger ta chambre, ni aider tes frères à faire leurs devoirs ! Mais dans la vie, on ne fait pas toujours ce qu'on aime. Crois-moi, je suis bien placée pour le savoir.

— S'il te plaît, maman, laisse-moi sortir, je t'en supplie, tente Sonia sans porter attention à ce que sa mère vient de dire. Tu ne peux pas m'obliger à passer tout mon samedi enfermée à travailler. Je suis la seule de ma *gang* à être obligée de faire ça. À l'heure qu'il est, mes amies sont sûrement en train de lire un roman-savon, de se faire les ongles ou de boire un Coke au petit restaurant en écoutant les derniers succès des Sultans ou de César et les Romains… Je t'en prie, maman ! Mes amies et moi, on avait prévu aller magasiner cet après-midi. Promets-moi que je pourrai les accompagner.

Pendant un petit moment, Sylvie se met à penser à sa propre jeunesse. Elle aussi, elle aurait aimé faire tout ce que Sonia vient d'énumérer, et plus encore. Elle aussi, elle aurait voulu faire ce qu'elle voulait, quand elle le voulait. Au lieu de ça, elle a joué à la mère jusqu'à ce que le dernier de la famille soit « réchappé » comme disait son père. Après, elle a rencontré Michel. Elle s'en souvient comme si c'était hier. Elle était allée marcher avec une amie par un beau dimanche après-midi. Un orage soudain les avait surprises. Elles étaient trempées jusqu'aux os. Figées sur le coin d'une rue, elles riaient tellement qu'elles étaient incapables de bouger. C'est alors qu'une Oldsmobile bleue s'était arrêtée à leur hauteur. Le passager avait baissé la vitre et leur avait demandé gentiment si elles avaient besoin d'aide. À ces mots, elles avaient ri de plus belle. Le conducteur avait alors proposé :

— On peut aller vous reconduire chez vous, si vous voulez. Ce serait dommage que vous attrapiez froid…

Comme elles étaient assez loin de chez elles, les deux filles s'étaient regardées avant d'accepter l'invitation. Les deux jeunes hommes avaient l'air honnêtes et elles commençaient à avoir très froid. Six mois plus tard, un mariage double était célébré dans l'église du quartier.

Sylvie secoue légèrement la tête pour sortir de sa rêverie. D'un côté, elle est tentée de laisser partir Sonia ; après tout, sa fille aura bien le temps d'apprendre à tenir une maison. D'un autre côté, un peu d'aide lui fait le plus grand bien. À quarante-neuf ans, il y a des jours où elle se sent bien usée. Mais n'écoutant que son sens du devoir, elle lance :

— Ménage ta salive et change de disque parce que tu risques de trouver la journée bien longue. Au travail ! Il y a toutes ces patates et ces carottes à éplucher.

Même si elle savait qu'elle n'avait aucune chance de convaincre sa mère, Sonia fait la moue. Comme si ce n'était pas suffisant que la famille se soit installée à Longueuil, voilà que plus Sonia vieillit, plus sa mère exige qu'elle l'aide alors que ses six frères sont libres de faire tout ce qu'ils veulent. « Il n'y a vraiment aucune justice », songe-t-elle. Entre l'école, ses devoirs, ses leçons et les travaux ménagers, il lui reste très peu de temps pour faire autre chose, mais surtout pour peindre. C'est aussi pour ça qu'elle voulait aller magasiner avec ses amies ; elle voulait s'acheter une nouvelle toile avec l'argent qu'elle a reçu à Noël de ses grands-parents paternels. L'autre jour, en feuilletant le *Bulletin des agriculteurs,* la seule revue à laquelle est abonnée sa famille, elle a vu un beau paysage d'automne qu'elle s'est promis de reproduire. Elle veut l'offrir à son père pour sa fête. Si elle ne commence pas sa toile bientôt, jamais elle ne pourra la terminer à temps. Ce n'est pas comme si elle demandait à sa mère de la payer, mais celle-ci ne veut rien entendre. Le travail passe avant tout. Elle n'a que ce mot à la bouche ! Pourtant, chaque fois qu'il y a de la visite, Sylvie ne manque pas une occasion de montrer à quel point sa fille a du talent. C'est à n'y rien comprendre.

Comme si elle avait lu dans les pensées de sa fille, Sylvie dit :

— L'autre jour, j'ai montré tes peintures à madame Laprise. Elle trouve que tu as beaucoup de talent. Elle a promis d'en parler à son beau-frère. Il a un restaurant près du pont Jacques-Cartier. Selon elle, il y a des chances qu'il accepte d'exposer tes toiles. La prochaine fois qu'il va venir chez elle, madame Laprise va lui demander de venir voir tes peintures.

— Tu n'y penses pas ! gémit Sonia. Je n'en ai que quelques-unes.

— Oui, mais tu vas en faire d'autres… Tu vas avoir le temps, car les vacances d'été approchent.

— Pour ça, il faudrait que j'aie du temps pour moi, lance sèchement la jeune fille.

— Veux-tu bien arrêter de te plaindre ! Je croirais entendre ta tante Ginette. Tu vas trouver la vie bien longue, ma petite fille, si tu ne changes pas d'attitude. En tout cas, je plains l'homme qui va partager ta vie.

— Qu'est-ce qui te dit que j'ai l'intention de me marier ?

— Toutes les filles veulent se marier et avoir des enfants. Pourquoi ferais-tu exception ?

— Parce que je n'ai aucune envie d'avoir la même vie que toi.

— Qu'est-ce qu'elle a, ma vie, pour te déplaire autant ? s'indigne Sylvie. À ce que je sache, personne ici n'a jamais manqué de rien.

À ces mots, Sonia se radoucit.

— Ne le prends pas mal, maman, mais moi je n'ai pas envie de me marier, pas plus que d'avoir des enfants. Je veux être comédienne.

— Comédienne ? En voilà une affaire ! J'espère que tu n'es pas sérieuse.

— Je suis très sérieuse. Et ce n'est pas la première fois que je t'en parle, mais tu ne m'écoutes jamais.

— Mais tu ne peux pas être comédienne, ce n'est pas un métier ! Et puis, tu vas crever de faim. Fais comme moi avec la chorale, joue la comédie pendant tes temps libres. Comme ça, tu pourras te marier, avoir des enfants…

— Tu ne comprends vraiment rien. Je ne veux pas d'enfants et je ne changerai pas d'idée de sitôt.

— Pourquoi ?

— Parce que je veux être libre d'aller où je veux, parce que je veux voyager à travers le monde, parce que je veux laisser ma trace, parce que… parce que je n'aime pas les enfants.

— Si j'étais à ta place, j'irais me laver la bouche avec du savon. Tu n'as pas le droit de dire des affaires de même. On ne peut pas ne pas aimer les enfants.

— Ah ! Pourquoi faut-il toujours que tu dramatises tout ? Je ne déteste pas les enfants, mais je ne les aime pas suffisamment pour leur consacrer ma vie. Je préfère de loin réaliser mes rêves que d'être prise à jouer à la mère alors que je voudrais être ailleurs. Et par-dessus tout, j'ai horreur de changer la couche d'un bébé.

— Ce n'est pas sérieux ! Tu vas voir, un jour tu vas changer d'idée.

— Non. Aussi bien t'y faire maintenant parce que je ne changerai pas d'idée.

— Tu me déçois beaucoup, ma petite fille.

Prises chacune dans leurs pensées, la mère et la fille travaillent en silence jusqu'à ce que Junior fasse son entrée. Fidèle à ses habitudes, il entre en coup de vent et s'écrie, avant même d'avoir fermé la porte derrière lui :

— Qu'est-ce qu'on mange ? J'ai tellement faim que je mangerais un éléphant.

— Je suis certaine que si tu colles ensemble toutes les bouchées que tu as avalées au cours de la dernière semaine, tu auras mangé au moins l'équivalent d'un éléphant et peut-être même de deux, ironise Sonia.

— Pourquoi es-tu toujours aussi méchante avec moi ? Je ne t'ai rien fait à ce que je sache.

— Tu n'as besoin de rien faire. Juste t'entendre respirer me suffit.

— Arrête, Sonia, c'est assez ! ordonne Sylvie. Je ne tolérerai pas que tu traites ton frère de cette façon.

Puis, en réponse à la question de Junior, elle ajoute :

— On a fait cuire un gros jambon avec un os et des tartes au sucre. C'est ta sœur qui a fait la pâte.

— Si c'est elle, j'aime mieux m'en passer. Est-ce que je peux prendre des carrés aux Rice Krispies en attendant le dîner ?

Sonia regarde son frère et lui tire la langue.

— Je ne suis pas certaine qu'il en reste, répond Sylvie. Vérifie dans l'armoire. Sinon, il doit y avoir encore quelques petits gâteaux au caramel. Il faudrait juste que tu en laisses deux pour ton père, parce que ce sont ses préférés.

Installé à table, Junior garde la tête baissée sur son assiette. Il n'a aucune envie de croiser le regard de sa sœur, et surtout pas aujourd'hui. Il ne sait pas pourquoi, mais depuis qu'ils ont déménagé ici, elle est tout sauf aimable avec lui. Avant, il s'en souvient très bien, elle était gentille, même qu'elle prenait sa défense à l'école quand quelqu'un l'insultait. Il leur arrivait souvent d'aller jouer dehors ensemble ou de faire un casse-tête. Le soir, ils discutaient comme de vieux amis. Mais là, quoi qu'il fasse ou qu'il dise, ce n'est jamais la bonne affaire. Elle lui saute dessus chaque fois qu'elle en a l'occasion. Il en a parlé à Martin ; lui non plus ne comprend pas Sonia. Tout ce qu'ils ont trouvé comme explication, c'est que c'est peut-être parce qu'elle est en train de devenir une femme, mais ils ne sont pas certains. D'ailleurs, jamais Junior n'oubliera le jour où il a osé faire un commentaire à sa sœur sur sa poitrine. Cette fois-là, Sonia ne s'est pas contentée de l'insulter verbalement, elle s'est littéralement jetée sur lui comme une tigresse et l'a griffé en plein visage. Si Martin n'avait pas été là pour l'arrêter, il y a fort à parier qu'elle l'aurait défiguré tellement elle était en colère.

L'attitude de sa sœur envers lui le fait souffrir. Il a parfois l'impression qu'elle ne l'aime plus. L'autre jour, il a abordé le sujet avec un de ses amis qui a une sœur du même âge que Sonia. Même si ça n'a rien de consolant, son ami lui a raconté que sa sœur était folle depuis un moment elle aussi. Junior n'irait pas jusqu'à dire que

Sonia est folle, il l'aime trop pour ça, malgré tout ce qu'elle lui fait subir, mais une chose est certaine : elle est loin d'être comme avant.

Dès qu'il a fini de manger, Junior se lève. Il va mettre son verre et son assiette dans l'évier. Puis, il file en direction du sous-sol.

Avant qu'il pose un pied sur la première marche, Sonia lui crie :

— Tu pourrais nous donner un coup de main ! Tu ne vois pas qu'on est débordées, maman et moi ?

Surpris par les propos remplis d'animosité de sa sœur, Junior revient sur ses pas. Une fois à la hauteur de Sonia, il la regarde et lui dit :

— Tu n'as qu'à m'indiquer ce que tu veux que je fasse et je vais t'aider avec plaisir.

Prise de court, Sonia hésite quelques secondes avant de répondre.

— Il faut éplucher toutes les patates pour faire des pâtés chinois, et les carottes aussi. Si je me souviens bien, on les mettra dans la soupe aux pois. Tiens, prends mon couteau, je vais m'en sortir un autre.

Sylvie s'est retenue d'intervenir. S'il y a une petite chance que les choses s'améliorent entre Junior et Sonia, ce n'est certainement pas elle qui va faire obstacle. Elle se souvient qu'il n'y a pas si longtemps c'était l'amour fou entre ces deux-là. Mais depuis que Sonia se transforme en femme, les choses ont changé. De fillette douce et toujours souriante, voilà maintenant qu'elle ressemble souvent à une lionne. Sylvie va bénir le jour où sa fille va avoir ses premières règles.

Quand les autres arrivent pour dîner, le frère et la sœur sont en grande discussion, ce qui étonne le reste de la famille. Pas plus tard que ce matin, au déjeuner, ils se crêpaient le chignon, et voilà que maintenant ils ont l'air d'être les deux meilleurs amis du monde, comme avant.

— Si tu veux, je peux vous aider encore un peu cet après-midi, propose Junior.

— Oui, mais on doit faire le lavage, répond Sonia du bout des lèvres.

— Ça ne doit pas être si sorcier. J'ai vu maman faire le lavage des dizaines de fois.

— Alors, on va faire un marché. Tu m'aides et demain, je te donnerai un coup de main pour préparer tes circulaires.

— Marché conclu !

Sans faire de bruit, Martin s'approche de sa sœur. Il pose une main sur son front ; celle-ci est si froide que Sonia sursaute. Elle pose un regard noir sur son frère.

— Je voulais m'assurer que tu ne faisais pas de fièvre.

— Lâche-moi, ta main est glacée ! s'écrie-t-elle. Vas-tu finir par l'enlever ?

À ces mots, tous éclatent de rire, sauf Junior. Il est bien trop content d'avoir retrouvé sa sœur pour risquer de tout détruire.

— Il me semblait bien aussi que tu ne pouvais pas avoir changé tant que ça ! s'exclame Martin entre deux éclats de rire. Tu as encore un caractère de cochon !

Chapitre 4

— Tu parles d'une belle usine ! s'exclame Michel en levant les yeux de son *Dimanche-Matin*. Viens voir ! Ce n'est pas loin de chez nous à part ça.

Affairée à faire revenir de la viande dans la poêle, Sylvie ferme le rond et s'essuie les mains sur son tablier avant de s'approcher de la table. Elle prend le journal des mains de son mari et commence à lire l'article apparaissant à la une.

— C'est une excellente chose pour nous, lance Michel. Penses-y un peu. On va fabriquer des autos, et des bonnes à part ça.

— C'est certain que ce n'est pas rien. Ce n'est quasiment pas croyable que la compagnie Renault-Peugeot s'installe ici. Elle va avoir besoin de centaines de travailleurs. J'en connais plusieurs qui vont faire une demande d'emploi.

— Tu as raison ! Et on ne parle pas de petits emplois mal payés. Quand on a les moyens de construire une usine comme celle-là, c'est qu'on peut donner des salaires qui ont de l'allure. En tout cas, c'est une très bonne nouvelle. Si je me fie à ma mémoire, la construction de l'usine a dû prendre au moins deux ans. Mais le plus beau là-dedans, c'est que pour une fois, on nous a préférés à Montréal… Ce n'est quand même pas rien. Mais j'y pense, Alain pourrait aller donner son nom.

— Alain ? Voyons, il n'a jamais parlé d'abandonner ses études. Tu sais comme moi qu'il veut devenir dentiste.

— Dentiste, dentiste... il va être obligé d'étudier jusqu'à trente ans. En tout cas, moi je pense que ça serait un bon emploi pour lui.

— Si j'étais à ta place, je m'enlèverais vite cette idée de la tête.

— Mais tu sais bien que je n'ai pas les moyens de payer indéfiniment pour l'instruire, pas plus lui que les autres. Qu'il finisse son secondaire, ça va, mais pour le reste il va devoir s'organiser. Ce n'est pas parce que je ne veux pas, c'est parce que je ne peux pas. Même si je gagne bien ma vie, neuf bouches à nourrir ça coûte cher. S'il travaillait, il pourrait payer pension et, sincèrement, ça m'aiderait. Tu le sais comme moi : je ne fais plus autant d'argent que lorsqu'on restait à Montréal.

— Je sais tout ça, mais il n'est pas question d'empêcher les enfants de s'instruire. Ça, jamais je ne le permettrai. Il y a assez de moi qui ai dû arrêter mes études. C'est sûr que tu faisais des plus grosses paies quand tu charroyais des voyages de terre, mais tu n'étais jamais à la maison. Encore heureux que les enfants se souvenaient de toi quand tu revenais. À tout prendre, même si j'adorais vivre sur l'île et qu'il m'arrive encore de regretter mon ancienne vie, je trouve que notre situation actuelle est bien mieux. Depuis qu'on est installés ici, je peux au moins compter sur toi. Et pour moi, ça fait toute une différence. Quant à l'argent, je te promets de faire encore plus attention, surtout pour l'épicerie. Mais j'ai une idée : on pourrait demander aux garçons, en tout cas aux trois plus vieux, de faire leur part. Ils pourraient te donner un peu d'argent, en proportion de ce qu'ils gagnent, bien sûr.

— Laisse-moi y penser. C'est certain que ça m'aiderait, mais il faut faire attention de ne pas les décourager non plus. On peut se considérer chanceux, car ils sont vaillants nos enfants.

— C'est vrai, tu as raison, ils sont vaillants. À part Sonia…

— Ne sois pas injuste avec notre fille. Elle a le droit de ne pas aimer travailler dans la maison. Moi, quand je lui demande d'aller faire une commission, elle ne rechigne jamais. Elle est en âge d'aller garder des enfants, je vais lui en parler. Comme ça, elle pourrait avoir de l'argent de poche.

— Bonne chance ! Je mettrais ma main au feu qu'elle ne voudra pas. Mais jamais elle ne me demande d'argent. Elle s'organise avec celui qu'elle reçoit en cadeau à Noël et à sa fête. Mais revenons à ce qu'on disait. Les trois plus vieux pourraient nous aider et ça ne les ferait pas mourir. Au contraire, ça leur apprendrait à compter.

— Ton idée n'est pas si mauvaise. Laisse-moi…

Michel n'a pas le temps de finir sa phrase car les jumeaux viennent d'entrer en coup de vent.

— Venez vite voir notre fort ! crie François.

— Luc nous a fait des tunnels, renchérit Dominic. Mettez votre manteau, on va vous faire visiter.

— Mais je n'ai pas le temps d'aller jouer dehors ! proteste Sylvie. Il faut absolument que je finisse de préparer le dîner. Votre grand-père s'en vient manger avec nous.

En voyant la déception des jumeaux, Michel annonce :

— Je m'habille et je vous rejoins. Allez, ouste ! Retournez dehors avant de mettre de la neige partout.

Satisfaits, les deux enfants sortent aussi vite qu'ils sont entrés. Ces deux-là adorent jouer dehors.

— Tu devrais en profiter pour faire rentrer Luc, dit Sylvie. Je n'ai pas envie qu'il fasse une nouvelle crise.

— Veux-tu bien arrêter de le couver ! lui reproche Michel. Il est bien assez grand pour savoir ce qu'il a à faire. S'il était si mal que ça, il ne resterait pas dehors. Ne t'inquiète pas toujours pour lui.

Au moment où Sylvie va ajouter quelque chose, la sonnerie du téléphone se fait entendre. Elle compte le nombre de sonneries et, dès qu'elle a la confirmation que l'appel est pour les Pelletier, elle décroche le combiné.

— Allô ! lance-t-elle.

La seconde d'après, elle met une main sur le combiné. D'une voix forte, car elle veut s'assurer que Michel l'entende avant de sortir, elle indique :

— C'est Shirley !

Shirley, son amie anglaise de Montréal ! Quand elle et son mari ont emménagé dans la maison de ville juxtaposée à celle des Pelletier, jamais Sylvie n'aurait pensé qu'elles se lieraient d'amitié. Il faut dire que les anglophones et les francophones ne faisaient pas bon ménage dans le quartier. Les deux femmes se sont rapprochées sans même s'en apercevoir. Elles ont commencé par se sourire à distance, puis à échanger quelques paroles quand elles étendaient leur linge sur la corde. Chaque fois qu'elles rentraient dans leur maison respective, toutes les deux se sentaient mal à l'aise d'avoir osé parler à l'autre. Mais c'était plus fort qu'elles, dès qu'elles se voyaient à l'arrière de la maison, elles se souriaient et se mettaient à discuter. Cependant, quand elles se croisaient devant la maison, sur la rue ou à l'épicerie du coin, elles s'ignoraient totalement comme le voulait la tendance du moment. Avec le temps, elles se sont mises à aller s'asseoir plus souvent à l'arrière de la maison qu'à l'avant. Elles passaient des heures à tricoter chacune sur sa galerie en jasant. Les voisines les regardaient de travers, mais ni l'une ni l'autre n'y portaient attention. Elles étaient des étrangères à l'avant et les meilleures amies du monde à l'arrière, ce qui les faisait bien rire. D'ailleurs, il est arrivé plusieurs fois que Sylvie ait recours aux services de Shirley pour Luc. Infirmière de profession, celle-ci est souvent venue soigner le petit malade.

Contrairement aux Pelletier, au moment de l'expropriation, Shirley et son mari ont décidé de rester sur l'île. Étant donné que tous les deux travaillent dans un hôpital en plein cœur de Montréal, c'était plus simple pour eux de demeurer en ville. Tant que le tunnel ne sera pas terminé, emprunter le pont Jacques-Cartier matin et soir est très compliqué et demande énormément de patience. Chaque jour, à la radio, on parle de files d'attente pour entrer ou sortir de la ville, et ce, autant la semaine que le week-end.

Maintenant qu'elles ne sont plus voisines, les deux femmes se téléphonent régulièrement. Il leur arrive d'aller magasiner ensemble ou de manger chez l'autre avec leur mari. La plupart du temps, c'est Sylvie et Michel qui reçoivent. Comme Sylvie se plaît à le dire à son amie : « C'est plus simple comme ça. Et puis les enfants sont toujours si contents de vous voir, John et toi. »

— Il faut que je te laisse, explique Sylvie sur un ton désolé. Mon père vient manger et il est sur le point d'arriver. Alors, je te réserve deux billets pour le spectacle de notre chorale. Je te les remettrai la semaine prochaine quand on ira magasiner. D'ici là, prends bien soin de toi.

* * *

Avachis sur le divan du sous-sol, Alain et Martin discutent tranquillement en fumant cigarette sur cigarette. Une épaisse fumée blanche a envahi la salle familiale.

— En tout cas, j'espère que je vais être accepté parce que je me suis inscrit seulement en sciences pures, dit Alain.

— Il me semblait qu'il fallait donner deux choix…

— Oui, mais ça me prend absolument un DEC en sciences pour pouvoir entreprendre mes études en médecine dentaire. Alors pourquoi je me serais inscrit en sciences humaines ?

— Qu'est-ce que tu vas faire si tu n'es pas accepté ?

— Je prendrai une année sabbatique, répond Alain d'un air assuré.

— Tu as de drôles d'idées ! Mais tu ferais quoi pendant toute cette année ?

— Je partirais avec mon sac à dos en Europe.

— Tu es sérieux ? Avec quel argent ?

— Ne t'inquiète pas pour ça. J'en mets de côté depuis que j'ai commencé à travailler. Tout ce dont j'ai besoin, c'est d'un billet d'avion. Une fois là-bas, je pourrais certainement trouver du travail. Je pourrais aller faire les vendanges ; il paraît que c'est toute une expérience. L'autre jour, à l'épicerie, j'ai discuté avec un gars qui revenait justement de France. Il a achevé de me convaincre d'y aller un jour.

— En as-tu parlé aux parents ?

— Es-tu fou ? Il n'y a rien qui presse tant et aussi longtemps que je n'ai pas reçu ma réponse.

— Et si tu es accepté, iras-tu en Europe quand même ?

— Ça me tente pas mal, mais je remettrais peut-être mon voyage à l'année prochaine. Ça me donnerait le temps de mettre plus d'argent de côté.

— Penses-tu que tu vas avoir droit aux prêts et bourses ?

— D'après moi, oui. Ça me surprendrait que papa gagne trop pour que je n'y aie pas droit.

— L'autre jour, j'ai surpris une conversation des parents. Papa disait que tu devrais aller donner ton nom pour travailler à la nouvelle entreprise qui vient d'ouvrir ses portes à Saint-Bruno.

— Celle qui fabrique des autos ? demande Alain d'un air surpris.

Sans attendre la réponse de Martin, il poursuit :

— Qu'il n'y pense même pas. Je n'ai pas l'intention d'avoir une vie comme la sienne. Pour moi, c'est important d'avoir un vrai métier, une profession. Je veux aimer ce que je fais et, surtout, je veux gagner beaucoup d'argent afin d'avoir les moyens de m'offrir tout ce que je désire.

— Là-dessus, je suis bien d'accord avec toi. Moi non plus, je n'ai pas du tout envie de finir mes jours dans une usine. Depuis que je suis tout petit, je veux être biologiste. Personne ne pourra m'en empêcher. Papa disait aussi qu'il n'avait pas les moyens de nous garder à l'école trop longtemps…

— Je suis prêt à tout pour étudier le temps qu'il faudra. Pas question que je laisse qui que ce soit briser mon rêve à cause de l'argent. Je te remercie de m'avoir prévenu. Comme ça, je vais me préparer au cas où il m'en parlerait.

— Je pense que maman a réussi à le décourager. En tout cas, elle lui a déclaré que jamais elle ne lui permettrait d'empêcher un de ses enfants d'étudier. Elle a ajouté qu'il y avait bien assez d'elle qui n'avait pas pu aller à l'école.

— C'est triste pareil. Maman a été obligée de laisser l'école pour s'occuper de sa famille. Et qu'est-ce qu'elle fait maintenant ? Elle s'occupe de nous. Il y a des jours où je la plains. Entre toi et moi, ce n'est pas une vie de consacrer son existence aux autres.

— Je pense la même chose que toi mais, en même temps, j'ai de la difficulté à l'imaginer au travail. Je ne sais même pas ce qu'elle aurait aimé faire.

— Je ne le sais pas non plus. Ce n'est pas la plus bavarde quand il s'agit de parler d'elle. Changement de sujet, la belle Lucie est passée à l'épicerie où je travaille hier après-midi.

— Tu es sérieux ? Et puis ? Est-ce qu'elle t'a reconnu ?

— Certain ! Elle s'est plantée devant moi au comptoir et m'a dit avec son plus beau sourire : « Salut Alain ! »

Le temps de quelques secondes, Alain revoit la scène se dérouler sous ses yeux. Il sourit malgré lui. Le simple fait de revoir la jeune fille lui a rappelé à quel point il la trouve à son goût. Ils ont échangé quelques phrases jusqu'à ce qu'un client se présente.

— Hé ! Veux-tu bien sortir de la lune ? se moque Martin. Et après ?

— C'est tout. Elle a payé son paquet de gomme et elle est sortie.

— Tu es sérieux ? Il me semblait que tu la trouvais belle…

— Oui, mais maintenant qu'elle habite tout près, j'ai tout mon temps.

— Sacré charmeur, va ! lance Martin en donnant à son frère un coup d'épaule. Une fille n'attend pas l'autre.

— Comme dirait le frère de maman : une de perdue, dix de retrouvées.

Les deux garçons éclatent de rire. Ils s'entendent comme larrons en foire depuis qu'ils sont tout petits, tellement que chaque fois que leur mère punissait l'un d'eux, l'autre se mettait à pleurer à chaudes larmes ou voulait être puni lui aussi. Au bout du compte, ils peuvent compter sur les doigts d'une seule main le nombre de fois où ils ont été mis en punition : ils étaient trop mignons avec leurs cheveux bouclés et leur sourire enjôleur.

— Marco veut qu'on passe le voir ce soir, explique Alain. Ses parents vont manger chez des amis avec le reste de la famille. Il veut qu'on apporte quelques bière et du fort.

— Je nous vois très mal nous servir dans la réserve de papa. As-tu une idée ?

— Ne t'inquiète pas. J'ai fait mes réserves hier avant de fermer l'épicerie.

— Un jour, tu vas te faire prendre et tu vas perdre ton emploi.

— Ne t'en fais pas avec ça. Mon patron est au courant, c'est même lui qui m'a vendu l'alcool.

— Il vaudrait mieux que les parents ne l'apprennent jamais.

— Papa faisait bien pire que ça à notre âge. Tu lui en parleras ; tu vas voir qu'on est des anges à côté de lui. Si tu gardes ta langue, il n'y a pas de raison que les parents sachent quoi que ce soit.

Puis, il ajoute à mi-voix :

— Marco a réussi à avoir un peu d'herbe.

— C'est vrai ? Tu aurais dû le dire avant.

Et les deux frères s'esclaffent à nouveau.

Chapitre 5

Installés côte à côte sur le divan d'Alice, la voisine de gauche des Pelletier, les jumeaux babillent depuis plus d'une demi-heure, au grand plaisir de la vieille dame. Chaque semaine, en revenant de l'école, ils viennent lui rendre visite au moins une fois, parfois deux. Évidemment, ils ne préviennent pas leur mère. Quand l'heure avance et que ses rejetons ne sont toujours pas rentrés, Sylvie finit par sonner chez la voisine pour les ramener à la maison. Ils ont aimé Alice la première fois qu'ils l'ont vue. Ils proclament fièrement à qui veut les entendre qu'une de leurs grands-mères habite juste à côté de chez eux. Lorsque Sylvie les reprend en leur disant qu'Alice n'est pas leur vraie grand-mère, celle-ci réplique qu'il n'y a aucune loi qui limite le nombre de petits-enfants qu'une grand-mère peut avoir. D'ailleurs, elle aime François et Dominic autant que ses propres petits-enfants et leur accorde les mêmes privilèges. À Noël, elle a offert à chacun un chandail de laine qu'elle a tricoté elle-même : un jaune soleil pour François et un vert forêt pour Dominic. Les deux garçons étaient si contents que, depuis, c'est tout juste s'ils ne dorment pas avec leur chandail.

La vieille dame joue parfois aux cartes avec eux. Ils adorent jouer au paquet voleur, mais ils sont plutôt mauvais perdants. Alice ne l'avouera à personne – pas même à Georges, son mari –, mais la semaine, en fin d'après-midi, elle guette à la fenêtre le passage des jumeaux. Lorsqu'elle les voit arriver, elle espère toujours qu'ils vont venir frapper à sa porte. Depuis que ses deux fils se sont installés à Ottawa, elle trouve le temps bien long. Avant, elle ne les voyait pas tous les jours, mais quand ils habitaient Montréal elle avait l'impression qu'ils étaient près d'elle. Elle pouvait leur rendre visite aussi souvent qu'elle le souhaitait. Elle n'avait qu'à prendre l'autobus au coin de la rue et se laisser conduire. Elle aimait aller magasiner avec ses belles-filles et les enfants. Elle aimait recevoir à dîner toute sa famille le dimanche. Mais maintenant, même si Ottawa n'est pas au bout du monde, plus rien n'est pareil. Georges et elle vont rendre visite à leurs enfants quelques fois par année, mais pour Alice ce ne sera jamais suffisant. Elle a suggéré à Georges de déménager à Ottawa. À cela, il a répondu :

— Et s'ils déménagent en Afrique, tu vas vouloir aller vivre là-bas ?

— Pourquoi pas ? Je n'ai pas mis des enfants au monde pour ne presque jamais les voir ! Tu ne peux même pas imaginer à quel point ils me manquent.

Entre une bouchée de biscuit Village et une gorgée de lait, les jumeaux lui parlent de toutes sortes de choses. Ils la font bien rire. Ils sont maintenant en train de raconter leurs péripéties avec monsieur Masson et madame Parapouil. Alice essaie de garder son sérieux, mais ils la font rire. Ils sont si expressifs qu'elle peut voir la scène se dérouler sous ses yeux. Sans bien connaître les deux principaux personnages de leur histoire, elle sait très bien que ces derniers ont la réputation d'être de vieux malcommodes. « Comment peut-on s'en prendre à d'aussi jeunes enfants sans défense ? » se demande-t-elle.

Une fois arrivés à la fin de leur histoire, les jumeaux jubilent. Ils revoient encore le moment où ils ont attaqué monsieur Masson et ils rient aux éclats. Bien qu'Alice n'approuve pas la manière utilisée par les garçons pour régler leurs comptes, elle ne fait aucun commentaire. « Il faut que jeunesse se passe, pense-t-elle. On a fait bien pire que ça, mais je me garderai bien de leur en parler. »

— J'ai une question pour vous, formule-t-elle. Pourquoi avez-vous baptisé la voisine d'en face de chez monsieur Masson madame Parapouil ? Elle doit bien avoir un nom cette dame.

Dominic prend la parole.

— C'est simple. Quand on habitait à Montréal, on avait un petit voisin. Il s'appelait Laurent et n'avait même pas trois ans. On essayait de lui apprendre le mot *pluie*, mais il n'était pas capable de le prononcer. Il disait toujours « pouil ». S'il pleuvait, il criait à tue-tête : « Il pouil, il pouil ! » Quand sa mère sortait son parapluie, il lui demandait de lui prêter son « parapouil ». Il était tellement drôle !

— C'est à cause de lui, admet François, mais c'est aussi parce que madame Parapouil a toujours un parapluie à portée de main. Mais elle, elle s'en sert pour se défendre des méchants petits enfants qui osent marcher sur son bout de trottoir. En tout cas, quand on restait à Montréal, jamais on n'a eu affaire à des vieux fous comme eux. Avant, nos ennemis, c'était les Anglais.

— Les Anglais ? demande Alice.

— Oui, répond François. Vous auriez dû les voir. Chaque fois qu'on sortait de la maison, il fallait se surveiller pour ne pas recevoir une balle de neige en pleine face. Ils étaient partout. On aurait cru qu'ils ne faisaient que nous guetter pour mieux nous attaquer.

— Est-ce qu'ils étaient plus vieux que vous ?

— Non, c'était des enfants de notre âge. Les plus vieux s'en prenaient à nos frères aînés, et les plus jeunes nous attaquaient chaque fois qu'ils en avaient l'occasion.

— L'été, ils nous lançaient des roches avec leur tire-roches, explique Dominic. Et ils visaient très bien.

— Et vos parents laissaient faire ça ? s'inquiète Alice.

— Que vouliez-vous qu'ils fassent ? Tout le monde le sait, les Anglais ne nous aiment pas et on ne les aime pas non plus. Même les parents étaient en guerre. Quand ils se croisaient dans la rue, ils faisaient semblant de ne pas se connaître. Vous auriez dû les voir…

— Eh bien, heureusement que ce n'est pas comme ça ici !

— Oui, approuve Dominic. Mais ici, il y a monsieur Masson et madame Parapouil. Et le pire, c'est qu'on n'a pas le choix de passer devant leur maison pour aller à l'école.

— Vous pourriez prendre une autre rue, suggère Alice.

— Nos parents nous l'interdisent, répond Dominic.

— Mais est-ce qu'ils sont au courant de ce que vous venez de me raconter ?

— Pas vraiment, lance François en haussant les épaules. On a essayé de tout expliquer à maman, mais elle n'a rien voulu entendre.

— En plus, ça nous a même valu une punition ! s'exclame Dominic. La pire qu'on n'ait jamais eue !

— Aimeriez-vous que j'en parle à votre mère quand elle va venir vous chercher ?

— Si vous voulez, répondent en chœur les jumeaux.

— Est-ce qu'au moins monsieur Masson vous laisse tranquilles depuis ce jour-là ?

— Oui, répond Dominic. Mais on passe toujours en courant devant sa maison pour ne pas lui donner la chance de nous donner des coups de balai.

— Mes pauvres petits, elle est bien triste votre histoire. Je vais en parler à Georges quand il rentrera de son bridge. Je pense qu'il connaît monsieur Masson. Peut-être que mon mari pourrait aller lui parler pour qu'il arrête de vous terroriser.

C'est à ce moment que la sonnette retentit.

— Je mettrais ma main au feu que c'est maman, lance Dominic.

— Qui veux-tu que ce soit d'autre ? jette François en haussant les épaules.

— Comment je pourrais le savoir ? répond Dominic. Je ne vois pas à travers les murs. Et madame Alice connaît des tas de gens. On n'est pas les seuls à venir lui rendre visite, tu le sais bien.

Pendant que les jumeaux discutent allègrement, Alice va ouvrir la porte. C'est effectivement Sylvie.

— Bonjour, Sylvie. Donnez-vous la peine d'entrer.

— Désolée, je n'ai pas beaucoup de temps, une autre fois peut-être. Je viens juste chercher mes deux petits monstres parce que je suppose qu'ils sont venus vous déranger une fois de plus.

— Vous avez vu juste, ils sont ici. Mais ils ne me dérangent jamais. Bien au contraire, ils me font du bien. Et ils sont tellement drôles ! Vous en avez de la chance d'avoir d'aussi bons petits garçons.

— Je vous remercie du compliment, mais ils sont tout sauf sages. Je n'ai pratiquement jamais été obligée de punir mes autres enfants, mais avec eux c'est différent. Ils sont très doués pour faire des coups pendables.

— Justement, ils m'ont raconté leurs péripéties avec monsieur Masson. Je n'ai pas de conseils à vous donner ; cependant, si j'étais à votre place, je leur demanderais de me raconter l'histoire au complet.

— Ils n'avaient pas d'affaire à traiter ce pauvre homme comme ils l'ont fait.

— C'est d'abord ce que j'ai pensé moi aussi. Toutefois, à la fin de leur histoire, je me suis retenue de leur dire que j'aurais agi comme eux, et que j'aurais peut-être même fait pire. Prenez quelques minutes pour les écouter. Vous savez comme moi que ce n'est pas parce qu'on est vieux qu'on est fin, même que, en vieillissant, certaines personnes deviennent encore plus malcommodes.

Surprise par les propos d'Alice, Sylvie se dit qu'elle aurait peut-être intérêt à suivre son conseil. Elle demandera aux jumeaux de tout lui raconter dès qu'ils seront à la maison.

— Je vais suivre votre conseil, promet Sylvie. Seriez-vous assez bonne pour aller chercher mes deux petites pestes ?

— J'y vais tout de suite. Ah oui, s'ils n'ont pas un gros appétit au souper, ne le prenez pas mal. Ils ont mangé plusieurs biscuits.

— Vous les gâtez trop.

— J'ai toujours pensé qu'on ne peut pas trop gâter un enfant. Et vos jumeaux sont si adorables !

— En tout cas, je vous remercie de les accueillir chaque fois aussi gentiment.

— Tout le plaisir est pour moi. Bon, je reviens.

En attendant les enfants, Sylvie se dit qu'elle a beaucoup de chance d'avoir Alice pour voisine. Si elle n'était pas si gênée, elle lui rendrait de longues visites elle aussi, tout comme les jumeaux. Elle n'en parle jamais, mais la présence d'une mère lui manque cruellement. Et si elle pouvait remplacer la sienne, c'est Alice qu'elle choisirait. La vieille dame est toujours rassurante. Avec elle, il n'y a jamais rien de grave. Elle aime les enfants, et prend le temps de les écouter. L'été, quand Sylvie voit Alice installée dans sa balançoire avec un livre ou son tricot, elle se retient d'aller la retrouver. Si au moins sa belle-mère ne vivait pas si loin, elle pourrait aller la voir de temps en temps. Elle s'entend plutôt bien avec madame Pelletier. Celle-ci lui répète souvent qu'elle est sa bru préférée. Comme elle ne la voit que deux ou trois fois par année, elles se parlent plus souvent qu'autrement par téléphone, ce qui ne satisfait pas Sylvie. Elle aurait vraiment envie d'avoir quelqu'un à qui elle aurait accès chaque fois qu'elle a besoin d'échanger.

L'arrivée soudaine des jumeaux la sort de ses pensées. Ils se jettent dans ses bras et la serrent très fort. Alice a raison : ses enfants sont adorables. L'émotion passée, Sylvie lance :

— Allez, habillez-vous vite, le souper est sur le feu. Et n'oubliez pas de remercier madame Alice.

— Qu'est-ce qu'on mange ? demande Dominic.

— C'est une surprise. J'ai essayé une nouvelle recette.

— Ah non, pas encore une nouvelle recette ! s'exclame François.

— Ne faites pas les difficiles, les enfants, réprimande doucement Alice. Je suis certaine que votre maman est une excellente cuisinière.

— Malheureusement, pas toujours, répond Sylvie d'un air gêné. J'adore essayer de nouvelles recettes, mais c'est rarement une réussite.

— Ne vous en faites pas avec ça. Seuls les gens qui essaient ont droit à l'erreur. De toute façon, je suis certaine que vos repas sont toujours mangeables.

À ces mots, Sylvie plisse le nez. Elle aimerait bien répondre par l'affirmative, mais ce serait un mensonge. Elle se souvient encore de la dernière recette de macaroni au fromage qu'elle a essayée. C'était tellement épicé que tous ont renoncé après la première bouchée. Ce soir-là, les enfants se sont bourrés de tartines de beurre d'arachide. Ils ont engouffré un grand pain et un gros pot de beurre d'arachide.

— Ça paraît que vous n'avez pas goûté au macaroni au fromage ! s'écrie François en grimaçant.

— C'était dégoûtant ! renchérit Dominic en faisant une mimique exprimant la répulsion.

— Ça suffit ! lance Sylvie, le sourire aux lèvres. Vous en avez déjà trop dit. Alice va penser que j'essaie de vous empoisonner. Allez, on s'en va à la maison. Et encore merci pour tout, Alice.

— Je vous le répète, ce n'est rien du tout. Dominic et François peuvent venir me voir quand ils le veulent.

Comme si elle avait lu dans les pensées de Sylvie, alors que celle-ci allait refermer la porte, Alice ajoute :

— Vous savez, Sylvie, ça me ferait très plaisir que vous veniez me voir.

— C'est vrai ? ne peut-elle s'empêcher de demander.

— Venez donc prendre un café demain matin. Je vous attendrai à dix heures.

— À demain ! salue Sylvie, le cœur rempli de joie.

Cette invitation ne pouvait pas mieux tomber. Il y a plusieurs nuits qu'elle rêve à sa mère. Elles sont assises toutes les deux sur le divan et elles parlent de tout et de rien. De temps en temps, des éclats de rire se font entendre. Mais chaque fois qu'elle se réveille et que la réalité la rattrape, Sylvie a les larmes aux yeux. Il y a tant de choses qu'elle aurait aimé dire à sa mère, mais cette dernière est partie trop vite. Elle a quitté ce monde au moment où Sylvie avait le plus besoin d'elle. C'est aussi pour ça qu'elle lui en veut toujours autant.

Une fois à la maison, Sylvie demande aux jumeaux de lui raconter toute l'histoire survenue avec monsieur Masson. Elle ne les interrompt pas une seule fois.

— Tu sais tout maintenant, conclut François.

Sylvie garde le silence quelques secondes. Elle se demande si elle a puni les garçons injustement. Mais ils ont mal agi. Lancer des œufs à un pauvre vieux, ça ne se fait pas. C'est pourquoi elle ne reviendra pas sur la punition qu'elle leur a infligée.

— Demain, j'irai voir monsieur Masson, et aussi madame Parapouil par la même occasion. Ce n'est pas correct qu'ils vous pourchassent chaque fois que vous passez devant leur maison. Le trottoir appartient à tout le monde. Ils n'ont pas le droit de vous empêcher de passer.

— Fais attention, la met en garde François. Monsieur Masson frappe très fort avec son balai. Jean a eu un bleu sur le bras pendant une grosse semaine. Dominic et moi, on ne voudrait surtout pas qu'il te fasse du mal.

— Ne vous inquiétez pas pour moi, les rassure Sylvie. Je suis capable de me défendre.

Chapitre 6

Michel jubile. Il a gagné le « pot » de hockey à son travail et c'était le plus gros depuis le début de la saison. Son intérêt pour ce sport n'est pas comme celui de certains de ses collègues. Non, il n'a rien de fanatique. Il aime le hockey, mais il n'en fait pas une maladie. Il est content quand les Canadiens gagnent. S'ils perdent, il s'en remet très vite avec une bonne bière froide. Ce qu'il aime surtout du hockey, c'est l'occasion de se rassembler en famille et entre amis, et aussi les discussions enflammées sur le jeu des joueurs. Quand les Canadiens jouent un match, tous s'installent au salon devant le petit écran et jouent au gérant d'estrade pendant le match. Regarder le jeu et le commenter demeure beaucoup plus facile que d'être sur la glace et de recevoir des coups ; Michel doit reconnaître que là-dessus il ne fait pas exception à la règle. Peut-être même qu'il en met parfois un peu trop lorsqu'il s'emporte devant un lancer au but manqué par un de ses joueurs préférés.

Il tient un beau 50 dollars tout neuf entre ses mains. « Tu parles d'une belle surprise ! Je suis vraiment content ! » pense-t-il en souriant, les yeux rivés sur le billet. S'il ne se retenait pas, il embrasserait celui-ci. Avec tout l'argent qu'il a englouti dans le « pot » de hockey depuis qu'il travaille, il était grand temps que son nom sorte du vieux chapeau dans lequel on dépose les tickets vendus. Habituellement, il n'est guère chanceux avec tout ce qui rime avec tirage au sort. Il sait déjà ce qu'il va faire avec son argent. Il y a longtemps qu'il y pense, mais il ne pouvait pas se le permettre avec son salaire. C'est difficile de travailler comme un fou et de ne jamais avoir d'argent devant soi. La vie coûte de plus en plus cher et les augmentations ne suivent pas. Le peu d'argent qu'il a reçu pour l'expropriation de sa maison dans l'est de Montréal n'est plus qu'un lointain souvenir. Une maison un peu plus grande parce que les enfants grandissent et une auto usagée plus récente, et c'était fini. Après une petite semaine de congé, il a replongé dans le travail sans rechigner. Il songe de plus en plus à monter un petit commerce ; il a déjà une bonne idée de ce qu'il pourrait faire.

Avant, il n'y a quand même pas si longtemps, il lui restait toujours une couple de dollars au fond de ses poches, ce qui lui permettait de se gâter un peu. Maintenant, il lui reste seulement quelques pièces de monnaie avec lesquelles il ne peut rien faire du tout, si ce n'est se payer un Coke de temps en temps ou un sandwich à la crème glacée. Il adore cette friandise, c'est une des rares choses à laquelle il ne peut résister. À part son carton de Mark Ten chaque semaine – Sylvie refuse qu'ils fument une autre marque parce qu'elle collectionne les coupons – et sa caisse de douze Dow, Michel n'achète rien pour lui. La plupart du temps, cela ne lui cause aucun problème, mais plus il vieillit et plus il s'ennuie du temps où il était garçon. Dans ce temps-là, une fois sa chambre payée, il pouvait dépenser tout son argent sans rendre de comptes à personne. Il se faisait même un devoir de ne pas mettre un seul sou de côté. Pour ça et seulement pour ça, il lui arrive parfois de regretter son ancienne vie.

En réalité, il est l'homme le plus heureux de partager sa vie avec Sylvie. Jamais il n'aurait pu espérer trouver une meilleure femme. Quand il l'a rencontrée, il a tout de suite su qu'il voulait passer le reste de sa vie avec elle. Elle était, et elle est toujours, exactement celle qu'il attendait depuis des années. Avec elle à ses côtés, il irait au bout du monde. Oui, mais ce serait à la condition qu'ils aient les moyens d'y aller. Ils sont mariés depuis plus de dix-sept ans et il l'aime autant qu'au premier jour. Chaque fois qu'il pose son regard sur elle, il a envie de la prendre dans ses bras et de l'embrasser. C'est parfois très difficile pour lui de se retenir. Sylvie déteste les démonstrations en public, même devant les enfants. Elle a pris quelques livres depuis le jour de leur mariage, mais pour lui ce n'est pas grave : il nourrit toujours le même désir à son égard. S'il ne se retenait pas, il lui ferait l'amour chaque soir quand ils vont se coucher. Mais avec le temps, il a compris qu'elle ne partageait pas sa fougue. C'est pourquoi il se retient jusqu'au samedi soir pour lui démontrer tout son amour. Il n'a pas à se plaindre parce que jamais elle ne s'est refusée à lui. Il est chanceux car la plupart des gars avec qui il travaille ont des problèmes avec leur femme. Ce n'est pas un sujet qu'ils abordent souvent, mais il arrive que certains lancent des boutades à l'égard de leur conjointe. Michel les écoute d'une oreille distraite ; jamais il n'oserait émettre un commentaire, si petit soit-il, sur ce qui se passe sous les couvertures avec Sylvie. D'ailleurs, les gars ne se gênent pas pour le faire étriver.

— Toi, Pelletier, tu es un vrai tombeau quand il s'agit de parler de couchette, lancent-ils.

— Vous devriez prendre exemple sur moi, leur répond-il. Vos femmes ne sont même pas là pour se défendre.

— Se défendre de quoi ? Ce n'est pas de notre faute si elles refusent de faire leur devoir conjugal.

— C'est n'importe quoi ! s'insurge Michel. On croirait entendre des gamins à qui leur mère vient de refuser une crème glacée. Qui a dit que nos femmes devaient aimer les mêmes choses que nous ? Vous devriez savoir qu'on est loin d'être pareils, elles et nous.

— Pas besoin de nous le rappeler : elles le font très bien elles-mêmes !

Quand il était petit, Michel rêvait de voyager. Ses livres préférés étaient ceux qui parlaient des autres pays. Il pouvait passer des heures à regarder les images. Alors qu'il avait dix ans à peine, il s'est juré d'aller en Égypte avant de mourir. Il l'a même écrit sur un bout de papier qu'il garde toujours dans son porte-monnaie. *Je jure d'aller en Égypte avant de mourir.* À cinquante-deux ans, il n'est toujours pas allé là-bas, mais il ne perd pas espoir. Après tout, il est loin d'être à bout d'âge. D'ici là, les enfants vont finir par vieillir.

En attendant, il ne voit pas comment il pourrait mettre de l'argent de côté pour réaliser son rêve. Son père lui dirait qu'il aurait dû voyager quand il était garçon. Michel ne peut nier qu'avant de se marier, il a dépensé en distractions de toutes sortes beaucoup d'argent qui aurait pu lui payer de nombreux voyages, et probablement plusieurs autos neuves aussi. Mais il n'est pas du genre à regretter ce qu'il a fait. Ce qui est arrivé hier appartient déjà au passé et on ne peut plus rien y changer. Il est confiant, il va finir par trouver un moyen d'aller en Égypte. Il sait que c'est de la pure folie, mais il lui arrive de rêver qu'il hérite d'un oncle inconnu. Le problème, c'est qu'il connaît tous ses oncles, même les plus éloignés, et qu'aucun n'est riche. Il vaut donc mieux qu'il continue à travailler.

En fin de semaine, il va emmener Sylvie manger au restaurant ; elle va sûrement vouloir aller au buffet chinois. Après, ils iront au cinéma. Elle adore aller voir un film. Elle sait toujours lesquels sont à l'affiche et elle connaît le nom de tous les acteurs qui jouent dans les films. Chaque dimanche, elle lit tout ce qu'elle trouve sur les nouveautés qui viennent de sortir. Ensuite, il lui proposera d'aller marcher sur le bord de l'eau, au centre-ville. Si la température le permet, ils s'assiéront sur un banc près du quai et regarderont les bateaux. Il passera un bras autour de ses épaules et se collera contre elle. Avant qu'ils aient des enfants, ils sortaient souvent. Maintenant, on dirait qu'ils oublient de s'occuper d'eux. « Il faudrait pourtant que je trouve un moyen pour qu'on puisse s'échapper de temps en temps juste tous les deux. Pas pour aller dans la famille. Pas pour aller chez des amis non plus. Seulement pour être seuls tous les deux un petit moment. »

Au volant de son auto, Michel fait un calcul rapide de ce que coûtera leur petite virée. Il a même assez d'argent pour apporter des fleurs à Sylvie. Il s'arrête chez la fleuriste du coin. Il ressort fièrement de la boutique avec un bouquet de marguerites à la main. Sylvie aime beaucoup cette fleur. Lorsqu'ils se sont mariés, c'est cette dernière qu'elle a choisie pour son bouquet. Il dépose son précieux paquet sur le siège du passager et poursuit sa route jusqu'à la maison. À cette heure, les enfants sont sûrement déjà tous rentrés de l'école. Il est pressé d'arriver. D'abord, pour surprendre Sylvie. Ensuite, parce qu'il est affamé. « Pourvu qu'elle n'ait pas décidé d'essayer une nouvelle recette. Je mangerais un simple pâté chinois. » En pensant aux expériences culinaires de sa douce, il sourit. Il n'a pas épousé un cordon-bleu, en tout cas pas au sens où sa mère l'entend. Il a mis quelques jours seulement pour s'en rendre compte. Heureusement, il n'est pas difficile. En réalité, en autant qu'il ait quelque chose de mangeable à se mettre sous la dent, il s'accommode très bien de ce que prépare sa femme.

Une fois devant la maison, il soupire en voyant que l'entrée n'a pas été déneigée. Il croyait pourtant avoir été clair. Alain et Martin ont la responsabilité de pelleter l'entrée et le perron. Il y a tellement de neige accumulée qu'il a peur de rester pris. Il laisse donc son auto dans la rue et marche jusqu'à la porte d'entrée. Ses fils ont pourtant emprunté le même chemin que lui, alors comment se fait-il qu'ils n'aient pas vu que la cour devait être déblayée ? Quand il avait leur âge, personne n'était obligé de lui dire quoi faire. Dans son temps, les jeunes voyaient l'ouvrage et le faisaient souvent avant même qu'on le leur demande. Il prend une grande respiration ; ce soir, le « chialage » attendra. Il va commencer par offrir les fleurs à Sylvie. Après seulement, il ira dire sa façon de penser à ses deux grands flancs mous.

Il secoue ses pieds avant d'entrer. Fidèle à ses habitudes, une fois à l'intérieur, il crie d'une voix joyeuse :

— Je suis arrivé ! Jamais je n'ai vu autant de neige tomber en un seul jour. Si ça continue, on ne saura plus où la mettre.

Normalement, Sylvie crie d'une voix enjouée :

— Je suis dans la cuisine. Viens me trouver, je vais te sortir une bière.

Mais ce soir, personne ne lui répond. La maison semble vide. Michel enlève vite ses bottes et se rend à la cuisine : la pièce est vide. Aucune trace non plus d'un souper en devenir. Il dépose le bouquet sur la table et il va voir dans les chambres. Il n'y a personne. Il commence à être sérieusement inquiet ; il se demande bien où ils peuvent tous être passés. Il ne lui reste qu'à aller voir au sous-sol. C'est alors qu'il découvre les quatre plus jeunes tassés sur le vieux divan ; chacun tient une bande dessinée à la main. À les voir ainsi, Michel a envie d'exploser, mais il fait tout son possible pour se contenir.

— Vous n'allez pas me faire croire que vous ne m'avez pas entendu ! lance-t-il.

— On était trop concentrés, répond Junior.

— Voulez-vous bien me dire où sont les autres ?

Luc déclare :

— Alain et François ont téléphoné pour avertir qu'ils soupaient chez Marco. Maman et Sonia sont chez la voisine.

— Quelle voisine ? demande Michel d'un air surpris.

— Madame Alice, voyons ! s'écrie François.

— Pourquoi sont-elles là ? demande Michel.

— Tout ce que je sais, c'est que monsieur Georges a eu un malaise ce matin et qu'il est à l'hôpital, explique Junior. Maman attendait qu'on arrive pour aller trouver madame Alice. Il paraît qu'elle n'arrête pas de pleurer.

— Pauvre madame Alice ! gémit Dominic. Elle est tellement gentille.

— C'est vrai qu'elle est gentille, renchérit François.

— Et pourquoi Sonia est-elle là-bas ? s'informe Michel.

— Elle est allée rejoindre maman, répond Junior.

— Est-ce que votre mère vous a parlé du souper ? s'enquiert Michel.

— Tout ce qu'elle a dit, c'est d'attendre que tu arrives et de nous arranger avec toi, annonce Junior.

— La belle affaire ! laisse tomber Michel d'un ton irrité. Comme si j'étais un grand chef ! Elle le sait pourtant que tout ce que je sais faire en cuisine, c'est des *grilled cheese*. Puisqu'il le faut, venez. Lâchez vos bandes dessinées et venez me donner un coup de main. Après, si vous voulez, on ira tous déblayer l'entrée. J'en connais deux qui vont se faire parler dans le blanc des yeux quand ils vont rentrer. Ils ont choisi le bon soir pour ne pas venir souper. Allez, je vous attends dans la cuisine.

En montant les marches, Michel sourit malgré lui. Alors qu'il voulait surprendre Sylvie, voilà que non seulement elle n'est pas là mais qu'en plus, il est même obligé de préparer le souper alors qu'il déteste ça au plus haut point.

En voyant les marguerites, il se dit qu'il vaudrait mieux les mettre dans un vase. Il est si rare qu'il offre des fleurs à Sylvie qu'il n'a aucune idée de l'endroit où elle range le pot. Pire encore, il n'est même pas certain de se souvenir de quoi il a l'air. Il ouvre une porte d'armoire, puis une autre, et une autre… mais il ne le voit toujours pas.

Témoin de la scène, François lui demande ce qu'il cherche.

— Je cherche le pot à fleurs. Sais-tu où il est ?

— Maman le range dans le buffet. Je vais aller le chercher. Elles sont belles les marguerites… Elles sont pour qui ?

— Pour qui veux-tu qu'elles soient ? Pour ta mère, voyons !

— Elle va être contente. Tiens, voici le pot. Je peux le remplir d'eau si tu veux.

— Je vais le faire. À la place, sors le pain, le beurre et le Cheez Whiz. Sors une poêle aussi. Et crie aux autres de monter.

* * *

Alice n'a pas cessé de pleurer depuis que Sylvie et Sonia sont venues la retrouver. Ce matin, Georges est parti prendre une marche comme il le fait tous les jours. Quand Alice a réalisé que son mari avait près d'une heure de retard, elle a laissé son tricot de côté et a décidé de partir à sa recherche. Au moment où elle allait sortir, la sonnerie du téléphone l'a fait sursauter. De plus en plus inquiète, elle a hésité un instant avant de répondre. Mue par elle ne sait quelle intuition, elle est revenue sur ses pas et a décroché le combiné d'un geste impatient.

— Madame Alice Ménard ?

— Oui, c'est moi. Qui parle ?

— Ici garde Marie Laforce de l'hôpital Charles-Lemoyne. Votre mari a été hospitalisé il y a environ une demi-heure.

— Mon mari ? s'étonne Alice d'une voix étranglée par l'émotion. Vous vous trompez sûrement, car il est sorti prendre une marche. J'allais justement le rejoindre.

— Votre mari s'appelle bien Georges Ménard ?

— Oui.

— Eh bien, il est à l'hôpital.

— Qu'est-ce qui lui est arrivé ?

— Tout ce que je sais, c'est qu'il a eu un malaise en face de l'épicerie Fleury. Ne vous inquiétez pas, son état est stable.

— J'arrive tout de suite.

Après avoir raccroché, Alice avait réalisé qu'elle ne savait même pas le numéro de la chambre de Georges. Elle avait vite sorti le bottin téléphonique et appelé un taxi. Pendant qu'elle faisait le pied de grue sur la galerie en attendant son taxi, elle s'était remémoré la conversation qu'elle avait eue avec l'infirmière. Elle était si énervée qu'elle n'était plus sûre de rien. Tout ce qu'elle avait retenu, c'est que Georges, son Georges, était à l'hôpital.

— Venez, madame Alice, murmure Sonia en lui mettant une main sur une épaule. Maman vous a préparé à manger.

Le regard voilé par les larmes, Alice se lève péniblement de sa chaise. Depuis qu'elle est revenue de l'hôpital, elle a l'impression de porter tout le poids du monde sur ses épaules. Elle a averti les enfants que leur père a été victime d'un petit malaise, que même s'il va mieux le médecin préfère le garder sous observation jusqu'au lendemain matin. Elle leur a promis de les rappeler dès qu'elle en saurait plus. Ce petit malaise de son homme lui a fait prendre conscience d'un seul coup à quel point la vie est fragile. Georges et elle n'ont jamais eu de problèmes de santé de quelque ordre que ce soit.

En la voyant, Sylvie lui dit :

— Il faut que vous mangiez, Alice.

— Je n'ai pas vraiment faim, répond celle-ci.

— Il va falloir vous forcer un peu. Je vous ai préparé une bonne soupe aux légumes. Voulez-vous des biscuits soda ?

— Oui. Ils sont dans l'armoire à droite de la cuisinière. Je vais manger, mais à une condition : que vous mangiez vous aussi.

— D'accord, accepte Sylvie en souriant.

Alice mange du bout des lèvres alors que Sonia et Sylvie mangent avec appétit. En moins de deux, elles vident leur bol.

— En plus de vous enlever à votre famille, je ne vous nourris même pas décemment, observe Alice d'un air moqueur.

— Ne vous inquiétez pas pour moi, la rassure Sylvie. Comme vous pouvez le voir, j'ai de bonnes réserves. Quant à priver ma famille de ma présence, ne vous tracassez pas pour ça. À l'heure qu'il est, Michel a sûrement fait manger les enfants.

— Vous savez comme moi que les hommes dans une cuisine, ça ne vaut pas cher. Prenez Georges : les rares fois où il a dû faire manger les enfants, il leur a servi de la soupe en boîte.

— Je ne veux pas vous relancer, lance Sylvie, mais Michel est au moins capable de faire des *grilled cheese*. D'ailleurs, je mettrais ma main au feu que c'est ce qu'il a préparé pour le souper.

— Ce n'est pas difficile à deviner, intervient Sonia, car il fait toujours la même chose : des *grilled cheese* ou des sandwiches aux œufs brouillés.

— Quand j'étais petite, mon père cuisinait dès qu'il était à la maison, raconte Sylvie. Il était bien meilleur cuisinier que ma mère. Comme il vend des épices, il s'amusait à essayer différents mélanges. Tout ce qu'il faisait était bon, tellement que lorsqu'on recevait de la visite, les gens demandaient si c'était lui qui allait préparer le repas. Une des spécialités de mon père, c'est le rôti de bœuf. Il le réussit comme personne. Quelle que soit la pièce de viande, au final elle fond toujours dans la bouche, alors que ma mère avait le don de faire durcir la viande, même celle des meilleures parties. C'est dommage qu'en matière de cuisine, je tienne plus de ma mère que de mon père.

— On ne peut pas être bonne dans tout, commente Alice. Mais votre soupe est délicieuse.

— Merci ! Vous avez raison, on ne peut pas être bonne en tout, mais entre vous et moi, toutes les mères de famille devraient être habiles en cuisine. En tout cas, chez nous, je peux vous dire qu'il n'y a pas de fantaisie. Que je fasse un pâté chinois ou que j'essaie une nouvelle recette du livre du Cercle des fermières, le résultat est toujours semblable. C'est mangeable, mais ce n'est jamais assez bon pour en redemander.

— Ne t'inquiète pas, maman, émet Sonia d'un ton espiègle, ce n'est pas si grave que ça. On se reprend sur les biscuits et les petits gâteaux.

Le trio éclate de rire.

— Sylvie et Sonia, je vous remercie d'être venues passer un moment avec moi, dit Alice, mais ça va aller maintenant.

— Êtes-vous bien certaine ? demande Sylvie.

— Oui. Allez en paix. Vous m'avez suffisamment aidée.

— Si vous voulez, madame Alice, je peux dormir ici, propose Sonia d'une voix remplie de douceur. Comme ça, si vous avez besoin de quelque chose, je serai là.

Alice regarde la jeune fille et lui sourit. Elle a bien envie d'accepter son offre. Avant même qu'elle ouvre la bouche pour répondre, Sylvie lance :

— C'est une excellente idée. Va chercher ton pyjama pendant que je m'occupe de la vaisselle.

Quand Sylvie rentre enfin chez elle, la cour est déblayée et un gros bouquet de marguerites trône au beau milieu de la table de cuisine. En l'apercevant, un large sourire illumine son visage. La seule vue de ses fleurs préférées lui enlève toute la fatigue de la journée. Elle jette son manteau sur la chaise berçante et file dans sa chambre. Elle se demande en quel honneur Michel lui a apporté des fleurs. C'est si rare qu'il doit avoir une très bonne raison. Elle a à peine entrouvert la porte qu'elle l'entend ronfler. Déçue, elle se dit qu'elle devra attendre au lendemain pour le savoir. Elle enfile sa jaquette et se glisse sous les couvertures en prenant soin de ne pas réveiller son mari.

Elle repense à sa journée et se promet de veiller sur Alice à compter d'aujourd'hui. Depuis que celle-ci l'a invitée à aller prendre un café, Sylvie a déjà sonné trois fois à sa porte. Chaque fois, elle est ressortie de la maison d'Alice le cœur léger et avec l'impression d'avoir enfin trouvé quelqu'un à qui elle peut tout confier. Chaque fois, elle se sent heureuse, elle a l'impression d'être allée rendre visite à sa mère et ça lui fait le plus grand bien. Plus les jours passent, plus elle s'attache à sa charmante voisine, et celle-ci le lui rend bien. Quand elles sont ensemble, Sylvie ne voit pas le temps passer. Après chacune de ses visites à Alice, les enfants ont dû se contenter de sandwiches pour le dîner parce que leur mère est rentrée à la maison en même temps qu'eux. Sylvie aime déjà profondément Alice et espère qu'elle sera sa voisine pendant plusieurs années encore.

Chapitre 7

Pendant tout le trajet entre l'école et la maison, Junior ne tarit pas d'éloges sur sa sœur. Le 5 mai 1966 restera marqué à jamais dans sa mémoire. Sonia vient de prendre sa défense contre une bande de garçons qui se faisaient un malin plaisir de lui crier des méchancetés. Chaque jour, ils l'attendaient au coin de la rue et ils se mettaient tous sur son dos.

— Tu n'es rien d'autre qu'une tapette ! Tu es une vraie fille ! Même ta sœur est moins sensible que toi ! Tu devrais aller te faire soigner ! Tapette ! Tapette ! Tapette !

Ce simple mot résonne sans arrêt dans la tête de Junior. Il sait bien qu'il n'est pas une tapette, il aime trop les filles pour ça. Mais à force de se faire répéter une chose, on finit par y accorder une certaine importance. Il a tout essayé. Il a ignoré ses ennemis. Il les a injuriés à son tour. Il a sorti les poings. La semaine passée, il est revenu à la maison avec un œil au beurre noir. Rien ne fonctionnait. Plus les jours passaient, moins il voulait aller à l'école. La veille, il a même feint d'être malade pour ne pas avoir à affronter ses adversaires. Et pour une fois, ça a marché. Au moins, à la maison, il ne se fait attaquer par personne… enfin, depuis que Sonia a cessé de le chercher. Il a passé la journée au lit à lire des bandes dessinées, mais il sait bien qu'il ne pourra pas bénéficier souvent de ce luxe.

— Sonia, tu es mon idole ! s'écrie-t-il joyeusement.

La jeune fille n'en peut plus. Elle a essayé de presser le pas pour distancer son frère, mais il l'a vite rattrapée. Elle l'a couvert d'injures, mais ça n'a rien changé. Quand elle a bouché ses oreilles, il a monté le ton. La voilà maintenant qui court à perdre haleine pour s'éloigner de lui. Alors qu'elle l'entend courir derrière elle, elle redouble de vitesse pour qu'il ne la rattrape pas. Quand elle arrive enfin à la maison, elle se laisse tomber sur la galerie et tente de reprendre son souffle. Aucune trace de son frère. Pourtant, il était bel et bien derrière elle. Elle hausse les épaules et décide de profiter de ce moment de paix qui, elle le sait très bien, risque de ne pas durer longtemps. Elle n'a pas fini d'entendre parler de ses exploits. Sonia est fière d'elle. Elle a réussi à intimider les ennemis de son frère, ce qui n'est pas rien car ils étaient tout de même six, ces petits baveux de la pire espèce. Après toutes les menaces qu'elle leur a faites, il y a fort à parier qu'ils vont laisser Junior tranquille un bout de temps. Quand elle a entendu toutes les méchancetés qu'ils lançaient à Junior, elle a estimé que ça avait assez duré ; elle s'est lancée la tête la première dans l'arène aux lions, comme si c'était le rôle de sa vie. Si on ne lui avait pas appris à être modeste, elle raconterait à tout le monde à quel point elle a été géniale. De la comédie à son meilleur. Et dire qu'elle veut faire cela toute sa vie. Elle salive déjà en pensant aux plaisirs que lui apportera sa carrière de comédienne.

Depuis que Junior lui a donné un coup de main à la cuisine, leur relation s'est nettement améliorée et Sonia en est très contente. Elle doit le reconnaître : elle était tellement méchante avec lui qu'elle ne valait pas plus cher que les bourreaux qu'elle vient d'envoyer paître. Elle n'est pas très fière d'elle, mais depuis plusieurs mois elle a l'impression d'être en chute libre. En fait, elle ne se reconnaît plus. Elle aime les choses qu'elle détestait et vice versa. Il y a des jours où elle ne se comprend tout simplement pas. En plus, elle a ses règles depuis deux mois. Elle n'avait pas besoin de ça puisque, de toute façon, elle ne veut pas avoir d'enfants. Le simple fait de porter une grosse masse de papier entre les jambes pendant au moins cinq jours la dérange au plus haut point. Et dire que du temps de sa mère, les femmes portaient des guenilles qu'elles devaient laver à la main… Beurk ! Sylvie lui a annoncé fièrement qu'elle était une femme maintenant. À tout prendre, elle aurait préféré rester une enfant encore un bon bout de temps. Si c'est ça être une femme, elle n'a rien à y gagner, bien au contraire.

En passant devant l'épicerie, Junior a eu une idée et a arrêté net de courir. Il a décidé d'acheter des petits gâteaux au caramel pour remercier Sonia. Il sait que ce sont ses gâteaux préférés. Quand il y en a à la maison, ce qui est trop rare, les enfants ont droit à une seule pâtisserie chacun. Le reste est réservé aux dîners de leur père. Gourmand comme pas deux, Junior a donc décidé de se gâter aussi souvent qu'il le peut. Quand il reçoit sa paie pour avoir passé les circulaires, il s'achète des petits gâteaux au caramel ou des Jos Louis et les mange avant de rentrer à la maison. Ça fait des mois que son petit manège dure et personne n'est au courant. Aujourd'hui, il n'a pas d'argent sur lui mais il espère que l'épicier va accepter de lui faire crédit jusqu'à jeudi. Quelques minutes plus tard, il sort fièrement de l'épicerie avec deux petits gâteaux au caramel emballés dans un sachet transparent. Il sait que sa sœur va être contente. Quand il tourne le coin de la rue, il la voit. Perdue dans ses pensées, elle ne l'entend pas venir. Il s'approche sans faire de bruit et s'assoit à côté d'elle. La seconde d'après, il agite les deux gâteaux sous les yeux de Sonia.

— Tiens, c'est pour toi, explique-t-il gentiment.

— Pour moi ? Pourquoi ?

— C'est pour te remercier de ce que tu viens de faire.

— Tu n'avais pas besoin de m'acheter quoi que ce soit. C'est normal que je te défende, je suis ta sœur.

— Si tu préfères, on peut les partager…

— Non, n'y pense même pas ! s'écrie Sonia en saisissant son cadeau d'un geste rapide, le sourire fendu jusqu'aux oreilles.

Puis, sur un ton plus doux, elle ajoute :

— Je te demande pardon. Ces derniers mois je t'ai mené la vie dure. Au fond, je ne valais pas mieux qu'eux.

— C'est tout oublié. Tu es bien certaine que tu ne veux pas qu'on les mange ensemble ?

Sonia donne des petits coups de poing sur l'épaule de son frère. Tous les deux, ils éclatent de rire.

Alertés par les aboiements de Patsy, Sonia et Junior se lèvent en même temps et se mettent à courir après le chien du voisin, abandonnant les petits gâteaux sur la galerie. Une fois de plus, la chienne est venue faire ses besoins sur le terrain des Pelletier.

— Quand papa va voir ça, il va être furieux, commente Junior. Au nombre de crottes qu'il y a sur le gazon, c'est à croire que Patsy fait tous ses besoins chez nous.

— C'est bien mon avis aussi, mais papa a sûrement déjà vu tout ça. Viens ! Si tu me sers un grand verre de lait, je suis prête à partager mon cadeau avec toi. Mais fais vite avant que je change d'idée et que les autres reviennent.

* * *

Évidemment, au souper, Junior ne manque pas de raconter le geste héroïque de sa sœur, et deux fois plutôt qu'une. Tous sont très fiers de Sonia, et vont même jusqu'à l'applaudir. La jeune fille est toute rouge, car elle n'a pas l'habitude des manifestations de ce genre à son endroit.

Les jumeaux posent des tas de questions, auxquelles Junior répond avec un grand empressement. Afin de mettre fin à la discussion, Sonia s'adresse à son père :

— Tu ne seras pas content… Patsy est encore venue faire ses besoins chez nous cet après-midi, devant la maison. Junior et moi l'avons vue faire.

— Même qu'on a couru après, commente Junior, mais il était déjà trop tard.

La réaction de Michel ne se fait pas attendre : il est furieux. Robert et Lucie ont beau être de charmants voisins, mais là il en a plus qu'assez. Cette fois, il va prendre les grands moyens. S'ils ne sont pas capables de contenir leur chienne, ils vont au moins vivre avec les conséquences de ses gestes. Sans crier gare, il se lève de table, prend son manteau au passage et sort de la maison. Si d'autres ont fait la chasse aux sorcières, lui, Michel Pelletier, va désormais faire la chasse aux besoins de Patsy. Il va chercher une pelle dans la remise et revient à l'avant de la maison. La seconde d'après, il se met au travail. Il arpente son terrain à la recherche des crottes de la chienne et les empile dans sa pelle. Quand celle-ci est remplie, il se dirige chez le voisin et lance le tout bien en vue devant la maison. À chaque pelletée livrée, Michel sent la bonne humeur revenir en lui. Sa tâche terminée, il va ranger sa pelle et retourne dans la maison. Il accroche son manteau et va se laver les mains. Quand il reprend sa place à table, tous les regards se tournent vers lui.

— Ne me regardez pas comme ça, ordonne-t-il. Il faut rendre à César ce qui appartient à César. J'ai rapporté aux voisins douze pelletées remplies à ras bord de tout ce que leur chienne avait laissé chez nous. Ils ne pourront pas dire qu'on est des voleurs.

À ces mots, tous éclatent de rire de bon cœur. Michel rit tellement qu'il en pleure.

— Pourquoi pleures-tu, papa ? demande François. Moi, je trouve ça très drôle.

— Je ne pleure pas, je ris aux larmes, parvient à répondre Michel.

— Tu ris aux larmes ? s'étonne le jeune garçon. Moi, je ne comprends rien aux adultes. Moi, quand je pleure, c'est parce que j'ai de la peine, pas parce que je suis content.

— Je t'expliquerai tout ça un autre jour, promet Michel. M'avez-vous gardé du dessert ?

— Oui, répond Dominic. Et si tu ne l'aimes pas, je me porte volontaire pour le manger. C'est du pouding aux bleuets et il est très bon. Je vais te le chercher.

— C'est gentil, répond Michel, mais ça ne te donnera pas le droit de le manger.

— Tant pis, j'aurai au moins essayé !

Pendant que Michel mange son dessert, Sylvie en profite pour lui annoncer que sa tante Irma a annoncé sa visite pour le lendemain. Mais il ne prête pas une grande attention aux paroles de sa femme. Habituée à son manque d'enthousiasme pour sa tante, une ancienne religieuse un peu olé olé, Sylvie poursuit :

— Elle est supposée me donner une recette de sirop contre la toux.

Ces quelques mots suffisent à déclencher de nouveaux éclats de rire. Chaque fois qu'il est question d'une nouvelle recette, c'est comme ça. Maintenant qu'il s'agit d'un sirop contre la toux, personne ne veut attraper la grippe au moins le temps que Sylvie mette sa recette au point, ce qui risque d'être long.

Fidèle à ses habitudes, Michel se dépêche de finir son repas pour aller écouter les nouvelles. Il ouvre la télévision et se laisse tomber lourdement dans son fauteuil. Sa petite course aux besoins l'a essoufflé un peu, mais il est content de lui. Dès qu'elle entend le début du bulletin d'information, Sylvie lâche son linge à vaisselle et se précipite dans le salon. Chez les Pelletier, les nouvelles ont vite remplacé le chapelet autour du poste de radio. Compte tenu de la relation de Sylvie avec tout ce qui porte une soutane, la décision n'a pas été difficile à prendre. Un beau jour, alors qu'ils avaient à peine entamé la deuxième dizaine, elle a dit : « Ça suffit comme ça !

C'était la dernière fois qu'on récitait le chapelet. » Quant à Michel, il y avait longtemps qu'il avait hâte de passer à autre chose. Évidemment, aucun des enfants ne s'est plaint de ce changement. Il faut vraiment que ce soit un visiteur très spécial pour que Sylvie et Michel manquent le bulletin. L'annonceur commence par une nouvelle choc :

— Triste nouvelle ! Une bombe felquiste a explosé à l'usine de chaussures Lagrenade aujourd'hui. La secrétaire de l'usine a perdu la vie. Elle tenait l'engin dans ses mains…

Sans écouter la suite, Michel se lève et s'écrie :

— Si ça a du bon sens ! Une pauvre femme est morte absolument pour rien. Je veux bien croire qu'on n'a pas tous les mêmes idées, mais de là à faire exploser des bombes pour se faire entendre, il y a des limites !

— Calme-toi un peu, lui conseille Sylvie. Tu es rouge comme une tomate.

— Ne me demande pas de me calmer quand j'entends ce genre de choses. C'est n'importe quoi. Dans quel monde vit-on, ma foi du bon Dieu ?

— Veux-tu bien arrêter de mêler le bon Dieu à la politique !

— Laisse-moi tranquille, j'ai le droit de m'exprimer. On n'est quand même pas pour faire sauter des bombes chaque fois que quelque chose ne fait pas notre affaire, voyons donc !

Frustré, Michel sort du salon et va s'asseoir dans la cuisine. Il a à peine posé les fesses sur une chaise que les jumeaux viennent le voir.

— Papa, dit Dominic, tu avais promis de nous emmener au planétarium.

— Veux-tu bien me ficher la paix avec le planétarium ! On a bien le temps d'y aller. Il ne fermera pas ses portes demain matin, il vient juste d'ouvrir.

— Oui mais, tu avais promis qu'on irait avant notre fête et… c'est dans une semaine, intervient François.

Michel prend une grande respiration. Il n'a aucune raison de s'emporter comme il vient de le faire. Il réfléchit quelques secondes avant de proposer :

— Que diriez-vous si on y allait dans deux semaines ?

— Mais notre fête va être passée… se plaint Dominic.

— Je comprends, mais on pourrait en profiter pour emmener grand-papa avec nous. Je suis certain qu'il adorerait ça. Il est supposé venir nous voir avec grand-maman, pas la fin de semaine prochaine, l'autre. Qu'en pensez-vous ?

— C'est correct pour moi, répond Dominic.

— Pour moi aussi, renchérit François.

— Marché conclu ! lance Michel. Avez-vous fini vos devoirs et vos leçons ?

— Oui, on les a faits avant le souper, répond Dominic. Voudrais-tu jouer au paquet voleur avec nous ?

Michel fait mine de réfléchir… Il se gratte le menton et regarde ses deux fils en souriant. Ils sont si mignons avec leurs cheveux bouclés, ils ressemblent à un petit Saint-Jean-Baptiste.

— Oui… si vous allez chercher les cartes.

— Tiens ! Je les avais mises dans mes poches au cas où tu dirais oui.

— Donne-les-moi, je vais les brasser. Je vous avertis, j'ai bien l'intention de vous battre…

— Nous aussi, on veut te battre ! répondent en chœur les jumeaux.

* * *

Ce matin, Sylvie s'est levée de très bonne heure. Il fait un temps magnifique. Elle a mis sa robe à fleurs et ses souliers confortables. Au diable la coquetterie aux pieds, car aujourd'hui elle va magasiner à Montréal avec son amie Shirley. Elle va prendre l'autobus de huit heures trente. Les deux femmes ont convenu de se retrouver à l'entrée du magasin Eaton. Sylvie a mis une petite laine dans son sac à main, car à ce temps-ci de l'année la température est imprévisible. Il suffit que le vent se lève pour qu'on soit obligé d'ajouter une épaisseur, mais encore faut-il l'avoir avec soi. Sylvie a gratté ses fonds de tiroirs et elle a économisé tout ce qu'elle pouvait depuis quelques mois, mais elle sait d'avance qu'elle ne pourra pas faire de folies. Ce n'est pas si grave que ça ; l'essentiel, c'est de passer la journée avec Shirley. La dernière fois qu'elles ont fait les magasins, c'était juste avant Noël.

Elle a préparé le dîner. De cette façon, Michel n'aura qu'à le faire réchauffer. Elle a pensé emmener Sonia avec elle, mais finalement elle a décidé qu'une petite journée loin de tous les siens lui ferait le plus grand bien. Elle proposera à sa fille d'aller magasiner avec elle avant la prochaine rentrée scolaire. Elle tient à encourager les marchands de la place, mais pour les soldes Montréal est imbattable, surtout en cette période de l'année. Si elle a de la chance, elle devrait pouvoir mettre la main sur des vêtements d'hiver à prix très avantageux. Les jumeaux ont besoin de nouvelles mitaines, de bas, d'un chandail chaud… Habiller toute la famille lui demande beaucoup d'ingéniosité. Bien sûr, les garçons se passent les vêtements, mais pour Sonia c'est différent. Pas question pour Sylvie de faire porter ses propres choses à sa fille, car toutes deux sont loin de faire la même taille. En fait, Sonia pourrait se faire au moins une robe et demie dans une des siennes. Ça, c'est sans compter que les motifs de celles-ci sont beaucoup trop vieux pour une jeune fille. Heureusement pour Sylvie, Shirley a une fille un peu plus vieille que Sonia. Alors, chaque fois que les deux femmes se voient, Sylvie hérite d'un grand sac rempli de vêtements. Le plus dur reste de convaincre Sonia de les essayer. Pas parce qu'elle n'aime pas la fille de Shirley ; quand elles étaient voisines, elles s'entendaient très bien. Pas parce que les vêtements ne sont pas beaux. C'est parce que Sonia déteste au plus haut point être obligée de porter de vieux vêtements. Sonia est fière comme un paon et elle aime avoir des vêtements neufs. Elle explique souvent à sa mère qu'elle préfère en avoir moins, en autant qu'ils n'aient jamais été portés par personne. Chaque fois qu'elle trouve un grand sac poubelle dans sa chambre, elle n'a qu'une envie, le jeter par la fenêtre, ou mieux encore, aller le mettre aux vidanges. Elle sait que sa mère n'a pas les moyens d'acheter des vêtements neufs pour tout le monde. Il est très rare que sa mère se permette de s'en acheter pour elle-même. Mais Sonia n'a aucune envie de se souvenir de tout cela. La semaine dernière, en désespoir de cause, elle a demandé à sa mère si elle pouvait se servir de sa machine à coudre. D'abord surprise par la demande de sa fille, Sylvie lui a dit qu'il n'y avait pas de problème à la condition qu'elle fasse très attention à l'appareil. Le lendemain, Sonia s'est mise au travail. Elle a décidé de faire ses vêtements elle-même. Deux heures plus tard, elle portait fièrement une robe aux genoux avec différents motifs, qu'elle avait cousue à partir de vêtements donnés. Elle a reçu de nombreux compliments à l'école. Plusieurs filles lui ont demandé où elle avait acheté sa robe. Refusant d'avouer que ses parents sont trop pauvres pour lui acheter des vêtements neufs, elle a répondu d'un air coquin :

— Sur la rue Chabanel, voyons !

Depuis, chaque fois qu'elle a un peu de temps, elle coud. Sa garde-robe n'a jamais été aussi remplie. Sylvie est épatée de voir avec quel talent sa fille manie la machine à coudre.

Confortablement installée dans l'autobus, son sac à main sur les genoux, Sylvie sourit. Elle est heureuse d'aller passer la journée à Montréal. Elle va finir par s'habituer à sa nouvelle vie, mais son ancienne existence lui manque encore. Certains jours, elle croit même qu'elle va la regretter jusqu'à son dernier souffle. La grande ville et la frénésie de celle-ci coulent dans ses veines. Chaque fois qu'elle traverse le pont Jacques-Cartier, elle sent un grand plaisir l'envahir comme si elle retournait enfin chez elle. Elle n'a pas assez d'yeux pour tout voir. Elle adore Montréal. Un jour, elle n'avait alors que dix ans, son amie Jeannine et elle avaient fait la liste des avantages et des désavantages de vivre en ville. Sur sa feuille, Sylvie n'avait noté que des points positifs. Elle avait eu beau chercher, elle n'avait rien trouvé de négatif. Elle aime Montréal plus que tout autre endroit. Dans moins d'un an, elle pourra y venir autant de fois qu'elle le voudra et elle a très hâte. Grâce à l'Expo 67, on construit actuellement une ligne de métro reliant Longueuil et Montréal ; de quoi faire rêver Sylvie. Le métro… quelle belle invention ! Évidemment, elle a l'intention d'aller visiter l'Expo plus d'une fois. D'ailleurs, elle n'en a rien dit à Michel, mais elle a commencé à mettre un peu d'argent de côté pour payer un billet à chaque membre de la famille. Elle ignore encore comment elle va y arriver, mais elle va tout faire pour atteindre son but. L'autre jour, Alice lui a demandé de faire quelques travaux de couture, à la condition qu'elle accepte d'être payée. La première fois, elle était gênée d'accepter de l'argent, mais sa voisine lui a vite fait comprendre que tout travail mérite un salaire. La semaine dernière, deux amies de sa voisine lui ont donné des bas de pantalons à faire. C'est certain qu'elle en a déjà plein les bras avec son ordinaire, mais pour le moment c'est la seule façon qui s'offre à elle de gagner un peu d'argent. Elle serait bien folle de ne pas en profiter.

Quand l'autobus arrive au bout de sa course, elle se dépêche de descendre. Elle n'a pas une minute à perdre si elle ne veut pas faire attendre Shirley. Si elle ne traîne pas, elle devrait être chez Eaton dans moins de dix minutes. La tête haute, elle marche d'un bon pas. L'air de la ville lui fait du bien. Alors que certains crient à la pollution, elle a toujours trouvé que la ville était l'endroit parfait pour vivre. Sylvie arbore un large sourire. On dirait qu'elle a des ailes. Elle se sent aussi légère qu'une plume au vent.

Une fois devant chez Eaton, elle reprend son souffle et regarde autour d'elle. Aucune trace de son amie. « Bizarre ! pense-t-elle. Ce n'est pas dans ses habitudes d'être en retard. Si elle n'est pas arrivée dans cinq minutes, je vais téléphoner chez elle pour savoir ce qu'il en est. » C'est alors qu'elle entend crier avec un accent qu'elle reconnaîtrait entre mille :

— Sylvie, me voici ! Je suis désolée de mon retard, mais j'ai manqué mon autobus.

— Ce n'est pas grave, je viens à peine d'arriver. Viens ici que je t'embrasse. Je suis si contente de te voir !

Les deux femmes ne font pas attention aux regards que les gens posent sur elles, et pourtant ils sont nombreux. Leur accent respectif les trahit dès qu'elles ouvrent la bouche. Comment une francophone peut-elle être aussi proche d'une anglophone ? « C'est aberrant ! » se disent certains. « C'est à n'y rien comprendre, songent les autres. Comment peut-il y avoir encore des gens pour parler aux Anglais quand on sait qu'ils nous volent tous nos emplois et notre argent de surcroît ? »

— Alors, par quel magasin commence-t-on ? demande Sylvie.

— On pourrait entrer chez Eaton, on est devant. Puis, chez Simpson. Si tu es d'accord, j'aimerais bien aller faire un petit tour sur la rue Chabanel. Ma sœur m'a dit qu'il y avait de bonnes affaires à faire là-bas cette semaine.

— Parfait !

Le cœur rempli de joie, les deux amies entrent vite dans le grand magasin. Elles babillent comme deux vraies pies tellement elles ont de choses à se raconter. Elles rient comme deux adolescentes chaque fois qu'une vendeuse s'adresse à Sylvie et que celle-ci se tourne vers Shirley, la priant de venir à son secours. Elle comprend un peu l'anglais, mais quand son amie est avec elle, elle en profite.

Plus la journée avance, plus elles ont les bras pleins. Elles ont fait des affaires en or. Sylvie a trouvé tout ce qu'elle cherchait. Elle a même eu assez d'argent pour acheter le cadeau de fête des jumeaux.

Quand elle monte dans l'autobus, elle a l'impression d'avoir deux bouts de bois à la place des jambes. Ses pieds aussi la font souffrir, alors elle se permet d'enlever ses souliers. « Une chance que j'ai mis les plus confortables ! » pense-t-elle. Elle sourit. Elle a passé une très belle journée avec Shirley. Elles ont parlé de leur vie, de leurs enfants, de leur mari, de leurs rêves, de l'Expo 67 qui arrive à grands pas. Elles ont vraiment hâte que l'événement ait lieu. Elles n'ont pas refait le monde cette fois, car elles n'ont pas eu assez de temps.

De retour à la maison, Sylvie dépose ses sacs sur la table de cuisine et se laisse tomber sur une chaise, le temps de reprendre son souffle avant de commencer à préparer le souper. Dès qu'ils ont entendu du bruit, les jumeaux ont laissé leur bande dessinée de côté et sont venus aux nouvelles.

— Maman, est-ce que tu m'as acheté quelque chose ? s'informe François.

— Et à moi ? s'enquiert Dominic.

Sylvie leur sourit. Ces deux-là sont si expressifs qu'il lui arrive de se demander de qui ils peuvent bien tenir. Avant même qu'elle ait le temps de répondre, Sonia fait son entrée.

— Salut, maman ! As-tu passé une bonne journée ?

Surprise par la gentillesse de sa fille, Sylvie déclare :

— Très belle ! Et toi ?

— J'ai servi à dîner à tout le monde et, cet après-midi, je me suis fait une robe. Aimerais-tu la voir ?

— C'est sûr ! Donne-moi juste le temps d'arriver.

— Je peux t'aider à préparer le souper, si tu veux.

Sylvie est enchantée par ce qu'elle vient d'entendre. Elle ne comprend rien à ce changement d'attitude, mais ce n'est pas grave. Il vaut mieux qu'elle en profite et vite. Avant de répondre aux jumeaux qui piétinent sur place, elle lance d'un ton enjoué :

— Tu peux commencer par éplucher des patates, on va faire des frites.

Sonia n'a pas besoin d'en savoir davantage. Elle connaît le menu par cœur, car c'est toujours le même le samedi soir. Chez les Pelletier, c'est de loin le souper préféré de tous. Sandwiches au jambon cuit gratinés – sans oublier une bonne couche de moutarde – et des frites, le tout arrosé de Coke glacé. Pour le dessert, des petits gâteaux Vachon achetés à l'entrepôt à prix réduit. Exceptionnellement, le samedi, chacun a droit à deux gâteaux de son choix.

Sylvie se tourne ensuite vers les jumeaux.

— Attendez un peu que je me souvienne dans quel sac j'ai mis ce que je vous ai acheté…

Chapitre 8

— J'espère que cette fois tu vas mieux te conduire avec ma tante Irma, formule Sylvie d'un ton rempli de reproches. La dernière fois, j'ai été gênée de voir comment tu te comportais avec elle.

— Mais pourquoi vient-elle si souvent chez nous ? demande Michel sans tenir compte du commentaire de sa femme. Avant, quand elle était chez les sœurs, on ne la voyait jamais alors que maintenant j'ai l'impression qu'elle est toujours ici.

— Ne change pas de sujet. Tu n'as pas le droit de la traiter de la sorte. La pauvre, elle ne t'a jamais rien fait à ce que je sache.

— À moi, non, mais elle a défroqué ! Elle fume son petit joint tous les jours et elle ne s'en cache pas du tout ! Elle prône l'amour libre, les voyages... Je trouve qu'elle a une mauvaise influence sur nos enfants et ça ne me plaît pas du tout.

— Voyons donc, les enfants n'ont pas besoin de ma vieille tante pour prendre de mauvais plis. Contrairement à toi, je trouve qu'elle a une bonne influence sur eux. Ça prend beaucoup de courage et de détermination pour sortir de chez les sœurs après vingt-cinq ans de vie religieuse. Pour ce que j'en sais, c'est plus facile d'y entrer que d'en sortir. Juste pour ça, moi je l'admire. Je trouve qu'elle est un modèle pour nos enfants : elle leur montre à aller au bout de leurs convictions. Tu devrais les voir quand elle parle avec eux. Même les jumeaux l'écoutent sans l'interrompre, et tu sais comme moi que c'est rare qu'ils prêtent attention aux propos de quelqu'un plus d'une minute. Promets-moi que tu vas faire preuve de savoir-vivre avec ma tante.

— Je vais faire mieux que ça, répond Michel d'un air offusqué. Je vais en profiter pour aller voir mon ami Fernand.

— C'est une excellente idée ! s'exclame Sylvie. Mais ce n'est pas tout, il faut que je te parle de monsieur Masson.

Michel fronce les sourcils. Ce nom lui rappelle quelqu'un, mais pour le moment il a un blanc de mémoire. Sylvie vient à sa rescousse.

— Tu te souviens, c'est le vieux monsieur qui attaque les enfants avec son balai dès qu'ils passent devant sa maison.

— Oui, je m'en rappelle maintenant. Mais il me semblait que tout était rentré dans l'ordre depuis que tu étais allée le voir.

— C'est aussi ce que je croyais, mais hier il a recommencé son petit manège. Alors, avant que les jumeaux soient victimes de son balai, je me disais que ce serait peut-être bien si tu allais voir monsieur Masson. Tu risques d'avoir plus de poids que moi.

— Ouais, soupire Michel, s'il le faut, j'irai. Mais à bien y penser, j'ai presque envie de régler ça tout de suite.

— Tu te souviens où il habite ?

— Oui, il reste juste en face de l'illuminée qui lave le trottoir à genoux. Ça prend vraiment de tout pour faire un monde... Je n'en reviens pas que des personnes agées attaquent des enfants.

— Veux-tu qu'on t'attende pour manger ?

— Je n'ai pas l'intention de traîner. Je serai sûrement revenu dans quelques minutes.

Une fois dehors, Michel se dit qu'il se serait bien passé d'aller rendre une petite visite à ce charmant voisin. Sylvie a raison : il vaut mieux ne pas attendre qu'il frappe les jumeaux avec son balai. De nature plutôt conciliante, Michel sait qu'il peut se transformer en un vrai monstre si quelqu'un ose toucher à l'un des siens. C'est pourquoi il est préférable qu'il s'occupe de cette affaire immédiatement. Une fois devant la maison du bourreau des enfants du quartier, il prend quelques secondes pour réfléchir à la façon dont il va aborder le problème. Il appuie ensuite sur le bouton de la sonnette. Il a décidé que la meilleure tactique était d'aller droit au but. Quelques secondes passent avant qu'il entende des pas dans le couloir. Un vieil homme à l'allure frêle entrouvre la porte.

— Monsieur Masson ? lance Michel.

Son vis-à-vis a l'air si fragile que Michel se demande comment il peut terroriser les enfants.

— Oui, qu'est-ce que vous me voulez ? s'enquiert le vieil homme d'une voix rauque remplie de méfiance.

— Je veux vous parler. Je n'en ai pas pour longtemps. Je m'appelle Michel Pelletier et je n'habite pas très loin d'ici. Est-ce que je peux entrer ?

Monsieur Masson hésite un peu, mais il finit par ouvrir la porte.

— Entrez, on va passer au salon, invite-t-il d'une voix monocorde.

La maison est aussi sombre qu'en pleine nuit. Ici, tout est foncé, lourd et lugubre. Michel n'a aucune intention de s'attarder sur les lieux.

— Écoutez, monsieur, je n'irai pas par quatre chemins. Mes enfants m'ont tout raconté, et ma femme est même venue vous voir pour que vous arrêtiez de les menacer de les frapper avec votre balai chaque fois qu'ils passent devant votre maison. Le trottoir ne vous appartient pas, il est public.

Le vieil homme reste de marbre face aux paroles de Michel. Celui-ci poursuit :

— Je ne sais pas pourquoi vous faites ça, et je ne veux pas le savoir, mais il va falloir que vous arrêtiez. Je suis venu vous dire que la prochaine fois que vous levez votre balai au passage des enfants, je vous dénonce à la police. J'espère que vous m'avez bien compris. Bon, vous allez m'excuser, ma femme m'attend pour le souper.

Sans attendre son reste, Michel se dirige vers la sortie. Une fois dehors, il respire un bon coup. Il n'est pas sûr que le vieil homme l'ait compris. Celui-ci avait l'air si étrange que Michel n'est même pas capable de se faire une idée sur sa personne. Est-il fou ? Est-il malade ? Est-il seulement malcommode ? Il l'ignore. Tout ce qu'il sait, c'est qu'il a fait son possible. Pour le reste, on verra bien. Il hausse les épaules et retourne chez lui.

* * *

Quelqu'un entre dans la maison en coup de vent et claque la porte, ce qui fait sursauter Sylvie, occupée à coudre. Elle accourt jusqu'à la porte d'entrée. Plié en deux, Luc râle. Sylvie sent l'inquiétude monter en elle.

— Qu'est-ce qui s'est passé ?

D'une voix hachurée, le garçon répond :

— Patsy n'était pas attachée. Quand elle m'a aperçu, elle s'est mise à courir après moi.

— Patsy ? s'étonne Sylvie. Mais pourquoi as-tu couru ? Tu la connais…

— Tu sais bien que j'ai peur des chiens, gémit Luc.

— Je savais que tu avais peur des chiens quand tu étais petit. Mais j'étais certaine que tu étais correct maintenant, car je n'entendais plus parler de rien. Je ne comprends pas que tu aies peur de Patsy ; elle ne ferait pas de mal à une mouche. Elle est comme un gros toutou.

— J'ai peur des chiens, maman, même de Patsy, avoue Luc, les larmes aux yeux. J'ai tellement peur des chiens que je me jetterais dans le chemin pour ne pas en croiser un. Partout où je vais, je suis toujours en train de surveiller au cas où j'en verrais un. Quand je vais dans une maison où je ne suis jamais allé, je demande s'il y a un chien. Et si c'est le cas, j'implore les gens de l'enfermer dans une pièce. Même dans ce cas, je n'ai qu'une envie : m'en aller au plus vite. Je ne vis plus quand je sais qu'il y a un chien à proximité. Tu ne peux même pas imaginer le nombre de fois où j'ai demandé aux jumeaux et aux autres d'en tenir un à distance. Tu te souviens ? Quand on restait sur l'île, j'attendais toujours Junior ou Sonia pour aller à l'école et j'étais mort de peur à l'idée de croiser un chien sur notre chemin.

— Mon pauvre garçon, j'étais loin de penser que ça te rendait aussi malheureux. Je ne sais pas quoi faire pour t'aider… à moins qu'on achète un chien. Tu pourrais t'habituer tranquillement à lui.

— Pitié ! s'écrie-t-il, de grosses larmes inondant son visage. Je serai trop malheureux s'il y a un chien ici.

— Tu vas trouver la vie bien longue, mon garçon, parce que des chiens il y en a partout.

— Je suis bien placé pour le savoir, crois-moi.

Voyant que son fils respire encore difficilement, Sylvie lui demande :

— Veux-tu que j'aille chercher ton sirop rouge ?

— Non, ce ne sera pas nécessaire.

— Tant mieux parce que toujours prendre des médicaments ça ne doit pas être si bon que cela. Mais au fait, pourquoi es-tu arrivé si tôt ?

— On avait un examen de français et ceux qui ne prenaient pas l'autobus pouvaient partir quand ils avaient fini. Je suis sorti le premier.

— Tu as pris le temps de relire toutes les questions au moins ?

— Oui, oui, mais c'était facile. Selon moi, je devrais avoir dans les 90.

— Bravo ! s'exclame Sylvie. Je vais me faire un thé, veux-tu que je te prépare un chocolat chaud en même temps ?

— Oui ! Est-ce que je peux ajouter des guimauves dessus ?

— S'il en reste, pas de problème. Tu n'as qu'à regarder dans l'armoire.

Luc n'a pas dit toute la vérité à sa mère. C'est vrai qu'il a fait un examen de français, mais si sa maîtresse l'a laissé partir c'est parce qu'il a prétendu qu'il avait mal au cœur alors qu'il n'en était rien. Comme il apprend très facilement, il lui arrive souvent de trouver le temps long à l'école. La plupart du temps, il lit en attendant que les autres aient fini leurs examens, sauf aujourd'hui. Il méritait bien un petit congé. Et le voici attablé avec sa mère en train de prendre un bon chocolat chaud. Il est très content. Au nombre d'enfants qu'il y a dans la famille, il est rare qu'il ait sa mère pour lui tout seul, à part les fois où il est hospitalisé, mais ce n'est pas du tout pareil.

Luc n'aime pas être malade. Il déteste encore plus ses séjours à l'hôpital. En fait, cet endroit où on répare les corps malades lui fait vraiment horreur : le plateau sur lequel trône un grand bol de gruau tout gluant, le docteur qui entre dans sa chambre avec son air trop sérieux, l'infirmière qui vient prendre sa température et qui ne lui demande même pas comment il va, le Jell-O tellement dur qu'il peut le manger avec une fourchette... Il déteste aller à l'hôpital au plus haut point. Il lui arrive souvent de se demander pourquoi il a fallu que cette maudite maladie tombe sur lui. La dernière fois qu'il en a parlé à ses parents, ils lui ont répondu : « Il n'y a pas d'explication. C'est comme ça et c'est tout. »

Sylvie regarde son fils et lui sourit. Il faut qu'elle trouve un moyen de le guérir de sa peur des chiens. L'idée d'acheter un chien fait son chemin dans sa tête. Elle sait d'avance que Michel va refuser, mais elle a confiance de réussir à le convaincre. Luc ne peut pas passer le reste de sa vie avec cette peur au ventre, il a bien assez d'être asthmatique.

Sylvie est loin d'être dupe, elle sait très bien qu'aucun élève du primaire n'est autorisé à quitter l'école avant la fin des classes… à moins de se déclarer malade. Comme c'est la première fois que son fils lui fait le coup, elle décide d'y aller doucement. Elle va lui faire savoir qu'elle est au courant, mais sans plus. Luc est assez intelligent pour lire entre les lignes. Elle en parlera à Michel seulement si ça se reproduit.

Une fois son chocolat chaud bu, Luc lance d'un ton enjoué :

— Je vais aller lire dans ma chambre en attendant que les jumeaux reviennent de l'école. Mais je peux t'aider à préparer le souper si tu veux.

— Tu peux y aller, d'autant plus que c'est la seule occasion que tu vas avoir de lire à la maison pendant l'école. Tu ferais mieux d'en profiter à plein.

Sa mère n'a pas besoin d'en dire plus : Luc sait qu'il est démasqué. La prochaine fois qu'il aura envie d'un congé, il faudra qu'il revoie sa façon de faire...

Chapitre 9

Dès qu'elle entend la porte ouvrir, Sylvie s'essuie les mains, prend la lettre qu'elle a déposée sur la table de cuisine et file en vitesse dans l'entrée. Elle est aussi excitée qu'une puce depuis que le facteur la lui a remise au début de l'après-midi. Alors que Martin et Alain sont à peine entrés, elle se plante devant Alain et s'écrie :

— Dépêche-toi d'ouvrir ta lettre ! Il s'agit sûrement de la réponse à ta demande d'admission.

Alain regarde sa mère sans trop comprendre pourquoi il est si urgent qu'il ouvre sa lettre alors qu'il vient à peine d'arriver. Ça fait des mois qu'il attend la réponse, alors ce ne sont pas quelques minutes de plus qui vont faire une différence. Connaissant bien sa mère – quand elle a une idée derrière la tête, elle fait tout pour arriver à ses fins –, il prend l'enveloppe et l'ouvre. Il hésite tout de même un peu avant de sortir la lettre. Et s'il n'était pas accepté, son père l'obligerait-il à aller travailler à l'usine Renault-Peugeot ? Non, s'il n'est pas accepté, il ira faire les vendanges en France. Sans même s'en rendre compte, il se met à prier : « Mon Dieu, faites que je sois accepté ! » Il déplie la lettre et, sans plus de réflexion, il se met à lire.

… c'est pourquoi il nous fait plaisir de vous confirmer que votre demande d'inscription en sciences pures à notre établissement a été acceptée sans aucune condition. Vous recevrez votre horaire par la poste au cours du mois d'août…

Un large sourire illumine instantanément le visage d'Alain. Sylvie attend que son fils parle.

— Et puis ? s'impatiente-t-elle.

— Je suis accepté ! lance-t-il d'un ton plus que joyeux.

La seconde d'après, Sylvie lui saute au cou et le serre très fort dans ses bras. Il est si rare que sa mère se livre à des démonstrations de ce genre que le garçon ne sait trop comment réagir.

— Je suis si contente pour toi, affirme-t-elle en l'embrassant sur les deux joues. J'ai hâte d'apprendre la bonne nouvelle à ton père.

Satisfaite, Sylvie retourne vite à ses chaudrons. C'est alors que Martin tend la main à son frère et lui dit :

— Toutes mes félicitations ! Tu en as de la chance, tu vas enfin quitter l'école secondaire. Si tu savais comme je t'envie.

— À moi les belles filles, les partys et tout ce qui vient avec...

— Et l'Europe ! complète Martin d'une voix basse.

— Je vais commencer par faire ma demande de prêts et bourses. Je vais travailler tout l'été et après je verrai bien.

Au moment où les deux frères prennent la direction de la cuisine, la sonnette de la porte d'entrée se fait entendre. Après avoir ouvert la porte, Martin crie :

— Maman, c'est le livreur de chips Fiesta.

Surprise, Sylvie vient voir le livreur.

— Il y a sûrement une erreur parce que je n'ai pas appelé.

— Pourtant, l'adresse est bonne, répond poliment l'homme. Regardez par vous-même. L'appel a été placé hier par monsieur Pelletier.

— Je le vois bien, mais je n'ai rien commandé. Et je serais très étonnée que mon mari vous ait appelé, car il ne mange même pas de chips.

C'est alors que du bout du couloir deux petites voix se font entendre :

— C'est pour nous ! s'exclament les jumeaux. On arrive !

Outrée, Sylvie apostrophe ses deux plus jeunes fils :

— Depuis quand commandez-vous des chips, vous autres ? Je vous avertis, je n'ai pas d'argent pour payer.

— On a tout ce qu'il faut, déclare François. Moi, je vais payer les BBQ.

— Et moi, celles au vinaigre, annonce Dominic.

Tout se passe si vite que Sylvie n'a pas le temps de réagir. Sitôt leurs achats payés, les jumeaux retournent à leur chambre en tenant précieusement leur trésor. Plantée à côté de la porte alors que le livreur est déjà remonté dans son camion, Sylvie se gratte la tête et pousse un grand soupir. Elle ferait mieux d'aller vérifier avec quel argent ses deux chenapans ont payé. Malgré elle, un sourire se dessine sur ses lèvres. Ils sont vraiment débrouillards ! « Il va falloir que je les aie à l'œil ces deux-là, parce que j'ai bien peur que je ne sois pas au bout de mes peines avec eux », pense-t-elle.

* * *

Lorsque Alain apprend la bonne nouvelle à son père, celui-ci s'efforce de le féliciter.

— Bravo, mon garçon !

Voyant la déception de son père dans ses yeux, Alain lui dit :

— Je sais bien que tu aurais préféré que j'aille travailler à l'usine, mais ce n'est pas ce que je veux faire dans la vie. Depuis que je suis tout petit, je veux être dentiste. Si c'est pour te rassurer, je te promets de m'organiser tout seul pendant tout le temps de mes études. Je ne te rapporterai rien, mais au moins je ne te coûterai rien non plus, à part un toit et à manger. Je vais faire une demande de prêts et bourses.

— Tu en as pour combien d'années d'études en tout ?

— Si tout va bien, deux ans au cégep et quatre ans à l'université.

— Six ans ? Tu aimes l'école plus que moi…

— Je n'aime pas l'école tant que ça, c'est juste que je veux faire un métier que j'aime.

— Attention, mon garçon. Moi, ça fait plus de trente-cinq ans que je conduis des camions et j'aime encore ça autant qu'au premier jour.

— Tu es chanceux parce que quand j'entends les pères de mes amis se plaindre de leur travail, je me dis que je vais tout faire pour ne pas leur ressembler. Et tu le sais comme moi, tout ce qui touche à la fabrication et à la construction, ce n'est pas mon genre. Moi, j'aime travailler avec et pour le monde. À tout prendre, j'aimerais mieux travailler dans une épicerie toute ma vie. Et il y a la question du salaire. Je veux voyager, je veux avoir une grosse maison, une auto de l'année… et une famille aussi. Et surtout, je veux gagner assez d'argent pour ne me priver de rien.

— Ouais, vu de même tu es mieux d'avoir une *job* payante pour pouvoir te payer tout ça. En tout cas, je peux faire ma part en te logeant et en te nourrissant. Pour le reste, il va falloir que tu t'organises. Ce n'est pas parce que je ne veux pas t'aider, c'est parce que je ne peux pas faire plus.

— C'est bien correct comme ça. J'y pense : je pourrais aller donner mon nom à l'usine. Ils doivent sûrement engager des étudiants pour l'été. J'imagine que ça va être pas mal plus payant que de travailler à l'épicerie. Ça me permettrait de mettre plus d'argent de côté. Demain, je vais demander à un de mes amis s'il peut me conduire là-bas.

— Mais l'école n'est pas encore finie à ce que je sache.

— Je sais bien. Mais si j'attends fin juin pour donner mon nom, je risque de me retrouver le bec à l'eau. Les cours à l'université finissent fin avril et ceux du cégep fin mai.

— Ouais, tu as raison.

— Bon, je vais y aller. Martin et moi avons promis à Marco de passer le voir. Bonne soirée !

Michel reste songeur un moment. Il repense à la discussion qu'il vient d'avoir avec Alain. Il a de quoi être fier de son fils. À seize ans à peine, sa vie est déjà tracée. Il veut être dentiste. C'est certain que Michel aurait préféré qu'il aille travailler à l'usine. Pour lui, un diplôme de secondaire cinq c'est bien suffisant, mais il sait très bien qu'il n'a pas intérêt à empêcher ses enfants d'étudier. Pour ça, Sylvie veille au grain et, d'une certaine façon, elle a raison de vouloir une meilleure vie pour eux. Certes, la famille Pelletier ne manque de rien, mais si Michel gagnait plus d'argent, tout serait beaucoup plus facile.

* * *

Fidèles à leurs habitudes, les parents de Michel sont arrivés les bras chargés de cadeaux. Chaque fois qu'ils viennent, c'est la fête. Les enfants sont fous de joie. Ils ont des tas de choses à raconter à leurs grands-parents. C'est à qui mobilisera le plus longtemps leur attention.

— Allez jouer, finit par ordonner Michel d'une voix autoritaire aux jumeaux. Laissez vos grands-parents tranquilles un peu. Vous êtes pire que des pies, vous n'arrêtez pas de parler.

— Laisse-les donc faire ! s'écrie joyeusement sa mère. On les voit si peu.

— Je vais vous les envoyer deux semaines et vous m'en reparlerez, lance Michel.

— C'est une très bonne idée, répond son père. Quand ils seront en vacances, tu nous les enverras deux semaines.

À ces mots, les jumeaux crient en chœur :

— Youpi ! On va aller à Jonquière. Youpi ! Youpi !

— Mais je n'ai pas le temps de les conduire chez vous ! proteste Michel sans se préoccuper des cris de ses petits derniers. À moins que j'y aille pendant les vacances de la construction.

— Laisse-moi regarder ça, déclare son père. On connaît sûrement quelqu'un qui pourrait les amener.

— Je demanderai à Gustave de vérifier auprès de son fils, dit madame Pelletier. Si je me souviens bien, il vit à Montréal. Il vient toujours faire son tour en juillet.

— En tout cas, je vous aurai avertis : ils ne sont pas de tout repos, observe Michel.

— Ils sont vivants et en santé, commente sa mère. C'est tout ce qui compte.

— Maintenant, François et Dominic, allez jouer dehors avec vos amis et laissez-nous parler tranquilles, ordonne Michel.

— Pas avant de savoir quand on va aller au planétarium, exige Dominic. Tu nous as promis qu'on irait avec grand-papa.

Charmé par l'idée d'aller visiter la nouvelle attraction de Montréal, le père de Michel suggère :

— On peut y aller cet après-midi si vous voulez. En montant, j'ai justement dit à votre grand-mère que je voulais absolument aller au planétarium avant de retourner à Jonquière. Qu'en penses-tu, Michel ?

— Pas de problème pour moi! Il y a au moins deux semaines que je les fais patienter.

Les jumeaux sautent au cou de leur grand-père, puis au cou de leur père.

— À quelle heure on part? demande François.

— Après le dîner, répond Michel. Ton frère et toi, allez prendre l'air maintenant. On vous appellera quand ce sera l'heure de manger.

— Pendant que les hommes et les petits seront au planétarium, dit madame Pelletier à l'intention de Sylvie, on pourrait préparer une tourtière. Et c'est moi qui paie tout.

— Avec grand plaisir, répond Sylvie d'un ton joyeux. Il y a si longtemps que je veux vous voir à l'œuvre. Je me suis essayée à quelques reprises, mais mes tourtières sont loin d'être aussi bonnes que les vôtres. Pourtant, je suis toutes les étapes à la lettre.

— Il faut croire qu'il y a des petites choses à corriger, se risque à avancer Michel. En tout cas, moi, je ne reconnais pas la tourtière du Saguenay et surtout pas la vôtre, maman.

— Ne sois pas si sévère, le gronde sa mère. Savoir comment quelque chose se fait et le faire, c'est bien différent. Je t'assure que demain midi on mangera une vraie tourtière du Saguenay et c'est Sylvie qui l'aura cuisinée.

— J'aurais mieux aimé vous regarder faire, s'objecte Sylvie.

— Ne t'inquiète pas, je serai à côté de toi pour t'aider. Si tu veux, on pourrait aller acheter ce qu'il faut avant de préparer le dîner…

— C'est une bonne idée. Mais vous savez, à part la viande, j'ai tout ce qu'il faut.

— On va tout acheter quand même, sauf peut-être les épices si tu en as.

— En tout cas, j'ai toutes celles que vous m'aviez dit d'acheter.

— Parfait ! Ça nous prend des patates, des oignons, de l'ail, du porc, du veau et du bœuf. Et pour la pâte : de la graisse, de la farine et des œufs. Tu es prête ?

Sylvie adore recevoir sa belle-mère. Dès qu'elle est entrée dans la famille Pelletier, Marie-Paule l'a considérée comme sa propre fille, ce que Sylvie a apprécié sur-le-champ. Chaque fois qu'elles se voient, les deux femmes profitent de chaque minute passée ensemble : elles vont magasiner, elles cuisinent, il leur arrive aussi d'aller voir un film. La dernière fois, elles sont allées jouer aux quilles, juste toutes les deux. Chaque fois, c'est un peu comme si Sylvie prenait de petites vacances. Il lui arrive même de songer que ce n'est pas juste pour Michel. Pendant qu'il travaille, elle profite de la présence de ses parents. Lundi, sa belle-mère et elle iront magasiner à Montréal. Adrien, le beau-père de Sylvie, leur a offert de les conduire, mais elles ont refusé en lui disant qu'il n'était pas question qu'il les prive du plaisir d'y aller en autobus.

— Tu pourrais préparer à dîner pour les enfants, lui a proposé sa femme, le sourire aux lèvres.

— Et le souper, tant qu'à y être ! a rétorqué son mari d'un ton espiègle. Depuis le temps qu'on vit ensemble, tu devrais savoir à quel point je suis nul en cuisine.

— Ne vous inquiétez pas, ose Sylvie, vous n'aurez qu'à faire réchauffer le dîner. Tout sera prêt.

— Je devrais bien m'en tirer alors ! affirme monsieur Pelletier en riant. Sans blague, vous pourrez aller en paix, je me chargerai de tout. Mais prenez bien garde de ne pas dépenser tout mon argent.

Il faut au moins qu'il m'en reste assez pour mettre de l'essence dans mon auto si on veut retourner à Jonquière un jour.

Michel, Adrien, François et Dominic sont allés au planétarium. Luc et Junior ont décidé de les accompagner. François et Alain sont sortis et Sonia peint dans sa chambre. Elle en profite chaque fois que son père sort de la maison, ce qui arrive trop peu souvent à son goût. La fête de celui-ci arrive à grands pas et Sonia est loin d'avoir fini la toile qu'elle veut lui offrir en cadeau. Avant-hier, elle a demandé la permission à sa mère de faire ses devoirs après le souper au lieu de les faire en revenant de l'école. Ça lui a permis de peindre en toute sécurité plus d'une heure avant que Michel revienne du travail. Elle a été obligée de mettre ses frères dans le coup. Elle a averti les jumeaux que c'était une surprise pour leur père, qu'ils devaient absolument tenir leur langue. Ce à quoi ils ont répondu :

— À la condition que tu nous laisses signer notre nom sur la toile.

Sonia a été tentée de leur expliquer que cela ne se faisait pas, mais elle leur a dit qu'il n'y avait pas de problème. À force de réfléchir à la question, elle a décidé qu'elle les ferait signer au dos de la toile. Quand ils sont revenus à la charge, elle leur a annoncé qu'ils signeraient seulement le jour de la fête de leur père, soit le 30 juin.

— Mais la peinture n'aura pas le temps de sécher, a objecté Dominic.

— Ne t'inquiète pas, je vais m'arranger avec ça, l'a rassuré Sonia. Je pourrai même signer pour François et toi.

À son grand bonheur, les jumeaux ne sont plus revenus sur le sujet et ils ont tenu leur langue.

Sylvie et sa belle-mère ont mis tous les ingrédients de la tourtière sur la table.

— Si tu veux, on va commencer par faire la pâte, propose Marie-Paule. Ça va lui donner le temps de refroidir un peu, ce qui la rendra plus facile à rouler. Ensuite, on va peler les patates et les oignons et on s'occupera de la viande.

— Pas de problème, répond Sylvie. C'est vous le grand chef.

— Détrompe-toi. Je ne suis que le professeur : c'est toi le grand chef.

— Ne dites jamais une telle chose devant Michel ou les enfants parce qu'ils vont éclater de rire. Vous savez comme moi que je suis loin d'être un cordon-bleu. Je suis plutôt du genre spécialiste pour rater les choses les plus simples. Laissez-moi vous en raconter une bonne. La semaine passée, j'ai essayé une nouvelle recette de choux à la crème. Eh bien, ils étaient si durs qu'ils n'étaient pas mangeables. Vous auriez dû les voir, mes petits choux : ils étaient très beaux, j'avais pris la peine de faire une bonne crème pâtissière et j'avais même ajouté de la crème fouettée pour les garnir. Je revois encore les jumeaux quand ils ont croqué à pleines dents dans un chou. On aurait dit qu'ils venaient de mordre dans un bout de bois. Ils ont laissé tomber le chou dans leur assiette et toute la famille s'est mise à rire à gorge déployée. Tout le monde, sauf moi ! Je vous jure, j'avais suivi religieusement la recette du début à la fin. J'étais tellement fâchée après moi que j'ai récupéré tous les choux et suis allée les jeter dans la poubelle, dans le garage. J'ai ensuite sorti la boîte de petits gâteaux et je l'ai laissée tomber sur la table en recommandant aux miens de se régaler. La seconde d'après, ils ont encore éclaté de rire. Plus ils riaient, plus j'étais fâchée.

Marie-Paule se retient de rire. Elle peut facilement imaginer la frustration de Sylvie qui échoue recette après recette, alors qu'elle s'applique tant pour réussir. Elle rassure sa belle-fille :

— Arrête de t'en faire avec ça, ce n'est pas si grave. À regarder les enfants et Michel, on voit bien que personne ne meurt de faim ici.

— Je sais bien, mais j'ai l'impression d'être une bonne à rien.

Puis, sur un ton plus joyeux, Sylvie ajoute :

— N'empêche que vous auriez dû voir les jumeaux, ça valaient 100 piastres !

À ces mots, les deux femmes s'esclaffent.

— Je les imagine avec leurs petites binettes ! plaisante Marie-Paule. En tout cas, tu n'es peut-être pas la meilleure cuisinière, mais tu es une championne pour faire de beaux enfants et, crois-moi, j'en ai vu des enfants dans ma vie.

— J'avoue que de ce côté-là, je n'ai pas trop mal réussi ! Bon, je pense que tout y est. Est-ce que je peux brasser le mélange ?

— Laisse-moi juste ajouter un peu de sel avant.

Marie-Paule ajoute une cuillère à thé de sel avant de reprendre :

— Tu peux maintenant procéder. Je dois avouer que je suis très contente d'être le professeur parce que s'il y a une chose que je déteste, c'est bien d'avoir les mains pleines de pâte.

— Moi, ça ne me dérange pas du tout.

Une fois la pâte au réfrigérateur, les deux femmes poursuivent leur travail. Pendant que l'une d'elles s'occupe de peler les patates et de les couper en petits cubes, l'autre fait de même avec les oignons.

— Alain m'a appris qu'il avait été accepté au cégep, dit madame Pelletier. Tu dois être fière de lui.

— Oui, mais je suis surtout fière que Michel ait enfin accepté que notre aîné finisse sa vie ailleurs que dans une usine.

— Bien voyons donc ! Tu n'es pas en train de me raconter que mon cher fils est ancien au point de ne pas vouloir que ses enfants aillent à l'école plus longtemps que lui. Dis-moi que je me trompe !

— Euh… Je n'aurais pas résumé la situation ainsi, mais… En fait, Michel a hâte que les enfants paient pension. Vous savez, il a beau faire un bon salaire, il reste que nourrir neuf bouches, ce n'est pas rien. Et c'est sans compter les vêtements, le matériel pour l'école et toutes les autres dépenses… En fait, on est toujours en train de courir après nos cennes pour arriver.

— Je veux bien, mais ce ne sont pas quelques piastres de plus qui vont faire une différence. Il va falloir que je parle à mon fils dans le blanc des yeux. On n'est plus à l'époque où tout le monde quittait l'école avant même d'avoir fini son secondaire. Aujourd'hui, plus tu t'instruis, plus tu as de chances de réussir ta vie. Maudits hommes, on croirait qu'ils sont contre le progrès.

— Ne soyez pas trop dur avec Michel. C'est un bon homme, vous savez, et un excellent mari.

— Je le sais très bien. Mais quand il est dans le champ, ne me demande pas d'endosser ses choix, c'est impossible. En tout cas, promets-moi de ne pas le laisser faire s'il veut empêcher un de vos enfants d'étudier.

— Là-dessus, vous n'avez pas à vous inquiéter. Je lui ai dit que je serais intraitable. J'ai moi-même beaucoup trop souffert de ne pas avoir pu aller à l'école pour accepter qu'il arrive la même chose à mes enfants. J'ai averti Michel. Croyez-moi, il me connaît suffisamment pour savoir que je ne blague pas.

— Je te l'ai dit à plusieurs reprises : Michel ne pouvait pas tomber mieux. Tu es vraiment une bonne femme, et une mère exemplaire.

— Mais une très mauvaise cuisinière !

Une fois de plus, les deux femmes s'esclaffent. Elles rient tellement fort que Sonia vient voir ce qui se passe. En apercevant la jeune fille, Sylvie et Marie-Paule rient de plus belle. Leur gaieté est si contagieuse que Sonia se joint à elles sans même savoir pourquoi.

Chapitre 10

Les marguerites que Michel a offertes à Sylvie sont fanées depuis belle lurette lorsqu'ils parviennent enfin à s'échapper de la maison. Ils ne peuvent pas demander mieux pour leur petite escapade, car il fait un temps magnifique. Michel a même ciré son auto pour l'occasion. Sonia garde les plus jeunes mais ce n'est pas de gaieté de cœur. Elle a tellement bougonné et crié à l'injustice que ses parents ont fini par lui permettre d'aller dormir chez son amie Lise vendredi soir prochain.

Les deux tourtereaux se sont mis sur leur trente-et-un. Michel porte fièrement un polo blanc à manches courtes sur un pantalon bleu marine ; ses vêtements lui donnent fière allure. Comme il se plaît à le dire en rigolant, il est encore beau bonhomme pour son âge. Grand et mince comme à vingt ans, seules ses boucles ont grisonné par endroits. Sylvie a enfilé sa belle robe rouge sans manches, celle-là même qu'elle a achetée quand elle est allée magasiner avec Shirley la dernière fois. Dès qu'il aperçoit sa femme, Michel ne peut s'empêcher de venir vers elle. Il prend ses mains dans les siennes et lui murmure d'une voix remplie de tendresse et de désir :

— Tu es vraiment belle. Ma foi, tu ne vieillis pas. Je suis un homme choyé.

Gênée par le compliment de son mari – il lui en fait si rarement –, Sylvie se contente de sourire et de replacer machinalement les pans de sa robe. Elle est flattée qu'il la trouve belle, et surprise de voir dans ses yeux le même désir que le jour où ils se sont rencontrés. Elle est aussi contente d'avoir choisi la bonne robe. Elle en a essayé pas moins de 10 avant d'arrêter son choix sur la rouge, au grand désespoir de Shirley qui trouvait qu'elle se compliquait beaucoup trop la vie pour une simple robe.

— Tu es prête ? s'enquiert son mari.

— Le temps de prendre mes verres fumés et ma sacoche et je te rejoins dans l'auto.

— Je veux sortir en même temps que toi. Je t'attends.

Tout sourire, Michel et sa femme roulent maintenant en direction du pont Jacques-Cartier. La radio joue les succès de l'heure et Sylvie ne peut s'empêcher de chanter, au grand plaisir de Michel. À l'approche du pont, il réalise qu'il a laissé sa monnaie sur son bureau.

— As-tu un peu de monnaie ? demande-t-il à Sylvie. Ça nous éviterait de devoir nous arrêter pour payer.

— Je devrais avoir ce qu'il faut, répond-elle en sortant son porte-monnaie. Oui, j'en ai même assez pour faire quelques allers-retours sur le pont si tu veux, ajoute-t-elle en riant. Tiens, prends les pièces.

— Merci ! Est-ce que tu te souviens de la dernière fois où on est sortis juste tous les deux ?

— On sort quand même assez souvent tous les deux. Pas plus tard que la semaine dernière, on est allés manger chez ma sœur Chantal.

— Je ne parle pas d'aller voir des amis ou la famille. Non, je parle d'une sortie comme celle de ce soir, rien que toi et moi.

— Franchement, je ne m'en souviens pas. Mais attends, on n'est pas allés voir les Canadiens pour tes cinquante ans ?

À l'entrée du pont, Michel ralentit, le temps de jeter une pièce de monnaie dans le grand bac.

— Ouais, tu as raison. Et je ne suis pas prêt d'oublier cette soirée. En plus, ils ont gagné.

— Tu as tellement crié que tu en as eu pour deux jours à ne pas parler. Tu te rappelles, les enfants chuchotaient au lieu de parler normalement. Et toi, tu ne cessais de leur montrer la feuille de papier sur laquelle tu avais écrit : *Ce n'est pas aux oreilles que j'ai mal, c'est à la gorge. Parlez normalement pour que je vous entende !*

— Je les vois encore rire comme des malades. En tout cas, moi je trouve qu'on est bien chanceux. On a de bons enfants.

— C'est vrai. À part les jumeaux, ils sont assez obéissants.

— Donne-leur une chance, ils sont encore tout petits. C'est vrai qu'ils ont du caractère. La meilleure, c'est quand ils se sont commandés des chips chez Fiesta. J'ai raconté ça aux gars avec qui je travaille et ils ne me croyaient pas. Mais, au fait, as-tu réussi à y goûter, à ces fameuses chips ?

— Bien non ! Je me suis essayée plusieurs fois, mais ils se sont toujours organisés pour ne pas m'en donner, pas plus qu'à leurs frères et à leur sœur d'ailleurs. Crois-moi, j'en ai entendu parler de leurs boîtes de chips, et bien plus que je ne l'aurais voulu. « Ce n'est pas juste ! Ils refusent de partager ! Ils vont être malades s'ils mangent autant de chips ! Tu devrais tout leur enlever ! » Et moi je répondais de les laisser tranquilles, d'arrêter d'être jaloux et de s'en payer s'ils en voulaient. Mais la pire, ça a été Sonia. « Comment veux-tu que je m'en paie, je n'ai pas d'argent et je ne travaille même pas ? »

— Mais elle peut très bien aller garder des enfants. À l'âge qu'elle a, il suffirait qu'elle mette une petite annonce à l'épicerie du coin et elle se bâtirait vite une clientèle.

— C'est ce que je ne cesse de lui répéter, mais tu sais comme moi qu'elle refuse de s'occuper d'enfants. Encore la semaine passée,

Manon, la voisine du bout de la rue, a téléphoné à Sonia pour lui demander de garder ses enfants une petite heure. Notre fille a prétexté qu'elle avait trop de devoirs à faire. Sitôt le téléphone raccroché, elle s'est remise à la couture.

— Des fois, je me dis que c'est normal qu'elle soit différente de ses frères. On connaît sa mère, mais on ne sait rien sur son père.

— Je veux bien, mais ça ne lui donne pas le droit d'être capricieuse. Elle est arrivée à la maison à un mois, et on l'a élevée comme les autres. Non, on ne peut pas tout lui laisser passer. D'ailleurs, j'ai bien l'intention de revenir à la charge avec le gardiennage. Elle a le droit de ne pas aimer ça, mais si elle veut gagner un peu d'argent il va falloir qu'elle fasse des sacrifices, quitte à ce que j'aille changer les bébés de couches pour elle s'il le faut.

— Voyons donc, tu n'es pas sérieuse, j'espère ? Tu n'es pas en train de me raconter que tu vas aller là où elle garde chaque fois qu'il va y avoir un bébé à changer de couche ? J'aime autant penser que j'ai mal compris.

— Tu es loin de tout savoir sur moi ! répond joyeusement Sylvie. Quand j'ai commencé à garder des enfants, je donnais une partie de ma paie à ma sœur Claire pour qu'elle vienne changer la couche des bébés.

— On aura tout vu ! s'exclame Michel en riant. C'est la première fois que j'entends une telle chose.

— Pour tout avouer, je ressemblais beaucoup à Sonia. Je détestais m'occuper d'enfants.

— J'ai toujours cru que tu adorais les enfants.

— Les miens, oui, mais les autres, ça dépend.

— Et moi qui croyais bien te connaître…

Michel et Sylvie passent une excellente soirée ensemble. Quand ils regardent l'heure, ils sont surpris de voir qu'il est aussi tard. Il va falloir qu'ils pensent à rentrer. Bien à regret, Michel tend la main à sa femme et ils marchent en silence jusqu'à l'auto. Tendrement enlacés, ils étaient bien sur ce banc de parc en bordure du fleuve. Au loin, ils voyaient les lumières de Montréal et, plus près, les bateaux au port et à la marina. Michel est déjà nostalgique de la belle soirée qu'il vient de passer avec sa femme. À plusieurs reprises, il a eu l'impression d'avoir fait un saut dans le passé, ce passé somme toute pas si lointain où il faisait la cour à sa belle Sylvie. Jusqu'à la naissance d'Alain, ils prenaient du temps pour eux, chaque fin de semaine. Après, les choses ont été si vite qu'ils ont oublié qu'avant d'être des parents, ils étaient un couple. Michel se promet d'organiser bientôt une autre soirée en tête-à-tête avec sa femme. Il ignore comment il va faire pour trouver l'argent nécessaire, mais il sait qu'il ne pourra plus se priver aussi longtemps d'un si beau moment. Il a peut-être une idée pour gagner un peu d'argent.

Le couple entre dans la maison sur la pointe des pieds pour ne pas réveiller les enfants. Ils se sentent comme deux adolescents qui ont largement dépassé l'heure du couvre-feu. Une fois dans leur chambre, Michel tire la chaîne de la lumière de la garde-robe en prenant soin de refermer la porte en partie. Il s'approche de sa femme, dépose délicatement ses mains sur ses épaules et plante son regard dans le sien. Sylvie se sent défaillir. C'est samedi et elle sait ce qui l'attend, mais à moins qu'elle se trompe, cette fois les choses risquent d'être bien différentes. Michel effleure ses lèvres et l'embrasse doucement. Une fois... deux fois... À la troisième attaque, c'est avec le bout de sa langue qu'il trace leur contour. Sylvie sent une vague de chaleur la traverser de bas en haut. Elle s'abandonne à cette tendresse si peu habituelle pour un samedi soir, ou pour n'importe quel autre jour de la semaine d'ailleurs. Michel laisse courir ses mains dans le cou de sa dulcinée. Il frôle le haut de ses seins au passage. Sylvie ferme les yeux et se laisse porter par cette vague de plaisir. Michel l'embrasse maintenant dans le cou. Elle frissonne et soulève les épaules. Il recommence. Elle frissonne de plus belle. Michel poursuit sa découverte. Ses mains traînent ici et là sur le corps de celle qu'il désire de plus en plus. Chaque fois qu'elle tente de faire un mouvement, il lui saisit les mains et lui chuchote à l'oreille : « Laisse-moi faire ! » Comme elle ne veut absolument pas briser le charme, elle obéit : elle s'abandonne totalement à lui. Quand il la dépose sur le lit, elle lui fait très vite comprendre qu'elle ne restera pas spectatrice une seconde de plus.

Le jour commençait à poindre quand Michel et Sylvie se sont endormis. Au matin, ils n'ont pas envie de se lever. Serrés l'un contre l'autre, ils ont l'impression de rêver. Le babillage des jumeaux dans le couloir leur rappelle bien vite qu'ils sont parents et qu'ils disposent d'à peine une minute ou deux avant que l'un d'entre eux frappe à grands coups sur la porte.

— Je te gage que c'est Dominic qui va frapper le premier, lance joyeusement Michel.

— Moi, je prédis que ce sera François, déclare Sylvie.

— On verra bien ! s'écrie Michel. Je n'ai pas du tout envie de me lever.

— Moi non plus. Mais crois-moi nos vacances achè…

Sylvie n'a pas le temps de finir sa phrase que quatre petits poings martèlent la porte de la chambre comme un roulement de tambour. Sylvie et Michel éclatent de rire en même temps.

— Je pense bien qu'on a perdu tous les deux ! s'exclame Michel.

— J'ai bien peur que oui ! Bon, un peu de courage, je vais me lever. Si tu veux, tu peux rester couché.

— Non, je vais me lever avec toi.

Puis il lance, à l'adresse des jumeaux :

— On arrive ! Allez nous attendre dans la cuisine.

Au moment où Sylvie va ouvrir la porte, Michel chuchote :

— Attends ! Je voulais juste te dire que j'ai passé une très belle soirée.

— Moi aussi, répond-elle en se sentant rougir. Et une très belle nuit, ajoute-t-elle juste assez fort pour que Michel l'entende.

— Je te promets qu'on va se reprendre, souffle-t-il avant qu'elle sorte de la chambre.

Pendant tout le déjeuner, Michel et Sylvie se jettent des coups d'œil et se sourient, ce qui n'échappe pas aux enfants. Tour à tour, ils regardent leurs parents sans trop comprendre. Bien qu'ils les aient rarement entendus se disputer, ils ne sont pas habitués à les voir se faire les yeux doux.

— Arrêtez de vous regarder de même, on croirait que vous êtes des amoureux, formule François.

— C'est ce que nous sommes aussi, répond Michel.

— Tu veux dire que vous vous embrassez avec la langue ? ajoute François d'un air dédaigneux.

Sans attendre de réponse, il poursuit :

— Ça ne se peut pas, vous êtes des parents.

— François a raison, intervient Dominic. Des parents, ça ne s'embrasse pas avec la langue. En tout cas, les seuls parents qu'on voit s'embrasser comme ça, ce sont ceux de Claude et de Rémi. Chaque fois, on a envie de vomir.

Tout le monde se retient de rire. Ils sont vraiment drôles, les jumeaux. Avant que les deux pies repartent sur une autre galère,

Michel se lève et se dirige vers Sylvie. Tous le suivent des yeux sans trop comprendre ce qu'il manigance. Une fois à côté de sa femme, il l'invite à se lever. Puis il l'enlace et l'embrasse longuement sur la bouche. Les yeux rivés sur leurs parents, aucun des enfants n'ose parler. Michel retourne ensuite à sa place et s'adresse aux jumeaux :

— Maintenant, vos parents aussi s'embrassent avec la langue. Et je vous interdis d'avoir envie de vomir parce que je vous promets de vous taquiner quand vous allez embrasser vos blondes dans ma face.

Surpris, les jumeaux se regardent et éclatent de rire. Ils sont vite imités par le reste de la famille.

Ce dimanche-là, la journée s'écoule dans un doux bonheur, autant pour les petits que pour les grands. Vu que la saison des quilles est terminée, Michel a toute la soirée devant lui. Il est si heureux qu'après le souper, il invite tout le monde à aller manger une crème glacée sur le bord de l'eau.

— Si vous apportez votre ballon, on pourra jouer tous ensemble, propose-t-il avant le départ.

Quand ils reviennent deux heures plus tard, les jumeaux tombent de sommeil. Luc et Junior, eux, se sont endormis dans l'auto. Quant à Alain, Martin et Sonia, ils se sont fait déposer chez leurs amis. Une fois les garçons au lit, Sylvie dit à Michel :

— Si tu veux, je vais nous préparer du thé.

— Je sais bien qu'on est dimanche, mais je prendrais plutôt une bonne bière bien froide.

— Comme tu veux ! Reste assis, je te l'apporte.

Bien installé dans son fauteuil, Michel sourit. Il a beaucoup de chance. Il aime sa femme encore plus qu'au premier jour et elle le lui rend bien. Et aujourd'hui, il a réalisé à quel point il est important pour eux de passer du temps ensemble, sans les enfants, comme au début de leur mariage. Maintenant qu'ils n'ont plus besoin de gardienne, ils n'ont aucune excuse de ne pas prendre soin d'eux.

Il est d'accord avec Sylvie : ils ont de bons enfants. Certes, ils ne sont pas parfaits, mais ils feraient l'envie de nombreux parents. Il pense à ses deux plus vieux. Il sait qu'ils aiment boire de la bière. Il ne serait pas surpris non plus d'apprendre qu'ils fument un petit joint de temps en temps. Et il mettrait sa main au feu qu'Alain se paie la traite avec les filles depuis un petit moment déjà. Quant à Martin, si son frère le fait, ce n'est qu'une question de temps avant qu'il commence lui aussi. Son frère a toujours été son idole et il l'imite dans tout. « Mais c'est normal, ils sont comme tous les jeunes de leur âge. Tant qu'ils ne mettent pas une fille enceinte, pour ma part, ils peuvent bien s'amuser autant qu'ils le veulent. À leur âge, à part la marijuana, j'ai fait exactement la même chose qu'eux, et peut-être même pire. » Michel s'est informé à gauche et à droite sur la drogue, mais au bout du compte il n'en sait pas tellement plus et ça ne l'inquiète pas outre mesure. « Ça ne doit pas être si mauvais que ça ! » pense-t-il.

Puis ses réflexions se tournent vers Sonia, sa belle grande fille... Il se souvient encore du jour où Sylvie et lui sont allés la chercher à l'orphelinat. Elle était pleine de bourrelets, un vrai petit bébé de lait comme se plaisait à le dire Sylvie. Il l'a aimée dès qu'il l'a prise dans ses bras. Il passait des heures à la bercer et il aimait la regarder dormir. Il rêvait d'avoir une fille depuis si longtemps. Il ne voudrait pas qu'il lui arrive quelque chose. Il le sait, c'est un peu difficile à comprendre. D'un côté, il encourage ses fils à s'amuser autant qu'ils le peuvent. D'un autre côté, il ne pourrait jamais pardonner à un garçon qui aurait fait du mal à sa fille ou qui l'aurait mise enceinte à la suite d'une histoire d'un soir. La vie est ainsi faite : il y a moins de conséquences pour un homme de s'amuser que pour une femme. En tout cas, en apparence. Quand Sylvie lui a appris que Sonia avait ses règles, il s'est dépêché de lui dire d'emmener leur fille chez le médecin pour qu'elle se fasse prescrire la pilule.

— Tu n'es pas sérieux, j'espère ! s'est-elle écriée. Elle a seulement treize ans.

— On n'est jamais trop prudent. Aimerais-tu mieux qu'elle tombe enceinte ?

— Bien sûr que non. Mais je ne suis pas d'accord pour qu'elle prenne la pilule. Imagine un peu, c'est comme si tu l'autorisais à s'envoyer en l'air. Ça n'a pas de bon sens. Je te rappelle qu'elle n'a que treize ans et que tout ce qu'elle souhaite, c'est suivre Alain et Martin.

— Je ne vois pas les choses comme toi. Ce n'est pas parce que tu prends une assurance vie que ça va te faire mourir plus vite. Penses-y un peu ! As-tu envie d'élever l'enfant de ta fille ?

— Certainement pas. Arrête de dire des niaiseries. J'ai fait ma part pour peupler le Québec.

— Moi je pense qu'il vaut mieux prévenir que guérir. Comme tu viens de le faire remarquer, plus ça va, plus elle veut suivre ses frères. Tu sais comme moi qu'on ne pourra pas l'en empêcher indéfiniment. C'est pourquoi il faut lui faire prendre la pilule, et le plus vite sera le mieux. Aujourd'hui, les jeunes sont loin d'être comme dans notre temps. Ils n'ont que les mots « amour libre » à la bouche. Si tu ne t'en occupes pas, je vais le faire.

— Tu n'y penses pas. Imagine un peu que tu arrives chez le médecin avec ta fille pour...

— Je te donne une semaine pour t'en occuper.

Michel ignore comment Sylvie s'y est prise pour vendre l'idée à Sonia. Tout ce qu'il sait, c'est qu'il peut maintenant dormir sur ses deux oreilles.

Toujours prêt à rendre service, Junior est un bon garçon. C'est celui qui lui ressemble le plus, à part le fait qu'il mange dix fois plus que lui. Et il y a aussi une autre différence entre eux : Junior pleure pour un rien, à tel point que pendant un moment Michel s'est demandé s'il n'était pas gai. Quand il en a parlé à Sylvie, elle lui a dit qu'il n'avait pas à s'inquiéter. «Il est tout ce qu'il y a de plus normal. Sonia m'a raconté qu'elle l'a surpris en train d'embrasser une fille hier.» Tout comme lui, son fils traîne toujours son couteau de poche sur lui. Michel le lui a offert pour ses dix ans. Junior ne sait pas encore ce qu'il va faire dans la vie, mais à douze ans, il a bien le temps d'y penser.

Le beau Luc leur en a fait voir de toutes les couleurs depuis son premier battement de cils. De nature fragile, il attrape tous les microbes qui passent à proximité. Au moindre petit courant d'air, il a de la difficulté à respirer. À la plus petite contrariété aussi. Michel sait très bien qu'il se sert du fait qu'il est asthmatique pour arriver à ses fins, mais il ne peut le blâmer d'être aussi habile. Dieu a dit qu'il fallait se servir de ses talents. Michel doit reconnaître que Luc s'en tire admirablement bien.

Quant aux jumeaux, ce sont deux petits rayons de soleil. Ils sont attachants comme tout. Michel se souvient encore quand le médecin est venu lui apprendre qu'il était père non pas d'un beau garçon mais de deux. Surpris, il était devenu aussi blanc qu'un drap, tellement que le médecin lui avait demandé s'il voulait s'étendre un peu. Déjà que le fait d'apprendre qu'il allait être père une sixième fois avait été un choc pour lui, voilà maintenant qu'il en avait deux pour le prix d'un! Et cela a été toute une adaptation pour lui et pour Sylvie, même si le reste de la famille a mis la main à la pâte sans que leurs parents demandent quoi que ce soit. Les deux petits derniers ont fait et font toujours la joie de toute la famille... enfin, la plupart du temps.

— Tiens, voilà ta bière, lance Sylvie en arrivant. J'ai pris le temps de ramasser quelques traîneries dans la cuisine avant de revenir.

— Viens, on va s'asseoir sur le divan, l'invite Michel en lui tendant la main.

Chapitre 11

Comme tous les jeudis soir, Michel a conduit Sylvie chez Metro et l'attend dans l'auto. Il en profite pour écouter la radio ; à cette heure-ci, il y a toujours une ou deux tribunes sur des sujets brûlants de l'actualité. Ce soir, aucun des sujets traités ne l'intéressent. Il pitonne bien plus qu'il n'écoute, ce qui l'amène à repenser à la discussion qu'il a eue avec son père quand ils sont allés prendre une marche sur le bord de l'eau. Ce dernier lui a raconté qu'il trouvait que Sonia ressemblait énormément à sa cousine Martine.

— Sonia pourrait passer facilement pour la fille de Martine. Elle ressemble comme deux gouttes d'eau à sa plus vieille.

— Mais voyons, le père, ça n'a pas de sens ce que vous me chantez là ! s'était emporté Michel. Êtes-vous certain que ce n'est pas votre vue qui vous joue des mauvais tours ?

— Arrête un peu ! Ma vue se porte très bien, surtout que je viens de changer de lunettes. Tout ce que je te dis, c'est que ta fille ressemble à ta cousine, rien de plus.

— Pensez-y un peu. Elles ne peuvent même pas avoir des airs de famille. Sonia a été adoptée, vous le savez aussi bien que moi.

— En tout cas, tu le constateras par toi-même quand tu rencontreras Martine. La dernière fois qu'elle est venue nous voir, elle a dit qu'elle te rendrait visite quand elle viendra pour l'Expo.

Michel avait alors réalisé qu'il avait complètement oublié d'en parler à Sylvie.

Dès que Michel voit sa femme sortir du supermarché, il démarre son auto et roule lentement jusqu'à la porte d'entrée. Ensuite, il va entasser la dizaine de sacs de papier brun remplis à ras bord dans le coffre arrière de l'auto.

— C'est décourageant ! s'écrie Sylvie une fois sa portière fermée. Si les prix continuent à grimper de la sorte, bientôt on n'aura plus les moyens de manger. Depuis la semaine passée, la boîte de blé d'Inde en crème a augmenté de deux cents et ce n'est qu'un exemple. Je pourrais t'en donner un tas d'autres. Il va falloir que l'inflation arrête parce que moi je ne sais plus quoi faire pour économiser sur l'épicerie. Chaque fois que je réussis à trouver un moyen de nous en sortir, les prix explosent. Je me demande où on s'en va...

— Pas besoin de t'emporter comme ça, expose Michel d'un ton calme. Jusqu'à maintenant, on s'en est toujours sortis.

— Oui, mais plus ça va, plus ça empire. On n'arrête pas d'augmenter le budget pour l'épicerie, mais les prix montent toujours plus vite.

— Crois-tu que ce serait mieux de changer de supermarché ? Un des gars avec qui je travaille m'a dit que c'était bien moins cher à la Coop...

— Je suis loin d'être certaine de ça, s'empresse de répondre Sylvie d'un ton légèrement impatient. Et au moins, chez Metro, je peux ramasser des timbres Gold Star. Si je ne me trompe pas, je vais bientôt en avoir assez pour acheter un nouveau grille-pain. Au nombre de tranches de pain qu'il a grillées, le nôtre doit être sur le point de rendre l'âme. J'en ai vu un beau dans le catalogue.

— Mais ce n'est pas mieux. Si l'épicerie coûte plus cher, c'est comme si tu payais ton grille-pain avec ton argent.

Mais Sylvie ne l'entend pas ainsi. Comme l'argent ne sort pas de ses poches quand elle commande des primes, elle a l'impression que ce sont des cadeaux, donc que c'est très avantageux pour elle. Pourtant, c'est connu de tous, les prix à la Coop défient toute concurrence. Le magasin est moins beau et les clients emballent leur épicerie eux-mêmes. Reste à savoir si on préfère aller dans un beau supermarché, avoir des timbres Gold Star et profiter des emballeurs qui attendent près de chacune des caisses mais payer plus cher, ou bien faire l'épicerie dans une espèce d'entrepôt.

Sylvie argumente :

— Tu ne comprends pas. On ne paie pas les primes. Ce sont des cadeaux pour nous remercier d'acheter dans leur épicerie.

Michel sait très bien à quel point Sylvie tient à ses timbres-primes. Il sait aussi à quel point il est difficile de la faire changer d'idée.

— J'ai quelque chose à te proposer, lance-t-il. Je suis certain que tu connais le prix des choses que tu achètes semaine après semaine.

— Oui, répond fièrement Sylvie. Dès qu'un prix augmente, je le sais tout de suite. Et je peux même dire de combien a été l'augmentation.

— Parfait ! La semaine prochaine, si tu veux bien, on ira faire l'épicerie à la Coop. On verra ensuite si ça vaut la peine de changer de place.

Sylvie réfléchit quelques secondes. Elle meurt d'envie de rejeter la proposition de Michel, mais elle se retient à temps. Après tout, elle ne risque pas grand-chose à essayer, si ce n'est de prendre un peu plus de temps pour faire son épicerie parce qu'elle ne saura pas où sont les choses. Étant donné que Michel va l'attendre dans l'auto, il lui restera toujours le loisir de lui dire que ça ne vaut vraiment pas la peine de changer d'endroit.

— C'est une bonne idée, finit-elle par déclarer. Comme ça, on verra bien si c'est vraiment avantageux.

— Et pour cette fois, je vais faire un spécial : je ferai l'épicerie avec toi.

— Ah mais, tu sais, il n'y a rien de drôle là-dedans. Moi, si j'étais toi, j'en profiterais pour écouter la radio bien tranquille.

— Non, non, j'insiste. Il va bien falloir que j'entre dans un supermarché avant de mourir.

Sylvie fait un gros effort pour ne pas le montrer, mais elle n'aime pas que Michel s'immisce dans ses affaires. L'épicerie, c'est sa responsabilité, pas celle de son mari. Elle ne se mêle pas de lui dire quoi faire à son travail ou dans son garage, eh bien qu'il agisse de la même manière !

De retour à la maison, Michel l'aide à rentrer les sacs d'épicerie. La table croule sous le poids des victuailles, mais c'est ici que sa tâche s'achève. Il ouvre le réfrigérateur, se prend une bière et file au garage. Avant même qu'il ait refermé la porte, tous ceux qui étaient à la maison se sont mis à graviter autour de la table, le nez dans les sacs d'épicerie. Semaine après semaine, ils ont espoir de découvrir des trésors. Une fois le contenu passé à la loupe, déçus, ils retournent tous à leurs occupations sans même offrir à leur mère de l'aider à ranger les denrées. Pris de remords, comme chaque semaine, Junior revient sur ses pas et entreprend de vider un premier sac, et un deuxième... au grand plaisir de Sylvie.

Une fois que tout est rangé et que les sacs sont pliés, Sylvie félicite Junior :

— Une chance que tu es là ! Je te remercie beaucoup. On croirait que nous ne sommes que deux dans cette maison !

— Il faudrait peut-être que tu demandes aux autres de t'aider…

— Je sais, mais en même temps je me dis qu'ils ne sont pas aveugles. Semaine après semaine, ils viennent voir ce que j'ai acheté et ils se dépêchent de s'en aller alors que toi tu viens m'aider sans que je te le demande. D'ailleurs, j'ai quelque chose pour toi. Personne n'a vu la surprise, car je l'avais cachée dans ma sacoche.

Sylvie sort de son sac à main une barre de chocolat Oh Henry ! ; elle tend celle-ci à Junior.

— Tiens, mais garde ça pour toi.

— Merci maman ! s'exclame joyeusement Junior. En plus, c'est ma sorte préférée !

* * *

C'est ce soir que la chorale de Sylvie donne son spectacle annuel. Vêtue d'une jupe longue noire et d'un chemisier blanc, elle fait doucement son entrée dans la cuisine, talons hauts obligent. Elle n'a pas l'habitude de porter de tels souliers. Quand elle les a retirés de leur boîte, ils étaient tout poussiéreux tellement elle ne les sort pas souvent. Il serait temps qu'elle en achète une nouvelle paire, mais ils sont comme neufs puisqu'elle les met rarement. Chaque fois qu'elle les porte, Michel ne manque pas de lui demander quand elle les a achetés, ce qui la fait sourire. « Les hommes ne remarquent jamais rien. Ça fait au moins dix ans que je les ai ! » pense-t-elle.

Depuis qu'elle a ouvert les yeux, elle a un nœud dans l'estomac. Elle n'a pratiquement rien avalé de toute la journée : seulement un café et quelques biscuits au thé. Et selon les enfants, elle n'a pas arrêté de bougonner. Elle répète ses chansons en boucle dans sa tête, même qu'il lui arrive de fredonner. C'est son deuxième spectacle avec cette chorale et c'est un spectacle d'importance. Plus de 500 billets ont été vendus. Ses compagnons et elle vont chanter à guichets fermés, ce qui n'est pas rien compte tenu du fait que les billets étaient loin d'être donnés. Il paraît qu'il y a même des gens qui viendront de Montréal pour les entendre.

Avant, quand elle habitait l'est de Montréal, elle faisait partie d'une chorale de quartier. Le groupe montait aussi un spectacle, dans la grande salle de l'école primaire, qui attirait un peu plus d'une centaine de personnes chaque fois. Mais ici, à Longueuil, les choses sont bien différentes. À lui seul, le chef de chœur vaut le déplacement. Il est très expressif et bouge dans tous les sens pour obtenir le meilleur de chacun de ses chanteurs. Il dirige la chorale depuis une bonne dizaine d'années et est très respecté dans le monde de la chanson lyrique. Sa notoriété dépasse les limites de Longueuil. Il connaît bien ses choristes et il sait ce qu'il est en droit d'exiger de chacun d'eux. Il a pour son dire qu'on n'a pas le droit de décevoir les spectateurs. C'est à cause de son insistance que Sylvie a fini par accepter de chanter en solo. Depuis ce jour, il n'y a pas une seule journée où elle n'a pas regretté de lui avoir cédé. Elle sait qu'elle en est capable, mais il lui semble que les solos ne sont pas pour elle, que ce n'est pas sa place. Elle devrait au moins reconnaître qu'elle a une belle voix, tout le monde le lui dit, mais elle a des difficultés à accepter les compliments. Son père, ses beaux-parents, Michel, et même les enfants, qui n'aiment pas du tout son répertoire, le lui répètent constamment, mais rien n'y fait.

Sylvie demeure une spécialiste pour se remettre à sa place. Mais où est-elle au juste sa place ? Elle a choisi de se marier et d'élever des enfants, mais ça ne l'oblige pas à se barricader dans sa maison 365 jours par année. Si ce n'avait pas été de Michel, elle ne chanterait pas aujourd'hui. Elle ne magasinerait jamais avec Shirley non plus, et elle n'irait pas au cinéma à l'occasion. Un jour, alors que Sylvie faisait remarquer à Michel qu'il sortait au moins une fois par semaine alors qu'elle restait toute seule avec les enfants, il lui a répondu qu'il n'en tenait qu'à elle de se trouver des sorties. Deux mois plus tard, elle n'avait encore posé aucun geste en ce sens. Michel est revenu à la charge à plusieurs reprises et, un beau jour, à son retour du travail, elle lui a enfin annoncé qu'elle allait chanter dans la chorale du quartier. La semaine d'après, elle l'a avisé qu'elle irait magasiner avec Shirley. Il a souri et lui a promis qu'elle pourrait compter chaque fois sur lui pour s'occuper des enfants.

— Tu n'auras qu'à me faire signe quand ce sera le moment d'aller te conduire à la salle, lui indique Michel. Je serai dans le salon.

— Ce ne sera pas la peine, répond-elle en rougissant légèrement. Jacques, le chef de chœur, m'a offert de passer me prendre. C'est sur son chemin.

— Pas de problème, répond simplement Michel sans rien remarquer d'anormal. Tu n'es pas trop nerveuse au moins ?

— Si tu pouvais entendre battre mon cœur, tu saurais à quel point je le suis. Même accoucher me semblait plus facile que de chanter en solo, c'est pour te dire…

— Tu t'en fais pour rien. Je suis certain que tu vas être la meilleure.

— On verra bien ! J'espère seulement que je vais me souvenir des paroles de ma chanson.

À ce moment, un klaxon se fait entendre. Sylvie court à la fenêtre et soulève le rideau.

— Bon, il faut que j'y aille, lance-t-elle à Michel. N'oublie pas, le spectacle est à huit heures.

— J'y serai. Je ne manquerais pas ça pour tout l'or du monde.

— Tu seras assis entre mon père et ma tante Irma. À plus tard !

Sylvie n'a pas encore fermé la porte que Michel se laisse tomber sur son fauteuil. Il est déçu. Il se faisait une joie d'aller entendre chanter Sylvie, mais maintenant qu'il sait qu'il sera assis à côté de la tante Irma, il aurait bien envie de ne pas y aller, même s'il sait que ça ne se fait pas. Il soupire un bon coup et réfléchit. Il faut qu'il trouve une solution à son problème. « Si j'arrive suffisamment tôt, je pourrais essayer d'échanger mon billet. En tout cas, une chose est certaine : il n'est pas question que je passe la soirée collé à la tante Irma, ça non, quitte à rester debout à l'arrière. »

Le spectacle bat son plein depuis une bonne heure déjà quand Sylvie chante enfin sa première note en solo. Le regard planté dans celui du chef de chœur, elle s'exécute de façon admirable. Tout y est : la justesse de la voix, l'émotion dans le regard, le bon dosage des gestes. La salle est si silencieuse qu'on pourrait entendre une mouche voler. Rivés à leurs sièges, les spectateurs respirent à peine pour ne rien perdre de ce pur moment d'extase. On croirait entendre un ange. Sitôt la dernière note chantée, la soliste est acclamée. Les applaudissements fusent de partout ; ils semblent ne jamais vouloir s'arrêter. Sylvie est dans tous ses états. Elle a peine à croire qu'elle vient de chanter en solo devant des centaines de personnes et que tous ces applaudissements sont pour elle. Elle y est arrivée ! Et elle s'est souvenue de toutes les paroles de sa chanson. Voilà maintenant que le public lui donne une ovation ! Elle est émue, tellement que deux grosses larmes coulent sur ses joues. « C'est le plus beau jour de ma vie, et c'est à Jacques que je le dois », songe-t-elle en saluant ses admirateurs.

Chapitre 12

— Tu sais très bien de qui je parle ! s'exclame Sonia d'un ton chargé d'impatience.

— Non, je ne vois vraiment pas, dit son amie Lise en plissant les yeux. Donne-moi plus de détails.

— C'est simple, pourtant ! Il s'agit du nouveau en 10e année, celui qui a les cheveux au milieu du dos. Et des lunettes aussi.

— Lui ? Tu es vraiment sérieuse ? demande Lise d'un ton dédaigneux. Alors là, je ne vois pas du tout ce que tu lui trouves.

— Penses-y comme il faut juste une minute, répond Sonia, le visage illuminé. Il est grand, mince et il a un sourire à faire tomber toutes les filles. Et je paierais pour avoir une tête comme la sienne. Ma foi, tu dois être malade. D'habitude, on a exactement les mêmes goûts en matière de garçon. Je ne comprends plus rien.

— En tout cas, je ne lèverai pas le petit doigt pour te le voler.

— J'espère bien, sinon à quoi serviraient les amies…

Puis, sur un ton rempli de romantisme, Sonia ajoute :

— Hier, on a échangé quelques mots ; sa case est près de la mienne. Tu aurais dû voir comme je bafouillais tellement j'étais impressionnée qu'il me parle. J'avais de la misère à aligner deux mots. Et je devais être rouge comme une tomate, parce que la face me brûlait. Une vraie tarte !

— Hé ! Arrête un peu ! Tu ne trouves pas que tu exagères ? Ce n'est pas le prince d'Angleterre, c'est juste un garçon parmi tant d'autres.

— Non, je te le répète, il n'a rien des autres garçons. Il m'a raconté qu'il lisait beaucoup. Connais-tu beaucoup de garçons qui aiment lire, toi ? Et il dessine aussi.

— Il n'y a pas de quoi en faire un plat.

— Ce que tu peux être casse-pied quand tu veux ! On est aussi bien de parler d'autre chose. Vas-y, je t'écoute.

— Eh bien, je pensais qu'on pourrait peut-être sortir avec tes frères vendredi soir.

— C'est une bonne idée, mais c'est loin d'être fait. Il va d'abord falloir que je trouve le moyen de sortir de la maison et aussi de convaincre mes frères de nous emmener avec eux.

— En autant que le beau Martin soit là… laisse tomber Lise d'une voix chaude.

— Tu perds ton temps avec mon frère. Il ne sort jamais avec des filles de notre âge. Pour utiliser une de ses expressions favorites, il dit qu'on sent encore le pipi.

— Moi, je trouve que ce genre de discours ressemble plutôt à Alain.

— Alain ou Martin, tu sais comme moi que c'est du pareil au même. Là où l'un va, l'autre y va aussi. Depuis qu'ils sont petits, ils font tout ensemble. Ils seraient jumeaux que ce ne serait pas différent. De toute façon, ce qu'ils veulent, c'est s'amuser avec les filles.

— Et si moi je veux m'amuser avec les garçons ? s'exclame Lise.

— Tu es sérieuse ? Est-ce que tu prends la pilule au moins ?

— Non, mais il existe d'autres moyens pour ne pas tomber enceinte. Et toi ?

— Comme tu le sais déjà, oui je prends la pilule. Mais ça ne me sert pas à grand-chose. De toute façon, je n'ai encore rien fait. Je suis souvent tentée d'arrêter, mais le jour où j'irai plus loin avec un garçon je serai contente de la prendre. Entre toi et moi, je n'ai aucune envie de me retrouver avec un bébé sur les bras. Ni maintenant ni plus tard, ça je te le garantis.

— En tout cas, tu es chanceuse d'avoir une mère comme la tienne. Moi, chaque fois que j'essaie d'en parler à la mienne, elle se fâche après moi et hurle qu'il n'y a que les traînées qui couchent à mon âge. Elle est aussi rigide qu'une bonne sœur !

— De mon côté, je soupçonne que mon père a quelque chose à voir là-dedans. Si je me fie au discours qu'il tient à mes frères, il ne cesse de leur répéter de s'amuser. Je pense donc qu'il n'avait pas vraiment le choix de me protéger d'une certaine façon. Remarque, je n'ai pas posé trop de questions à ma mère quand elle m'a fait comprendre que je devrais prendre la pilule. Pauvre maman, elle ne savait pas du tout comment me présenter la chose. De grosses gouttes de sueur perlaient à son front. J'ai commencé par lui dire que je n'en avais pas besoin et que, de toute façon, je ne faisais rien. Mais finalement, après réflexion, j'ai pensé que ça pourrait servir. Je te jure, quand je lui ai annoncé que c'était correct, c'est comme si je lui avais donné une liasse d'argent. Elle s'est vite essuyé le front et a pris une grande respiration. Le lendemain, on est allées voir le médecin. En repartant, je tenais entre mes mains la liberté… enfin, c'est ce qu'on prétend.

— Est-ce qu'il t'arrive de vouloir savoir qui est ta vraie mère ?

— Quelle question ! Non, pas vraiment. Ma mère, c'est Sylvie et je n'en veux pas d'autre. Quant à celle qui m'a mise au monde, si elle avait voulu de moi, elle m'aurait gardée.

— Oui, mais peut-être qu'elle ne pouvait pas faire autrement…

— C'est trop facile de croire qu'elle n'avait pas le choix. Comme l'affirme mon grand-père Belley, il faut réfléchir avant d'agir.

— Je te trouve bien dure à son égard. Tu ne la connais même pas.

— Et je ne tiens pas du tout à la connaître non plus.

— Si j'étais à ta place, je voudrais savoir qui est ma mère, ma vraie mère.

— Je te l'ai dit : ma mère s'appelle Sylvie et mon père Michel. Bon, il est temps que je rentre si je ne veux pas passer sous la table. On s'appelle ce soir ?

— Pas de problème. À plus tard !

* * *

Sitôt Michel parti pour le travail, Sylvie sort le catalogue de Distribution aux consommateurs. Elle en tourne nerveusement les pages. Ce matin, elle va aller acheter le cadeau de fête de Michel. Alice va l'accompagner. Même si son anniversaire n'est que lundi prochain, on le fêtera samedi soir. C'est plus facile pour tout le monde. Sylvie a invité son père et Fernand, l'ami de Michel, ainsi que sa femme. Elle a aussi invité Alice et Georges. Elle a eu très envie d'inviter la tante Irma, mais elle s'est retenue à temps. Quand elle arrive enfin dans la section des rasoirs, elle prend le temps de regarder chacun des modèles. Ces dernières semaines, elle a essayé de faire parler Michel sans que ça paraisse trop. Dès qu'elle était seule, elle notait ce qu'il venait de lui dire sur un bout de papier qu'elle rangeait dans son sac à main. « J'étais loin de penser qu'il y avait autant de modèles. Moi qui croyais que ce serait simple… »

Quand la sonnette de la porte d'entrée annonce l'arrivée d'Alice, Sylvie n'a toujours pas fait son choix. Pire encore, elle est loin d'être prête à partir, car elle porte encore sa jaquette et ses pantoufles. Elle court ouvrir la porte et se confond en excuses en voyant sa voisine :

— Je suis vraiment désolée, je n'ai pas vu le temps passer. Je regarde le catalogue depuis une grosse heure et je n'arrive pas à choisir un rasoir.

— Je peux vous aider, si vous voulez. La semaine dernière, je suis allée en acheter un pour Georges et il était très content de mon choix.

— Ce ne serait pas de refus, mais avant je vais aller m'habiller.

— Pas de problème, je vais regarder le catalogue en attendant.

— Aimeriez-vous prendre un café ? Il en reste de ce matin.

— Non, merci, je viens à peine d'en finir un.

Quand Sylvie revient dans la cuisine, Alice lui dit :

— Je ne sais pas quel prix vous voulez payer, mais je peux vous suggérer trois modèles. Asseyez-vous, je vais vous les montrer.

Sylvie écoute Alice religieusement. Elle ne connaît absolument rien aux rasoirs.

— Alors, lequel préférez-vous ? demande Alice.

— Pour être franche, c'est du pareil au même pour moi. Lequel devrais-je acheter selon vous ?

— Eh bien, si j'étais à votre place, j'achèterais le même modèle que j'ai offert à Georges. Il ne jure que par son nouveau rasoir depuis qu'il l'a. S'ils ne l'ont pas en magasin, ce qui risque d'arriver, je prendrais celui-ci. Il est un peu plus cher, mais il est sûrement moins cher que si vous l'achetiez ailleurs.

— Ça, c'est certain. On y va alors ?

— Je suis prête.

— Voulez-vous y aller à pied ou vous préférez qu'on prenne l'autobus ?

— On est capables de marcher, c'est à moins d'un mille d'ici. Et j'ai prévu le coup, j'ai mis mes souliers de marche.

Une fois au magasin, Sylvie prend une feuille de commande et inscrit le numéro du rasoir qu'elle a choisi sur la première ligne. Elle la tend ensuite au préposé. Après avoir vérifié, celui-ci annonce :

— Vous avez de la chance, madame, il m'en reste un.

La seconde d'après, le jeune homme prend un cylindre, l'ouvre et y dépose la commande de Sylvie. Il dépose ensuite le cylindre dans un gros tuyau où il est tout de suite aspiré. Ce n'est pas la première fois que Sylvie assiste à cette manœuvre, mais elle est toujours aussi impressionnée : le cylindre va vite se retrouver à l'arrière du magasin afin que sa commande puisse être traitée par le préposé dans l'entrepôt. Quelques minutes plus tard, le jeune homme qui a pris sa commande l'appelle. Il a son rasoir. Les deux femmes l'examinent sous toutes ses coutures.

— Il m'a l'air bien correct, indique Alice.

— Il ne me reste plus qu'à aller payer alors.

— Je vais retourner voir les bijoux en vous attendant.

— Mais j'y pense, tant qu'à être ici, je ferais mieux d'acheter du papier d'emballage. Je vous rejoins dans quelques minutes.

— Prenez tout le temps qu'il vous faut.

Sur le chemin du retour, les deux femmes discutent. Alice raconte à Sylvie à quel point ses enfants lui manquent.

— L'autre jour, j'ai dit à Georges qu'on devrait aller les retrouver.

— Vous n'allez pas déménager ? demande Sylvie d'une voix plaintive.

— Pas pour le moment. Il faut d'abord que je convainque Georges et ce n'est pas une mince affaire, croyez-moi. Chaque fois que j'en parle, il se trouve des tas d'excuses pour rester ici. On est très bien à Longueuil. On ne trouvera jamais une maison comme la nôtre au prix qu'on l'a payée. On ne pourra plus voir nos amis… C'est n'importe quoi.

— En tout cas, j'espère vous avoir comme voisine le plus longtemps possible.

— Vous êtes bien gentille. Que diriez-vous si on s'arrêtait à la petite pâtisserie au coin de la rue ? Il y a des jours que je rêve de manger un éclair au chocolat. C'est moi qui vous invite.

— Avec plaisir. Moi, je vais prendre un millefeuille, c'est ma pâtisserie préférée.

De retour à la maison, Sylvie se dépêche d'emballer le cadeau de Michel avant que les enfants viennent dîner. Satisfaite, elle regarde son paquet et sourit. Michel sera sûrement content. Il faut maintenant qu'elle cache le cadeau dans un endroit sûr pour que personne ne mette la main dessus. Elle regarde autour d'elle et réfléchit. « La cuisine est probablement le meilleur endroit. Michel n'ouvre jamais les armoires. J'ai une idée. Je vais mettre le paquet dans la boîte de farine, elle est justement vide. Les chances que quelqu'un veuille vider le gros sac de farine dedans sont très minces. »

Quand les jumeaux arrivent ce midi-là, ils en ont long à raconter à leur mère.

— Tu ne sais pas quoi ? lance François. Luc a une blonde. On les a vus ensemble dans la cour de l'école.

— Je n'ai pas de blonde ! s'écrie Luc. Combien de fois il va falloir que je vous le répète pour que vous compreniez ?

— Arrête de dire des mensonges, proteste Dominic. On vous a vus avant que la cloche sonne ce matin.

— Tu l'as même embrassée, ajoute François.

— Allez-vous la fermer à la fin ? s'impatiente Luc. Vous ne savez même pas de quoi vous parlez !

— Hé, arrêtez de vous chicaner ! intervient Sylvie. Qu'est-ce que ça peut bien faire que Luc ait une blonde ? demande-t-elle aux jumeaux.

— Rien, répond Dominic. Mais on a bien le droit de l'agacer à ce que je sache.

— Je pense la même chose que mon frère, appuie François.

— Le contraire m'aurait étonné, émet Luc d'un ton cinglant. Vous êtes incapables de faire quelque chose tout seuls.

— Ce n'est même pas vrai ! proteste vigoureusement François. Tu n'as pas le droit de dire ça. Tu es méchant !

— Tu ne vas pas te mettre à pleurer, j'espère ! se moque Luc.

— Ça suffit, Luc, ordonne Sylvie. Laisse tes frères tranquilles.

— Ce n'est pas juste. Tu les protèges tout le temps. On sait bien : les jumeaux ont le droit de dire tout ce qu'ils veulent, mais personne n'a le droit de les remettre à leur place. Les pauvres petits enfants à leur maman, il ne faut surtout pas leur faire de peine. J'en ai assez de vous autres.

Sans ajouter un mot de plus, Luc se lève et se dirige vers la porte.

— Où vas-tu comme ça ? lui demande sa mère. Tu n'as même pas mangé !

— Je n'ai pas faim. Et de toute façon, j'aime mieux retourner à l'école.

La seconde d'après, la porte se referme brusquement sur Luc. Surpris, les jumeaux regardent leur mère sans trop comprendre. Ils se demandent bien quelle mouche a piqué leur frère.

Chapitre 13

— As-tu seulement pensé au fait qu'en plus d'être malheureux en dehors de la maison parce qu'il a peur de croiser un chien, maintenant il va l'être aussi dans la maison ? demande Michel. Je suis loin d'être certain que c'est une bonne affaire. En plus, tu connais ma position là-dessus : ce n'est pas que je déteste les chiens, mais avec sept enfants on en a déjà plein les bras. Je me vois en train de ramasser ses besoins et je n'en ai pas du tout envie. À part Luc, les enfants vont tous être contents d'avoir un chien, ça fait des années qu'ils me cassent les oreilles pour en avoir un, mais personne ne va vouloir s'en occuper quand ça va être le temps de l'emmener marcher ou de ramasser ses besoins. Je pourrais te raconter des dizaines d'histoires d'horreur en matière de chien.

— Voyons, Michel, oublie tes histoires d'horreur ! Tu sais comme moi qu'il n'y a pas 50 façons de guérir Luc de sa peur des chiens… lance Sylvie en désespoir de cause. Penses-y un peu, il nous faut un chien. Je sais ce que c'est que d'avoir une peur bleue d'un animal. Moi, j'ai toujours eu peur des araignées et je n'ai jamais pu me débarrasser de cela. À mon âge, j'ai encore l'air d'une vraie folle si j'ai le malheur de voir une petite araignée. Alors, si on peut aider Luc, crois-moi, on doit le faire. Et je te promets que tu n'auras pas à ramasser les besoins du chien.

Michel se frotte le menton et réfléchit quelques secondes. Il connaît suffisamment Sylvie pour savoir qu'elle ne lâchera pas tant et aussi longtemps qu'elle n'obtiendra pas gain de cause. C'est alors qu'il a une idée.

— OK ! Je te prends au mot. On achète un chien, mais pas un gros comme celui du voisin, on en choisira un petit. Et je te donne six mois pour te défaire de ta peur des araignées. Sinon, je rapporterai moi-même le chien à la fourrière.

Surprise par les propos de Michel, Sylvie reste sans voix. C'est à son tour de réfléchir. Elle n'avait pas prévu que la discussion prendrait cette tournure. Elle est loin d'avoir envie d'affronter sa peur des araignées. La seule pensée d'en sentir une sur son bras la fait frissonner de la tête aux pieds. Elle se souvient encore de la dernière fois où les jumeaux ont étalé des dizaines de petites bêtes en plastique sur son oreiller. Elle a crié si fort en les voyant qu'elle a réveillé le reste de la maisonnée. « Oui, mais Luc ne doit pas passer sa vie avec la peur au ventre chaque fois qu'il rencontre un chien sur son chemin, se dit-elle. Je n'ai vraiment pas le choix. Avec un peu de chance, Luc ne mettra pas six mois à se débarrasser de sa peur… Et tant pis pour le chien ! »

— C'est d'accord, finit-elle par accepter. On va avertir Luc au souper. Et samedi prochain, j'irai avec lui à la fourrière.

— N'oublie pas, je ne ramasserai pas les besoins du chien. Et si jamais je suis obligé de le faire ne serait-ce qu'une fois, je déposerai les crottes sur le comptoir de ta cuisine !

Ce soir-là, aussitôt que toute la famille est servie, Sylvie leur apprend la bonne nouvelle. Tous sont enchantés à l'idée d'avoir un chien, même un petit. Pendant que chacun y va de son commentaire, Luc se lève de table et s'en va dans sa chambre. Il est blanc comme un drap et commence à respirer de plus en plus difficilement. Il s'assoit sur son lit et courbe le dos pour essayer de trouver un peu d'air. Il respire par la bouche. Il faudrait qu'il prenne une dose de sirop rouge et vite, mais il n'est pas question qu'il retourne dans la cuisine. Mieux vaut mourir étouffé que de s'exposer aux rires du reste de la famille. Alors qu'il croyait que sa mère avait compris à quel point il a peur des chiens, voilà qu'elle vient d'annoncer fièrement qu'ils vont en avoir un. Plus il y pense, plus sa respiration devient saccadée. Sa gorge est maintenant aussi sèche qu'un vieux pruneau, et elle lui fait terriblement mal. S'il ne prend pas de sirop bientôt, il va une fois de plus se retrouver dans un lit d'hôpital.

Pendant ce temps, la joie règne dans la cuisine. Soudain, Sylvie réalise que Luc n'est plus à table. Elle file prendre le sirop rouge dans l'armoire et court jusqu'à la chambre de son fils. Elle mettrait sa main au feu que Luc est en crise. Quand elle le voit la tête entre les deux jambes pour trouver son air, elle l'agrippe par une épaule et lui dit :

— Tiens, prends vite une bonne gorgée de ton sirop. Ça va aller mieux après.

Sans offrir aucune résistance, Luc se redresse avant d'obtempérer. Il reprend ensuite sa position initiale. Sa mère lui frotte doucement le dos pendant que le sirop fait son œuvre. Elle savait que le garçon réagirait à l'annonce, mais elle avait espéré avoir le temps de lui expliquer pourquoi elle tient à ce que la famille ait un chien.

À mesure que le médicament fait son effet, Luc se redresse. Une fois sa respiration redevenue plus normale, Sylvie lui dit :

— Ça va aller. Continue à respirer lentement. Maintenant, je veux que tu m'écoutes. C'est pour toi que j'ai décidé d'avoir un chien, pour t'aider à vaincre ta peur. Samedi prochain, on ira à la fourrière ensemble parce que c'est toi qui vas le choisir.

Luc voudrait hurler qu'il ne veut pas de chien, mais il en est incapable pour le moment. À mesure qu'il reprend son souffle, des images d'horreur défilent dans sa tête alors que de grosses larmes coulent sur ses joues. Bientôt, il ne pourra plus aller et venir à son aise dans sa propre maison. Chaque fois qu'il va rentrer de l'école, il va falloir qu'il demande à quelqu'un d'enfermer le chien dans une pièce. Sa vie va être un vrai cauchemar. À moins qu'il demande à son grand-père de le prendre chez lui...

— Ce sera ton chien. On prendra une cage. Comme ça, tu pourras t'habituer tranquillement à lui. Arrête de pleurer. Un jour tu me remercieras, je te le promets. Tu ne peux pas passer ta vie à avoir peur des chiens, car il y en a partout où qu'on aille. Je vais te raconter quelque chose qui va peut-être te consoler. Tu sais à quel point j'ai peur des araignées ? Eh bien, ton père me donne six mois pour vaincre ma peur, sinon il va se débarrasser du chien.

Luc regarde sa mère et lui fait un demi-sourire. Le seul mot *araignée* lui fait plaisir. Tout comme ses frères et sa sœur, il ne s'est jamais privé de faire peur à sa mère avec ces petites bêtes chaque fois qu'il en a eu l'occasion.

En voyant un sourire sur les lèvres de son fils, Sylvie lui passe un bras autour du cou et lui souffle à l'oreille :

— Tu vas voir, on va y arriver tous les deux. Mais je vais avoir besoin de ton aide. Viens, les autres doivent se demander ce qu'on fait.

Luc essuie ses yeux du revers de la main et suit sa mère. Quand ils font leur entrée dans la cuisine, tous les regards se tournent vers eux. Tous peuvent comprendre Luc. Ils l'ont vu tellement de fois figer sur place à la seule vue d'un chien.

— Ne t'en fais pas, Luc, lance Dominic. François et moi on va t'aider à passer à travers.

— Moi aussi, promet Junior. Comme dirait grand-papa Pelletier, une petite bête ne mange pas une grosse bête. Si tu veux, je peux être ton garde du corps.

— Votre grand-père m'a justement raconté une drôle d'histoire de chien quand il est venu nous rendre visite la dernière fois, lance Michel. Aimeriez-vous l'entendre ?

— Certain ! s'écrient joyeusement les jumeaux. Les histoires de grand-papa sont toujours bonnes.

— Figurez-vous qu'il m'a raconté l'histoire du chien chapardeur.

— C'est quoi un chien chapardeur ? demande François, des points d'interrogation dans les yeux. Je n'ai jamais entendu parler de ça.

— Si tu laisses papa parler, on va tous pouvoir le savoir, s'impatiente Sonia.

— Hé, vous deux, pas de chicane ! jette Michel. Bon, écoutez bien. Un chien chapardeur, c'est un chien qui vole de la nourriture. Imaginez-vous que ce chien-là, si je me souviens bien, c'est un labrador noir, se promène dans les rangs autour de chez lui. Et dès qu'une bonne odeur taquine ses narines, il se dépêche d'aller voir de quoi il s'agit.

— Il entre dans les maisons ? s'étonne François. Comment fait-il pour ouvrir les portes ?

— Non, j'ai oublié de vous dire que les maisons de campagne ont souvent ce qu'on appelle un tambour ou une laiterie collée à la maison. D'habitude, ça donne sur la galerie. L'hiver, les femmes ont l'habitude de faire refroidir la nourriture à cet endroit.

— Comme quoi ? demande Dominic.

— Toutes sortes de choses : des pâtés à la viande, du bœuf en sauce, des tourtières, un rôti de porc… Ma mère fait encore cela. Mais la porte de ces petits appentis est très facile à ouvrir, même que souvent elle ne clenche pas, ce qui fait que le chien entre et va voler la nourriture.

— Est-ce qu'il mange sur place ce qu'il vole ? s'informe Sonia.

— Non, non. Il part avec le plat et le contenu.

— Mais comment fait-il ? s'enquiert Junior. Il n'a pas de bras.

— Sa gueule peut tenir bien des choses, explique Michel. Alors, le chien part avec son butin et se dépêche d'aller le cacher, même que souvent il l'enterre dans la neige, sur le terrain de ses maîtres, pour pouvoir le manger plus tard. Au début, tout le monde criait au voleur. Mais quand la neige a fondu, les maîtres du chien en question ont vu pousser des plats en verre, en métal, en plastique sur leur pelouse. Ils ont vite compris ce que faisait leur chien. Gênés, ils ont fait le tour des maisons avoisinantes pour remettre les plats à leurs propriétaires. Il paraît même qu'ils ont remis les contenants remplis de nourriture.

— Tu parles d'un chien ! s'exclame Martin. Tu es sûr que grand-papa ne t'en a pas passé une petite vite ?

— Je le connais assez pour savoir quand il dit la vérité et quand il raconte des blagues. Crois-moi, cette histoire est vraie.

— Est-ce qu'ils ont tué le chien ? demande François d'un air inquiet.

— Non ! Pourquoi ils l'auraient tué ? C'est aux femmes de s'assurer que la porte est bien fermée.

— En tout cas, j'espère que notre chien ne fera pas la même chose, observe Dominic.

— Tu n'as pas à t'inquiéter, répond Junior. À la grosseur qu'il va avoir, il ne pourra jamais soulever une grosse marmite. Et puis, on va le nourrir, nous.

À ces mots, tous éclatent de rire, même Luc.

* * *

— Bonne fête, mon Michel ! s'exclame monsieur Belley en serrant la main de son gendre. Je t'en souhaite tout une !

— Merci le beau-père ! Je suis content que vous soyez venu. J'avais cru comprendre que vous étiez en Gaspésie.

— Penses-tu vraiment que j'aurais manqué ta fête ? Si tu veux tout savoir, je suis revenu il y a moins d'une heure.

— Allez-vous finir par vous arrêter de travailler un jour ?

— Pour passer mes grandes journées à me bercer sur la galerie ? Non merci ! Travailler, c'est tout ce que je sais faire et j'aime bien trop mon travail pour arrêter. Tant qu'ils vont vouloir de moi, je vais continuer. De toute façon, ils n'ont pas encore réussi à me remplacer.

— Laisse-moi vieillir un peu, grand-papa, et je vais prendre ta place, moi, lance Junior.

Surpris par les propos de son fils, Michel le regarde en plissant les yeux.

— Ne me regarde pas de même, dit Junior à son père, ça fait longtemps que j'y pense.

— Si tu veux, je t'emmènerai avec moi cet été, propose le grand-père.

— Je termine l'école le 23 juin. Après, je suis ton homme. Je demanderai à Martin de passer mes circulaires pendant que je serai parti.

Au moment où monsieur Belley s'apprête à répondre, Sylvie crie :

— C'est servi ! Venez vite manger avant que ça refroidisse !

Comme c'est le cas chaque fois que c'est l'anniversaire d'un membre de la famille, Sylvie s'est donné beaucoup de mal pour préparer le repas. Pour faire plaisir à Michel, elle servira un rôti de bœuf avec des patates pilées et de la salade en feuilles avec des cailles. C'est le repas préféré de Michel. Pour mettre toutes les chances de son côté afin que la viande soit tendre, elle est allée l'acheter à la petite boucherie du quartier. Lorsque le boucher lui a dit le prix, elle a failli lui annoncer qu'elle avait changé d'idée. Ce seul repas a laissé un grand trou dans son budget. Il ne lui reste plus qu'à souhaiter que plusieurs femmes lui téléphonent la semaine prochaine pour faire apporter des retouches à leurs vêtements. Elle a même été obligée d'aller fouiller dans sa cachette secrète. Même si depuis déjà plusieurs mois elle met de l'argent de côté pour pouvoir acheter un billet à chaque membre de la famille pour l'Expo, son pécule ne monte pas aussi vite qu'elle le souhaiterait. Heureusement, il reste encore plusieurs mois avant l'événement....

Tout sourire, Michel se dépêche de prendre une bouchée. Tous surveillent sa réaction, surtout Sylvie. Si elle le pouvait, elle claquerait des doigts pour s'assurer que la viande soit aussi tendre qu'un steak haché, mais tout ce qu'elle peut faire c'est attendre le verdict du fêté en croisant les doigts. Sans prendre le temps de prononcer un seul mot, Michel coupe une deuxième bouchée, plus grosse que la première, la recouvre de patates pilées et la porte à sa bouche. La seconde d'après, il ferme les yeux et laisse tomber :

— Je ne sais pas ce que tu as fait à cette viande, ma femme, mais je n'ai jamais rien mangé d'aussi tendre.

Après ce commentaire élogieux, les convives commencent à manger. En deux temps, trois mouvements, tous vident leur assiette et en redemandent. Sylvie est au septième ciel. Elle a enfin réussi son premier rôti de bœuf. « C'est sûrement à cause de la qualité de la viande », se dit-elle.

— Vous allez être déçus, car je ne pourrai pas tous vous servir une deuxième fois, sinon ce seront de bien petites portions, annonce-t-elle. Vous avez mangé tellement vite que je suis à peu près certaine que vous n'avez même pas pris le temps de rien goûter.

— C'était tellement bon, maman ! clame Dominic. Tu es une championne !

— Merci pour le compliment, répond Sylvie, mais ne regarde pas mon assiette de cette façon. Personne ne va y toucher, pas même ton père.

— J'ai une idée, lance François. Tu pourrais faire un autre rôti demain soir…

— C'est une bonne idée, approuve Sylvie. Mais au prix que la viande a coûté, j'ai bien peur que la prochaine fois risque d'être à la fête de votre père.

— Dans un an ? s'étonne Sonia. Le rôti a dû coûter vraiment cher…

— Encore plus que tu penses, ma fille. Mais à vous voir manger, je pense que ça valait la dépense.

— Est-ce qu'il reste des patates pilées et de la salade au moins ? demande Alain.

— Oui, affirme Sylvie. Laissez-moi seulement le temps de prendre encore une ou deux bouchées et je vais ensuite partager ce qui reste entre ceux qui ont encore faim.

Tous lèvent la main instantanément, ce qui fait sourire monsieur Belley. Il a toujours eu un faible pour Sylvie et pour ses enfants aussi. Chaque fois qu'il vient leur rendre visite, grands et petits viennent tous l'embrasser ou lui serrer la main et prennent le temps de parler avec lui, ce qui lui fait très plaisir. Être ici lui fait du bien. Tout à l'heure, quand il a répondu à la question de Michel, il n'a pas tout dit. En réalité, il continue à travailler parce qu'il ne supporterait pas de vivre seul dans son petit appartement. Alors que tous croient qu'il aime sa solitude, il s'ennuie à mourir dès qu'il tourne la clé dans la serrure de sa porte. Il n'est pas fait pour vivre seul. Il lui arrive même de penser à se remarier, mais il a peur que ses enfants le trouvent ridicule. Il y a quelques mois, il a fait la connaissance d'une femme lors d'une réunion des représentants de toute la province. Suzanne est une femme avec qui il se verrait bien finir sa vie. Ils ont passé des heures à discuter ensemble. Depuis, ils se sont revus trois fois et ils ont commencé à parler de mariage. Reste à trouver la manière d'en parler à leurs enfants respectifs. Il en a glissé un mot à Sylvie la dernière fois qu'ils sont allés marcher, mais il n'a sûrement pas été suffisamment clair parce qu'elle n'a eu aucune réaction. Il s'est promis de revenir à la charge auprès d'elle.

— Après, si vous êtes d'accord, on pourrait offrir ses cadeaux à votre père avant de manger le gâteau. Qu'en pensez-vous ?

— C'est une excellente idée ! appuie Sonia. Est-ce que je vais pouvoir lui donner le mien en premier ?

— Bien sûr, répond Sylvie.

Aucun des enfants n'a de grands moyens pour acheter des cadeaux, mais chaque fois que c'est l'anniversaire d'un des membres de la famille, tous se font un devoir d'offrir quelque chose au fêté. Sylvie a enseigné à ses enfants l'importance de faire plaisir aux autres. « Si vous n'avez pas d'argent, vous pouvez toujours fabriquer vous-mêmes le cadeau. Vous pouvez même faire quelque chose pour la personne dont c'est la fête, pourvu que ça lui fasse plaisir. Par exemple, vous pourriez m'offrir de préparer le souper ou de faire la vaisselle. Ou encore d'étendre le linge, de le ramasser et de le plier… Un rien me fait plaisir. »

Sonia remet à son père le cadeau qu'elle lui offre.

— Bonne fête, papa ! Dépêche-toi de l'ouvrir, car j'ai hâte de savoir si tu vas l'aimer.

Michel déchire vivement le papier journal dans lequel le paquet a été emballé. Il tient ensuite le tableau à bout de bras pour mieux apprécier le paysage d'automne peint par Sonia. Plus il le regarde, plus il sent l'émotion le gagner. La scène est tellement bien reproduite qu'il a l'impression d'être là, assis sur le petit pont, sa canne à pêche à la main. Tout le monde vient se placer derrière lui pour voir l'œuvre. Les exclamations admiratives se succèdent. Sonia est fière comme un paon. Elle sait que son père est content.

— C'est vraiment très beau ! finit-il par déclarer en se raclant la gorge. Je ne sais pas de qui tu tiens ça, mais tu as vraiment beaucoup de talent. Viens ici que je t'embrasse.

Sonia saute au cou de son père. Sylvie est attendrie par la scène. Il est si rare que Michel montre à sa fille à quel point il l'aime.

— Mais je ne suis pas la seule à t'offrir ce cadeau, avoue Sonia. Moi, j'ai fait la toile mais c'est maman qui l'a fait encadrer. Est-ce que tu reconnais le paysage ?

— Je ne suis pas certain, mais il me semble que je l'ai vu dans un des numéros du *Bulletin des agriculteurs*.

— Tu as raison. Tu m'avais dit que ça ferait une très belle toile.

— Encore merci, ma belle fille. Je te promets que je vais trouver une belle place pour l'accrocher.

Les jumeaux viennent s'assurer que leurs noms sont bel et bien sur la toile. Quand ils réalisent que ce n'est pas le cas, ils se font vite entendre :

— Ce n'est pas juste ! s'écrie Dominic. Tu avais promis de mettre notre nom sur la toile si on ne disait rien à papa.

— Tu n'as pas tenu ta promesse ! accuse François.

— Regardez comme il faut, leur demande Sonia.

La jeune fille prend la toile dans ses mains. Elle la retourne. Les jumeaux voient alors que leurs noms ont été écrits en toutes lettres à la peinture bleue derrière la toile.

— Mais tu avais promis que tu signerais nos noms sur la toile.

— Ils sont sur la toile à ce que je sache.

— Ce n'est pas vrai ! Ils sont derrière la toile.

— Mais la toile a deux côtés et vos noms sont de l'autre côté.

Mécontents, les jumeaux croisent les bras et prennent un air boudeur. Le reste de la famille se retient de rire.

Tour à tour, les garçons remettent ensuite un cadeau à leur père : une revue, une barre de chocolat, une paire de bas, un sac de réglisses rouges, un dessin et un fudge glacé. Michel est content. Quand Sylvie lui donne son rasoir, il est encore plus content, car le sien a fait son temps.

C'est ensuite au tour de monsieur Belley de lui offrir un présent.

— Avec moi, tu n'as jamais de surprise puisque je te donne toujours la même chose.

— Ne vous en faites pas, le beau-père. C'est toujours un plaisir pour moi de recevoir une bouteille de gros gin. Je vous remercie.

— C'est maintenant à mon tour ! s'écrie Fernand en tendant à son ami une boîte de métal. Pour tout avouer, je n'ai pas grand mérite, car c'est ma femme qui l'a fait pour toi. Attention, c'est lourd.

Heureusement que Michel a pris le cadeau avec ses deux mains, sinon il l'aurait sûrement échappé. Il se dépêche de l'ouvrir. Quand il voit que la boîte est remplie de sucre à la crème et de fudge, il jubile.

— Qui t'a dit que j'adorais ça ?

— Pas besoin d'être devin pour savoir que tu aimes le sucré.

— Tu permets que j'embrasse ta femme au moins ?

— Vas-y ! Tant que je suis là, il n'y a pas de problème !

Pendant que Michel va à la rencontre de la femme de Fernand, les enfants s'approchent de la chaise de leur père. Comme lui, ils aiment beaucoup le sucre à la crème et le fudge. Ils ont très envie de goûter aux délices qu'a reçus Michel. Quand leur père revient à sa place après avoir serré la main de Fernand, il déclare à sa famille :

— Vous pourrez en prendre un, mais après le dessert. Le reste est pour moi et votre mère. J'espère que je me suis bien fait comprendre. Si on mangeait le gâteau maintenant ?

— J'ai fait ton dessert préféré, annonce Sylvie en lui souriant.

— Pas celui avec des biscuits Graham, du pouding et de la crème fouettée ?

— À moins que tes goûts aient changé…

— J'en veux un gros morceau !

Sylvie éclate de rire. Elle reconnaît bien là son mari : il serait prêt à faire des bassesses pour avoir un plus gros morceau de gâteau !

Chapitre 14

Sylvie s'essuie vivement les mains sur son tablier et décroche le combiné.

— Allo !

— J'aimerais parler à madame Sylvie Pelletier, déclare l'homme au bout du fil.

— C'est moi ! répond-elle d'une petite voix soudainement teintée d'inquiétude.

— Je me présente. Je m'appelle Xavier Laberge et je travaille pour la troupe Les 1 000 voix. Je vous ai entendue chanter en solo lors du spectacle annuel de votre chorale et j'aimerais vous rencontrer.

— Pourquoi voulez-vous me voir ?

— Parce que j'ai une proposition à vous faire.

— Pourriez-vous être plus clair ?

— C'est pour cela qu'il serait préférable que l'on se parle en personne. Mais je peux au moins vous dire que c'est Jacques, votre chef de chœur, qui m'a donné votre numéro de téléphone. Si cela peut vous rassurer, je n'ai aucune objection à ce qu'il soit présent lors de notre rencontre.

Sans laisser le temps à Sylvie de démêler tout ça, l'homme poursuit sur sa lancée :

— Je pourrais venir vous voir demain à deux heures, à l'endroit même où vous avez vos répétitions de chorale. Est-ce que cela vous convient ?

La curiosité l'emportant, Sylvie s'entend répondre :

— J'y serai.

Dès qu'elle raccroche le combiné, Sylvie se laisse tomber sur une chaise. Elle se demande bien pourquoi elle a accepté. Elle se demande aussi pourquoi cet homme veut la voir. En tout cas, au téléphone, il lui a paru très distingué et très cultivé aussi. Il s'est exprimé dans un excellent français. Qu'est-ce qu'il peut bien lui vouloir ? Elle a déjà entendu parler de la troupe pour laquelle il travaille, mais elle avait sûrement mal compris. C'est une troupe professionnelle qui verse dans l'opérette alors qu'elle est une simple chanteuse dans une chorale tout ce qu'il y a de plus ordinaire, donc sans grand intérêt.

Plus les minutes passent, plus elle sent la curiosité la gagner. Prenant son courage à deux mains, elle compose le numéro de Jacques – il le lui a donné le soir du spectacle. Elle s'en souvient comme si c'était hier. Alors qu'ils roulaient en direction de la salle où ils allaient se produire, il lui a tendu un bout de papier en lui disant d'une voix douce :

— On ne sait jamais, ça peut servir.

Heureusement qu'il faisait noir dans la voiture parce qu'elle s'était sentie rougir jusqu'à la racine des cheveux. Leurs mains s'étaient effleurées une fraction de seconde, mais suffisamment longtemps pour qu'elle sente une bouffée de chaleur l'envahir de la tête aux pieds. Cela l'avait inquiétée, car de toute sa vie de femme mariée, jamais son cœur n'avait battu la chamade pour quelqu'un d'autre que Michel. Comme la saison prenait fin avec le spectacle, elle a cru que le temps ferait son œuvre, qu'au retour en septembre tout cela ne serait plus qu'un vague et lointain souvenir. « Je suis loin d'être fière de moi, se dit-elle. J'ai beau avoir jeté le soir même le papier qu'il m'a donné, j'ai quand même retenu son numéro de téléphone alors que j'ai toutes les misères du monde à me souvenir de celui de mon père même si je lui téléphone au moins une fois par semaine. »

Soudainement prise de panique, à la deuxième sonnerie elle raccroche et va s'asseoir à la table. La tête appuyée sur ses deux poings, elle se met à jongler. « Maudits curés ! Ils nous ont tellement endoctrinés qu'on se sent coupable même quand on n'a rien fait. Et moi, je suis assez stupide pour embarquer dans leurs niaiseries. Qu'est-ce que ça peut bien faire que je téléphone à Jacques et que j'aille prendre un café avec lui ? Michel n'est même pas obligé de le savoir. » Elle se lève et recompose le numéro. À la troisième sonnerie, une femme répond très gentiment. Surprise, Sylvie demande à parler à Jacques.

— Il est sorti faire les courses. Je peux lui demander de vous rappeler, si vous voulez…

Après avoir laissé un message, Sylvie continue son lavage. Elle regarde l'heure et songe qu'il vaudrait mieux qu'elle accélère si elle veut avoir fini avant que les enfants viennent dîner. Elle prend son panier rempli à ras bord et sort par la porte arrière pour aller étendre le linge sur la corde. Le simple fait de savoir que Jacques est marié lui fait du bien. « Inutile de me torturer avec tout ça, c'était purement professionnel. J'ai quand même hâte de savoir ce que monsieur Laberge me veut. Et s'il voulait m'offrir un rôle ? Non, c'est impossible ! Avec tout ce que j'ai à faire, je n'y arriverais jamais. Ça n'a aucun sens, je ne suis pas une vraie chanteuse, je suis tout juste une chanteuse amateur. »

Sylvie vient à peine de faire rouler sa laveuse jusqu'à sa place quand elle entend crier les jumeaux.

— Maman, maman, regarde ce que le vieux fou nous a fait ! hurle Dominic.

— Il nous a arrosés avec son boyau d'arrosage, pleurniche François. On est tout trempés.

— Et on n'était même pas sur son bout de trottoir, ajoute Dominic. On marchait tranquillement du côté de madame Parapouil – pour une fois elle n'était pas à son poste –, et il nous a tous arrosés.

Furieuse, Sylvie lance :

— Allez vous asseoir sur la galerie d'en avant et attendez-moi. J'en connais un qui a dépassé les limites. Je vais téléphoner à la police. Son petit jeu a assez duré.

— Mais est-ce qu'on peut aller se changer ? demande François.

— Pas tout de suite. Mais ne vous inquiétez pas, il fait trop chaud pour que vous attrapiez votre coup de mort. Il faut que les policiers voient dans quel état vous êtes.

— Mais il faut qu'on mange si on ne veut pas être en retard à l'école.

— Je vous donnerai un billet si c'est nécessaire. Maintenant, allez sur la galerie, vous mettez de l'eau partout. Je vais vous apporter des serviettes dès que j'aurai fini mon appel.

Les policiers viennent prendre la déposition de Sylvie. Ils décident d'aller voir monsieur Masson. Avant de partir, ils s'adressent aux jumeaux :

— Pour les prochains jours, passez de l'autre côté de la rue.

— Mais ce n'est pas mieux, se lamente François. Madame Parapouil est aussi folle que lui.

— Bon, si c'est comme ça, on va aller la voir elle aussi. Si ça se reproduit, demandez à votre mère de nous rappeler.

— Monsieur l'agent, dit Dominic qui n'a d'yeux que pour la voiture de police depuis que celle-ci est stationnée devant la maison, est-ce qu'on pourrait regarder votre auto de plus près ?

— Mais oui, venez. Vous pouvez même vous asseoir dedans si vous voulez.

— On ne pourra pas, répond tristement Dominic. On est encore tout mouillés.

— Si vous faites vite, on va attendre que vous vous soyez changés.

Les deux garçons entrent en courant dans la maison. Sylvie en profite pour remercier les deux policiers de leur gentillesse.

— On ne peut pas toujours le faire, mais c'est un peu plus tranquille aujourd'hui. Quand il fait beau, on dirait que les gens ont moins besoin de nous. Et puis, ça en fera au moins deux qui auront une bonne opinion des policiers !

* * *

Lorsque Jacques la rappelle enfin, il est trop tard pour que Sylvie puisse aller prendre un café. Ils conviennent donc de se rencontrer un peu avant la rencontre avec monsieur Laberge.

— Tu n'as pas à t'inquiéter, bien au contraire, explique Jacques. J'en connais plusieurs qui vont t'envier. Je t'en révélerai plus demain. Pour l'instant, il faut que je te laisse.

Prise par elle ne sait quel élan, Sylvie le retient au téléphone le temps de lui lancer :

— Ah oui ! Je voulais te dire que ta femme est très gentille.

— Mais ce n'est pas ma femme, c'est ma sœur. Je ne me suis jamais marié. À demain !

Sylvie a raccroché le combiné depuis quelques minutes déjà, mais elle est toujours appuyée contre le mur sur lequel est fixé le téléphone. Elle se répète les dernières paroles de Jacques en boucle sans trop vouloir savoir pourquoi elles lui font autant d'effet. Perdue dans ses pensées, elle sursaute quand la sonnerie du téléphone retentit. Au bout du fil, Alice est en pleurs. Georges a fait une autre crise. Les ambulanciers viennent de l'emmener à l'hôpital.

— J'arrive ! s'écrie Sylvie.

Elle griffonne quelques mots pour les enfants avant de filer en vitesse chez sa voisine. Une fois devant la porte, elle prend une grande respiration avant d'appuyer sur la sonnette. D'après la réaction d'Alice au téléphone, il est facile de deviner dans quel état elle va trouver sa voisine. Quand celle-ci vient enfin lui ouvrir, elle se jette dans ses bras et pleure à chaudes larmes. Entre deux sanglots, Sylvie la dirige vers l'intérieur de la maison. Elle lui murmure ensuite :

— Venez vous asseoir et racontez-moi tout ce qui s'est passé. Après, si vous voulez, j'irai avec vous à l'hôpital.

Le lendemain, alors que Sylvie nage en plein bonheur car elle vient de se faire offrir un rôle dans une opérette, Georges s'éteint à la suite de complications.

Chapitre 15

Sylvie est dans tous ses états. Les jumeaux et Luc ne sont pas encore rentrés de l'école et Michel est sur le point de revenir du travail. Plus les minutes passent, plus elle sent la panique la gagner. De nature peu pieuse, elle est même allée chercher son chapelet et l'a glissé dans la poche de son tablier. Pendant qu'elle fait les cent pas dans la cuisine, elle le presse nerveusement dans sa main en récitant des *Je vous salue, Marie* en boucle. Lorsque les plus vieux sont arrivés, elle les a envoyés à la recherche de leurs frères dans le quartier. Seule depuis un quart d'heure, elle est de plus en plus désespérée. « Pourvu qu'il ne leur soit rien arrivé ! » Elle est si malheureuse qu'elle songe à promettre de recommencer à réciter le chapelet à genoux devant le poste de radio.

Ce n'est pas la première fois que les jumeaux lui font le coup. Quand ils vivaient sur l'île, il leur arrivait régulièrement de traîner avec leurs amis et de rentrer alors que tout le monde était déjà à table, mais ça n'inquiétait pas vraiment Sylvie parce qu'ils étaient toujours en groupe. Par contre, depuis qu'ils vivent ici, jamais ils ne sont rentrés en retard. À Longueuil, leur champ d'action est bien moins vaste ; du moins, c'est ce qu'elle croit. Il faut dire qu'elle a serré la vis après le déménagement. Aujourd'hui, ce qui vient s'ajouter à son inquiétude, c'est le fait que Luc ne soit pas rentré lui non plus alors qu'il ne fait jamais de vagues. Au fond d'elle-même, elle espère qu'il est avec ses frères.

Sylvie a beau réfléchir, elle n'a aucune idée de l'endroit où ses fils peuvent être. Elle a vérifié chez Alice, mais celle-ci ne les a pas vus. Elle a téléphoné à leurs amis, mais personne ne sait rien. Elle est désemparée. « Peut-être même qu'ils ne sont pas ensemble. Il arrive tellement de choses de nos jours… Ça me rend folle de ne pas savoir où sont mes enfants. »

Quand elle entend la porte s'ouvrir, elle se précipite dans l'entrée. En voyant Michel, elle s'écrie d'une voix remplie de nervosité :

— Je suis si contente de te voir ! Je ne me possède plus. Les jumeaux et Luc ne sont pas rentrés et personne ne les a vus. Je suis morte d'inquiétude.

Surpris par les propos de sa femme, Michel dépose sa boîte à lunch. Puis il tente de la rassurer :

— Ils se sont sûrement arrêtés jouer chez un de leurs amis.

— Non, j'ai téléphoné à tout le monde.

— Oui, mais tu ne connais sûrement pas tous leurs amis. Quand j'avais leur âge, je m'en faisais des nouveaux chaque jour.

— Ils ne sont nulle part. Ils se sont peut-être fait enlever par un maniaque, on ne sait jamais. Je les ai pourtant avertis de ne jamais parler aux étrangers…

— Arrête un peu. Il ne faut pas toujours penser au pire. Je suis certain qu'on va en rire quand on va savoir ce qu'ils ont encore inventé. Tu le sais autant que moi : ce sont des drôles de moineaux, nos jumeaux.

— Oui, mais Luc n'est pas rentré lui non plus et ce n'est pas dans ses habitudes. Il est aussi prévisible qu'un vieux garçon depuis qu'il est au monde.

— Tu devrais être contente qu'il fasse enfin quelque chose de différent. Moi, je continue à penser que tu t'inquiètes pour rien.

— C'est tout l'effet que ça te fait ! lui reproche Sylvie. Trois de nos enfants ont disparu et tout ce que tu trouves à dire, c'est qu'ils vont finir par revenir… J'aurai tout vu ! Moi, je suis tellement inquiète que je n'ai même pas été capable de préparer le souper. Tu pourrais au moins faire le tour du quartier en auto.

Michel voit bien à quel point Sylvie est inquiète. Il prend une grande respiration avant de promettre d'une voix douce :

— S'ils ne sont pas revenus dans une demi-heure, non seulement j'irai faire le tour du quartier mais on appellera la police aussi.

— Pas une minute de plus, par exemple, répond Sylvie en fixant l'horloge sur le mur.

— Si tu veux, je vais te donner un coup de main pour préparer le souper. Ils vont sûrement être affamés quand ils vont rentrer.

Attitré aux patates, Michel équarrit plus qu'il ne pèle. Un autre jour, Sylvie serait montée sur ses grands chevaux, mais aujourd'hui elle se dit qu'il faudra seulement plus de patates pour en avoir assez à faire cuire. Pendant ce temps, elle fait revenir la viande hachée avec des oignons. Elle travaille comme une automate ; son esprit est ailleurs. Elle pense aux jumeaux et à Luc sans arrêt et implore le ciel de lui ramener ses enfants sains et saufs.

Alors qu'elle vient de déposer le pâté chinois dans le four, elle entend des éclats de rire dehors. Elle ferme la porte du four d'un geste brusque et court jusqu'à la porte d'entrée, le cœur rempli d'espoir. Elle ouvre la porte et se met aussitôt à compter le nombre de têtes devant elle. Il y en a sept. Elle vérifie à nouveau, cette fois en prenant le temps de regarder les visages. Ses enfants sont tous là. Elle tremble de tout son corps et de grosses larmes coulent sur ses joues. Elle rassemble les forces qu'il lui reste et crie d'une voix pleine de réprobation :

— Voulez-vous bien me dire où vous étiez passés ? J'étais morte d'inquiétude. Je croyais que vous aviez été enlevés. Ne me refaites plus jamais le coup de disparaître comme ça !

— Ne pleure pas, maman, l'implore Dominic. Il ne nous est rien arrivé. On est juste allés à la fourrière avec Luc. On voulait lui montrer les chiens.

— Sauf qu'on ne savait pas que c'était aussi loin, ajoute François. On a même couru des grands bouts pour ne pas que tu t'inquiètes. On ne savait pas quelle heure il était, on n'a pas de montre.

— Et Luc a même flatté un chien ! annonce Dominic d'un ton joyeux. C'est vrai, Luc, hein ?

Mais celui-ci n'a pas le temps de répondre. Le flambeau est vite repris par François :

— Il y a au moins 10 chiens qu'on trouve beaux. Au début, Luc ne voulait même pas entrer dans la fourrière.

— C'est juste quand on a promis de lui payer une boîte de chips qu'il a fini par accepter, explique Dominic.

— Quand il est entré, il avait tellement peur qu'il se tenait très loin des cages, indique François. Après, il s'est habitué tranquillement et on a presque été obligés de le traîner de force dehors.

— C'est vrai ! s'exclame Luc. J'ai encore très peur des chiens mais, pour la première fois de ma vie, j'ai été capable de les regarder dans les yeux. Je suis affamé, moi, qu'est-ce qu'on mange ?

Avant de répondre à sa question, Sylvie s'approche de ses trois plus jeunes et les serre dans ses bras, tellement fort qu'ils ont peine à respirer. Témoin de la scène, Michel sourit. Il ne l'avouera pas à Sylvie, ce serait inutile, mais il était très inquiet lui aussi. La seule pensée qu'il pût être arrivé malheur à ses petits le rendait malade. Il répond à la question de Luc :

— On mange du pâté chinois. Et après le souper, j'offre une crème glacée à tout le monde. Venez, il faut mettre la table.

Pendant tout le souper, Sylvie regarde ses enfants et sourit. Les entendre babiller sans arrêt lui fait le plus grand bien. Elle les écoute et se réjouit que la journée se soit bien terminée. Sylvie sait qu'elle ne supporterait pas la perte de l'un d'entre eux. « Il faudrait peut-être que j'achète une montre à mes fils. Il leur serait plus facile d'être à l'heure. Je vais aussi leur donner une pièce de monnaie pour qu'ils puissent me téléphoner s'ils pensent être en retard. J'ai peut-être assez de points pour au moins une montre. »

Ni les jumeaux ni Luc n'ont reçu de punition. Sans même se consulter, Sylvie et Michel ont convenu que ce n'était pas nécessaire. L'intention des jumeaux était tout ce qu'il y a de plus noble. Ils voulaient aider leur frère à vaincre sa peur des chiens. Ce n'est pas toujours le grand amour entre les enfants Pelletier, mais une chose est certaine : tous sont solidaires dès qu'il arrive quelque chose à l'un d'entre eux.

Quand les enfants sont enfin au lit, Sylvie dit à Michel :

— Maintenant que l'orage est passé et que tout le monde est couché, il faut qu'on parle de l'offre que j'ai reçue parce que je dois donner ma réponse demain matin.

— Justement, je voulais te revenir là-dessus. J'ai réfléchi à ça toute la journée et ce n'est pas à moi de décider.

— Sans décider, tu as quand même ton mot à dire.

— Oui et non. D'abord, les enfants ne sont plus des bébés, ils sont même plutôt débrouillards.

Le sourire aux lèvres, Michel ajoute :

— Ils nous l'ont démontré une fois de plus aujourd'hui. Il fallait quand même y penser. Aller à la fourrière pour que Luc s'habitue tranquillement aux chiens, quelle bonne idée !

— C'est certain, mais j'ai eu tellement peur.

— J'ai bien vu ça et c'est tout à fait normal. Mais revenons à ton affaire. Tu as toujours rêvé d'être chanteuse. Alors, je ne vois pas pourquoi tu refuserais. C'est une chance en or pour toi. Penses-y un peu.

— C'est sûr que ça me tente pas mal, mais je ne voudrais pas non plus négliger ma famille. Quand j'ai accepté de me marier avec toi, je savais que je resterais à la maison pour élever nos enfants.

— Tu as fait largement ta part et les jumeaux ont déjà huit ans. Je sais bien qu'ils ont encore besoin de toi, mais si j'ai bien compris, tes nouvelles activités se dérouleraient pendant l'année scolaire ?

— Oui. À part quelques spectacles le soir, les répétitions ont toujours lieu le jour.

— Alors, sauf le fait que tu vas peut-être être obligée de te faire aider par les enfants de temps en temps, ou par moi, je ne vois aucun problème. En tout cas, si j'étais à ta place, j'accepterais. Des occasions comme celle-là, ça ne se présente pas souvent dans une vie.

— En plus, je vais recevoir un salaire, pas un gros, mais quand même. Réalises-tu ? Je vais être payée pour faire ce que j'aime le plus au monde… après les enfants et toi, bien sûr !

— Tu n'as pas à te sentir coupable. Tu t'es toujours très bien occupée de nous, alors il est temps que tu penses un peu à toi.

Sylvie est touchée par les propos de Michel. Il vient de lui prouver une fois de plus qu'il est différent de beaucoup d'hommes. Il l'aime pour ce qu'elle est et veut son bonheur, même si celui-ci va lui demander quelques efforts à lui aussi. Malgré son support et son encouragement, Sylvie hésite encore. D'un côté, c'est vrai qu'elle a toujours rêvé d'être chanteuse ; mais d'un autre côté, elle est morte de peur à l'idée de foncer. Tant qu'un rêve reste un rêve, il est facile de trouver toutes les excuses du monde pour ne pas le réaliser. C'est lorsqu'il devient possible qu'il prend tout son sens et qu'il devient exigeant. S'il fallait qu'elle ne soit pas à la hauteur… S'il fallait que ça lui demande trop de travail… S'il fallait qu'elle oublie les paroles de ses chansons… Comme s'il l'entendait penser, Michel reprend :

— Arrête de te creuser les méninges comme ça. Ce n'est pas un engagement à vie. Tente l'expérience une fois et après tu décideras si tu as envie d'aller plus loin.

Sylvie regarde son mari et lui sourit. Il a raison. Si elle n'essaie pas, elle va le regretter toute sa vie.

— Tu as raison. Demain, à la première heure, je vais téléphoner à monsieur Laberge pour lui annoncer que j'accepte son offre. J'ai une chose à te demander, par exemple.

— Laquelle ?

— J'aimerais que tu sois avec moi quand je vais signer mon contrat de travail. Tu comprends, je n'ai jamais fait ça.

— Moi non plus, mais si ça peut te rassurer, je viendrai. Il suffit que tu m'avertisses un peu à l'avance pour que je prenne congé.

— D'accord. Je voulais te parler d'autre chose aussi.

— Laisse-moi le temps d'aller me chercher un paquet de cigarettes dans l'armoire avant.

Quand Michel revient au salon, une cigarette entre les doigts, il déclare :

— C'est bizarre, j'étais certain d'avoir encore un carton non entamé. En aurais-tu pris ?

— Non, tu sais bien que j'ai mon propre carton. Il est dans le haut de la garde-robe de notre chambre. Est-ce qu'il te manque plusieurs paquets ?

— Au moins trois. J'ai pourtant averti Alain et Martin que je n'avais rien contre le fait qu'ils fument, mais qu'ils devaient payer leurs cigarettes.

— Je serais très étonnée qu'ils se soient servis sans t'en parler, ce n'est pas dans leurs habitudes. Je laisse souvent mon paquet de cigarettes à la traîne dans la cuisine et jamais une cigarette n'a disparu.

— C'est peut-être Sonia…

— À ma connaissance, elle ne fume pas. Pas plus tard qu'hier, elle râlait encore parce que ses vêtements empestaient la fumée.

— Ou Junior ?

— Aux dernières nouvelles, il ne fumait pas. Il me semble encore trop jeune pour fumer, mais je vais lui en parler demain. Bon, je voulais te donner des nouvelles d'Alice. Hier, quand je suis allée la voir, elle m'a déclaré qu'elle pensait sérieusement à aller retrouver ses enfants.

— C'est un peu normal. Tant que Georges était vivant, c'était différent, mais là elle doit se sentir loin des siens. Elle n'a pas beaucoup de parenté par ici.

— Je sais. Je lui ai conseillé de prendre le temps de réfléchir, que les garçons pourraient tondre son gazon, sortir ses vidanges, que je viendrais la voir aussi souvent qu'elle le souhaite…

— Ça te fait de la peine de penser qu'elle va peut-être déménager…

— Plus que tu ne penses. Alice, c'est un peu la mère que j'ai perdue trop jeune. Je me sens bien avec elle. J'aime sa compagnie, sa conversation, sa gentillesse… J'apprécie tout chez elle. Une chose est certaine : si jamais elle décide de partir, ce qui va probablement finir par arriver, je vais être triste.

— Mais en même temps, on ne peut pas la retenir ici contre son gré.

— Je sais, mais ça me fait de la peine qu'elle pense à s'en aller.

— Si elle déménage, on ira la voir là-bas, propose Michel.

— Oui, c'est une idée, répond Sylvie sans conviction.

Elle n'ajoute rien, mais elle sait qu'il y a peu de chances qu'ils aillent lui rendre visite un jour. Ils ne vont jamais nulle part ailleurs qu'au Saguenay, chez les parents de Michel, deux ou trois fois par année. Comme c'est elle qui tient le budget de la famille, elle est bien placée pour savoir que c'est tout ce qu'ils peuvent se permettre pour l'instant. Maintenant qu'elle va gagner un peu d'argent, ils pourront peut-être se payer de petits voyages.

Michel bâille, puis il formule :

— Bon, ce n'est pas que je m'ennuie, mais je serais mieux d'aller dormir si je veux être capable de me lever demain matin. Tu viens ?

Sylvie sur ses talons, Michel se dirige vers la chambre à coucher. Chacun se déshabille en vitesse de son côté du lit et se glisse sous les couvertures. La journée a été longue. Michel et Sylvie s'embrassent rapidement et attendent que le sommeil les gagne. Deux minutes plus tard, Michel ronfle comme un train alors que Sylvie fixe le plafond. Elle laisse libre cours aux nombreuses pensées qui se bousculent dans sa tête.

La vie est drôlement faite. En quelques heures seulement, elle est passée par toute la gamme des émotions. Elle a eu très peur qu'il soit arrivé quelque chose à ses enfants, et la minute d'après, elle était fière des jumeaux quand elle a su ce qu'ils ont fait pour aider Luc. Elle est heureuse que Michel l'encourage à accepter l'offre de monsieur Laberge alors qu'elle est triste à mourir à la simple pensée qu'Alice pense à déménager. « La vie est curieuse. On dirait qu'elle donne d'une main pour mieux reprendre de l'autre. » Après cette réflexion, Sylvie se tourne sur le côté et sombre dans un sommeil profond.

Chapitre 16

En étendant son linge sur la corde, Sylvie sourit. Elle vient de se rappeler à quel point elle fulminait chaque fois qu'elle ramassait le linge quand les Pelletier habitaient dans l'est de Montréal. Un morceau sur deux avait des crottes de pigeon dessus. Depuis que les Italiens sont venus s'installer à Montréal et qu'ils ont mis des pigeonniers sur le toit de leurs édifices, les pigeons sont un vrai fléau. Chaque fois, il fallait que Sylvie relave le linge souillé pour en enlever toute trace de saleté. Elle devait parfois frotter très fort pour tout faire partir. Après, elle sortait sur la galerie avec son panier à linge sur une hanche, regardait sa corde, réfléchissait quelques secondes et rentrait dans la maison. Une fois, c'était bien assez. Elle descendait au sous-sol et étendait son linge sur la corde de fortune que lui avait installée Michel pour les jours de pluie. Comme d'habitude, les plus vieux bougonnaient – ils détestaient circuler dans la grande salle entre les vêtements – et les plus jeunes s'en donnaient à cœur joie – les vêtements leur offraient une excellente cachette. Sa vie à la ville lui manque encore chaque jour, mais pas les pigeons. « Pourvu que les Italiens restent sur l'île ! » songe-t-elle souvent.

Il y a plusieurs autres choses de son ancienne vie qui lui manquent. Entre autres, le dimanche, elle aimait bien aller se promener au Jardin botanique avec les enfants. Elle passait des heures à admirer les fleurs et à apprendre leurs noms. Il y a quelques beaux parcs à Longueuil, mais aucun n'est aussi beau que le Jardin botanique. C'est normal, car il est unique en son genre. Elle adore les fleurs, mais comme elle n'a pas du tout le pouce vert, il y en a très peu dans sa cour. Elle a pourtant fait beaucoup d'efforts. Et elle n'a pas la main plus heureuse avec les plantes de maison. Elle avait l'habitude de dire à son amie Shirley : « Quand tu veux te débarrasser d'une plante, donne-la-moi. En quelques jours, je vais l'achever. » Pourtant, elle aime beaucoup les plantes, mais rien n'y fait. Elle les arrose trop ou pas assez ; impossible de trouver le juste milieu. Avant que sa famille quitte l'île, elle a même réussi à tuer le cactus qu'elle avait offert aux jumeaux. Elle voulait tellement ne pas trop l'arroser qu'il a complètement desséché. Les jumeaux étaient si tristes qu'elle a dû remplacer la plante, en plus de promettre qu'elle n'y toucherait pas. Leur cactus se porte très bien, il grandit même à vue d'œil, au grand plaisir de ses propriétaires.

Il y a une autre chose qu'elle regrette de tout son cœur : les parades de chars allégoriques. Certes, il y en a aussi à Longueuil, mais elles ne ressemblent pas à celles de Montréal. Là-bas, tout est plus grand que nature. Chaque fois qu'on en annonçait une dans le journal, elle découpait la page et la fixait sur son petit tableau de liège pour être sûre de ne pas la manquer. Son amour pour les parades ne date pas d'hier. Alors qu'elle était enfant, chaque fois que ses parents prononçaient le mot *parade,* elle courait chercher son chapeau pour se protéger du soleil et attendait patiemment l'heure du départ. Elle pouvait rester debout des heures durant à attendre la parade en tenant la main de son père ou de sa mère. Dès qu'elle apercevait au loin le premier char, elle se mettait à danser sur place, ce qui faisait rire tout le monde autour. Depuis qu'elle vit à Longueuil, elle s'est risquée une seule fois à aller voir une parade, mais elle est revenue déçue alors que les enfants et Michel ont adoré.

— Si tu veux, on ira en voir une sur l'île, a suggéré Michel.

Sylvie sait très bien qu'elle est loin d'avoir la vie dure à Longueuil ; sa vie est même plus facile qu'avant. Mais une partie d'elle-même est restée sur l'île et elle ne sait pas si elle va déménager un jour. Comme se plaît à le dire son père : « On peut sortir la fille de Montréal, mais on ne peut pas sortir Montréal de la fille. »

Elle fait son possible pour ne pas influencer les enfants. Même s'ils semblent s'être habitués, elle sait pertinemment qu'une partie d'eux est aussi restée sur l'île. Elle se souvient encore du jour où Michel leur a annoncé fièrement qu'ils allaient déménager à Longueuil. Tous l'ont regardé, muets et blancs comme des linges. Michel a vite cherché son appui. C'est alors qu'elle a lancé d'un ton faussement enjoué :

— Ne faites pas ces têtes d'enterrement, je suis certaine que vous allez aimer ça. On ne s'en va pas si loin, c'est juste de l'autre côté du fleuve. Comme il y aura le métro pour l'Expo, vous pourrez venir voir vos amis.

— Mais le métro fonctionnera juste dans deux ans, a protesté Alain. Qu'est-ce qu'on va faire en attendant ?

— C'est simple, a-t-elle répondu. Vous allez vous faire de nouveaux amis comme tous les enfants qui déménagent.

— Ce n'est pas aussi facile que tu le penses, a objecté Sonia. Ça paraît que ça fait longtemps que tu n'es pas allée à l'école. Moi, quand je vois des nouveaux arriver, je les plains de tout mon cœur. Personne ne leur parle. Personne ne les aide à trouver leur chemin. Personne ne s'occupe d'eux. En tout cas, moi, je n'ai pas du tout envie d'être une nouvelle élève.

— Moi non plus, a renchéri Junior. Déjà que je me fais tout le temps agacer même si je suis toujours allé à la même école, j'aime autant ne pas penser à ce que ce sera ailleurs.

— Et moi, je vais encore me faire traiter de tous les noms parce que je ne peux pas courir, a fait Luc. À tout prendre, j'aime encore mieux rester ici. Au moins, ici, je connais mes bourreaux.

— Alain et moi, on va tous vous défendre, c'est promis, a tranché Martin.

— Comment allez-vous pouvoir nous défendre ? a demandé Dominic d'un air inquiet. Vous n'irez même pas à la même école que nous…

— On n'a besoin de se faire défendre par personne, a indiqué François. Moi, ça ne me dérange pas de déménager. Pensez-y un peu, on aura une plus grande maison, un plus grand terrain.

— Et une nouvelle auto ! complète Dominic.

— Oui, une nouvelle auto aussi. Moi, j'ai hâte. Là-bas, au moins, il n'y aura pas d'Anglais pour courir après nous chaque fois qu'on met le nez dehors.

— Tu as bien raison, François, a approuvé Dominic. Moi aussi, j'ai hâte. Quand est-ce qu'on déménage, papa ?

— Dans deux mois.

— Demain, j'irai chercher des boîtes à l'épicerie et je les remplirai de toutes mes choses, a décidé François.

Depuis le jour où ils ont déménagé, ils n'ont jamais reparlé de tout ce qu'ils ont dû laisser derrière. Leur ancienne vie a vite été classée parmi les souvenirs qu'on accumule au cours de son existence, et c'est probablement mieux ainsi.

Aujourd'hui, Sylvie a le cœur léger. Elle a signé son contrat hier. Comme promis, Michel était là, et Jacques aussi. Quand monsieur Laberge lui a appris combien elle serait payée, elle a failli perdre connaissance tellement elle était contente. Jamais, elle n'aura gagné autant d'argent de toute sa vie en si peu de temps. Au moment de partir, elle a serré la main de monsieur Laberge et l'a assuré qu'il pouvait compter sur elle. Sur ces entrefaites, il lui a donné rendez-vous en septembre et lui a souhaité un bon été. Jacques lui a serré la main lui aussi, mais au moment où elle allait retirer sa propre main, il s'est permis de l'embrasser sur les deux joues. Prise de court, car elle ne s'y attendait pas du tout, elle s'est laissée faire sans offrir aucune résistance.

Dans l'auto, Michel a taquiné Sylvie :

— J'en connais un qui s'est payé la traite… Il est chanceux que je ne sois pas jaloux.

Elle lui a souri avant de lancer :

— Peut-être, mais c'est avec toi que je repars.

Et ils ont éclaté de rire. Loin de lui avoir fait de l'effet, la petite démonstration de Jacques devant Michel a laissé Sylvie de glace, même qu'elle a trouvé que c'était déplacé. Au lieu de lui faire gagner des points, cette manœuvre a plutôt eu l'effet opposé.

— Je suis très fier de toi, a déclaré Michel.

— Moi aussi ! C'est maman qui serait contente. Elle disait toujours que j'avais une voix d'ange.

— Et elle avait raison. D'ailleurs, je n'arrête pas de te le répéter.

— Chaque fois qu'elle était triste, elle me demandait de chanter pour elle.

Puis Michel a proposé, après avoir mis sa main sur la cuisse de Sylvie :

— J'ai pensé que dimanche prochain on pourrait aller au Jardin botanique juste tous les deux. Après, on irait souper au restaurant, celui de ton choix.

Comme s'il avait lu dans les pensées de sa femme, Michel s'est dépêché d'ajouter :

— Ne t'inquiète pas pour l'argent. Hier, j'ai vendu quelques pièces à l'antiquaire du centre-ville. Je n'aurais jamais pensé que mon petit commerce irait aussi bien. Je dois avoir une face honnête parce que chaque fois que je débarque dans une ferme, je repars les bras chargés de trésors pour quelques dollars seulement.

— Oui, mais le garage est plein à craquer. Qu'est-ce que tu vas faire avec tout ça ?

— J'ai bien réfléchi. J'ai décidé de garder les plus beaux morceaux et de les vendre moi-même. Comme ça, je devrais en tirer un bien meilleur prix. Te souviens-tu que je t'avais parlé de mon rêve d'aller en Égypte ?

— Oui. Comment veux-tu que je l'oublie ? C'est tellement un beau rêve !

— Eh bien, j'ai ouvert un compte à la banque et j'ai fait mon premier dépôt. Si mes affaires marchent comme je le souhaite, on devrait être bons pour y aller avant de fêter notre 25e anniversaire de mariage.

— Tu veux dire qu'on irait en Égypte ? Pour vrai ? a demandé Sylvie d'une petite voix remplie d'espoir.

— Oui, à moins que tu n'en aies pas envie…

— Au contraire ! Alors, il va falloir faire faire nos passeports.

— Attends un peu quand même parce que sinon tu risques d'être obligée de les renouveler… Je te promets de t'avertir au moins six mois à l'avance quand j'aurai assez d'argent. Mais en attendant, on va profiter de la vie en se faisant plaisir de temps en temps.

— J'ai hâte d'annoncer à mon père qu'on va aller en Égypte. Je suis certaine qu'il va être jaloux de moi, lui qui a toujours voulu voyager. Au fait, qu'est-ce que tu penses du fait qu'il se remarie ?

— Si ça peut le rendre heureux, pourquoi pas ? De toute façon, à l'âge qu'il a, il n'a pas de permission à demander.

— Ce n'est pas l'avis de mes deux jeunes sœurs. Elles m'ont téléphoné toutes les deux pour se plaindre.

— Qu'elles le laissent donc tranquille ! Non, il est grand temps qu'il pense un peu à lui. Il ne lui reste pas tant de temps que ça à vivre, aussi bien qu'il en profite au maximum.

— J'ai l'impression qu'elles ont peur pour leur héritage. En tout cas, c'est l'effet que ça me fait. Tu aurais dû les entendre…

— Pas besoin, je te crois. En tout cas, si ton père veut que je lui serve de témoin, ça va me faire plaisir.

— Je le lui dirai. Tu aurais dû le voir : il me décrivait sa future femme et il avait les yeux aussi pétillants que ceux des jumeaux quand ils mangent une crème glacée ! Depuis la mort de maman, c'était la première fois que je le voyais aussi heureux. Moi, je suis contente pour lui et je suis certaine que je vais bien m'entendre avec sa Suzanne.

Au moment où elle s'apprête à poser la dernière épingle sur la corde, la sonnette de la porte avant se fait entendre. Sylvie rentre en vitesse et emprunte le couloir pour se rendre en avant de la maison. Alors qu'elle va tourner la poignée, la sonnette résonne une autre fois. « Qui peut bien être aussi impatient ? » se demande-t-elle.

— Fais vite, j'ai les bras pleins ! crie la visiteuse.

Ces quelques mots suffisent à Sylvie pour reconnaître la voix. Elle se dépêche d'ouvrir et s'écrie :

— Tante Irma, quel bon vent vous amène ? Je suis si contente de vous voir. Entrez !

— Aide-moi, c'est pesant !

Sylvie prend aussitôt les paquets des mains de sa tante.

— Vous avez raison, ça pèse une tonne. Qu'est-ce que vous avez là-dedans ?

— Ton père est passé me voir hier et il m'a appris ta grande nouvelle. Alors, j'ai décidé qu'il fallait fêter ça. J'ai pris congé, j'ai sauté dans un autobus et je me suis arrêtée à la boucherie sur l'autre rue pour acheter un gros rôti de bœuf. J'ai aussi acheté des patates, une grosse salade et des tomates. Et un pain de fesse frais du jour. Il ne manque que le dessert : j'étais trop chargée ! J'irai à l'épicerie avec les jumeaux ; j'en profiterai pour leur acheter des bonbons en même temps.

— Ça prend juste vous pour penser à ça ! C'est très gentil. Vous êtes une vraie mère pour moi.

— Arrête de me complimenter. Aujourd'hui, c'est toi qu'on fête. Tout ce que je te demande, c'est de t'asseoir et de me regarder faire.

— Depuis quand faites-vous la cuisine ?

— Je t'interdis de te moquer de moi ! Même si je ne vaux pas un clou en cuisine, je devrais arriver à faire cuire un rôti de bœuf... Pour tout avouer, j'ai demandé à ta sœur Claire de me donner sa recette.

— Chère tante Irma, je peux bien vous aimer ! Suivez-moi jusqu'à la cuisine.

— On dispose de combien de temps avant que tout le monde soit là ?

Sylvie regarde l'heure sur l'horloge avant de répondre.

— On a une bonne heure et demie. Je vais partir le four tout de suite. Au poids que fait le rôti, on ne s'en sortira pas en moins de deux heures de cuisson.

— Donne-moi un couteau et une casserole, je vais éplucher les patates.

— Je vais vous aider.

— Il n'en est pas question. Assieds-toi et raconte-moi tout dans les moindres détails. Je suis si fière de toi.

Pendant que Sylvie s'exécute, tante Irma s'acquitte de sa tâche avec brio.

— Je vais vous sortir un oignon pour mettre sous le rôti, déclare Sylvie.

— Ce que je peux être distraite ! Ta sœur me l'avait pourtant dit...

— Ne vous en faites pas avec ça, ce n'est pas grave.

La tante Irma change de sujet :

— Maintenant, parle-moi des chansons que tu vas chanter.

Sans se faire prier, Sylvie énumère celles-ci.

— On se croirait dans un conte de fées ! clame sa tante. Il était temps que le vent tourne pour toi.

— Pourquoi vous dites ça ? Je suis très heureuse.

— Oui, je sais. Mais un peu de variété dans ta vie va te faire beaucoup de bien, crois-moi. C'est bien beau de rester à la maison et d'élever tes enfants, mais il faut aussi que tu te réalises.

— Je vous le répète, ma tante, ma vie me convenait tout à fait. C'est certain que je suis très contente de ce qui m'arrive. Vous le savez, j'ai toujours voulu être chanteuse, mais chanter dans une chorale me satisfaisait parfaitement.

— Tu m'en reparleras dans un an. Bon, est-ce qu'il est temps de mettre le rôti à cuire ?

— Oui. Voulez-vous que je le fasse ?

— Non. Je t'ai dit que je me chargeais de tout. Sers-nous un petit doigt de gin si tu veux te rendre utile.

Dès que les jumeaux font leur entrée dans la maison, les deux femmes ne peuvent plus échanger un seul mot. Ils mobilisent la tante de leur mère dès qu'ils la voient. À mesure que les autres arrivent, le ton monte dans la maison. De nombreux éclats de rire se font entendre. D'habitude, une fois leur collation engloutie, les enfants vont dans leur chambre en attendant le souper. Mais quand tante Irma est là, ils restent dans la cuisine et font des pieds et des mains pour monopoliser son attention.

Après que Michel a fait son entrée dans la maison, une odeur de viande rôtie vient taquiner ses narines. Il lance :

— Est-ce que je me trompe ou ça sent le rôti de bœuf?

— Tu ne trompes pas, mon cher Michel ! répond Irma.

À ces mots, il fige sur place. Il était loin de s'attendre à la visite de la tante Irma en plein cœur de la semaine. Pris entre l'envie de manger du rôti de bœuf mais de devoir supporter tante Irma et celle de se trouver un prétexte pour aller manger dans un casse-croûte afin d'avoir la paix, il prend quelques secondes pour réfléchir avant de se montrer à la cuisine. Il sait très bien ce qui l'attend s'il reste. Il sait aussi ce qui l'attend s'il part. Dans les deux cas, il est piégé comme un petit lièvre dans un collet. À tout prendre, il préfère encore se trouver une excuse pour partir. Sylvie sera furieuse, mais il vaut mieux qu'il s'éclipse s'il ne veut pas être désagréable avec la tante de sa femme.

Une fois à la cuisine, il dit :

— Il me semblait bien que j'avais reconnu votre voix, tante Irma ! Vous allez devoir m'excuser, mais j'ai promis à mon ami Fernand d'aller lui donner un petit coup de main. Le temps de me changer et je repars. Ne vous occupez pas de moi, je prendrai une bouchée en chemin.

Si Sylvie avait des fusils à la place des yeux, Michel mourrait sur-le-champ. S'il pense qu'il va s'en tirer aussi facilement, il se trompe. Pour le moment, elle ne fera pas de vagues, mais son mari ne perd rien pour attendre.

La tante Irma sait très bien que Michel ne l'aime pas beaucoup, mais elle s'en moque éperdument. De toute façon, elle ne sait même pas pourquoi. Est-ce parce qu'elle a osé partir de chez les sœurs ? Est-ce parce qu'elle fume un joint de temps en temps ? Est-ce parce qu'elle a eu quelques amants ? Ou alors, peut-être croit-il qu'elle a une mauvaise influence sur ses enfants ? Elle l'ignore totalement et ce n'est pas grave. Elle n'a pas l'intention de se priver de venir voir sa nièce préférée parce que son idiot de mari ne l'aime pas.

Lorsque Michel rentre, Sylvie et sa tante Irma parlent tranquillement au salon. Avant même qu'il dise quelque chose, Sylvie prend les devants :

— J'ai offert à tante Irma de rester coucher. J'espère que ça ne te dérange pas ?

— Pourquoi voudrais-tu que ça me dérange ? Vous allez m'excuser, je vais aller me coucher tout de suite, car j'ai une grosse journée demain.

— Bonne nuit ! lancent les deux femmes en chœur d'un air entendu.

Chapitre 17

Depuis qu'il est arrivé dans sa nouvelle maison, la vie de Prince n'a pas réellement changé. À part le fait qu'il y a beaucoup plus de va-et-vient autour de lui, il passe la majorité de son temps dans sa cage, exactement comme à la fourrière. Grands et petits, tous respectent la règle et, surtout, personne ne fait de reproches à Luc parce que le chien est enfermé. Dès que celui-ci est dans la maison, c'est-à-dire souvent avec les vacances d'été, le chien retourne dans la cage, la tête basse. Il s'anime seulement quand un des enfants daigne lui accorder un peu d'attention à travers le grillage.

Ce matin, Luc s'est levé avant tout le monde. En fait, il n'a pas beaucoup dormi. Depuis quelques jours, il profite des moments où il est seul dans la cuisine pour s'asseoir devant la cage de son chien afin de l'observer. Hier, il s'est même risqué à le flatter à travers le grillage et il n'a pas eu peur. Alors, ce matin, Luc est bien décidé à sortir Prince de sa cage et à l'emmener marcher. Il veut le faire, mais en même temps il tremble à la seule idée que le chien le lèche. Et s'il le mordait? «Cette fois, il n'est pas question que je recule, Prince fait trop pitié. On dirait un prisonnier. Je suis capable d'y arriver et je vais y arriver», tente-t-il de se convaincre.

Debout devant la cage, il prend son courage à deux mains puis, sans plus de réflexion, il ouvre la porte, ferme les yeux et prend le petit chien dans ses bras. Ce dernier est fou de joie et, évidemment, il lèche la main de Luc. Surpris, le garçon sursaute et passe près de laisser tomber le chien. Heureusement, il se reprend à temps. Ce n'est pas si insurmontable, c'est même chaud. Il ouvre les yeux et regarde Prince. Luc sourit. Il a de quoi être fier de lui. Non seulement il a sorti le chien de la cage sans l'aide de personne, mais il le tient dans ses bras et il aime ça. Il prend la laisse et se dirige vers la porte. Une fois dehors, il dépose Prince par terre et se dépêche de l'attacher. Il n'a aucune envie que la grosse Patsy court après lui. D'ailleurs, il espère bien qu'elle est attachée parce qu'il y a toute une différence de taille entre elle et Prince. Il se sent de mieux en mieux. Heureux comme un roi, il prend la direction du parc. Là-bas, son chien pourra faire ses besoins. Mais Luc s'aperçoit très vite qu'il n'a aucun contrôle là-dessus. Son chien s'arrête brusquement, lève la patte en passant près de la haie et refuse d'avancer tant qu'il n'a pas terminé ce qu'il a commencé.

Quand Luc revient à la maison, tout le monde dort encore. Il détache la laisse du cou de Prince et va mettre la cage sur la galerie d'en arrière ; à partir d'aujourd'hui, on n'en aura plus besoin. Prince sur ses talons, le garçon en profite pour ouvrir les portes de toutes les chambres. Ainsi, son chien pourra explorer librement la maison. Luc file ensuite à la cuisine et se sert un grand bol de céréales. Il est loin d'être complètement guéri de sa peur des chiens, mais c'est un bon début et il est très fier de lui. Il va maintenant falloir qu'il affronte la grosse Patsy. « Les jumeaux vont sûrement pouvoir faire quelque chose pour moi, se dit-il. Maintenant qu'on est en vacances, il va falloir aider maman à surmonter sa peur des araignées. Il n'est pas question que papa rapporte Prince à la fourrière, ça non ! Je vais en parler avec les jumeaux quand ils vont se lever. »

La première victime de Prince est Sonia. Le petit chien lèche son bras qui pend dans le vide jusqu'à ce que la jeune fille se réveille. Quand elle aperçoit Prince, son premier réflexe est de crier :

— Maman, viens vite m'aider !

Elle s'assoit dans son lit et se frotte les yeux. Puis elle se met à courir après Prince. C'est alors qu'elle se retrouve dans la chambre des jumeaux. Réveillés en sursaut, ceux-ci grommellent :

— On veut dormir, nous !

— Vous dormirez demain. Venez vite m'aider, Prince s'est échappé de sa cage.

— Ah non ! s'écrie Dominic. Pourvu que la porte de la chambre de Luc soit fermée…

— Je viens de la fermer.

— On arrive !

Ils sont maintenant trois à courir derrière le petit chien, qui est très heureux de pouvoir enfin aller et venir librement. Il court le plus vite qu'il peut pour échapper à ses assaillants. La seconde d'après, il pénètre dans la chambre de Michel et de Sylvie et se met à aboyer de toutes ses forces ; ceux-ci s'assoient dans leur lit en se demandant ce qui se passe. Quand ils réalisent que Prince est dans leur chambre, ils sautent du lit. Ils sont maintenant cinq à tenter d'attraper le chien pendant qu'à la cuisine, Luc mange tranquillement ses céréales, le sourire aux lèvres. Au moment où Michel va mettre le grappin sur Prince, celui-ci va se cacher sous le lit. Personne n'est capable de le sortir de là.

— Laissez-moi faire, je vais aller le chercher, lance fièrement François, qui se glisse ensuite sous le lit.

Il est vite imité par Dominic. Plus les jumeaux s'approchent de lui, plus le petit chien se dit qu'il vaudrait mieux qu'il déguerpisse au plus vite. Profitant d'une seconde d'inattention des deux garçons, Prince passe entre François et Dominic à toute vitesse. Une fois hors de la chambre, il décide de poursuivre son exploration des lieux. Il emprunte l'escalier qui mène au sous-sol. Comme personne ne s'est encore lancé à ses trousses, il descend les marches du mieux qu'il le peut, risquant la chute à chacune d'elles. Une fois en bas, il traverse la salle familiale et entre dans la chambre d'Alain et de Martin. Il a l'embarras du choix : une jambe dépasse d'un côté du lit alors que de l'autre, c'est un visage. Il décide de s'attaquer d'abord au mollet bien dodu d'Alain. Il le lèche jusqu'à ce que ce dernier réagisse. Le jeune homme secoue d'abord sa jambe et maugrée dans son sommeil. La seconde d'après, Prince reprend du service. C'est alors qu'Alain s'écrie :

— Aïe ! Décolle, espèce de tache !

Réveillé par les cris, Martin marmonne d'une voix ensommeillée :

— De quoi tu parles ? Je ne t'ai même pas touché ! Vérifie par toi-même, je dors sur mon côté du lit. Je suis tellement tassé sur le bord qu'il y aurait de la place pour une autre personne entre nous deux.

— Si ce n'est pas toi, qui donc m'a chatouillé ?

— Comment veux-tu que je le sache ? Je dormais.

— Tu me niaises ou quoi ? Tu viens de recommencer.

— Même si je voulais, je suis bien trop loin pour te toucher.

Quand il ouvre enfin les yeux et qu'il voit Prince, Alain crie :

— Maman, le chien s'est échappé de sa cage, il est dans notre chambre. Viens le chercher, on veut dormir.

— On arrive ! répond Sylvie. Empêche-le de se sauver.

— Ferme la porte, commande Alain à son frère.

— Fais-le toi-même. Moi, je n'ai pas du tout envie de me lever. Tout ce que je veux, c'est dormir.

— Fais un effort pour Luc. Tu sais à quel point il a peur des chiens…

Martin s'étire un bras et pousse la porte d'un geste brusque. Sylvie passe à deux doigts de la recevoir en plein visage. Avant d'ouvrir la porte, elle fait ses recommandations à ses deux plus vieux :

— Maintenant, que l'un d'entre vous prenne le chien dans ses bras et le tienne fermement.

— Tu ne pourrais pas t'en charger toi-même ? demande Alain. On voudrait bien dormir, il n'est même pas encore huit heures.

— Allez ! Tu dormiras tout le temps que tu voudras après.

Alain se lève et fixe Prince. Ensuite, il s'accroupit et tente de le faire venir jusqu'à lui. Le petit chien ne bouge pas d'un poil.

— Est-ce que tu le tiens ? demande Sylvie.

— Pas encore. Ce n'est pas facile car je n'ai rien pour l'attirer.

— C'est pourtant simple. Il faut juste que tu te penches et que tu le prennes dans tes bras. Après, j'ouvre la porte et tu me le donnes.

— Si c'est si simple que ça, viens le faire toi-même. À mon avis, il est tellement content d'être enfin libre qu'il n'est pas près de se laisser enfermer à nouveau.

Sa dernière bouchée de céréale avalée, Luc va dans l'armoire et prend le sac de gâteries pour chien. Il descend l'escalier menant au sous-sol et demande à tous ceux qui se tiennent devant la chambre de ses frères de lui faire de la place. Tout se passe si vite que personne n'a le temps de réaliser que c'est Luc lui-même qui vient de parler. Le garçon ouvre la porte, puis il s'accroupit et secoue le sac de gâteries. En une fraction de seconde, Prince est devant lui et attend patiemment qu'on lui donne une récompense. Émus par ce qu'ils voient, tous y vont de leurs commentaires. Luc est guéri !

Du haut de l'escalier, Junior s'écrie :

— Voulez-vous bien me dire pourquoi vous faites autant de bruit ?

Comme il dort dans la même chambre que Luc, il est le seul à ne pas avoir été réveillé par Prince, parce que Sonia avait fermé sa porte.

* * *

Dès que Michel quitte la maison pour aller travailler et que les plus jeunes vont jouer dehors, Sylvie décide de se lancer dans un grand ménage de la cuisine. C'est la seule pièce qu'il lui reste à faire et elle a très hâte d'avoir fini. Avec tout ce qui est arrivé ces dernières semaines, elle a pris du retard. Elle a demandé à Sonia de lui donner un coup de main, mais mademoiselle brille encore par son absence. Elle a décidé de se laver les cheveux ce matin alors qu'elle aurait très bien pu le faire avant de se coucher comme d'habitude. Sylvie est habituée : avec Sonia, tous les prétextes sont bons pour ne pas travailler dans la maison. Une chance que Sylvie sait que sa fille n'a rien contre elle, sinon cela donnerait l'impression que Sonia ne veut tout simplement pas travailler avec elle. Sylvie se souvient qu'au même âge, elle faisait tout pour éviter d'essuyer la vaisselle. C'était automatique : dès qu'elle voyait sa mère sortir le plat et la lavette à vaisselle, elle allait s'enfermer dans les toilettes jusqu'à ce qu'elle n'entende plus de bruit. Un jour, sa mère en a eu assez et lui a réglé son compte. Elle a lavé toute la vaisselle en prenant son temps et est allée s'asseoir en attendant tranquillement que Sylvie finisse par sortir. Alors que celle-ci avait à peine entrouvert la porte des toilettes, sa mère lui a lancé un torchon à vaisselle et lui a ordonné d'un ton qui ne tolérait aucune réplique :

— À partir de maintenant, tu pourras prendre tout le temps que tu voudras pour aller aux toilettes. La vaisselle attendra bien sagement que tu daignes venir l'essuyer. J'espère que je me suis bien fait comprendre…

À compter de ce jour, Sylvie avait cessé son manège. Elle ne sautait pas plus de joie en essuyant la vaisselle, mais elle avait compris que plus vite elle s'acquittait de sa tâche, plus vite elle était libre de faire ce qu'elle voulait. À la mort de sa mère, le même scénario s'est répété avec ses jeunes sœurs, mais Sylvie a été beaucoup moins patiente que sa mère. Dès le deuxième jour, elle a réagi et tout est vite rentré dans l'ordre.

Elle pourrait mettre Sonia au pas, mais elle estime que d'une certaine façon, ce ne serait pas juste. Comme elle est l'unique fille de la famille, c'est toujours à elle que les travaux de maison incombent. Et le fait qu'elle déteste ces tâches au plus haut point ne l'incite en rien à aider. Sylvie songe qu'elle pourrait peut-être donner un peu d'argent à sa fille pour l'encourager.

Debout devant son miroir, Sonia brosse distraitement ses longs cheveux. Elle pense à son beau Langis ; il va falloir qu'elle trouve le moyen de croiser son chemin, et le plus vite sera le mieux. Tant que l'école n'était pas finie, elle le voyait toujours à un moment ou un autre de la journée. Mais depuis les vacances, c'est bien différent. Heureusement, elle l'a rencontré lors de la dernière journée d'école et il lui a demandé où elle restait. Elle s'est retenue à deux mains de lui écrire son numéro de téléphone dans la main ! Elle se souvient mot pour mot de leur brève conversation :

— C'est facile à retenir : j'habite dans la rue où il y a une épicerie. Ce n'est pas très loin d'ici. Je viens à l'école à pied.

— Ne t'inquiète pas. J'ai une excellente mémoire pour retenir tout ce qui m'intéresse. À bientôt !

La seconde d'après, il a tourné les talons, la laissant seule devant sa case. Elle s'est dépêchée de prendre ses affaires et est partie en courant derrière lui, mais il avait déjà disparu. Elle a demandé à Martin et à Alain de le retrouver. Chaque jour, elle leur pose la même question :

— Et puis, avez-vous trouvé quelque chose ?

— Pas encore, répond l'un ou l'autre. On te l'a répété : dès qu'on saura quelque chose, on va te prévenir.

Sonia commence à douter de leur volonté de l'aider, mais pour le moment ils sont son seul espoir de retrouver son prince charmant. Les élèves qui vont à son école n'habitent pas tous à proximité. Une grande partie d'entre eux voyagent en autobus, ce qui signifie que Langis peut demeurer à peu près n'importe où.

Le regard voilé par la tristesse, elle donne encore quelques coups de brosse à ses cheveux. Il faudrait bien qu'elle aille aider sa mère. D'ailleurs, celle-ci va sûrement la rappeler à l'ordre bientôt. Elle dépose sa brosse sur son bureau, place ses cheveux en arrière de ses oreilles et prend le chemin de la cuisine sans grande conviction.

— Te voilà enfin ! s'exclame Sylvie en la voyant. J'étais sur le point d'aller te chercher. Veux-tu bien me dire pourquoi tu t'es lavé les cheveux en plein avant-midi ?

— C'est simple. Quand je les lave avant d'aller dormir, je suis obligée de me coucher les cheveux encore humides et le matin ils frisent de travers.

— Ouais, je n'avais pas pensé à ça. Moi, je n'ai jamais eu ce problème-là. J'ai toujours eu les cheveux courts et ils sont aussi raides que du fil de fer.

— Je t'envie. Moi, c'est la température qui mène ma tête.

— Arrête de te plaindre, tu es bien chanceuse de friser.

— C'est ce que ceux qui ont les cheveux raides disent. Mais quand on a les cheveux frisés, on voudrait qu'ils soient raides.

— Bon, au travail maintenant ! Il faudrait que tu vides le garde-manger. Pendant ce temps-là, je vais m'occuper du buffet.

— Est-ce qu'il va falloir laver toute la vaisselle qu'il y a dedans ?

— Oui, et dans les armoires aussi, sinon on n'appellerait pas ça faire le grand ménage.

— Mais il y a plein de choses qu'on utilise tous les jours.

— Tu as raison. On ne lavera pas celles-là, il ne faut quand même pas exagérer. On va se contenter de laver ce qu'on ne prend pas souvent. Si ça peut te consoler, je n'aime pas faire la vaisselle plus que toi. Tu n'as donc pas à t'inquiéter, on va laver juste ce qu'il faut laver. Ah oui, je voulais t'annoncer quelque chose. Quand on aura fini, je te donnerai un peu d'argent en échange de ton travail.

— C'est vrai ? demande Sonia, le sourire aux lèvres. Je ne t'en ai pas parlé, mais hier soir j'ai croisé une de nos voisines et j'ai finalement accepté d'aller garder ses enfants chez elle deux jours par semaine. Est-ce que ton offre de venir changer la couche des bébés tient toujours ?

— Mais oui. Et je suis même prête à te montrer comment faire.

— Ce ne sera pas nécessaire, laisse tomber Sonia en faisant la grimace.

La mère et la fille éclatent de rire. Elles travaillent sans relâche jusqu'à ce que ce soit l'heure de préparer le dîner. Comme elle a trouvé au moins six boîtes de Jell-O dans le garde-manger, Sonia propose d'en préparer pour le dessert du souper. En le faisant maintenant, il aura tout le temps de prendre.

— Fais-en au moins trois sachets. Tu sais à quel point les jumeaux sont fous du Jell-O.

— Est-ce que je vais pouvoir en boire un petit verre avant de le mettre au réfrigérateur ? demande Sonia.

— Vu que c'est toi qui le fais, oui. Mais ne le dis pas aux autres. Si je les laissais faire, ils mangeraient tout le Jell-O avant qu'il prenne.

— Si je ne me retenais pas, je ferais la même chose. Le meilleur, c'est quand il commence à figer et qu'il bouge dans tous les sens.

— Tu es pire que les jumeaux, ma parole !

— Je vais te le faire goûter. Tu vas voir à quel point c'est bon.

— Ce ne sera pas nécessaire. Je n'ai jamais aimé le Jell-O.

— C'est bizarre, tout le monde aime ça.

— Tout le monde, sauf moi !

Chapitre 18

Il est à peine cinq heures du matin quand Dominic réveille Sylvie par ses cris. Elle court jusqu'à la chambre de son fils sans même prendre le temps de mettre sa robe de chambre. Une fois aux côtés de Dominic, par réflexe, elle met une main sur son front. Elle lui demande ensuite d'une voix douce :

— Qu'est-ce qui se passe ? Tu es tout chaud.

Roulé en boule dans son lit, le petit garçon répond en pleurant.

— J'ai mal à la tête et à la gorge et je suis gelé. Peux-tu m'apporter une autre couverture ?

Réveillé à son tour, François dit d'une voix tout ensommeillée :

— Prends la mienne. On crève de chaleur ici.

— Tu es malade ou quoi ? On gèle comme des rats.

— Arrêtez un peu vous deux, ordonne Sylvie, ce n'est pas le moment de vous chicaner. Je vais aller ouvrir la lumière pour y voir plus clair.

Elle revient ensuite au chevet de son fils et lui demande de s'asseoir. Elle espère qu'elle se trompe, mais elle gagerait qu'il a attrapé la rougeole. Les jumeaux sont les seuls à ne pas l'avoir eue encore. Elle regarde derrière les oreilles de Dominic et voit quelques petites rougeurs. Quand elle entend tousser le garçon, elle sait qu'elle a vu juste.

— Ce n'est rien, tu as la rougeole. Je vais aller te chercher des aspirines et tu vas vite te rendormir. À compter de maintenant, interdiction de sortir de ta chambre et d'allumer la lumière.

— Pourquoi tu me mets en punition parce que je suis malade ? pleurniche-t-il. Ce n'est pas juste !

— Je ne te mets pas en punition, c'est parce que c'est ce qu'il faut faire quand quelqu'un a la rougeole. Je savais bien qu'il y avait quelque chose qui n'allait pas avec toi. Hier, tu t'es endormi pendant le film de Walt Disney, ce qui est loin d'être dans tes habitudes. Quant à toi, François, tu vas aller t'installer dans la grande salle en bas en attendant que ton frère aille mieux.

Puis, à l'adresse de Dominic, elle ajoute :

— Je reviens tout de suite.

De retour dans la chambre, elle tend à son fils deux petites pilules roses et un verre d'eau. De grosses larmes coulent doucement sur les joues du jeune malade.

— Maman, est-ce que ça veut dire que je ne pourrai pas aller au mariage de grand-papa Belley ni chez grand-papa et grand-maman Pelletier ?

— C'est sûr que tu ne pourras pas assister au mariage. Mais ne t'inquiète pas, tu pourras aller à Jonquière. Dans une petite semaine, tu péteras le feu. Quand les magasins vont ouvrir, j'irai t'acheter des lunettes de soleil. Comme ça, tu pourras lire si tu en as envie.

— Pourquoi je dois porter des lunettes de soleil ? Tu m'as dit que je devrais rester enfermé dans ma chambre.

— Quand on a la rougeole, nos yeux sont plus sensibles à la lumière.

— Ah ! Est-ce que tu vas pouvoir m'acheter des bandes dessinées aussi ?

— C'est sûr ! Veux-tu un *Tintin* ou un *Martin le malin* ?

— S'il te plaît, achète-moi les deux. Si tu veux, je peux en payer une partie ; il me reste au moins un dollar dans ma banque.

Sylvie lui passe la main dans les cheveux et l'embrasse ensuite sur le front.

— Ce ne sera pas nécessaire. Dors maintenant, je vais aller me recoucher un peu.

Avant de retourner dans sa chambre, Sylvie descend au sous-sol pour voir si François est bien installé. Alors qu'elle est rendue seulement au milieu de l'escalier, elle l'entend ronfler. Elle rebrousse chemin et file à sa chambre. Elle fait tout son possible pour ne pas réveiller Michel, mais alors qu'elle va fermer les yeux, il lui demande s'il y a quelque chose qui ne va pas. Elle sourit malgré elle et se dit : « Les hommes sont vraiment bien faits. Les enfants hurlent parce qu'ils ont mal et la seule personne qui se réveille 9 fois sur 10, c'est moi. C'est à croire qu'ils sont sourds comme des pots ! » Elle lui répond et se dépêche de se rendormir.

Au matin, avant même de déjeuner, Sylvie va voir son petit malade. Elle entrouvre doucement la porte. Dominic dort à poings fermés, ce qui est parfait. Plus il se reposera, mieux ce sera pour lui. Elle referme la porte et va à la cuisine. Elle remplit la bouilloire d'eau, la met sur la cuisinière et allume un rond. Ensuite, elle sort une tasse et le pot de café instantané. Il n'en reste pas beaucoup. Elle ouvre le pot et, en y regardant de plus près, elle estime qu'il y a à peine assez de poudre pour un café, ce qui fait qu'elle verse le tout dans sa tasse sans se préoccuper de mesurer. En attendant que son eau bouille, elle va chercher un pot de Nescafé dans sa réserve. Elle vérifie par deux fois, surprise que ce soit le dernier. « Pas moyen de jamais prendre d'avance ici. On croirait presque qu'il y a quelqu'un qui mange du café à la cuillère… Ouais, mais c'est vrai qu'on est maintenant quatre à en boire. » Elle va ranger son pot dans l'armoire avec le sucre et va ajouter le mot *café* sur sa liste d'emplettes. Elle a beau faire un effort pour retenir ce qui manque dans la maison, si elle ne l'écrit pas, il n'y a aucune chance qu'elle s'en souvienne. En revanche, elle n'a pas son pareil pour acheter ce qui n'est pas sur sa liste, à tel point que Michel se fait un malin plaisir de lui dire que la famille ne risquerait pas de mourir de faim même si les épiceries étaient en grève pendant deux mois. Sylvie ne peut que lui donner raison. Elle n'a pourtant pas vécu la guerre comme sa mère, mais elle a toujours peur de manquer de quelque chose. Ce qui fait qu'en matière de boîtes de conserve, de café, de sucre, de farine, de gruau et de tous les autres produits qui ont une longue durée de vie, les Pelletier sont à l'abri de la famine. L'armoire où elle range toutes ces denrées est loin d'être la préférée des enfants. Pour eux, il n'y a rien d'inspirant dans ce qu'elle contient. Non, pour eux, il vaut mieux aller dans celle où leur mère range les petits gâteaux, les galettes à la mélasse, les biscuits à l'avoine, enfin tout ce qui est prêt à manger dès qu'on le prend dans ses mains. Comme les autres enfants, ils filent au réfrigérateur et font le tour des armoires aussitôt qu'ils mettent les pieds dans la maison pour voir ce qu'ils pourraient bien se mettre sous la dent. Quand ils ne trouvent rien à leur goût, ils sortent le pain et le pot de beurre d'arachide et en mangent tant qu'il y en a. S'il y a trois boîtes de petits gâteaux, ils en mangent trois ; s'il y en a cinq, ils en mangent cinq. On pourrait croire qu'ils ont peur que les gâteaux moisissent. « À la vitesse où vous les mangez, vous n'avez aucune crainte à avoir quant à leur fraîcheur. Je les achète le jeudi soir et le samedi matin il n'en reste déjà plus. Vous êtes de vrais goinfres », se plaît-elle à répéter à ses enfants semaine après semaine.

Elle profite de ce court moment de tranquillité. Dans une demi-heure environ, les plus jeunes vont se lever. Ce sera ensuite au tour de Michel et de Sonia. Les deux aînés traîneront au lit tant qu'elle n'ira pas les réveiller au moins trois fois. Sylvie n'a jamais compris pourquoi certaines personnes ont autant de difficulté à se lever. Pour sa part, dès qu'elle ouvre les yeux, elle n'a qu'une envie : sortir du lit et commencer sa journée. Heureusement d'ailleurs, parce qu'elle ne pourrait jamais arriver à tout faire si elle se levait tard.

Elle n'a qu'à penser à sa sœur Claire. Quand elle était jeune, sa mère était parfois obligée de lui jeter un verre d'eau au visage pour qu'elle se lève et aille à l'école. La fin de semaine, elle pouvait dormir jusqu'à midi, au grand désespoir de Sylvie puisqu'elles partageaient la même chambre. Mariée depuis plus de vingt-cinq ans, Claire a toujours autant de difficulté à se lever le matin et à se coucher le soir.

Aujourd'hui, c'est le grand jour. Le père de Sylvie va se marier avec Suzanne. Depuis qu'il a annoncé la nouvelle à ses enfants, il en a entendu de toutes les couleurs. « Tu es bien trop vieux pour te remarier ! » « Qu'est-ce qui va arriver avec notre héritage ? » « Je t'avertis, jamais je ne l'appellerai maman. » En réalité, à part Sylvie et son frère Paul-Eugène, qui travaille en Ontario, aucun n'est en faveur de ce mariage. À croire que leur père n'a pas droit au bonheur. Ces dernières semaines, il ne s'est pas passé une seule journée sans que l'un ou l'autre téléphonent à Sylvie pour se plaindre ou pour lui demander de raisonner leur père avant qu'il soit trop tard. À tous, elle a donné la même réponse :

— Jamais je n'aurais pensé que vous pouviez être aussi méchants. Papa a toujours été là pour vous et, pour une fois qu'il vous demande quelque chose, vous n'avez même pas assez de cœur pour lui faire plaisir. Ne comptez pas sur moi pour le décourager. Lui aussi, il a le droit d'être heureux. Et, croyez-moi, je vais tout faire pour l'aider. Et puis, si vous vous présentez au mariage avec un air de bœuf, vous allez avoir affaire à moi !

Sylvie s'est même fait raccrocher la ligne au nez, et pas juste une fois. Elle n'en revient pas. Elle a beau chercher la raison du comportement de sa fratrie, elle ne comprend pas. À part quelques dollars à la banque, leur père n'a rien. Il vit dans un petit appartement meublé près du centre-ville de Montréal. Elle s'est même permis de dire à ses frères et sœurs :

— Ce n'est sûrement pas pour son argent que Suzanne veut se marier avec papa parce que, à ce que je sache, il n'en a pas.

À cela, certains ont répondu que c'était impossible qu'il n'ait pas un peu d'argent de côté.

— Et même s'il en avait, c'est son argent, pas le nôtre, a répliqué Sylvie. D'ailleurs, vous êtes tous plus riches que lui alors je ne vois pas où est le problème.

Quelques-uns ont répondu que c'était une question de principe.

Sylvie savait que sa famille était loin d'être parfaite. Mais elle ignorait à quel point certains membres de celle-ci pouvaient se montrer mesquins à l'égard de leur père alors qu'il a tout fait pour eux. Depuis qu'ils ont quitté la maison, ils se sont éloignés de la famille et ne rendent visite à leur père qu'à Noël et à Pâques. À sa fête, la plupart se sont toujours contentés de lui téléphoner, prétextant des engagements impossibles à déplacer. Pourtant, le jour de la naissance d'une personne ne change jamais ! Même les sœurs de Sylvie qui n'ont jamais travaillé à l'extérieur se sont toujours trouvé des excuses pour ne pas venir voir leur père plus souvent que les autres. À croire que leurs cours de peinture ou de broderie leur prennent tout leur temps.

Quand elle pense à tout ça, Sylvie est triste. Elle connaît assez son père pour savoir qu'il a toujours souffert de l'attitude de ses enfants, et ce, même s'il n'en a jamais parlé. Il y a des choses qu'un parent voit mais qu'il refuse de partager avec qui que ce soit tellement c'est douloureux pour lui.

Heureusement, son frère Paul-Eugène a promis de venir au mariage. Sylvie et lui ont toujours été très proches l'un de l'autre. Même s'il vit en Ontario depuis longtemps, il téléphone à Sylvie chaque semaine. Dès qu'il a eu vingt-et-un ans, il est parti travailler à l'extérieur de la ville. Il a prétendu qu'il valait mieux qu'il s'en aille avant de lever la main sur un de ses frères ou sur une de ses sœurs. Était-ce à cause du suicide de leur mère qu'ils étaient tous devenus aussi déplaisants ? Personne ne pourra jamais le dire. Tout ce que Sylvie sait, c'est que même lorsqu'ils étaient jeunes, plusieurs de ses frères et sœurs avaient déjà les traits de caractère qui les rendent si peu avenants.

Au fond d'elle-même, Sylvie a toujours espoir que sa sœur Chantal assiste au mariage de leur père, mais ce n'est pas sûr puisqu'elle n'a pas réussi à lui parler. Elle est probablement en voyage. Sylvie a pris la peine de lui donner tous les détails du mariage par écrit et d'aller déposer le message dans sa boîte aux lettres. Avec un peu de chance, Chantal arrivera à temps. Mais Sylvie commence sérieusement à en douter puisqu'elle n'a toujours pas eu de nouvelles de celle-ci. Même si cela n'a rien de consolant, Sylvie sait que si sa sœur avait été en ville, elle aurait assisté au mariage.

Sylvie a eu l'occasion de rencontrer la future mariée deux fois déjà. Dès leur première rencontre, les deux femmes se sont trouvé plusieurs points communs. Sylvie ne peut qu'être contente pour son père, car Suzanne semble vraiment l'aimer. Et puis, il aura enfin quelqu'un pour veiller sur lui, d'autant qu'elle a près de dix ans de moins que lui. Ils s'installeront chez elle, dans sa maison, dès qu'ils seront mariés. Son père a déjà avisé son propriétaire qu'il allait partir ; celui-ci en profitera pour faire des rénovations. Hier soir, Michel est allé aider son beau-père à déménager. Deux voyages à deux autos ont suffi. Michel a dit à Sylvie que Suzanne avait une très belle maison. « Tu devrais voir la vue qu'elle a sur le mont Royal, c'est à couper le souffle. » Sylvie n'a jamais compris pourquoi son père a vendu sa maison, et ses meubles aussi, pour s'en aller vivre dans un petit appartement presque miteux. Chaque fois qu'elle s'est risquée à lui en parler, il lui a répondu vaguement. Sylvie le connaît assez bien pour savoir qu'elle ne connaîtra jamais le fin mot de l'histoire.

À mesure que tout le monde se lève, la maison s'anime. Ils sont maintenant six autour de la table. Le nouveau grille-pain de Sylvie n'a pas le temps de refroidir entre les tranches de pain que tous glissent dans ses fentes. Fière comme un paon, Sylvie commente :

— En tout cas, on peut dire que j'ai fait un très bon choix. C'est le jour et la nuit avec notre vieux grille-pain.

— J'espère, au prix qu'il nous a coûté ! s'exclame Michel.

— Veux-tu bien arrêter ? répond-elle d'un ton impatient. Combien de fois vais-je devoir te répéter que je l'ai eu avec mes timbres Metro ?

— Je sais tout ça, mais je me permets de te rappeler que c'est bien moins cher à la Coopérative.

— Comment peux-tu en être aussi certain ? On n'y est allés qu'une seule fois. Moi, je pense que c'était plutôt un concours de circonstances.

— Je te ferai remarquer que c'est toi qui refuses d'y retourner, jette-t-il d'un ton taquin. Madame préfère ramasser ses timbres pour s'offrir des primes. Je te le répète : tu les paies tes primes, et bien plus cher que tu ne penses.

— Veux-tu bien me laisser tranquille avec ta Coopérative ? On dirait un entrepôt. Au moins, chez Metro, le magasin est beau.

— C'est sûr qu'il est beau. Au prix où ils vendent leurs choses, ils ont les moyens de bien décorer !

Ce n'est pas la première fois que Michel et Sylvie débattent du choix de l'épicerie devant les enfants. Depuis le jour où ils sont allés faire un test à la Coopérative, leur père ne manque pas une occasion de mettre leur mère en colère, ce qui les fait sourire. À vrai dire, ils n'en ont rien à faire que Sylvie fasse son épicerie à un endroit ou à un autre. Tout ce qui leur importe, c'est que le réfrigérateur et les armoires soient toujours pleins.

Sylvie sait que tout est plus cher au Metro. Mais jamais elle ne l'avouera à Michel ; elle tient trop à ses primes. Elle a bien le droit d'avoir quelques petits plaisirs, elle aussi.

Avant que son mari relance le débat, elle se dépêche de changer de sujet.

— Je vais demander à Alice si elle peut venir garder Dominic ce soir.

Puis, à l'adresse de Michel, elle ajoute :

— Il faudrait que tu emmènes Junior, Luc et François chez le barbier.

— Tenez-vous prêts, recommande Michel à ses fils. On va partir tout de suite après le déjeuner, car je n'ai pas l'intention de passer l'avant-midi chez le barbier.

— Est-ce que je suis vraiment obligé de me faire couper les cheveux ? demande Junior.

— Mais oui ! s'insurge Sylvie. Tu as l'air d'un vrai pouilleux !

— Je ne veux pas que mes cheveux soient trop courts, par exemple.

— Pour ça, tu t'arrangeras avec ton père. Avant de partir, sortez tous vos pantalons propres pour que je les repasse. Et toi, Sonia, tu vas me donner un coup de main.

À ces mots, la jeune fille soupire. Une fois de plus, elle est obligée d'aider sa mère alors que ses frères vont pouvoir faire ce qu'ils veulent pendant toute la journée. Sylvie fait mine de n'avoir rien entendu. Aujourd'hui, elle n'a nulle envie d'entrer dans un débat inutile avec Sonia. Elle a besoin de l'aide de sa fille, un point c'est tout.

Dès que les garçons et Michel partent, Sylvie se tourne vers sa fille. En voyant l'air pitoyable de celle-ci, elle lui dit :

— Ne fais pas cette tête-là. Je voudrais seulement que tu me mettes des bigoudis. Tu comprends, je veux être à mon meilleur pour le mariage de mon père. Après, tu seras libre.

À ces mots, un large sourire illumine le visage de la jeune fille.

— Je pourrai aller magasiner avec Lise ?

— Si tu veux, à condition que tu sois prête pour quatre heures.

— Merci maman ! s'écrie Sonia, reconnaissante. Si tu veux, je peux te laver les cheveux aussi. Et je te promets d'être là à trois heures pour te coiffer.

— D'accord. Tu es prête ? Après, il va falloir que je téléphone à Alice.

* * *

Quand Sylvie voit son frère Paul-Eugène et sa sœur Chantal, elle leur saute au cou. Au moins, trois membres de la famille assistent au mariage. C'est peu mais, dans les circonstances, il vaut mieux que ce soit ainsi.

Veuve depuis une dizaine d'années, Suzanne est entourée de ses six enfants et de ses trente petits-enfants. Elle est rayonnante dans sa robe jaune pâle. Elle a la taille si fine qu'on dirait une jeune fille.

Vêtu d'un habit bleu marine, Camil a fière allure. Le dos bien droit, il avance au bras de sa bien-aimée dans l'allée de l'église. Il a à peine eu le temps de saluer son fils avant que la cérémonie commence. Retardé par la circulation, Paul-Eugène a cru qu'il n'arriverait jamais à temps. Il était si juste qu'il s'est rendu directement à l'église. Il ne connaît pas encore la future femme de son père, mais si celui-ci l'a choisie, c'est qu'elle est sûrement très bien. D'ailleurs, il y a longtemps qu'il demande à son père ce qu'il attend pour se remarier. Il était fou de joie quand il a appris la nouvelle. La semaine dernière, quand il a téléphoné à Sylvie et qu'elle lui a parlé du comportement du reste de la famille, il a éclaté de rire.

— Tu vois, c'est exactement pour ça que je suis parti. Ils n'ont pas d'allure. En tout cas, pour ma part, ma famille se résume à papa, Chantal et toi. Les autres, moins je les vois, mieux je me porte.

— J'aimerais bien te dire que je te trouve dur à leur égard, mais en fin de compte je suis plutôt d'accord avec toi. Tu sais, jamais je n'aurais cru penser une telle chose. Et c'est moi qui les ai élevés en partie ! Ce n'est vraiment pas une réussite.

— Ne te tracasse pas avec ça ; tu as fait tout ce que tu pouvais pour eux. Même si je n'ai pas eu d'enfants, j'ai toujours eu pour mon dire que, quoi qu'on fasse, chacun a son caractère à la naissance. Plus je vieillis, plus je pense que c'est impossible de changer les gens. Moi, je suis le même que lorsque j'avais cinq ans : impatient, vigoureux et colérique. Je n'y peux rien, c'est mon caractère. C'est certain qu'avec les années, j'ai arrondi un peu les angles, mais franchement ils sont encore assez carrés plus souvent qu'autrement. D'ailleurs, je n'ai jamais trouvé une femme assez folle pour m'endurer. Avoue que c'est révélateur.

— Sois honnête : si tu es resté célibataire, c'est parce que tu n'as jamais voulu te marier.

— Ouais, tu as raison. Je ne voulais pas offrir aussi peu à une femme.

— J'en ai assez entendu ! Penses-tu que j'ai plus avec Michel ? Et pourtant, jamais je n'ai regretté de lui avoir dit oui. Il y a autre chose que l'argent dans la vie. Le plaisir d'être aimé par quelqu'un.

Le plaisir d'être attendu chaque fois que l'on revient à la maison. Le plaisir de pouvoir compter sur quelqu'un... Je ne pouvais espérer une meilleure vie que celle que j'ai.

— Tu en as de la chance. Au fond, j'étais mort de peur à la seule idée d'avoir des enfants. Je refusais de prendre la chance qu'ils soient aussi ingrats que mes frères et sœurs. C'est peut-être de la lâcheté...

— Tu n'as rien à te reprocher. Personne n'est obligé de se marier et d'avoir des enfants.

— Ce n'est pas ce que les curés disent. Tu ne peux même pas t'imaginer le nombre de fois où je me suis fait faire la leçon par eux. En français et en anglais, par-dessus le marché. Ils sont tous les mêmes. Ils parlent d'un tas de choses qu'ils ne connaissent même pas. Comment peut-on oser exiger d'une femme qui a fait cinq fausses couches d'affilée de courir le risque d'y rester la prochaine fois qu'elle tombera enceinte ?

— Laisse faire les curés, tu sais ce que je pense d'eux. Si le nôtre s'était mêlé de ses affaires, maman serait probablement encore avec nous. En tout cas, moi, j'ai pris une décision le jour où maman est morte : je me suis juré qu'aucun curé ne me dicterait ma conduite. J'ai tenu ma promesse. Quand celui de la paroisse vient chercher la dîme, je ne l'invite même pas à entrer. Je lui tends l'enveloppe et je lui dis que je n'ai pas le temps de le recevoir.

— Tu fais bien. Moi, chaque fois, je me demande si je vais payer ma dîme...

Les mariés échangent leurs vœux. Ils sont tout sourire. Sylvie est heureuse de voir que son père unit sa vie à celle de Suzanne. Son petit doigt lui dit qu'elle va le voir bien moins souvent dans les prochains mois. Il lui manquera, c'est certain, mais il ne tiendra qu'à elle de l'inviter à venir manger à la maison avec sa tendre moitié. Une fois la cérémonie terminée, tout le monde se rend au restaurant réservé par les nouveaux mariés pour l'occasion. Un repas chaud sera servi.

Une fois sur place, les petits-enfants des deux familles fraternisent très vite, tellement qu'ils demandent à leurs parents la permission de s'asseoir ensemble. Pour leur part, les adultes prennent tous place autour d'une grande table et en profitent pour faire connaissance. Plus le repas avance, plus les conversations sont animées. Les rires fusent de partout. Les petits-enfants viennent de se rappeler que s'ils frappent sur les verres, leurs grands-parents vont s'embrasser. Comme ils trouvent toute l'affaire bien drôle, ils s'en donnent à cœur joie, au point qu'à un certain moment monsieur Belley leur demande de le laisser manger un peu. Loin d'être impressionnés, ils recommencent de plus belle la minute d'après.

Assis côte à côte, Paul-Eugène et Michel discutent travail.

— En tout cas, si tu veux revenir dans le coin, c'est le temps, explique Michel. Je te le répète, on a de l'ouvrage plus qu'on est capables d'en faire. Avec le métro et les hôtels à construire ici, si je te présente à mon patron il va t'engager sur-le-champ. Qu'est-ce que tu en penses ?

— Je t'avoue que j'y songe de plus en plus. Mais il faudrait d'abord que je vende ma maison, puis que je me trouve un logement par ici.

— J'ai une bien meilleure idée. Tu pourrais venir rester chez nous un bout de temps.

— Tu es sérieux ? Vous êtes déjà neuf dans la maison !

— Ouais, et après ? Si c'est juste en attendant, on peut sûrement s'arranger.

— Tu commences à me tenter sérieusement, mais j'aimerais mieux en parler à Sylvie avant de prendre une décision.

— Vu que tu viens dormir chez nous, tu auras tout le temps de lui en parler.

— Je n'y manquerai pas. Changement de sujet : parle-moi donc de ton petit commerce d'antiquités. Sylvie m'a dit que ça marchait bien.

— Franchement, jamais je n'aurais imaginé que ça irait aussi bien. Tu devrais voir mon garage : il est rempli à craquer.

— Qu'est-ce que tu vas faire avec tout ça ?

— Je vais peut-être aller vendre mes plus belles pièces dans un marché aux puces. Je pourrais aussi me louer un petit local en ville pour écouler mon stock, mais j'ai peur de manquer de temps.

— Si je m'installe par ici, ça me ferait plaisir de te donner un coup de main. J'ai moi-même ramassé plusieurs beaux vieux meubles au fil des années.

— Je ne savais pas que tu t'intéressais aux antiquités.

— Il y a bien des choses que tu ignores de moi.

— Sûrement. Tout ce que je sais, c'est que je serais bien content si tu revenais dans le coin.

De l'autre côté de la table, Sylvie en profite pour discuter avec sa sœur.

— Tu es rentrée de Los Angeles seulement cet après-midi ! s'exclame-t-elle.

— Il devait être à peu près deux heures. Comme je me doutais que tu me laisserais savoir la date du mariage de papa, je me suis dépêchée de dépouiller mon courrier. C'est là que j'ai vu ta lettre. Pendant une seconde, je me suis dit que je l'avais manqué. En y regardant à deux fois, j'ai réalisé que c'était aujourd'hui. J'ai sauté dans la douche et me voilà.

— Tu es partie combien de temps finalement ?

— Pratiquement un mois. N'oublie pas que j'avais à peine eu le temps de défaire ma valise en revenant de Londres.

— Comment arrives-tu à vivre ce genre de vie ?

— J'ai toujours adoré voyager, tu le sais bien.

— Je comprends, mais comment fais-tu pour vivre toujours dans les valises ?

— On s'habitue à tout. Ça fait tellement longtemps que je vis ainsi que j'ai peine à imaginer ma vie autrement. Pour tout avouer, quand ça fait plus d'un mois que je ne suis pas sortie de Montréal, je commence à fatiguer.

— Toi et moi, on est de la même famille mais on est très différentes.

— Pas si différentes que ça. Papa m'a dit que tu avais signé un contrat pour chanter. Je veux tout savoir.

Dès que les convives ont mangé le gâteau, les nouveaux mariés saluent tout le monde et s'en vont. Ils sont vite imités par les invités. En quelques minutes seulement, la salle du restaurant se vide.

Chapitre 19

Lorsque Junior rentre pour manger, une surprise l'attend. Une grosse boîte de carton, qui lui est adressée, trône en plein centre de la table. En la voyant, un grand sourire illumine son visage... Son cadeau est enfin arrivé ! Bien installé devant son trésor, il se frotte les mains et savoure son plaisir. Il se demande ce que le colis contient cette fois. Chaque année, quelques jours avant son anniversaire, il reçoit un cadeau de son parrain et de sa marraine, ce qui fait toujours des jaloux autour de lui. Pourquoi ? Parce que c'est lui qui reçoit le plus gros et le plus beau cadeau. Comme chaque fois, les autres ne manquent pas de se plaindre en le regardant déballer le paquet avec précaution.

— Ce n'est pas juste ! se plaint Dominic, les deux mains sur les hanches. Moi, tout ce que je reçois, c'est un vieux cinq-piastres tout chiffonné. Je n'ai même pas de carte ! Ça, c'est quand j'ai la chance de voir mon parrain et ma marraine le jour de ma fête, pas la veille ni le lendemain. Comme si je pouvais aller à Montréal quand je veux, et ils ne viennent même pas à mon souper de fête ! Ce n'est vraiment pas juste. Depuis qu'on a déménagé ici, je ne les ai vus qu'une seule fois et, évidemment, ce n'était pas le jour de ma fête, ce qui fait que je n'ai rien eu.

— Au moins, ton parrain et ta marraine te donnent de l'argent, observe François. Moi, je n'ai plus de nouvelles de mon parrain, et je ne me souviens même plus de son nom. Quant à ma marraine, elle a décidé de me monter une collection de petites cuillères. J'en ai au moins 25 qui viennent de différents pays. Qu'est-ce qu'elle veut que je fasse avec des maudites cuillères ? Je ne peux même pas m'en servir pour manger mon Jell-O.

À ces mots, Sylvie ne peut s'empêcher de rire. Avant qu'elle ait le temps d'ouvrir la bouche, Luc se met de la partie :

— Arrêtez de vous plaindre. Moi, la dernière fois que j'ai vu mon parrain – c'était ma fête le lendemain –, il s'est penché pour ramasser une fraise bourrée de sable dans son jardin et me l'a tendue en me disant : « Bonne fête, le jeune ! » En tout cas, s'il n'en tient qu'à moi, je ne suis pas près de retourner le voir. Tu parles d'un cadeau ! Et il n'a même pas le cœur de m'appeler par mon nom ! Le jeune ! Pouah !

— À tout prendre, j'aime encore mieux mes cuillères qui ne servent à rien qu'une vieille fraise pleine de sable ! se moque François. Au moins, je pourrai les vendre un jour. Il paraît qu'elles vont prendre de la valeur avec le temps. Mais c'est maintenant que je voudrais de l'argent, pas dans vingt ans. En tout cas, Luc, on peut dire que tu n'es vraiment pas chanceux.

— Voulez-vous bien arrêter de vous plaindre ! lance Sylvie d'un ton qu'elle veut sévère mais qui n'en est rien.

Plus elle les écoute, plus elle a de la difficulté à garder son sérieux. Elle commente :

— Un parrain et une marraine ne servent pas seulement à donner des cadeaux.

— Alors, pourquoi on a un parrain et une marraine ? demande Dominic.

— Quand vous décidez de ne pas vous souvenir de quelque chose, vous êtes imbattables. Voyons donc, leur rôle est de prendre soin de vous s'il nous arrivait quelque chose de grave, à votre père et à moi.

— Ça veut dire que je serai obligé d'aller vivre chez mon parrain si vous mourez ? s'affole Dominic. Il n'en est pas question. Moi, je resterai ici avec Sonia et mes frères.

À ces mots, Sylvie a envie de hurler. La dernière phrase de son fils a ramené un tas de souvenirs à sa mémoire. Bien que la majorité de ceux-ci soient heureux, elle aime trop Sonia pour souhaiter que sa fille vive la même chose qu'elle. « Il est grand temps qu'on s'occupe de nos affaires, pense-t-elle. J'en parlerai à Michel ce soir. Pour l'instant, je ne sais vraiment pas qui pourrait prendre en charge les plus jeunes s'il nous arrivait malheur. Et je ne voudrais surtout pas que mes enfants soient séparés. Mais on doit se dépêcher de réfléchir à tout ça, car on ne sait jamais ce qui nous pend au nez. »

— Vas-tu finir par l'ouvrir un jour ? s'impatiente François. Tu ne vois pas qu'on meurt d'envie de savoir ce qu'il y a dans ta grosse boîte ?

— Laisse-moi tranquille, répond Junior. C'est mon cadeau à ce que je sache, pas le vôtre.

— Pas besoin de nous le rappeler, on le sait très bien ! s'indigne Luc.

Junior enlève enfin le dernier bout de papier brun recouvrant son cadeau. Il soulève le couvercle et regarde à l'intérieur. Une montagne de papier journal chiffonné lui bouche la vue. Il se dépêche de l'enlever. Cinq boîtes bien emballées tapissent le fond du paquet. Le sourire aux lèvres, il les dépose une à une sur la table. Comme il s'apprête à jeter la grosse boîte par terre, il voit une enveloppe au fond. Il la prend vite dans ses mains. En le voyant faire, Dominic lance d'un ton exaspéré :

— Laisse faire ta carte, tu la liras plus tard !

Mais Junior n'en fait qu'à sa tête. Il se met à lire tout bas.

Mon cher Michel,

Dans quelques jours, ce sera ta fête. On voulait la souligner à notre façon car on ne pourra pas venir te voir cet été : ton oncle a trop de travail. On a choisi chacun de tes cadeaux en pensant très fort à toi. On espère que tu auras autant de plaisir à les ouvrir qu'on en a eu à les acheter. Gaétan nous a aidés un peu. D'ailleurs, il nous a demandé de t'écrire de venir le voir. Vous pourriez faire des tas de choses ensemble : aller à la pêche, faire du canot sur la rivière, faire du camping dans la cour arrière… Si cela te tente, tu n'as qu'à nous téléphoner et on t'enverra de l'argent pour payer ton billet d'autobus. On aimerait tellement que tu viennes nous voir. On a une belle chambre pour toi.

On t'embrasse sur les deux joues et on te dit à bientôt. On t'aime très fort.

Ton parrain et ta marraine.

Junior prend le temps de remettre la carte dans l'enveloppe au grand désespoir de ses spectateurs. Il est très conscient que la tension monte autour de lui, mais il n'a pas l'intention de gâcher ce moment spécial sous prétexte que ses frères ont hâte de voir ce qu'il a reçu en cadeau.

— Ils m'invitent à aller chez eux, annonce-t-il à Sylvie. Est-ce que je peux y aller ? Ils vont même payer mon billet d'autobus.

— Il suffit que tu trouves quelqu'un pour te remplacer pour ta ronde de circulaires.

— Je peux la faire, moi, propose Luc.

— Nous aussi, renchérissent les jumeaux.

— Vous êtes bien trop jeunes pour travailler ! proteste Luc.

— Quand on sera certains que Junior part, on réglera tout ça après, tranche Sylvie.

Année après année, elle encourage Junior à aller passer quelques jours chez son parrain et sa marraine, à Chicoutimi. Mais quand vient le temps de les appeler pour annoncer sa visite, chaque fois, il change d'idée. Même s'il en meurt d'envie, la seule pensée de partir loin de la maison le rend inquiet. De nature moins volontaire que les jumeaux et Luc, il se trouve bien chez lui, dans son petit confort.

Junior déballe enfin l'un des paquets. En voyant la boîte, il s'écrie :

— Yé ! Une pleine boîte de Life Savers.

— Peux-tu me donner celui aux cerises ? demande François.

— Moi, je voudrais celui au beurre, choisit Dominic.

— Et moi, celui aux raisins, lance Luc.

Mais Junior ne porte pas attention aux paroles de ses frères. Le sourire aux lèvres, il prend un deuxième paquet. En voyant ce qu'il contient, il ne peut s'empêcher de s'écrier :

— Wow ! Avez-vous vu ça ? J'ai toute une boîte de pipes à la réglisse noire. Comment ont-ils fait pour deviner que c'était mes préférées ?

Avant même qu'un des garçons ait le temps d'ouvrir la bouche, il ajoute :

— N'y pensez même pas ! Je vais les garder pour moi tout seul. C'est mon cadeau de fête, après tout.

L'air renfrogné, les trois garçons regardent leur frère d'un air rempli de reproches. « Ils font presque pitié à voir », songe Sylvie. Elle se retient tout de même de parler. Certes, elle veut que ses enfants partagent, mais c'est un peu différent quand il s'agit d'un cadeau de fête.

Junior prend un troisième paquet et le déballe.

— Bizarre, ils l'ont mis dans une boîte d'appareil photo, commente-t-il.

— C'est peut-être ça, ton cadeau, lance Luc.

— Tu es malade, ça coûte bien trop cher !

— Vas-y, ouvre-le, lui ordonne Dominic d'une voix autoritaire.

Quelques secondes plus tard, Junior tient bel et bien un appareil photo entre ses mains.

— Je n'en crois pas mes yeux ! s'exclame-t-il. Regarde, maman, ils m'ont offert un vrai appareil photo. C'est fou !

— Tu es vraiment gâté, répond-elle. Ton père et moi, on n'en a même pas.

— J'espère au moins qu'il y a un film dedans, intervient François.

— On regardera ça tantôt, répond Junior. Pour l'instant, je vais ouvrir mes deux derniers cadeaux.

Le quatrième paquet contient cinq films.

— Je n'en reviens pas ! s'enthousiasme Luc. En tout cas, on ne peut pas dire que ton parrain et ta marraine sont séraphins.

— Tu as bien raison, approuve Junior. Je vais pouvoir photographier tout ce que je veux.

— C'est bien beau, tout ça, mais qui va payer pour faire développer tes photos ? demande François.

— Moi, voyons ! s'exclame Junior en gonflant le torse. Qui veux-tu que ce soit ?

François revient à la charge :

— Avec quel argent ? Tu gagnes à peine assez pour te payer tes petits gâteaux.

À ces mots, Junior jette un regard noir à son frère. Il a horreur d'avoir été démasqué. Comment se fait-il que son frère soit au courant ? Il ne va même pas à la même école que lui.

— Arrête de me regarder avec ton air méchant, tu ne me fais pas peur, lance François. De toute façon, maman est déjà au courant, je l'ai informée.

S'il ne se retenait pas, Junior donnerait une bonne tape à son jeune frère. Dans les circonstances, il vaut mieux qu'il reste calme. Il tient son dernier paquet entre ses mains. C'est à la fois le plus petit et le plus lourd. Il le déballe et sourit en voyant son contenu : deux rouleaux de vingt-cinq cents, soit vingt piastres. Fier comme un paon, Junior lève l'argent à la hauteur de ses yeux avant de déclarer à François d'un air arrogant :

— Je te l'avais dit que je paierais le développement de mes films !

— C'est facile quand on reçoit une grosse boîte remplie de cadeaux, pleurniche le jeune garçon. J'en ai assez vu, je vais aller lire dans ma chambre en attendant le souper.

— Moi aussi, décide Dominic. En tout cas, ce n'est vraiment pas juste.

— Est-ce que tu vas au moins nous donner un rouleau de Life Savers ? s'enquiert Luc.

Junior met quelques secondes avant de répondre à son frère. Il doit le reconnaître, son parrain et sa marraine l'ont beaucoup gâté. Il ne les voit pas souvent, mais ils n'ont jamais oublié son anniversaire. Ils lui téléphonent au moins une fois par mois pour prendre de ses nouvelles et, à Noël, ils ne manquent pas de lui envoyer de l'argent. C'est loin d'être la même chose pour ses frères. Junior regarde ses cadeaux. De nature généreuse, il se dit qu'il pourrait bien partager ses bonbons avec eux… enfin, une partie. Alors que les jumeaux vont entrer dans leur chambre et que Luc s'apprête à les suivre, il lance d'une voix assez forte pour que les trois garçons l'entendent :

— Venez vous chercher un rouleau de Life Savers et une pipe.

Il a à peine fini sa phrase que ses frères surgissent devant lui. Après la distribution, c'est le sourire aux lèvres et le cœur léger qu'ils quittent la cuisine.

Une fois seule avec Junior, Sylvie s'approche de lui. Elle lui met une main sur une épaule et le félicite :

— C'est vraiment très gentil de ta part.

Il regarde sa mère et lui dit, en haussant les épaules :

— Ça me brisait le cœur de les voir aussi malheureux. Est-ce que tu en veux ? demande-t-il à sa mère en lui présentant sa boîte de Life Savers.

— J'aimerais mieux avoir une pipe, répond-elle d'un air gêné. Quand j'étais jeune, je m'en achetais dès que j'avais la chance d'avoir un peu d'argent.

— Je peux t'en donner deux si tu veux, propose Junior. Sers-toi maman, ajoute-t-il en lui tendant la boîte de pipes.

Dès qu'elle sent l'odeur de la réglisse noire, Sylvie salive à l'idée de croquer dans une pipe. Elle va d'abord manger le bout de celle-ci. Elle va laisser fondre les dizaines de petites billes rouges en sucre sur sa langue pour ensuite se laisser envahir par la saveur unique de la réglisse noire. C'est là qu'elle fermera les yeux pour en profiter pleinement. Elle mâchera et remâchera ensuite chaque bouchée de ce pur délice et en gardera le souvenir pendant plusieurs jours.

Il y a des dizaines de pipes bien alignées dans la boîte. Sylvie prend une friandise et la porte à son nez pour en humer toute l'odeur. Alors que son fils va refermer la boîte, elle s'informe timidement :

— Est-ce que ton offre d'en prendre deux tient toujours ?

— Oui, vas-y, sers-toi. Tu es drôle, maman. On croirait que je t'ai donné un trésor.

— C'est tout comme. Tu ne peux pas savoir à quel point ça me fait plaisir. Pour tout avouer, il m'arrive encore de m'en acheter une et de la manger en cachette.

— Un peu comme moi avec les petits gâteaux.

— Si on veut, répond sa mère en lui pinçant une joue. Tu sais, tout le monde a droit à ses petits secrets. Merci, c'est très gentil. Je vais cacher mes pipes dans l'armoire et je les mangerai quand je serai toute seule.

— Si tu en veux d'autres, tu n'auras qu'à aller te servir. Je vais cacher ma boîte sur la tablette du haut de ma garde-robe.

— Ne me dis pas ça, je serais capable de toutes les manger !

Voyant la réaction de son fils, Sylvie se dépêche d'ajouter :

— Ne t'inquiète pas, jamais je ne me permettrais de fouiller dans tes affaires. Si je veux d'autres pipes, je vais te demander de m'en donner, c'est promis. Bon, ramasse tout, je vais dresser la table. Ton père va bientôt rentrer du travail.

Chapitre 20

Sylvie s'avance jusqu'à l'escalier du sous-sol. Elle crie :

— Alain, lève-toi sinon tu vas être en retard au travail.

Avec Prince sur les talons, elle retourne à la cuisine d'un pas rapide. Elle remplit sa laveuse de vêtements pour la troisième fois depuis ce matin et regarde par terre afin d'estimer combien de brassées il lui reste à faire. « Il vaut mieux que je me dépêche si je veux finir avant le dîner. Heureusement, il fait tellement beau que tout devrait avoir le temps de sécher avant la fin de la journée. » Quand ils sont arrivés dans leur nouvelle maison, Michel a vite installé une deuxième corde à linge. L'été, Sylvie a horreur d'étendre au sous-sol. Le linge sent si bon quand il sèche dehors. Ici, il sent le frais, alors qu'à Montréal, il avait parfois une légère odeur de fumée d'usine.

Quand elle entend enfin des pas dans l'escalier, elle se retourne.

— Il te reste exactement une demi-heure…

À sa grande surprise, c'est Martin qui est devant elle. Il a pris la place d'Alain à l'épicerie.

— Je croyais que tu étais en congé aujourd'hui.

— Je l'étais, mais j'ai accepté de remplacer Jocelyn. Sa fille est à l'hôpital. Une chance que tu as appelé Alain, car j'aurais passé tout droit.

— Je suis descendue trois fois avant de crier. C'est lui qui va être le pire. Je ne passerai certainement pas mon été à le réveiller. C'est terminé pour moi, il est grand temps qu'il apprenne à être autonome.

— On est rentrés pas mal tard hier soir.

— Ce n'est pas mon problème. Si vous êtes capables de sortir, vous êtes capables de vous lever pour aller travailler.

— Sais-tu à quelle heure il travaille ?

— Dans exactement une demi-heure. À moins que quelqu'un passe le chercher, il va être en retard.

— Veux-tu que j'aille le réveiller ?

— Tu fais comme tu veux, moi j'ai fait ma part. Il va falloir qu'il se prenne en main.

Alors que Martin s'apprête à descendre, une auto klaxonne devant la maison. Sylvie court jusqu'à la porte d'entrée. Elle sort sur le perron. Un jeune homme passe la tête par la fenêtre du conducteur avant de lancer :

— Je viens chercher Alain. Dites-lui de faire vite, on a intérêt à ne pas être en retard.

Sylvie lui fait un signe de tête et rentre dans la maison. Dans le couloir qui mène à la cuisine, elle croise Alain. Son oreiller encore imprimé sur une joue, il est blême à faire peur.

— Est-ce que tu peux me donner mon lunch ? demande-t-il d'une voix endormie.

— Quel lunch ? Ça fait plusieurs fois que je te le répète : si tu veux un lunch, tu dois t'en occuper toi-même.

— Tant pis, je mangerai plus ce soir. Bonne journée !

Sylvie est loin d'être contente du comportement de son fils aîné ces temps-ci. Il est de plus en plus nonchalant. Il fait la grasse matinée. Il rentre de plus en plus tard. Et il en fait le moins possible. Elle a essayé de lui parler à plusieurs reprises, mais chaque fois, il trouve vite une raison pour mettre fin à la discussion. En somme, ce que Sylvie a retenu, c'est qu'il profite de la vie au maximum. Elle soupçonne même qu'il abuse des joints. Ses yeux sont souvent vitreux et sa pupille est trop dilatée pour être à l'état normal. C'est sa tante Irma qui l'a informée sur le sujet parce qu'elle, elle n'a jamais même pensé à prendre quelque drogue que ce soit. En plus, Alain mange comme un affamé ; il avale tout ce qui lui tombe sous la main, même des choses qu'il n'aimait pas jusque-là. Avant, il mangeait beaucoup mais aux repas seulement, alors que maintenant il mange sans arrêt dès qu'il met les pieds dans la maison. Cela complique la tâche à Sylvie, elle qui faisait déjà de nombreuses prouesses pour arriver à nourrir toute la famille. Si ça continue, elle va devoir demander à Michel de lui donner plus d'argent pour faire l'épicerie. Il y a des jours où elle a l'impression de toujours être en train de cuisiner. Chaque matin, c'est toujours à recommencer, les boîtes de métal sont vides et il ne reste que des miettes des galettes blanches, à la mélasse ou au gruau. Étant donné le peu de plaisir que Sylvie prend à cuisiner, à cause de ses nombreux insuccès, elle trouve qu'elle passe beaucoup trop de temps le nez dans ses chaudrons.

Sylvie a bien essayé de comprendre Alain, mais comme elle n'a jamais eu l'occasion de « profiter de la vie » au sens où il l'entend, ça lui est pratiquement impossible. Entre l'école, la maison et ses frères et sœurs, il lui restait bien peu de temps pour s'amuser. Quand la journée se terminait, elle était si fatiguée que le choix n'était pas difficile à faire entre aller dormir et sortir. Les enfants ne faisaient jamais relâche et il valait mieux qu'elle soit en forme pour s'occuper d'eux le matin venu. Mais cela ne lui a pas manqué, de ne pas faire sa vie de jeunesse. Et puis, comment savoir qu'une chose nous manque quand on n'a jamais eu la chance d'en faire l'expérience ? Pendant des années, elle s'est contentée de regarder sortir ses frères et sœurs ; maintenant, ce sont ses enfants qu'elle observe. « Il va peut-être falloir que Michel s'en mêle. En tout cas, une chose est certaine : je ne laisserai pas Alain entraîner Martin.

À moins que ce ne soit déjà fait... Ils sont comme les deux doigts de la main. Je vais dire comme ma mère : petits enfants, petits problèmes ; grands enfants, grands problèmes. »

Sylvie ne se verrait pas vivre sans enfants. Ils sont la plus belle réussite de sa vie. Ce qui l'embête le plus, c'est tout ce qu'il y a à faire à cause de leur présence. Au nombre qu'ils sont dans la maison, la moindre petite action prend des proportions hors de l'ordinaire, surtout que la responsabilité des tâches à l'intérieur de la maison repose sur les épaules de Sylvie. Elle sait bien qu'elle n'est pas la seule dans cette situation, mais ça ne la console pas. L'autre jour, elle s'est amusée à calculer le temps qu'exige chacune de ses tâches. Elle a tout noté sur un bout de papier :

Lavage : une grosse journée.

Repassage, reprisage, couture : une journée.

Ménage : une journée.

Épicerie et commissions : une journée.

Cuisine : deux journées.

Chaque fois qu'elle relit sa liste, elle se demande sérieusement comment elle va arriver à tout faire quand elle va commencer ses répétitions de chant en septembre. « À moins que je travaille un peu le dimanche. Non, ce n'est pas une bonne idée. Déjà que c'est la seule journée pour se reposer et passer du temps avec la famille et les amis… La religion a bien des défauts, mais qu'elle nous permette d'avoir un jour de congé obligatoire est rempli de sens. » Au fond d'elle-même, Sylvie connaît très bien la solution à son problème, mais pour toutes sortes de raisons reliées à son propre vécu, elle ne veut absolument pas exiger que Sonia l'aide davantage. Elle pourrait plutôt demander à chacun des enfants de faire sa part. De cette manière, ce serait beaucoup plus juste pour tout le monde. D'ailleurs, elle a déjà commencé à répertorier les tâches auxquelles les enfants pourraient contribuer. Reste maintenant à voir comment elle va présenter le tout à sa marmaille. Elle pourrait imposer à chacun des tâches et ordonner qu'il s'en acquitte à son heure et à sa convenance. Après avoir discuté avec quelques femmes au Cercle des fermières, Sylvie a appris que c'est de cette façon que la majorité d'entre elles procèdent, mais cela ne lui plaît pas. Elle et les siens forment une famille unie et elle croit dur comme fer que si elle leur explique clairement qu'elle a besoin d'eux, ils vont l'aider de gaieté de cœur au lieu de bougonner semaine après semaine. Elle se propose d'aborder le sujet dimanche prochain, au souper.

Quand elle termine enfin son dernier lavage, elle débranche sa laveuse, l'essuie et la fait rouler jusqu'à sa place. Elle jette un coup d'œil sur l'horloge et constate qu'elle n'aura pas le temps d'aller étendre son linge avant le dîner. Il faut vite qu'elle prépare à manger. Elle évalue le contenu du réfrigérateur d'un coup d'œil rapide. «J'ai de la chance, personne n'a mangé les restes du poulet d'hier soir. Je vais pouvoir préparer un hachis. Si je me dépêche, on devrait pouvoir s'asseoir à table dans une demi-heure.» Elle sort le panier de patates et un oignon et les dépose sur le comptoir. Elle épluche d'abord les patates, puis elle les lave et les coupe en petits cubes. En deux temps, trois mouvements, sa casserole est remplie aux trois quarts. Elle ajoute de l'eau et met le tout sur le rond. Elle coupe finement l'oignon et s'attaque ensuite au poulet. Elle sale et poivre allègrement et attend que le tout bouille.

Au moment où elle va sortir pour aller cueillir de la salade dans le jardin, Junior arrive.

— Salut, maman ! Qu'est-ce qu'on mange ? Je meurs de faim.

— Du hachis au poulet.

— Yé ! Veux-tu que j'aille acheter un pain de fesse ?

— Non, on va s'arranger avec ce qu'on a.

— D'accord ! Est-ce que je peux t'aider à faire quelque chose en attendant que le dîner soit prêt ?

Sylvie sourit à son fils. Chaque fois, elle est surprise quand il offre de l'aider sans qu'elle lui ait rien demandé. Il est d'ailleurs le seul à agir ainsi. Alors que c'est avec lui qu'elle est la plus sévère dès qu'il prend place à table, celui-ci ne manifeste jamais aucune rancune et il est toujours prêt à lui donner un coup de main. Cela la touche beaucoup, car elle a une sainte horreur de réclamer de l'aide. D'aussi loin qu'elle se souvienne, elle a toujours vu l'ouvrage qu'il y avait à faire ; elle s'attend donc à la même chose de la part des autres. Mais les enfants étant ce qu'ils sont, si on ne leur ordonne pas, on risque d'attendre longtemps. Et à ce chapitre, elle doit s'améliorer.

— Si tu veux aller ramasser le linge sur la corde et étendre celui qui est dans le panier, ça me rendrait vraiment service.

— J'y vais ! clame joyeusement Junior. Je peux même plier le linge, si tu veux.

— C'est très gentil de ta part, je te remercie.

— Tu n'as pas à me remercier, maman. C'est normal que je te donne un coup de main de temps en temps. Ce n'est pas juste que tu sois obligée de tout faire. Tu devrais forcer les autres à t'aider.

Sylvie passe une main dans les cheveux de son fils. C'est un bon garçon, sans aucune malice et qui a un cœur d'or. À part le fait qu'il a toujours la larme à l'œil, c'est le portrait craché de son père. En le regardant sortir avec le panier à linge appuyé contre une hanche, elle se promet de faire plus attention à lui.

Quand Junior rejoint sa mère dans la cuisine, les autres ne sont pas encore arrivés. Il s'assoit à table et dit :

— J'ai mis le linge propre sur le divan et j'ai étendu sur la corde celui que tu venais de laver. Si tu veux, j'irai le ramasser quand il sera sec.

— Merci ! Ça m'aide vraiment beaucoup.

— Maman, j'ai quelque chose à te demander, avance-t-il sur un ton rempli de mystère.

— Vas-y, je t'écoute.

Il baisse légèrement les yeux avant de se lancer.

— Est-ce que je pourrais suivre des cours de danse ?

— Des cours de danse ? s'étonne Sylvie. Pourquoi ? C'est la première fois que j'en entends parler.

— Avant, jure-moi que tu n'en parleras à personne, même pas à papa.

Sylvie constate d'après l'expression de Junior à quel point c'est important pour lui.

— Je te le jure.

— C'est parce qu'il y a beaucoup de filles aux cours de danse et presque pas de garçons. Et aussi parce qu'il est grand temps que je me dégèle avec les filles si je veux avoir une blonde un jour. Chaque fois qu'il y en a une devant moi, je rougis jusqu'aux oreilles et je bafouille.

Sylvie s'efforce de garder son sérieux. Elle reconnaît bien là son fils, toujours prêt à faire ce qu'il faut pour arriver à ses fins.

— Est-ce que tu sais où ce genre de cours est donné ?

— Oui. Il y en a le mardi après-midi près de mon école.

— Est-ce que ça coûte quelque chose ?

— Bien oui, c'est une vraie école de danse.

Junior regarde sa mère les yeux remplis de malice avant d'ajouter :

— Si j'achète moins de petits gâteaux, je devrais être capable de tout payer.

Sylvie réfléchit quelques secondes, puis elle dit :

— Si tu t'engages à étendre et à ramasser le linge cet été, je pourrais te donner quelques sous pour t'aider à payer tes cours.

— C'est vrai ? Tu peux compter sur moi. Merci maman !

— Mais comment vas-tu expliquer ton absence le mardi après-midi à tes frères et à ta sœur ?

— J'ai pensé que je pourrais leur faire croire que je suis des cours de rattrapage en français...

— Mais tu as plus de 90 % en français, ils ne te croiront jamais ! J'ai une meilleure idée : tu pourrais raconter que tu vas donner un coup de main à la mère d'une femme de la chorale.

— C'est une très bonne idée ! répond Junior, les yeux remplis d'étoiles. Comme ça, ils ne m'achaleront pas.

— Je l'espère bien pour toi, parce que si les jumeaux apprennent que tu suis des cours de danse, tu n'as pas fini de te faire agacer.

— Oui. Quand ils commencent, ils n'arrêtent plus !

— Tu auras au moins deux semaines de paix, car ils s'en vont à Jonquière vendredi.

— Il va rester Luc. Il ne saura pas quoi faire de sa peau sans les jumeaux. J'ai bien peur qu'il me colle aux fesses.

— Ne t'inquiète pas, je l'occuperai le mardi après-midi.

Alors que Junior va ajouter quelque chose, la porte s'ouvre brusquement. En entendant une respiration sifflante, Sylvie sait que c'est Luc et qu'il ne va pas bien. Elle sent instantanément un grand frisson envahir tout son corps. Elle déteste au plus haut point quand un des siens est malade ou blessé. Une simple écorchure la dérange.

Dès qu'elle voit Luc dans l'embrasure de la porte de la cuisine, elle sait que cette fois c'est sérieux. Il est pâle à faire peur. Pendant qu'il se laisse tomber sur une chaise, elle court chercher le sirop rouge et une cuillère. Elle s'approche de lui et souffle doucement :

— Prends ton sirop et dis-moi ce qui t'a mis dans cet état.

Le jeune garçon essaie désespérément de reprendre son souffle, mais il n'y arrive pas. Cela inquiète de plus en plus Sylvie. Il y a longtemps qu'elle n'a pas vu son fils dans cet état.

— Si ça continue, je vais devoir t'emmener à l'hôpital.

Luc déteste aller à l'hôpital. Il lève légèrement la tête et parvient à répondre difficilement :

— Non... Avec... le... sirop... c'est... correct.

L'inquiétude de Sylvie monte en flèche. Même si elle sait qu'il faut laisser agir le médicament, elle est dans tous ses états et surveille le moindre petit changement dans la respiration de son fils.

Témoin de la scène, Junior a des sueurs froides. Ce n'est pourtant pas la première fois qu'il voit son frère comme ça, mais chaque fois c'est un choc pour lui. Il doit tenir ça de sa mère ; il déteste voir souffrir les gens qu'il aime. Par-dessus tout, il déteste voir souffrir Luc.

Au bout de quelques minutes qui ont paru une éternité à Sylvie, Luc lève un peu la tête et murmure :

— Prince... Il faut aller le chercher.

Junior se lève brusquement de sa chaise et sort en courant. Tous, sans exception, sont attachés au petit chien. Même Michel s'est pris d'affection pour lui bien plus vite qu'il l'aurait souhaité.

Quelques minutes plus tard, Junior crie en entrant :

— Prince est blessé. Il était couché au bord de la rue et il ne bougeait pas. J'ai bien cru qu'il était mort.

Sylvie dépose une serviette sur le coin de la table.

— Dépose-le doucement ici, on va essayer de voir ce qu'il a.

En voyant son chien, de grosses larmes coulent sur les joues de Luc. Sylvie va chercher une débarbouillette mouillée et nettoie doucement les taches de sang sur le pelage de Prince. La petite bête n'offre aucune résistance. À part une petite morsure à une oreille, elle ne voit rien d'autre, mais l'animal ne bouge toujours pas. Il respire, mais sans plus.

— Va lui chercher une petite gâterie, dit-elle à Junior.

Prince entrouvre les yeux quand Junior approche la gâterie, mais il les referme la seconde d'après. Ça n'annonce rien de bon à Sylvie.

— Je vais le coucher dans son panier et on va le laisser dormir un peu. Il a l'air épuisé.

Sylvie reporte ensuite son attention sur Luc. Elle jurerait que son état a empiré. Elle tend l'oreille ; malheureusement, elle ne s'est pas trompée. Cette fois, le sirop ne suffira pas. Elle prend le combiné du téléphone et compose le numéro de la centrale de taxi. Elle doit vite emmener son fils à l'hôpital.

* * *

Prince est mort pendant la nuit qui a suivi. Luc est resté trois jours à l'hôpital. Si ça n'avait pas été de la perte de son chien, il n'y serait resté qu'une nuit, mais quand sa mère lui a appris la nouvelle, il s'est payé une crise carabinée. Pour une fois, Sylvie était heureuse d'être à l'hôpital.

Elle n'a pas encore réussi à découvrir le fond de l'histoire. Tout ce qu'elle sait, c'est qu'un grand chien blond s'en est pris à Luc et à Prince alors qu'ils étaient au parc.

Chapitre 21

— Ne me faites pas honte, recommande Sylvie en avançant sa tête à l'intérieur de l'auto dans laquelle prennent place les jumeaux. Sinon, vous allez avoir affaire à moi !

— Tu n'as pas à t'inquiéter, maman, répond joyeusement Dominic. Tu sais bien qu'on peut être sages comme des images quand on veut.

Sylvie meurt d'envie de réagir, mais elle se retient. « Sage comme une image » est sûrement l'expression qui convient le moins à ses deux petits derniers. Même si, pour le moment, ils ont presque l'air de petits anges, il vaut mieux ne pas se fier aux apparences.

Dominic et François attendaient ce jour avec impatience. Ils étaient si énervés de partir qu'ils ont certainement fait leur valise au moins 10 fois. Ils ajoutaient quelque chose pour l'enlever la seconde d'après. Tous les vêtements qu'ils possèdent, ceux d'hiver comme ceux d'été, ont failli aller à Jonquière avec eux. Le sourire aux lèvres, Sylvie les regardait faire, se gardant bien d'intervenir. Ce matin, quand est venu le temps de boucler leur valise, elle s'est assurée qu'ils avaient tout ce qui leur fallait mais pas plus. Elle a eu droit à quelques hauts cris, ce dont elle ne s'est pas formalisée. Elle a l'habitude d'entendre rouspéter ses deux garnements.

— Vous n'oubliez pas de me téléphoner dès que vous serez arrivés chez vos grands-parents, leur remémore-t-elle.

— Regarde, maman ! s'écrie François en lui montrant fièrement sa main gauche. Je l'ai écrit juste là pour être certain d'y penser.

— À deux, on devrait y arriver, lance Dominic d'un air coquin. Mais si François oublie, je vais le lui rappeler.

— Bon, allez, ouste ! N'oubliez pas, on vient vous chercher dans deux semaines, votre père et moi. Embrassez tout le monde pour nous.

Aucun des garçons ne réagit. C'est que les jumeaux ont vraiment horreur de se faire embrasser par tout le monde, surtout par les vieilles tantes qui leur donnent des becs à pincette. La seule personne qui a le droit de leur faire cela, c'est leur grand-mère Pelletier. Chaque fois que Sylvie leur demande pourquoi c'est ainsi, ils répondent : « C'est parce que grand-maman n'essaie pas de nous arracher les joues, elle. »

Puis, à l'adresse du conducteur, Sylvie ajoute :

— C'est très gentil de les emmener avec vous. Si vous ne voulez pas arrêter en chemin, pas de problème, ils ont tout ce qu'il faut pour manger.

— Vous n'avez pas à vous inquiéter, on va bien prendre soin d'eux. Ma femme et moi, on a l'habitude des enfants.

— Je pensais que vous veniez juste de vous marier.

— Oui, mais ma femme enseigne dans une école primaire et moi, je suis l'entraîneur d'une équipe de hockey et d'une équipe de baseball.

— Ah ! Alors, ils sont en très bonnes mains. Je ne vous retarderai pas plus longtemps. Si vous voulez arriver à Jonquière avant la noirceur, il vaut mieux que vous partiez tout de suite. Faites bon voyage.

— Merci, madame.

L'auto n'est plus dans le champ de vision de Sylvie depuis un moment, mais pourtant celle-ci est restée plantée sur le trottoir. Le regard perdu, elle songe que la maison va lui paraître bien grande sans les jumeaux. Même s'ils sont parfois turbulents, en général elle les trouve très distrayants. Elle les adore, ses petits derniers. De fil en aiguille, cette simple pensée la projette dans le futur, un futur probablement plus proche qu'elle le souhaiterait. Elle refuse d'y penser, mais dans quelques années à peine, la maison va commencer à se vider et ça lui crève le cœur. Cela fait partie du cours normal de la vie, mais elle n'est pas du tout pressée de passer à cette étape. « Les enfants grandissent si vite. Trop vite à mon goût, en tout cas. Il me semble que je me suis mariée hier et voilà que notre plus vieux entre au cégep. »

— Maman, viens voir ce qu'ils ont encore fait ! crie Sonia de la galerie.

Surprise, Sylvie regarde sa fille.

— De qui parles-tu au juste ? demande-t-elle en s'approchant.

— Des jumeaux, voyons ! De qui veux-tu qu'il soit question ? En plus, ils ont même laissé un mot.

— Attends, j'arrive.

Sa mère n'a pas encore mis un pied sur la galerie que Sonia repart de plus belle. Elle semble furieuse.

— Une chance qu'ils sont partis parce que je ne sais pas ce que je leur ferais. Les petits morveux, ils mériteraient une bonne fessée !

Une fois dans la cuisine, Sonia montre le plat de Jell-O à sa mère. Il ne reste qu'une mince couche du dessert sur la surface du contenant.

— C'est toi qui l'as mangé ? demande Sylvie.

— Non. Lis toi-même. C'est un coup de tes adorables jumeaux.

Sylvie prend le papier souillé de Jell-O que sa fille lui tend. Elle le tient du bout des doigts. À peine a-t-elle commencé à lire qu'elle se retient de pouffer de rire. « C'est donc ça qu'ils transportaient dans leur petit sac brun… Mais dans quoi ont-ils mis le Jell-O ? »

Il nous sera plus utile à nous qu'à vous. Bon congé de nous !

Dominic et François

— J'espère que tu vas les punir, fulmine Sonia. Ils n'avaient pas le droit de prendre le Jell-O. J'ai pris la peine de me lever aux aurores pour qu'il soit prêt pour le dîner. Je ne me suis même pas permis d'en boire une seule goutte. Voilà comment je suis récompensée pour ma bonne action… Je m'en rappellerai la prochaine fois.

— Veux-tu bien arrêter de te plaindre ! On croirait entendre une vieille malcommode. Moi, je trouve ça très drôle.

— Tu les défends toujours.

— Là n'est pas la question, proteste Sylvie qui contrôle de plus en plus difficilement son envie de rire. Il n'y a pas mort d'homme. Il s'agit juste de deux petites boîtes de Jell-O. Est-ce qu'il en reste ?

Pour toute réponse, Sonia hausse les épaules en faisant la moue. Sylvie va vérifier dans l'armoire.

— Tiens, dit-elle en tendant à sa fille deux boîtes de Jell-O. Si tu le fais tout de suite, il va être prêt pour le souper. Je te donne même la permission d'en boire un petit verre. Mais je t'en prie, change d'air.

— C'est ce midi que je voulais en manger…

— Fais comme tu veux, c'est toi qui décides. Mais cesse de t'en prendre à tes frères pour un malheureux bol de Jell-O. Ils ne t'entendent même pas et ils sont partis pour deux semaines. Si j'étais toi, je profiterais de leur absence pour faire du Jell-O tous les jours. Je m'engage même à te le fournir.

La seconde d'après, Sylvie éclate de rire. Elle la trouve vraiment bonne, la blague des jumeaux. Plus elle rit, plus Sonia bougonne. Voilà maintenant qu'elle se tient les côtes tellement elle rit. De grosses larmes coulent sur ses joues. Elle imagine très bien ses deux petits derniers en train de boire le Jell-O à moitié pris.

* * *

Pendant ce temps, bien caché derrière le garage, Luc savoure chaque cuillère de Jell-O qu'il porte à sa bouche. Il l'adore quand il est à moitié pris. Quand il a vu sa sœur en train de préparer le Jell-O aux cerises ce matin, son préféré de surcroît, il s'est dit qu'il tenait là une occasion en or de se payer la traite sur le dos des jumeaux. Il a profité du fait que sa mère avait accompagné ses frères dehors pour se servir et il a filé dehors par la porte de derrière. Ni vu ni connu. Il ne pourrait pas être plus fier de lui qu'en ce moment. À l'heure qu'il est, Sonia doit avoir découvert le pot aux roses et elle doit être furieuse. Luc peut facilement l'imaginer les baguettes en l'air, en train de crier après les coupables même s'ils ne sont pas là. Sa sœur exagère tout, dans la joie comme dans la peine. Luc se dit souvent qu'heureusement, c'est la seule fille de la famille à part sa mère, sinon ils passeraient souvent de très mauvais quarts d'heure. Avec les garçons, tout est bien moins compliqué. Les filles, elles, ressassent toujours la moindre petite affaire. Alors qu'on croyait que tout était réglé, elles reviennent à la charge encore et encore. Elles lui font penser au tourne-disque dont l'aiguille accroche toujours au même endroit, sauf que là, ce qu'elles reprennent inlassablement est loin d'être intéressant. Et en vieillissant, elles empirent. À la moindre petite chose qui ne fait pas son affaire, Sonia s'emporte.

Luc pense ensuite à Prince. C'est chaque fois pareil, les larmes lui montent aux yeux. Il l'aimait de tout son cœur. Il s'en veut terriblement de l'avoir emmené au parc ce matin-là alors qu'ils étaient supposés aller chez un de ses amis. Mais celui-ci s'était décommandé à la dernière minute. Quand Luc est sorti de l'hôpital, ses parents lui ont offert d'aller chercher un autre chien à la fourrière. Luc s'est offusqué. Comment pouvaient-ils même imaginer qu'il soit possible de remplacer Prince ? On ne remplace pas un chien comme on le fait pour une paire de pantalons. Prince, c'était un être vivant, mais plus encore c'était son chien. Grâce à lui, Luc n'a plus peur des chiens. Et pour ça, il lui sera redevable toute sa vie. Il n'est pas très brave en présence de tous les chiens, mais dans l'ensemble il peut au moins circuler librement et, surtout, seul. Il se sent très solitaire depuis que Prince est mort, surtout que son meilleur ami passe l'été à la campagne chez un de ses oncles. C'est certain que s'il avait un nouveau chien, il trouverait les journées beaucoup moins longues. Il pourrait faire des promenades en sa compagnie, lui lancer un bâton pour le faire courir, lui montrer des petits tours… et peut-être aussi faire de nouvelles connaissances. Il a vite remarqué que lorsqu'on se promène avec un chien, les gens n'hésitent pas à nous aborder, même les belles filles, ce qui n'a rien pour déplaire à Luc. Plus il y pense, plus il voit des avantages à avoir un nouveau chien. « Oui mais, si j'accepte, il n'est pas question que ce soit un petit chien. J'en veux un aussi gros que Patsy. Pas question de risquer qu'il se fasse attaquer à cause de sa petite taille. Et ce ne sera pas pour remplacer Prince, car il est irremplaçable. Je devrais en parler à maman. J'ai une meilleure idée : avant, je vais aller voir à la fourrière s'il y a un chien qui m'intéresse. Comme ça, ce sera plus facile de défendre mon point. J'irai après le dîner. » Puis il avale sa dernière cuillerée de Jell-O.

* * *

Cet après-midi, Sylvie mettra un peu d'ordre dans la chambre des jumeaux et elle changera les draps. C'est aujourd'hui que Paul-Eugène doit arriver avec armes et bagages. Il a vendu sa maison moins d'une semaine après avoir mis une pancarte. Il a réservé un entrepôt dans le parc industriel pour remiser ses meubles. Le simple fait de penser qu'elle va avoir son frère pour elle toute seule jusqu'à ce qu'il trouve une nouvelle maison lui fait plaisir. Il lui a tellement manqué depuis qu'il est parti vivre en Ontario. Puisque les jumeaux sont à Jonquière, il dormira dans leur chambre. Après leur retour, il s'installera sur le divan au sous-sol. Sylvie connaît suffisamment son frère pour savoir qu'il n'abusera pas de son hospitalité. Chaque fois qu'ils se sont parlé au téléphone depuis le mariage de leur père, il a insisté sur le fait qu'elle pouvait dormir tranquille, car il va vite se lancer à la recherche d'une maison pour ne pas encombrer trop longtemps les lieux. Sylvie a eu beau lui répéter qu'il pouvait prendre tout son temps, son frère a déclaré chaque fois qu'elle en avait déjà assez sur les bras avec sa famille. Il a raison, mais d'un autre côté, son arrivée tombe tellement bien qu'elle ne la voit pas comme une surcharge de travail mais bien comme une bénédiction.

C'est aussi aujourd'hui qu'Alice, sa voisine, déménage pour aller retrouver ses enfants à Ottawa. Sylvie préfère ne pas trop y penser, car ça la rend vraiment triste. Elle est attachée à Alice autant qu'elle l'était à sa propre mère. Depuis la mort de Georges, les deux femmes se sont vues plus souvent, ce qui leur a donné l'occasion de mieux se connaître. Il ne s'est pas passé une seule journée sans qu'elles s'envoient au moins la main en étendant leur linge sur la corde. Quand ce n'était pas chez Alice qu'elles prenaient le café, c'était chez Sylvie. Elles ont profité de chaque instant passé ensemble. Elles se sont raconté leur enfance. Elles ont parlé de leurs maris, des qualités et des petits défauts de ceux-ci. Elles ont pris position sur l'actualité chaque fois qu'une nouvelle les a touchées. Elles sont allées magasiner ensemble. Elles ont cuisiné aussi. Sans être devenue un grand chef, Sylvie est plus à l'aise quand elle se retrouve devant ses chaudrons. Elle ne sera jamais un cordon-bleu, mais au moins, Alice a réussi à lui montrer comment lire une recette et, ensuite, comment la réussir. Les moments passés ensemble dans la cuisine de Sylvie ont suscité de nombreux fous rires chez les deux femmes. Sylvie n'aura qu'à fermer les yeux pour entendre Alice : « Non, il faut d'abord faire ceci ou cela. Il ne faut pas oublier que la cuisine est un art. » Les jours où les enfants voyaient Alice cuisiner avec leur mère, un large sourire fleurissait sur leurs lèvres. Ils savaient que le repas serait délicieux.

Les deux femmes se sont fait leurs adieux hier, après le souper. Elles se sont promis de s'écrire et de se téléphoner. Quand elles se sont quittées, elles pleuraient toutes les deux à chaudes larmes. Les déménageurs étaient déjà là lorsque les jumeaux sont partis. Sylvie évite de regarder du côté de chez Alice. Le départ de son amie lui fait trop mal. Hier, en rentrant, Michel lui a promis qu'ils iraient rendre visite à Alice, mais Sylvie a peine à y croire. Ce n'est pas qu'Ottawa soit si loin, c'est seulement que laisser la maison plus d'une journée demande tellement d'organisation. La nuit passée, elle a mis longtemps à s'endormir. Les yeux rivés au plafond, elle pleurait en silence son amie qui était sur le point de s'en aller. Michel a bien essayé de la consoler, mais sans succès. Voyant son impuissance, il a fini par se tourner sur le côté après l'avoir embrassée tendrement sur la joue. Il s'est vite endormi. Quelques minutes plus tard, il ronflait à plein régime pendant que Sylvie soupirait doucement à côté de lui. La dernière fois qu'elle a regardé le réveille-matin, il était deux heures.

Alice lui a dit qu'elle aimerait ses nouveaux voisins, mais Sylvie ne veut pas entendre parler d'eux. Pas maintenant. Ces derniers ne pourront jamais remplacer sa vieille amie, elle en est certaine. Cette famille comptant cinq enfants arrive directement de la région de Québec. Elle doit s'installer dans sa nouvelle maison demain.

La vie est marquée d'arrivées et de départs, mais il y a des jours plus éprouvants que d'autres, comme ceux où même l'arrivée d'une personne très chère n'arrive pas à compenser la perte d'une autre aussi chère. Et Sylvie a une sainte horreur de ces jours où tout ce qu'elle peut faire, c'est souffrir jusqu'à l'oubli.

Chapitre 22

— J'ai acheté un lot au cimetière hier, lance fièrement Paul-Eugène. Il est assez grand pour y mettre huit tombes.

— Je te trouve bien macabre ce matin, remarque Sylvie alors qu'un frisson la parcourt tout entière.

— Il n'y a rien de macabre là-dedans. Tu n'as pas à t'inquiéter, ça ne te fera pas mourir plus vite.

— Je le sais bien, mais je déteste parler de la mort.

— Tu vois, moi, ça ne m'a jamais dérangé, bien au contraire. S'il y a une justice sur la terre, c'est bien celle-là. Riches ou pauvres, les gens meurent un jour.

— Je sais tout ça, mais ne pourrait-on pas changer de sujet ?

— Pas avant de t'avoir dit que j'ai prévu une place pour papa et pour sa femme, une pour toi et une pour Michel, et une pour moi, bien sûr.

— C'est très gentil de ta part, d'autant qu'on n'avait encore rien prévu à ce sujet... On a toutes les misères du monde à assurer notre survie, alors pour ce qui est du reste, on remet toujours ça à plus tard. Et les trois autres places sont destinées à qui ?

— J'ai pensé en offrir une à Chantal. Pour les deux dernières, on verra bien. Il va falloir entretenir le lot.

— On pourrait peut-être planter un rosier, suggère Sylvie. Tu sais, le rosier sauvage aux délicates fleurs roses American Beauty ?

À la mimique qu'il fait, Paul-Eugène n'a pas l'air de savoir du tout de quoi Sylvie parle. C'est pourquoi elle ajoute :

— J'ai toujours appelé ces fleurs les « roses de mort ». Elles sentent très bon, et puis elles mettraient un peu de couleur.

— Si tu veux, répond-il. Mais revenons à l'entretien du lot. J'ai l'intention d'aller tondre le gazon chaque semaine. Crois-tu qu'un des garçons pourrait venir avec moi ?

— À mon avis, Junior serait content de t'accompagner. Il est le seul à qui je n'ai pas besoin de demander de l'aide. Depuis qu'il est tout petit, il prend les devants quand il y a de l'ouvrage à faire, ce qui est loin d'être le cas de ses frères.

— Tu es bien sévère avec eux. Laisse-leur le temps de vieillir un peu. La vie va se charger de leur apprendre tout ce qu'il faut.

— Tu as raison. Mais en attendant, c'est difficile pour moi.

— Qu'est-ce qui t'empêche de leur demander de t'aider ?

— Je n'ai pas l'habitude de réclamer, tu le sais bien. Et puis, il me semble que je ne dois pas être la seule à voir tout ce qu'il y a à faire.

— Je veux bien le croire. Mais faire des travaux ménagers, ça n'a rien de palpitant pour un jeune. Même à mon âge, je trouve que ça ne l'est pas tellement. C'est toi la mère, alors exige une contribution de la part de chacun.

— Rassure-toi, j'ai commencé à le faire.

— Et puis ?

— Ils bougonnent un peu, mais ils finissent par obéir. Il vaut mieux qu'ils s'habituent parce que septembre va vite arriver. Avec le contrat que j'ai signé, je ne pourrai pas m'occuper de tout.

— Il suffit de demander. Autre chose, j'ai fait une offre sur une maison à quelques rues d'ici.

— C'est sérieux ? Tu n'avais pas besoin de te presser autant. Ça me plaît de t'avoir avec moi.

— Rassure-toi, tu ne te débarrasseras pas de moi aussi facilement ! Si mon offre est acceptée, ce que j'espère, je pourrai emménager seulement au début du mois de septembre, ce qui te laissera amplement le temps de te fatiguer de moi.

— Cela n'arrivera pas. Je suis si contente que tu sois revenu par ici. Le simple fait de savoir qu'on va être presque voisins me fait doublement plaisir.

— Tu m'en reparleras dans un an. En tout cas, les choses vont bien pour moi, et même au-delà de mes espérances. Grâce au petit coup de pouce de Michel, je vais commencer mon nouveau travail tout de suite après les vacances de la construction. J'ai trouvé une maison à mon goût. Je peux enfin mieux connaître tes enfants. Pour finir, Michel et moi avons des projets d'affaires.

— Il m'en a parlé. Il est bien content que son petit commerce d'antiquités t'intéresse. Et puis, vous vous êtes toujours bien entendus, Michel et toi.

— Tu vas voir, ma sœur : à nous deux, ton mari et moi on va faire des merveilles.

— Vous avez toute ma confiance… En autant que vous ne commenciez pas à entreposer des choses dans la maison, moi je n'ai rien à redire.

— Tu n'as pas à t'inquiéter. La maison que je veux acheter possède un garage deux fois plus grand que le vôtre.

— Tant mieux parce que le nôtre est plein à craquer ! Bon, ça te plairait d'aller marcher sur le bord de l'eau ? J'ai une petite heure devant moi. Et si tu veux, tu pourrais me montrer ta future maison.

— Certain. Allons-y ! Au fait, as-tu eu des nouvelles de papa dernièrement ?

— Oui, je lui ai parlé hier soir. Tu devrais l'entendre, on dirait un adolescent. Il nage dans le bonheur et c'est très bien ainsi. Depuis la mort de maman, jamais je ne l'avais vu aussi heureux. Le seul inconvénient, c'est que je ne le vois pratiquement plus. Nos longues discussions me manquent terriblement, mais je comprends qu'il ait mieux à faire.

— On pourrait les inviter à souper samedi soir, sa femme et lui. Si tu veux, je me charge de tout.

— Même de cuisiner ? s'étonne Sylvie.

— Oui ! Au cas où tu l'aurais oublié, j'ai toujours vécu seul. Comme j'adore manger, je me suis vite mis aux chaudrons. En toute modestie, je dois avouer que je me débrouille plutôt bien… enfin, de l'avis de mes amis.

— Eh bien, on aura tout vu… Mon frère cuisine !

— Arrête de te moquer de moi. Laisse-moi seulement la chance de te montrer ce que je peux faire et je te promets que tu ne seras pas déçue.

— Je n'ai aucun problème avec ça. Ma cuisine sera à toi chaque fois que tu voudras l'emprunter. Tu n'as même pas besoin de me demander la permission. Je téléphonerai à papa quand on reviendra de notre marche.

* * *

— Sonia, peux-tu aller répondre à la porte ? demande Sylvie d'une voix forte. J'ai les deux mains dans la pâte à tarte.

Bien installée dans un fauteuil du salon, Sonia soupire un bon coup avant de déposer bien à regret son roman-feuilleton sur la petite table à côté d'elle. Elle déteste arrêter sa lecture à quelques pages seulement de la fin, mais elle a l'habitude. On dirait que sa mère a un sixième sens. Chaque fois que Sonia est sur le point de lire la fin d'une histoire, Sylvie lui demande toujours quelque chose. La jeune fille se dirige vers la porte d'entrée en traînant les pieds. Elle met tellement de temps à se rendre que la sonnette se fait entendre une nouvelle fois.

— Sonia, dépêche-toi d'aller répondre ! lui crie sa mère. Ce n'est pas poli de faire attendre les gens.

— J'y vais ! lance la jeune fille d'un ton rempli d'impatience.

Quand la jeune fille ouvre enfin la porte, elle croit avoir une vision. Langis est devant elle et il lui sourit. Il n'en faut pas plus pour que Sonia se redresse et affiche son plus beau sourire. Elle est folle de joie. Si elle ne se retenait pas, elle sauterait au cou du garçon. Alors que Sonia s'apprête à parler, sa mère lui demande d'une voix forte :

— Si c'est le vendeur d'encyclopédies, dis-lui que je ne suis pas intéressée. Avertis-le aussi que ce n'est pas nécessaire qu'il revienne. Il…

— Non, c'est pour moi, maman. Ne me cherche pas, je vais être dehors.

Puis, à l'adresse de Langis, elle ajoute :

— Viens, on sera plus tranquilles à l'extérieur.

Ils n'ont pas encore posé les fesses sur une chaise que Sonia s'écrie joyeusement :

— Mais comment tu as fait pour me retrouver ?

— Tu m'avais dit dans quel coin tu restais.

— Oui, mais je ne t'avais pas donné mon adresse.

— Avec une langue, tu sais comme moi qu'on peut tout trouver. En fait, je me suis arrêté à l'épicerie et je suis tombé sur ton frère.

— Mais tu es venu comment ?

— À pied, en auto et en autobus !

Sonia est flattée. Que le jeune homme ait fait autant d'efforts pour venir la voir la touche beaucoup. Et Langis est encore plus beau que dans ses souvenirs.

— Je ne sais même pas où tu restes...

— J'habite à une dizaine de milles de l'école. Mon père a une ferme laitière. Je travaille pour lui chaque fois que je ne n'ai pas d'école et, naturellement, tout l'été. Aujourd'hui, c'est mon premier jour de congé depuis la fin des classes.

— Et tu es venu me voir ! J'en ai de la chance.

— Si j'étais à ta place, répond Langis d'un ton sérieux en fixant son interlocutrice dans les yeux, j'attendrais un peu avant de parler de chance. Tu me connais à peine. Je suis peut-être le pire des salauds…

La jeune fille est dans tous ses états. Elle mettrait sa main au feu qu'elle est rouge de la tête aux pieds. Une grande bouffée de chaleur réchauffe son visage. De petites gouttelettes de sueur commencent à perler à son front. Sans quitter Langis des yeux, elle prend une grande respiration pour se donner une contenance.

— Et toi, que fais-tu de ton été ? poursuit-il sans porter attention au fait qu'il intimide Sonia.

— Rien de très spécial. Je garde des enfants chez une voisine deux jours par semaine. Je déteste ça, mais c'est la seule façon pour moi de gagner de l'argent pour le moment. Le reste du temps, je couds, je peins et je lis.

— Tu peins ?

— Oui. Je peux te montrer quelques-uns de mes tableaux, si tu veux. Il y a même des chances que j'expose dans un restaurant à proximité du pont Jacques-Cartier l'automne prochain.

— Wow ! Je ne savais pas que je venais voir une artiste.

— Disons que je me débrouille plutôt bien, ajoute-t-elle en rougissant encore davantage. Veux-tu les voir ?

— Pas tout de suite. On pourrait profiter du beau temps pour aller marcher sur le bord de l'eau.

— C'est une très bonne idée. Donne-moi juste le temps d'avertir ma mère. Attends-moi, je reviens tout de suite.

— J'y vais avec toi. Comme ça, elle saura avec qui sa fille va marcher.

Prise de court, Sonia reste bouche bée. Elle se serait bien passée de présenter son ami à sa mère. Comme elle n'a pas le choix, il vaut mieux qu'elle se montre bon joueur.

— Viens, elle est à la cuisine.

— Je te suis.

Quand Sylvie voit que sa fille n'est pas seule, elle se dépêche d'essuyer ses mains sur son tablier. Puis, elle replace une mèche imaginaire derrière son oreille droite ; elle pose souvent ce geste quand elle se sent mal à l'aise. S'il y a une chose que Sylvie déteste, c'est de rencontrer de nouvelles personnes alors qu'elle n'est pas à son meilleur, même lorsqu'il s'agit des amis de ses enfants.

Avant que sa mère ait le temps d'ouvrir la bouche, Sonia se dépêche de prendre les devants :

— Maman, je te présente Langis. On va à la même école. On a décidé d'aller prendre une marche sur le bord de l'eau. Je vais revenir pour le dîner.

— Je suis très content d'avoir fait votre connaissance, madame Pelletier, formule le jeune homme en souriant.

— Moi aussi ! C'est toujours un plaisir de connaître les amis de mes enfants. Est-ce que tu habites dans le quartier ?

— Non. J'habite sur une ferme, à une dizaine de milles de l'école.

— Est-ce qu'il y a longtemps que tu habites là ?

— Depuis que je suis né. La ferme appartenait à mon grand-père avant. Il y a deux ans, il l'a vendue à mon père et à un de mes oncles.

Sonia s'impatiente. C'est toujours pareil. Les rares fois où elle emmène quelqu'un à la maison, il ou elle a droit à un interrogatoire en règle, ce qui fait suer la jeune fille au plus haut point.

— Tu vas nous excuser, maman. On va aller se promener.

— Attends, intervient Langis, on n'est pas si pressés que ça. Il est à peine dix heures.

La mère de famille y va de quelques questions supplémentaires, auxquelles le jeune homme répond avec enthousiasme. En voyant l'air que fait Sonia, Sylvie finit par dire :

— Bon, allez-y, je vous ai assez retardés. Bonne marche !

Une fois la porte refermée, Sylvie se remet au travail. Elle pense à sa fille en roulant la pâte. Elle ne comprend pas son comportement. C'est comme si les siens n'étaient assez bien pour qu'elle leur présente ses amis. Enfin, c'est l'impression que cela donne. À part sa meilleure amie, Sonia ramène rarement quelqu'un à la maison.

L'autre jour, Sylvie a essayé de lui en parler, mais la jeune fille a vite mis fin à la conversation. Adopter un enfant n'a pas que des bons côtés. « Au fond, on a beau l'élever comme nos propres enfants, il reste en bout de ligne qu'il y a des choses sur lesquelles on n'a aucun contrôle. Peut-être qu'elle tient ça de ses parents biologiques… » songe Sylvie.

Elle pense ensuite à Luc. Elle le revoit défendre son point auprès de son père pour avoir un nouveau chien. Déjà que Michel n'était pas enthousiaste à l'idée d'avoir un petit chien, il ne veut rien savoir d'un chien aussi gros que Patsy. Il a répondu qu'il n'en était pas question, ni aujourd'hui ni un autre jour. Mais Luc ne s'est pas laissé décourager pour autant. Il a avancé de solides arguments. Son père lui avait accordé six mois, et ceux-ci n'étaient pas encore écoulés. Et, comme promis, Michel n'avait pas ramassé une seule fois les besoins de Prince. Finalement, Luc a supplié de lui laisser une chance de se débarrasser complètement de sa peur des chiens. Michel s'est frotté le menton et a pris le temps de réfléchir quelques minutes. Luc et les autres ont attendu patiemment le verdict. Finalement, Michel s'est prononcé :

— Je suis d'accord, mais à une condition : n'oubliez pas l'autre part du marché. Votre mère doit se défaire de sa peur des araignées, sinon je retournerai le chien à la fourrière.

Si elle ne s'était pas retenue, Sylvie lui aurait lancé sa cuisse de poulet au visage. Elle croyait qu'il avait oublié…

Les enfants se sont écriés en chœur :

— On va s'en occuper.

— Une dernière chose, ajoute Michel. Je ne paie pas pour acheter le chien et je donnerai le même montant pour sa nourriture que pour celle de Prince.

— Mais je n'ai pas assez d'argent pour tout payer ! s'écrie Luc, les larmes aux yeux.

Tous les regards se tournent vers lui. Avant même que son père ait le temps de répondre, le reste de la famille se mobilise pour trouver l'argent nécessaire.

— Je peux te donner un dollar, lance Alain.

— Moi aussi ! ajoute Martin.

— Et moi, cinquante sous ! indique Sonia.

— Il reste environ un dollar dans ma banque, précise Luc, mais ce ne sera pas assez. Il faudra aussi le nourrir.

— Je vais te donner la différence, dit fièrement Sylvie en jetant un regard noir à son mari. Pour la nourriture, on s'organisera.

Michel s'est levé de table et est aussitôt sorti de la maison. Une fois de plus, tous se sont unis pour arriver à leurs fins. C'est ce qu'on appelle la force d'une famille.

Depuis, Sylvie se sent très mal. Des araignées lui pendent au-dessus de la tête et ça n'a rien pour lui plaire, bien au contraire.

Samedi, Luc ira chercher son nouveau chien avec Junior et Paul-Eugène.

Chapitre 23

— Ça ne peut pas durer indéfiniment, se lamente Sylvie. Ça fait plus d'une semaine qu'ils sont arrivés et leur musique est toujours aussi forte. Moi, je n'en peux plus. Hier, il était plus de deux heures du matin quand ils l'ont enfin arrêtée. Ils ne sont pas seuls au monde. Je leur donne encore une journée et je vais aller leur parler.

— J'ai une meilleure idée, lance Michel. Invitons-les à venir prendre une bière ici.

— Tu es sérieux ? demande Sylvie d'un air surpris. Pour ma part, j'en ai assez de les entendre. Je ne suis pas du tout certaine d'avoir envie de les connaître.

— Moi, je pense qu'il vaut mieux y aller doucement. Après tout, ça m'étonnerait qu'ils aient l'intention de déménager dans un proche avenir. Alors, aussi bien les mettre de notre bord le plus vite possible.

— Ouais, c'est une façon de voir les choses. En tout cas, tu iras les inviter toi-même.

— Demain soir, est-ce que ça te convient ?

Sylvie réagit tout de suite.

— Non. Je te l'ai dit, mon père et sa femme viennent manger. Paul-Eugène va nous montrer ses talents de cuisinier. Et c'est ton premier jour de vacances, tu n'as certainement pas envie de le passer en leur compagnie… Dimanche soir, ce serait parfait. Qu'est-ce qu'on fait s'ils ne veulent rien comprendre ?

— On verra en temps et lieu, tempère Michel. Il va falloir que tu prennes ton mal en patience un peu. J'irai les voir après le souper.

Tu es bien certaine de ne pas vouloir venir avec moi ? termine-t-il, l'air taquin.

— Absolument ! répond-elle d'un ton sec.

— Je ne sais pas ce que tu as, mais tu n'es pas à prendre avec des pincettes aujourd'hui. Qu'est-ce qui t'arrive ? En tout cas, ça promet pour mes deux semaines de vacances !

— Tu n'as rien à voir là-dedans, affirme-t-elle sur un ton plus doux.

— C'est quoi alors ?

— Je ne le sais même pas moi-même, répond-elle en haussant les épaules. C'est certain que je ne dors pas bien avec la musique des voisins, mais ce serait injuste de tout leur mettre sur le dos. Ce n'est rien et, en même temps, c'est tout. Disons que la semaine a été plutôt mouvementée.

— Mais pas autant que la fin de semaine… ajoute Michel.

— Tu as probablement raison. Le départ d'Alice me touche plus que je ne le voudrais. Il y a aussi l'absence des jumeaux.

— Pour ce qui est des jumeaux, tu devrais en profiter. Ils sont loin d'être en perdition, car ils sont chez mes parents.

— Je sais tout ça. Mais c'est plus fort que moi, je n'arrête pas de penser à eux, de me demander ce qu'ils sont en train de faire…

— Ma pauvre Sylvie, il va falloir que tu t'habitues aux départs, parce que plus les enfants vont vieillir, plus il va y en avoir.

— C'est ce que je me répète tous les jours, mais ça ne passe pas. Alain m'inquiète aussi. Depuis qu'il a fini son secondaire, il n'est plus le même. Il rentre de plus en plus tard. Il a toutes les misères du monde à se lever. Il boit pratiquement tous les soirs.

— Où est le problème ? C'est tout à fait normal à son âge. Un de ces jours, il va même découcher.

— Veux-tu bien arrêter de dire des niaiseries ! Il n'a que seize ans !

— Je ne veux pas t'insulter, mais ça paraît que tu n'as pas vécu ta jeunesse. Moi, quand j'avais son âge, j'étais loin d'être un ange. Je fumais, je buvais et je faisais la fête chaque fois que j'en avais l'occasion. La première fois que j'ai découché, ma mère n'a pas dormi de la nuit, elle attendait que je rentre. La pauvre, elle a eu de quoi s'inquiéter parce que je suis revenu à la maison seulement pour le souper. Et là, j'ai eu droit à tout un sermon. Elle a exigé qu'à l'avenir je téléphone si je pensais ne pas rentrer. Mon père et moi, on l'a regardée ; on ne comprenait pas sa réaction qui nous semblait vraiment exagérée. J'avais seize ans bien sonnés, il était grand temps qu'elle arrête de contrôler ma vie et de me couver. C'est alors que je lui ai dit avec mon plus beau sourire : « Vous pouvez vous inquiéter tant que vous voulez, mais ça ne m'empêchera pas de rentrer à l'heure que je veux et de mener ma vie comme je l'entends. À ce que je sache, je ne manque pas une heure de travail et je paie pension… »

— Et après ?

— Après ? Elle n'a plus jamais attendu que je rentre pour aller dormir. Elle ne me posait même pas de questions sur mes allées et venues. J'ignore si elle réussissait à dormir, mais rendu là, ce n'était plus mon problème.

— Ce n'est pas pour rien que je l'aime, ta mère. C'est une femme hors pair.

— Tu as raison, approuve Michel. Mais toi, tu dois cesser de t'en faire pour Alain. Avoue que je n'ai pas si mal tourné, ajoute-t-il en gonflant le torse. Sérieusement, à mon avis, si Alain ne manque pas une journée de travail et qu'il paie sa petite pension tant qu'il n'a pas recommencé l'école, il peut bien sortir tous les soirs et s'amuser autant qu'il le veut.

— Mais il y a autre chose. Depuis qu'il a fini l'école, je trouve qu'il a souvent les yeux vitreux. Et ses vêtements empestent le pot.

— J'ai toujours dit que ta tante Irma avait une mauvaise influence sur les enfants.

— Explique-moi donc une fois pour toutes pourquoi tu ne l'aimes pas. Elle ne t'a rien fait, ma pauvre tante.

— À moi, personnellement, non, mais je n'aime pas sa façon de vivre.

— Mais en quoi ça te regarde ? À ce que je sache, elle est assez vieille pour savoir ce qu'elle fait. Pour tout avouer, ça me fait de la peine pour elle. Chaque fois qu'elle vient nous voir, elle arrive les bras chargés de cadeaux. Grâce à elle, les enfants lisent de plus en plus.

— Si tu parles des romans-feuilletons qu'elle apporte à Sonia, moi je n'appelle pas ça lire.

— Voyons donc, Michel Pelletier, il serait grand temps que tu te modernises un peu. Lire, c'est lire, et ce, peu importe le livre qu'on choisit.

— Il n'y a rien de vrai là-dedans.

— Qu'est-ce que ça peut bien faire ? On ne lit pas toujours pour apprendre quelque chose. On peut aussi lire pour se détendre, pour oublier, pour voir la vie sous un meilleur jour. D'ailleurs, je te mets au défi de lire un roman-feuilleton. Au moins, après, tu parleras en connaissance de cause. Pour en revenir à ma tante Irma, moi je considère qu'elle apporte beaucoup aux enfants. Ce n'est pas pour rien qu'ils l'adorent. Mais quoi que je dise, j'ai toujours l'impression de parler à un sourd quand il est question d'elle avec toi. Quant à

Alain, je sais qu'il fumait déjà des joints avant que ma tante s'y mette. J'ai même peur que ce soit lui qui l'ait initiée.

— On aura tout vu ! Tu ne vas pas me faire croire que c'est notre garçon qui a dévergondé ta tante défroquée… Voyons donc, c'est n'importe quoi ! Depuis quand les jeunes ont-ils une mauvaise influence sur les vieux ? Ça ne tient pas la route.

— Assez parlé de tante Irma, puisque tu ne veux rien comprendre. Il y a aussi autre chose qui me chicote : j'ai peur qu'Alain entraîne son frère avec lui.

— C'est certain que Martin risque de l'imiter, car ils sont toujours ensemble. Mais ce n'est pas si grave que ça.

— Je ne sais vraiment pas comment tu es fait. On croirait que rien ne t'atteint.

— Ma chère Sylvie, ce n'est pas d'aujourd'hui que les femmes s'en font avec tout et que les hommes ne s'en font pas avec grand-chose.

— En tout cas, je t'envie. Moi, un rien m'inquiète. Si un des enfants arrive en retard de seulement quelques minutes, j'imagine le pire. Je pense tout de suite qu'il a été enlevé ou encore qu'il s'est fait renverser par une auto. Si l'un d'entre eux est malade, je le vois déjà alité, atteint d'une maladie incurable.

— Quoi qu'il en soit, ce n'est pas le moment de tomber malade. S'ils n'arrivent pas à s'entendre cette nuit, les hôpitaux du Québec tout entier vont être en grève générale. J'espère que Luc ne fera pas une crise parce que cela risque d'être compliqué.

— Ils ne vont quand même pas refuser de soigner les malades…

— Sûrement pas. Mais tu sais comme moi que notre système est déjà lent avec tous ses effectifs, alors imagine un peu s'il y a une grève générale...

— J'aime autant ne pas y penser. Mais pour en revenir à mes confidences… Si tu savais comme je m'inquiète depuis que Sonia m'a présenté Langis, un de ses amis. S'il fallait qu'il la mette enceinte ? Ou pire, qu'il la brutalise ?

— Veux-tu bien arrêter de tout voir en noir ? gronde Michel. La majorité des gens sont bons et honnêtes. Il ne faut pas voir le mal partout, ça n'a pas de sens. Bon, je fais un aller-retour chez nos nouveaux voisins et ensuite, je t'emmènerai prendre une marche. Si tu veux, on s'arrêtera manger une crème glacée.

— Avec plaisir. Vas-y, je vais t'attendre sur la galerie.

Ils n'ont pas encore fermé la porte que des cris parviennent jusqu'à eux. Leurs voisins, Robert et Lucie, semblent en pleine guerre. Ils crient si fort que Sylvie et Michel comprennent tout ce qu'ils se disent, car leurs fenêtres sont ouvertes.

— Moi qui croyais que c'était des bons voisins ! lance Sylvie.

— Ça ne fait pas d'eux de mauvais voisins pour autant. Ça peut arriver à tous les couples d'avoir des différends.

— Là, je pense que c'est un peu plus grave que ça. Enfin, si on se fie à ce qu'on entend, Lucie en a assez des écarts de conduite de Robert. Je la comprends très bien.

— Ne me demande surtout pas de me prononcer là-dessus. L'autre jour, Robert m'a fait des confidences quand il est venu me voir. Bon, assez parlé des autres, je fais un saut chez nos nouveaux voisins et je reviens.

— Tu pourrais peut-être leur demander de baisser leur musique en même temps. Il est déjà plus de neuf heures…

— Une chose à la fois !

* * *

— Tu es chanceuse, ma tante Chantal, de voyager autant ! s'émerveille Luc. Et puis, tu n'as même pas besoin de payer tes voyages !

— C'est vrai que j'ai de la chance. Mais ce n'est pas aussi simple que ça. Oui, je voyage beaucoup, mais quand c'est pour mon travail, je n'ai pas le temps de visiter autre chose que ce qui est prévu. Ça a l'air beau de loin, mais je t'avoue que parfois ça ne l'est pas tant que ça. La semaine passée, je suis allée à Las Vegas trois jours. Tout ce que j'ai vu, ce sont des hôtels et encore des hôtels. Ensuite, j'ai pris l'avion pour Vancouver. Tout ce que j'ai vu encore une fois, ce sont des hôtels. Et c'est sans compter toutes les réunions auxquelles je dois assister. Au bout du compte, je n'ai jamais une seule seconde à moi.

— C'est loin d'être des vacances ! lance Michel.

— Ce n'en est pas du tout. Et quand vient le temps de prendre mes vacances, j'ai juste une envie : rester tranquillement chez moi.

— J'imagine que je réagirais comme toi, intervient Sylvie. En tout cas, je te trouve bien bonne de faire tout ce que tu fais. Moi, je n'y arriverais pas.

— Je n'ai pas vraiment le choix. Je suis seule, alors je ne peux compter sur personne d'autre que moi. Quand je me lève le matin, je ne me demande pas ce que je vais faire de ma journée ; je vais travailler, un point c'est tout. Si je vous disais que j'en ai toujours envie, ce serait mentir. Je suis comme tout le monde. Il m'arrive d'envier les autres, surtout toi, Sylvie.

— Pourquoi ? s'étonne celle-ci. S'il y en a une qui a une vie ordinaire, c'est bien moi. Je n'ai jamais travaillé à l'extérieur, même quand j'étais jeune. Ma vie est facile à raconter. Je m'occupe de mon mari et de mes enfants du mieux que je peux. Et le seul petit plaisir que je me permets, c'est de chanter dans une chorale.

— Oui, mais bientôt tu chanteras dans un spectacle, renchérit fièrement Junior.

— C'est pour tout ça que je t'envie, avoue Chantal. Toi, chaque fois que tu reviens à la maison, même quand tu reviens de faire l'épicerie, il y a quelqu'un qui t'attend. Moi, il n'y a même pas un chat pour m'accueillir pour la simple et unique raison que je ne suis pas assez souvent là pour m'occuper d'un animal.

— Si tu veux, je pourrais te prêter mon chien de temps en temps, propose Luc. Je suis certain que Prince 2 serait très content d'aller se promener chez vous, avec moi bien sûr.

— Tu es trop gentil, le remercie sa tante en lui passant une main sur une joue. Je viendrai vous chercher une bonne journée et on pourra aller se promener au parc La Fontaine, si tu veux.

— Crois-tu que tu pourrais m'emmener avec toi un de ces jours ? s'enquiert Sonia.

— Pourquoi pas ? Pas pendant un de mes voyages pour le travail, mais on pourrait très bien partir en vacances toutes les deux. Il suffit que tu aies ton passeport et que tu me dises où tu veux aller. Je me chargerai du reste.

— C'est vrai ? demande joyeusement Sonia. Le premier pays que je voudrais visiter, c'est la Belgique. On a appris à l'école que les Belges vivent une situation semblable à la nôtre, sauf que les Anglais sont remplacés par les Flamands. Il paraît que c'est le pays du chocolat. Je rêve d'y aller.

— Mais du chocolat, on en a ici, commente Luc. On a des Oh Henry !, des Caramilk…

— Le chocolat belge n'a rien à voir avec le nôtre, l'interrompt la jeune fille. Moi, c'est à celui aux pralines que je veux goûter. Mon professeur nous a raconté qu'en Belgique il y a une chocolaterie à chaque coin de rue. Il paraît que les deux fleuves du pays ne sont pas plus larges qu'une petite rivière. Elle n'en croyait pas ses yeux lorsqu'elle les a vus. Et je visiterais toutes les églises aussi.

— On pourrait y aller pour tes quatorze ans, propose Chantal.

— Je serais la plus heureuse des filles ! Mais qu'est-ce que je dois faire pour avoir mon passeport ?

— Je t'apporterai tout ce qu'il faut la prochaine fois qu'on se verra. Mais attends, il faudrait au moins que tes parents acceptent que je t'emmène en voyage.

— Pour ma part, répond Sylvie, il n'y a pas de problème. Avec toi, elle peut aller au bout du monde.

— Pas de problème pour moi non plus, accepte Michel. Mais il y a une condition, Sonia : il va falloir que tu ramasses ton argent de poche. Ce n'est pas à ta tante de tout payer.

— Je suis si contente ! Ne t'inquiète pas, papa, je vais mettre tout ce que je peux de côté. Je suis même prête à aller garder une journée de plus par semaine. Mais j'y pense, peut-être que tante Irma voudra venir avec nous ?

— C'est une excellente idée, approuve Chantal. Je vais lui en parler.

— Moi, je vais payer ton passeport, Sonia, déclare Paul-Eugène, occupé à finir de préparer le souper.

Sonia est au comble du bonheur. Elle va vite remercier son oncle. Elle l'embrasse sur les deux joues et lui dit :

— Tu es le meilleur oncle au monde. Merci !

— Ça me fait très plaisir, ma belle fille.

— Si tu veux, je te prêterai mon appareil photo, suggère Junior. C'est toi qui paieras les films et le développement, par exemple.

— Bon, tout est réglé, alors, conclut Chantal. On pourrait partir tout de suite après l'école, l'année prochaine.

— Le souper est prêt, annonce Paul-Eugène.

— Ça sent tellement bon ! s'exclame Sylvie. Je me régale à l'avance. Le simple fait de ne pas avoir préparé moi-même le souper, il me semble que c'est déjà meilleur.

— Qu'est-ce que tu nous as concocté de bon ? s'informe monsieur Belley.

— Un bœuf braisé avec des patates, des carottes et des oignons. Il cuit depuis dix heures ce matin. Vous allez voir, il se coupe à la fourchette.

— Serais-tu meilleur que ta sœur avec le bœuf? lance Michel, l'air taquin.

— Je n'ai aucun mérite. Je pense que c'est le fait que la viande cuise doucement, et surtout longtemps, qui la rend aussi tendre. Venez vous asseoir, c'est déjà servi. Vous pourrez même en redemander, j'en ai préparé pour une armée.

— Tu devrais savoir qu'ici, les restes n'ont pas le temps de surir, plaisante Michel. Il y a des ogres qui rôdent à toute heure du jour et de la nuit !

Tous éclatent de rire. Le souper se passe dans la joie. Le bœuf de Paul-Eugène connaît un tel succès qu'à part Junior, tous refusent de manger une pointe de tarte au sucre tellement ils sont rassasiés.

Chapitre 24

— Tu n'auras pas à faire à souper ce soir, annonce Michel à Sylvie. Je vais aller chercher du Kentucky.

— Tu ne peux pas faire ça ! Les jumeaux ne sont pas là et tu sais à quel point ils aiment le poulet Kentucky.

— Tant pis pour eux. Et puis, si personne n'en parle, comment pourraient-ils l'apprendre ?

— C'est bien mal connaître François et Dominic que de penser qu'ils n'en sauront rien. Sans farce, tu devrais attendre qu'ils reviennent. Chaque fois, ils se font une telle fête de manger de ce poulet.

— Pour une fois, je vais en faire à ma tête parce que ça fait au moins deux jours que j'en rêve. Mais si tu préfères ne pas en manger, libre à toi.

— Si tu penses que je vais te donner ma part, tu te trompes parce que moi aussi j'en rêve, et depuis le début des vacances même, pour ne rien te cacher.

— Alors, c'est réglé. Bon, je pars avec Paul-Eugène et Junior. On va aller à la chasse aux antiquités dans la campagne environnante. On va revenir avec le souper vers cinq heures.

— Dommage que je ne sache pas conduire, regrette Sylvie. J'aurais pu aller faire l'épicerie. Comme ça, on aurait pu profiter tranquillement de notre soirée.

— Il n'est jamais trop tard pour apprendre. Si tu veux, je peux te montrer.

— J'aurais bien trop peur de ne pas y arriver.

— Arrête un peu. Voir si tu ne seras pas capable d'apprendre à conduire ! Demain, je t'emmènerai au bureau des licences pour que tu prennes ton permis temporaire, et ensuite, je te donnerai ton premier cours. Imagine-toi tout ce que tu vas pouvoir faire une fois que tu sauras conduire.

— Mais rien ne garantit que je vais aimer ça.

— Tu n'as pas besoin d'avoir peur, je ne connais personne qui n'aime pas conduire.

— Moi, je connais quelqu'un : ma tante Irma…

Mais Michel ne la laisse pas finir :

— Je t'arrête tout de suite. Comment veux-tu qu'elle n'aime pas quelque chose qu'elle n'a jamais essayé ? Laisse faire ta tante. Fie-toi à moi, tu vas adorer conduire. Penses-y un peu : tu vas pouvoir aller où tu veux, quand tu veux. Tu vas regretter de ne pas avoir appris avant.

— Si tu le dis… Mais il faut que tu me promettes d'être patient avec moi.

— Ne t'inquiète pas, je serai à la hauteur. À plus tard !

Sitôt Michel sorti, Sylvie finit de ranger la cuisine. Elle sort ensuite le sucre en poudre, le beurre d'arachide et le rouleau à pâte. Il est resté des patates ce midi, alors elle va faire des bonbons. La dernière fois qu'elle en a faits, elle n'a même pas eu le temps d'y goûter tellement ils sont partis vite. Elle sort aussi sa petite boîte de colorants alimentaires. Elle regarde les quatre petites bouteilles et arrête son choix sur le jaune et le vert. « Ce sera beau en plus d'être bon », se dit-elle. Elle se souvient de la première fois qu'elle a mangé des bonbons aux patates. C'était chez une amie de sa mère. Elle avait à peine cinq ans. Elle en avait tellement mangé qu'elle avait été malade toute la nuit. Mais ça ne l'a jamais empêchée par la suite d'en manger chaque fois qu'elle en a eu l'occasion. De toute façon, ici, à moins d'engloutir tout le plat, c'est impossible d'être malade pour en avoir trop mangé. Au nombre d'amateurs dans la maison, chacun peut en avoir seulement quelques morceaux.

Sylvie est très heureuse de pouvoir apprendre à conduire. Elle pourra ainsi libérer Michel et faire ses commissions quand bon lui semble au lieu de toujours être obligée de l'attendre. « Mais je n'irai pas sur l'île, par exemple. Les gens conduisent bien trop vite là-bas. Je resterai de ce côté-ci du fleuve. Je pourrai même aller toute seule à mes répétitions de chant. »

— Maman, est-ce que je peux aller à la piscine municipale avec Serge ? lui demande alors Luc. Sa grande sœur va venir avec nous.

— Oui.

— Je vais emmener Prince 2.

— Ce n'est pas une bonne idée. Pars tranquille, je vais le garder avec moi.

— D'accord. N'oublie pas de ramasser ses besoins.

— Ne t'inquiète pas. Je n'ai pas l'intention que ton père mette sa menace à exécution. Prends une grande serviette.

Quelques minutes plus tard, la porte moustiquaire arrière rebondit brusquement sur son cadre. « Ce serait pourtant si simple de la fermer doucement », s'impatiente Sylvie.

Une fois la cuisine rangée, celle-ci se sert un grand verre de lait et dépose cinq morceaux de bonbons aux patates dans une assiette, deux jaunes et trois verts. Elle vient à peine de s'asseoir sur la galerie d'en avant que la musique de ses voisins se met à retentir à plein volume, ce qui la rend de mauvaise humeur. Du temps où Alice et Georges habitaient à côté, la vie s'écoulait tranquillement. Elle prenait alors plaisir à s'asseoir dehors dès qu'elle avait un peu de temps. Mais aujourd'hui, ce n'est plus pareil.

Comme prévu, les nouveaux voisins sont venus prendre une bière. Ils lui ont paru plutôt sympathiques. Ils ont même promis de ne pas faire trop de bruit. Sylvie était aux anges ; elle avait même retrouvé le sommeil. Mais la lune de miel a été de très courte durée. Trois jours plus tard, la musique forte était de retour et les rires gras aussi, sur la galerie arrière comme sur l'avant. Depuis, Sylvie se retient à deux mains d'aller leur dire sa façon de penser. Michel lui a fait promettre de ne pas jeter de l'huile sur le feu. Mais plus les jours passent, moins elle peut supporter leur musique. Heureusement, Sylvie et les siens partent pour Jonquière le lendemain. C'est tout sauf normal de devoir partir de chez soi pour avoir un peu de tranquillité.

Frustrée, Sylvie rentre et va s'asseoir à la table de la cuisine. Alors qu'il y a quelques minutes elle prenait plaisir à savourer ses petites gâteries, voilà maintenant qu'elle les regarde sans aucun intérêt. Elle cale son verre de lait d'un seul trait et va mettre son assiette au réfrigérateur. Elle va ensuite s'installer au salon. Sonia a dû laisser traîner un roman-feuilleton. Elle devrait avoir le temps de le lire avant que les hommes reviennent de leur tournée.

Emportée par l'histoire, même si Michel prétend qu'il n'y a pas de contenu dans ce genre d'écrit, Sylvie tourne les pages plus rapidement qu'elle le voudrait. Si ça continue, elle va finir sa lecture beaucoup trop vite. Elle a toujours aimé l'atmosphère des romans-feuilletons. Il y a peu de mots mais beaucoup d'images, ce qui est parfait quand on a peu de temps. Avant de se marier, elle lisait énormément. Dès qu'elle avait une minute, elle se dépêchait de sortir un livre. Évidemment, chaque fois, elle avait peine à délaisser ce dernier. Sylvie a toujours pris les histoires à cœur ; c'est comme si elle en faisait partie. Elle passait par toute la gamme des émotions : des éclats de rire aux larmes qui n'en finissent plus, sans oublier les vagues de colère, de déception, d'injustice… Elle réagissait à tout. Depuis qu'elle a des enfants, elle lit beaucoup moins. Pourtant, elle n'a ni plus ni moins de temps qu'avant de se marier.

Elle a seulement perdu l'habitude de lire un roman de plusieurs centaines de pages.

Même si la conclusion du roman-feuilleton était prévisible depuis les toutes premières pages, Sylvie s'essuie les yeux à la fin. Sachant pertinemment que des histoires comme celle qu'elle vient de lire ont peu de chances d'arriver dans la vraie vie, elle s'est pourtant laissée toucher.

De bien meilleure humeur qu'avant de commencer sa lecture, elle retourne chercher sa petite assiette au réfrigérateur et se sert un autre grand verre de lait. Assise à la table de la cuisine, elle savoure chaque bouchée. Elle se sent si heureuse qu'elle a presque oublié l'existence de ses charmants voisins.

Sa dernière bouchée avalée, Sylvie a très envie de répéter ses chansons. Elle sort ses partitions et commence à faire des vocalises. Ce n'est pas sa partie préférée, mais comme elle comprend très bien la nécessité de l'exercice, elle y met tout son cœur. Une fois sa voix bien échauffée, elle s'attaque à une première chanson. Alors qu'elle va entonner la deuxième, on sonne à la porte. La chanteuse est mécontente de se faire déranger pour une fois qu'elle a la chance d'être seule à la maison. Quelle n'est pas sa surprise quand elle ouvre la porte : sa nouvelle voisine se tient sur le seuil.

— Bonjour, lance Sylvie d'un ton sec à la limite de la politesse.

— Écoutez, explique la jeune femme en tortillant une mèche de ses cheveux entre ses doigts, je me sens un peu gênée de venir vous dire ça, mais pourriez-vous fermer vos fenêtres parce que le genre de chansons que vous chantez nous écorche les oreilles ?

Il n'en faut pas plus pour que Sylvie voie rouge. Outrée, elle juge que, cette fois, ses voisins vont trop loin. Remplie de colère, elle crache son venin sans aucune censure :

— Vous avez vraiment du front tout le tour de la tête de venir me dire ça, alors qu'on endure votre maudite musique jusqu'aux petites heures du matin depuis que vous êtes arrivés dans le quartier ! Pas moyen d'avoir une seule minute de sainte paix. Vous êtes-vous seulement demandé une fois, une seule fois, si on aimait votre musique ? Eh bien, sachez qu'elle ne nous plaît pas du tout. Quand on veut écouter de la musique, on n'a pas besoin de vous. Et en plus, on peut la choisir. Vous n'avez aucun respect pour les autres. Votre famille et vous, vous êtes vraiment centrés sur votre petit nombril. En tout cas, on était beaucoup mieux avant que vous n'arriviez. Vous n'avez aucun savoir-vivre et j'espère que vous allez déménager au plus vite. Pour ce qui est de mes chansons, autant vous habituer parce que je ne les changerai pas pour vous. Et je ne fermerai certainement pas les fenêtres lorsqu'il fait chaud pour ménager vos petites oreilles. Maintenant, vous allez m'excuser, mais je dois encore répéter mes chansons. Bonne fin de journée !

Puis Sylvie claque la porte au nez de sa voisine et retourne à sa répétition. Au lieu de baisser le ton, ce qu'elle pourrait faire facilement, elle chante de toutes ses forces, un grand sourire sur les lèvres. Bien que ce ne soit pas dans ses habitudes d'être impolie avec les gens, cette petite sortie lui a fait tellement de bien qu'elle se sent légère comme une plume. Tant qu'à vivre aux côtés d'imbéciles, il vaut mieux qu'ils sachent ce qu'on pense d'eux. Et s'ils veulent la guerre, eh bien ils vont l'avoir !

* * *

Quand les hommes reviennent de leur petite virée, Sylvie les accueille avec beaucoup d'enthousiasme, tellement que Michel s'interroge.

— Tu m'as l'air de bien belle humeur, et même un peu trop à mon goût. Veux-tu m'expliquer ce qui t'arrive ?

— Avec grand plaisir ! s'exclame Sylvie, les mains sur les hanches. J'ai remis la voisine à sa place et ça m'a fait beaucoup de bien.

— Peux-tu m'en dire un peu plus ?

— Bien sûr !

À la fin du récit de sa femme, Michel se gratte le menton. Il est loin de partager l'euphorie de Sylvie.

— Je t'avais pourtant demandé d'y aller doucement. Ce sont quand même nos voisins. Je te rappelle qu'ils sont là pour rester, à tout le moins un petit bout de temps.

— Je sais bien que ce n'est pas de mes affaires, intervient Paul-Eugène, mais j'aurais fait exactement la même chose que Sylvie. Avec de telles personnes, il faut parfois mettre son pied à terre parce que sinon, elles finissent par faire la pluie et le beau temps là où elles s'installent. Et je dois dire que je suis plutôt fier de toi, ma sœur. C'est la première fois que tu t'affirmes comme ça. Bravo !

— Bravo ? répète Michel. C'est facile à dire pour toi. Dans moins de deux mois, tu ne vivras plus à côté de nos voisins, mais c'est très différent pour nous autres. À moins de déménager, on est pris avec eux. C'est pour ça que je pense toujours que la manière douce est la meilleure option.

— Avec des gens qui se croient tout permis, il vaut mieux imposer des limites, et le plus vite est le mieux, réitère Paul-Eugène. Je pense que Sylvie a très bien fait. Ça ne signifie pas qu'ils vont changer d'attitude instantanément, mais au moins, ils savent maintenant que c'est un petit jeu qui se joue à deux. Je n'ai pas de conseil à vous donner, mais si j'étais à votre place, j'irais voir leur autre voisin. J'imagine qu'il n'est pas plus content que vous de leur comportement, en tout cas le contraire m'étonnerait. Je m'organiserais pour travailler dans le même sens que lui. S'il y a quelqu'un qui doit partir, je m'arrangerais pour que ce soit les voisins à problème.

— C'est une excellente idée, approuve Sylvie. À notre retour de Jonquière, on ira le voir.

Puis, à l'adresse de son frère, elle ajoute :

— Promets-moi de tout me raconter quand on va revenir.

— Il n'y aura pas grand-chose à raconter, répond son frère, car je ne serai pas ici la moitié du temps. Je m'en vais pêcher au lac Ontario avec des amis.

— Est-ce que tu vas nous rapporter du poisson ? s'enquiert Sylvie.

— À condition que ça morde. C'est de la grosse truite grise qu'on prend là-bas. Ce n'est pas mon poisson préféré, mais je peux en rapporter, si tu veux.

— Je demanderai à ma mère comment elle cuisine ce poisson, propose Michel. Quand j'étais plus jeune, on mangeait souvent de la truite grise. Un de mes oncles allait pêcher dans le Nord et il nous en donnait. Si je me souviens bien, c'était bon mais jamais autant qu'une bonne truite mouchetée de rivière.

— Entre vous et moi, il n'y a pas grand-chose qui batte une bonne petite truite de rivière, renchérit Paul-Eugène.

— Je ne veux pas te relancer, mais la ouananiche ne donne pas sa place non plus. C'est ce qu'on prend dans le lac Saint-Jean.

— Je n'en ai encore jamais mangé.

— Si ma mère en a, je vais lui demander de m'en donner une. Comme ça, tu pourras y goûter. C'est ce que mes frères et mes beaux-frères vont pêcher.

— Assez parlé ! proteste Sylvie. Je n'en peux plus de sentir la bonne odeur du poulet frit. Tout est prêt. Il reste juste à appeler les enfants.

Guidé par l'odeur, personne ne se fait tirer l'oreille pour venir manger. Quelques secondes plus tard, tous les convives ont la main dans le baril, cherchant le plus gros morceau. Pendant ce temps, Sylvie distribue les frites et une petite coupe de salade de chou à chacun. Tous mordent à pleines dents dans le poulet pané ruisselant de gras.

Alors qu'ils viennent à peine de terminer leur repas, la sonnerie du téléphone retentit. Avant même que quelqu'un ait le temps de penser à se lever pour aller répondre, Sonia s'écrie :

— Laissez faire, c'est sûrement pour moi !

Elle s'essuie vivement les mains et décroche le téléphone au quatrième coup. La seconde d'après, elle tire sur le fil autant qu'elle peut et va s'enfermer dans la salle de bain pour pouvoir discuter en toute tranquillité.

— Ça y est, elle est encore partie pour une bonne heure, rapporte Junior. Je ne comprends pas ce qu'ils peuvent bien avoir à se dire de si important. Moi, j'ai horreur de parler au téléphone.

— Après que tu auras rencontré une belle fille, je parie que tu feras la même chose que ta sœur, le taquine son oncle.

— Jamais ! Si je suis pour passer une heure au téléphone, aussi bien aller la voir.

— Tu n'as pas totalement tort, approuve sa mère. Mais pour ça, il faut rester à proximité l'un de l'autre ou avoir un moyen de transport.

— Je n'avais pas pensé à ça.

— Qu'est-ce qu'il y a pour le dessert ? demande Luc.

— Il doit rester quelques petits gâteaux dans l'armoire, répond Sylvie. Va les chercher.

— Ça vous tenterait de manger des fudges glacés ? propose Paul-Eugène. C'est moi qui paie la traite.

— Oui, s'enthousiasme Luc. Mais est-ce que je pourrais prendre un Revel à la place ?

— Tu prendras ce que tu veux, mon garçon. Tiens, voilà cinq dollars. Prends la commande de tout le monde. Tu t'achèteras des bonbons avec ce qui restera. Si tu me rapportes une seule cenne, je t'enlèverai tous tes bonbons.

— Je serais la première étonnée qu'il te remette de l'argent ! plaisante Sylvie.

Luc est fier comme un paon. En faisant un calcul rapide, il estime qu'il lui restera pas mal d'argent pour lui.

— Vas-tu me donner des bonbons au moins, Luc ? demande Junior.

— Si tu viens avec moi, je suis même prêt à partager l'argent.

— Youpi ! se réjouit Junior.

— Avant de prendre les commandes, je veux remercier papa pour le souper. C'était vraiment très bon.

— Ça me fait plaisir, mon garçon.

— On devrait en manger plus souvent, dit Luc.

— Je voudrais bien, répond Michel. Mais pour le moment, c'est tout ce que je peux faire.

Chapitre 25

— Quand est-ce qu'on arrive ? demande Sonia d'un ton plaintif. J'aurais préféré rester à Longueuil. Pourquoi il faut toujours que je vous suive partout ?

— J'ai déjà assez de m'inquiéter pour Alain et Martin, répond Sylvie, il n'était pas question que je m'inquiète pour toi aussi. Et puis, tu es bien trop jeune pour rester toute seule à la maison.

— Dans ce cas, peux-tu m'expliquer pourquoi je suis assez vieille pour garder des enfants toute seule ?

— Ce n'est pas la même chose du tout.

— Pour moi, c'est pareil. À cause de toi, je vais manquer deux jours de gardiennage.

— C'est le monde à l'envers ! s'exclame sa mère. Il a pratiquement fallu qu'on t'oblige à aller garder, et là, tu te plains de manquer deux jours. On aura tout vu !

— Rassure-toi, je n'aime pas plus ça qu'avant. C'est juste la paie qui m'intéresse. Sans argent, on ne peut rien faire du tout.

— Il me semblait bien aussi que tu ne pouvais pas avoir changé d'idée aussi rapidement.

— Pour répondre à ta question, intervient Michel qui n'a aucune envie de supporter plus longtemps les jérémiades de sa fille, on est sur le point d'entrer dans le parc, ce qui veut dire qu'il nous reste un peu plus de deux heures de route. Tu as suffisamment de temps pour lire au moins deux romans-feuilletons, ajoute-t-il, un sourire aux lèvres.

— Est-ce qu'on va pouvoir faire une pause à l'étape ? s'informe Luc.

— Oui, comme d'habitude, répond Michel, étant donné que c'est la seule place où on peut s'arrêter une fois qu'on est dans le parc. Pour moi, c'est un des plus beaux endroits que j'aie vus. Une station à essence, un restaurant et quelques petites maisons pour les gardes forestiers en plein sur le bord du lac Jacques-Cartier. Avouez que c'est magnifique.

En gens de la ville qu'ils sont, ni Sylvie ni les enfants n'appuient l'affirmation de Michel. Oui, le panorama est agréable, mais il n'y a pas là matière à s'émerveiller.

Quelques minutes plus tard, ils arrivent à la barrière du parc. Michel s'arrête. Il baisse sa vitre et répond aux questions de l'agent. Puis il reprend la route.

— Papa, poursuit Luc, pourquoi est-ce qu'on est toujours obligé d'arrêter et de répondre à un tas de questions chaque fois qu'on entre et qu'on sort du parc ? Tu me l'as déjà expliqué, mais je ne m'en souviens plus.

— Tu n'as vraiment pas de mémoire, car papa te le répète chaque fois qu'on va à Jonquière ! s'indigne Sonia. Essaie de faire un effort pour t'en souvenir cette fois. Le parc des Laurentides étant une réserve faunique, il faut donc éviter que les gens tuent les animaux en dehors du temps de la chasse. Les gardes-chasse doivent donc vérifier le temps que les voyageurs prennent pour traverser le parc et aussi s'ils ont roulé trop vite. Ils doivent également s'assurer que tous ceux qui entrent dans le parc en ressortent. En gros, c'est ça.

— Tu as très bien appris ta leçon, ma fille, déclare fièrement Michel. Les gardes-chasse doivent aussi vérifier que personne ne transporte des choses qu'il n'a pas le droit d'avoir avec lui.

— Comme de la drogue ? s'informe Luc.

— Entre autres, répond Michel sans s'attarder plus longuement sur le sujet.

— Mais ils ne vérifient même pas dans la valise de l'auto.

— Ça dépend des fois.

— Peux-tu m'expliquer pourquoi grand-papa est allé s'installer aussi loin de Montréal ? soupire Sonia. Cinq heures de route, moi je trouve ça effrayant. En tout cas, une chance qu'on n'y va pas souvent.

— Tout est relatif, précise Michel. Un de mes amis est sorti pendant près de deux ans avec une fille de Drummondville et ils se voyaient toutes les fins de semaine. Quand ce n'était pas lui qui allait la voir, c'était elle qui venait à Jonquière. Et je ne les ai jamais entendus se plaindre que c'était loin. Tu vas voir, si un jour tu tombes en amour avec quelqu'un qui vit loin, tu vas être prête à supporter bien des choses pour le voir.

— Moi, je n'appelle pas ça de l'amour, j'appelle ça de la folie, réplique Sonia. Voir si ça a du bon sens de se prendre un *chum* à quatre heures de route de chez vous. À ce compte-là, j'aimerais mieux m'en passer.

— Il ne faut jamais dire : « Fontaine, je ne boirai pas de ton eau », la taquine Sylvie.

— Encore un de tes proverbes préférés ! lance Sonia d'un ton rempli d'impatience. Je n'y comprends rien, à tes proverbes. Il n'y a personne qui a parlé de fontaine à ce que je sache…

— C'est une façon de parler, explique Sylvie d'une voix douce. Ça signifie qu'il vaut mieux ne jamais dire *jamais* parce que la vie est pleine de surprises. Bien souvent, on fait des choses qu'on avait pourtant promis de ne pas faire. Pour en revenir aux proverbes, ça vous ferait peut-être du bien de les apprendre, à tes frères et à toi.

— À quoi cela pourrait-il nous servir ? demande Sonia.

— On appelle ça de la culture, ma petite fille. Il faudrait vraiment que je te montre quelques proverbes.

— Ce ne sera pas nécessaire, merci. Je vais continuer de lire mon roman-feuilleton, c'est tout ce qu'il y a à faire quand on est prisonnier dans une auto.

— Veux-tu bien arrêter de te plaindre ? intervient Junior. Depuis qu'on est partis de Longueuil, je ne t'ai pas entendu dire quelque chose de positif.

— Toi, le « smatte », mêle-toi de tes affaires, je ne t'ai rien demandé.

— Eh bien moi, je te parle. Si tu n'es pas contente d'aller voir nos grands-parents, tu n'avais qu'à ne pas venir.

— Je te rappelle que ce n'est pas moi qui ai décidé.

— Voulez-vous bien arrêter de vous chamailler ? ordonne Sylvie en se tournant vers eux. Si vous n'arrêtez pas, je vais en asseoir un en avant entre votre père et moi.

— Comme lorsqu'on était petits, se moque Sonia.

— D'après les propos que tu tiens, je ne suis pas certaine que tu aies vieilli, émet sa mère d'un ton sarcastique. Accordez-vous et vite à part ça parce que je ne vous laisserai pas vous crêper le chignon jusqu'à Jonquière.

La paix revient dans l'auto, mais celle-ci n'est que de courte durée. Cette fois, c'est Luc qui s'en prend à sa sœur.

— Décolle ! Je ne peux même pas tourner les pages de mon livre tellement je suis coincé.

— Toi, décolle ! riposte Sonia d'un ton rageur. C'est quand papa prend les courbes que je bouge, mais je n'ai aucun contrôle là-dessus.

— Alors, reprends ta place maintenant. Allez, tasse-toi.

— Cette fois, j'en ai assez ! s'écrie Sylvie. Vous êtes pires que des bébés, ma parole.

À l'intention de Michel, elle ajoute :

— Arrête sur l'accotement, Sonia va venir s'asseoir en avant avec nous.

— Pourquoi c'est moi encore ? se plaint la jeune fille.

— Parce que c'est comme ça. Prends tes affaires et viens-t'en. Ce n'est pas vrai que vous allez gâcher nos vacances, les enfants !

Installée entre son père et sa mère, Sonia est furieuse. Elle replonge dans la lecture de son roman. Elle lève seulement la tête quand elle entend sa mère crier :

— Attention, Michel, il s'en vient droit sur nous ! Tasse-toi ! Vite ! Mais qu'est-ce que tu attends ?

Un coup de roue à gauche, un autre à droite… Tout le monde retient son souffle jusqu'à ce que Michel arrête enfin l'auto sur le côté. Tous ont tellement eu peur que personne n'ose parler. Ils viennent de passer à deux doigts d'entrer en collision de plein fouet avec un orignal.

— On l'a échappé belle ! commente Michel en s'essuyant le front du revers de la main.

— Je pensais vraiment que ça y était... avoue Sylvie, encore sous le choc. C'est la première fois que j'en vois un aussi gros.

— Une chance que tu es bon chauffeur papa, sinon... ajoute Junior.

— Tu as raison, approuve Luc. Je n'ai jamais eu aussi peur de toute ma vie.

— Et moi donc ! lance Sonia. Est-ce que je pourrais retourner m'asseoir en arrière ? Je n'aime pas ça du tout être en avant.

— Si tu es pour foutre le bordel, c'est non ! réplique Sylvie qui reprend tranquillement ses esprits.

— Vous ne m'entendrez pas, c'est promis. J'ai vraiment cru que j'allais mourir. Mon cœur bat tellement vite que j'ai peur qu'il sorte de ma poitrine.

— Tu devrais entendre le mien, dit Luc.

— Au moins, tu n'as pas fait de crise d'asthme ? s'alarme Sylvie.

— Je n'ai pas eu le temps, tout s'est passé trop vite.

Tous éclatent de rire, ce qui leur fait le plus grand bien.

— On devrait sortir prendre une bonne bouffée d'air avant de repartir, suggère Michel.

— Moi, j'aimerais mieux attendre à l'étape, commente Junior.

— Moi aussi, renchérit Luc.

— Alors, donnez-moi une minute parce que moi j'ai besoin de me dégourdir les jambes, émet Michel. Je n'ai jamais eu aussi peur de toute ma vie et pourtant, j'en ai vu des orignaux depuis le temps que je traverse le parc.

Michel fait quelques pas sur le côté de la route. Il n'a pas la réputation d'être un peureux, bien au contraire, mais cette fois il sait que sa famille et lui ont frôlé la mort. Frapper un orignal de plein fouet ne pardonne pas. Il aime mieux ne pas penser à ce qu'auraient fait les jumeaux s'ils étaient devenus orphelins. Ce ne sont sûrement pas Alain et Martin qui les auraient pris en charge. « La vie tient vraiment à un fil et celui-ci est bien mince par moments », se dit-il.

Il prend quelques grandes respirations puis retourne dans l'auto. Pendant son absence, personne n'a prononcé un seul mot. Il remet le moteur en marche et propose :

— On devrait arrêter manger des frites à l'étape. J'ai un petit creux.

— Mais ta mère nous attend pour le souper, souligne Sylvie.

— Eh bien, on mangera moins, c'est tout. La vie vient de nous rappeler à quel point elle est fragile. C'est pourquoi il faut en profiter à plein. Je ne sais pas si vous êtes comme moi, mais j'ai très envie de manger des frites.

Derrière lui, trois voix s'élèvent en chœur :

— Moi aussi !

— Et toi ? demande Michel à sa femme.

— Tu sais bien que je ne peux pas résister aux frites. C'est certain que je vais en manger. Tant pis pour la graisse !

— Je te trouve très belle comme tu es, murmure-t-il.

Quand ils arrivent enfin chez les Pelletier, tout le monde les attend depuis un petit moment. Michel et sa famille se dépêchent de raconter leur mésaventure.

— Il va falloir qu'ils finissent par faire quelque chose, dit monsieur Pelletier. Chaque année, de nombreuses personnes meurent dans le parc parce qu'elles ont frappé un orignal. Elles ne sont pas petites, ces bêtes-là.

— Vous avez raison, le père. Celui qu'on a vu était aussi gros qu'une vache, et une grosse à part ça.

— Passez à table, invite madame Pelletier. Tout est prêt.

— Mais où sont les jumeaux ? demande Sylvie.

— Chez le deuxième voisin, répond monsieur Pelletier. Du bien bon monde. Là-bas, il y a des enfants de leur âge. D'ailleurs, je pense que François et Dominic ont passé plus de temps chez le voisin qu'ici.

— Si je comprends bien, ils ne se sont pas ennuyés une seconde, commente Sylvie.

— Ils étaient bien trop occupés pour s'ennuyer ! répond sa belle-mère. C'est vrai, il ne faut pas que j'oublie de transmettre leur message. Ils vous font dire de leur laisser du dessert et qu'ils vont venir le manger à huit heures.

— Je les reconnais bien là ! s'écrie Sylvie. Mais moi, ça ne me gêne pas d'avouer qu'ils m'ont manqués. La maison me paraissait bien vide sans mes deux petits monstres frisés.

Chapitre 26

— Je vous le dis, le père, c'est au-delà de mes espérances. Mon garage est rempli à pleine capacité d'antiquités. Et ce n'est pas pour me vanter, mais j'ai plusieurs belles pièces. D'ailleurs, depuis que Paul-Eugène, le frère de Sylvie, est revenu dans le coin, on sillonne la campagne ensemble. Comme il a une remorque, on peut rapporter bien plus d'objets. On a même pensé à louer un petit local en ville pour vendre nos plus belles pièces. Pour les autres, on peut facilement trouver preneur auprès des antiquaires qui font du volume.

— J'étais loin de penser que les gens s'arracheraient nos vieilleries un jour, mais c'est bien correct de même. Comme je dis toujours : « Ce qui n'est plus bon pour moi est bon pour toi. » Mais fais-tu de l'argent au moins ?

— Au début, je couvrais à peine mes frais, mais là c'est beaucoup mieux. C'est vrai qu'à deux, on a deux fois plus d'idées, ce qui fait que j'ai changé passablement ma façon de faire. En gardant les plus belles pièces, on devrait être capables de faire de l'argent, et pas mal à part ça. L'autre jour, on a vendu un vieux rouet à la femme de mon patron. Je lui ai fait mon prix. Elle a sorti son argent et m'a donné ce que je demandais, avec un pourboire même. Vous auriez dû la voir, elle ressemblait à une petite fille qui vient d'avoir sa première poupée. Tout ça pour un vieux rouet… Moi, ça me dépasse. Il me semble qu'on a travaillé assez fort pour finir par sortir de notre misère et ne pas y retourner. Je veux bien vendre des antiquités pour améliorer mon sort, mais je n'en veux pas une seule chez nous.

— Tu sais comme moi que ça prend de tout pour faire un monde. Viens donc avec moi au grenier, j'ai quelque chose qui risque de t'intéresser. Te souviens-tu de la vieille radio que ton oncle le curé avait au presbytère ?

— Vaguement.

— Eh bien, j'en ai héritée. Pour être franc avec toi, je n'ai pas du tout envie de la voir chaque jour.

— Je suis certain que c'est une pièce que plusieurs de mes clients aimeraient. Mais le problème, c'est de l'apporter à Longueuil. Je ne pourrai certainement pas la prendre avec moi à mon retour.

— Si c'est seulement une question de transport, je vais t'arranger ça. Le fils de ton cousin Gaétan travaille pour Postes Canada. Il va porter le courrier à Montréal tous les jours ; il devrait être capable de te l'amener.

— Bonne idée !

Une fois au grenier, monsieur Pelletier se dirige vers la radio.

— Je ne connais pas grand-chose aux antiquités, mais je pense que tu devrais être capable d'en tirer un bon prix. Qu'en penses-tu ?

Michel passe une main sur le dessus du meuble. Il l'examine ensuite sous toutes ses coutures.

— C'est vraiment une belle pièce. Vous êtes certain de vouloir vous en débarrasser ?

— Absolument. Qu'est-ce que tu veux qu'on fasse avec ? On a tous les meubles qu'il nous faut et ni ta mère ni moi n'aimons les vieilleries. Cette radio est à toi si tu la veux.

— Bien sûr que je la veux. Vous n'aurez qu'à m'avertir quand le fils de Gaétan viendra me la porter.

— Pas de problème. Dommage que tu ne sois pas équipé pour transporter des choses parce que je pense que tu aurais tout intérêt à faire un saut chez ta tante Marcella. La dernière fois que je suis allé dans son grenier, il était rempli des vieilles affaires de sa mère : des fers à repasser, des fers à cheval, des assiettes en métal, des vieux cadres ovales, des nappes en dentelle… Un vrai magasin général.

— Mais pourquoi elle garde tout ça ?

— C'est ce que je lui ai demandé. Elle m'a répondu qu'elle ne savait pas quoi faire avec tout ça.

— Si on allait lui rendre une petite visite ?

— Pas de problème, on a tout le temps avant le dîner.

— Je pourrais faire un aller-retour avec Paul-Eugène un samedi si ça vaut la peine. Oui, mais ça c'est à la condition qu'elle veuille bien me donner ses affaires.

— Mon idée, c'est que tes chances sont bonnes, car elle t'a toujours beaucoup apprécié. D'après ce qu'elle m'a dit, ses enfants ne veulent rien savoir des affaires de leur grand-mère.

— Tant mieux pour moi. Je vous emmène ?

— Laisse-moi juste le temps de prendre ma casquette.

* * *

Bien installées sur la galerie d'en avant, Sonia et Lucie, sa cousine, discutent tranquillement en regardant passer les autos.

— Tu en as de la chance de rester en ville, émet Lucie d'un ton plaintif. L'année prochaine, tu vas pouvoir aller à l'Expo autant que tu vas vouloir alors que moi je ne suis même pas certaine de pouvoir y aller une seule fois.

— Tu n'auras qu'à venir vivre chez nous un bout de temps. Si tu veux, je peux en glisser un mot à ma mère. Tu pourrais dormir dans ma chambre.

— J'aimerais tellement ça. Je ne peux pas croire que je ne visiterai pas l'Expo. Je lis tout ce que je trouve dans les journaux sur le sujet. Je rêve de visiter le pavillon de la France, du Canada, des États-Unis… J'ai appris dans le journal que celui du Canada va être une pyramide inversée. Je me demande bien comment cela va tenir. Penses-y un peu… Il paraît que le pavillon des États-Unis va être une boule. Encore là, ce n'est pas simple à construire… En plus, on va pouvoir entrer dedans. Le journal racontait aussi qu'on attend environ 30 millions de visiteurs de partout dans le monde. Y as-tu pensé ? Qu'une exposition attire autant de personnes, c'est quasiment incroyable. En tout cas, moi, ça m'impressionne au plus haut point. Et l'île sur laquelle va se tenir l'Expo est une île artificielle, ce que je ne comprends pas. Comment peut-on faire une île ?

— Il faudrait que tu en parles à mon père. Il a charroyé des centaines de voyages de roches et de terre pendant des mois avant qu'on déménage à Longueuil. Il passait ses journées à se promener entre le métro, le tunnel que la ville est en train de construire et l'île Notre-Dame. C'est d'ailleurs à cause du tunnel qu'on a été obligés de déménager.

— Ça doit être vraiment génial de vivre en ville.

— Ça l'était. Mais depuis qu'on reste à Longueuil, c'est loin d'être pareil.

— Oui, mais c'est juste à côté. Vous pouvez aller à Montréal quand vous voulez.

— Tu oublies qu'il y a le fleuve à traverser et, surtout, ma mère à convaincre que je ne me ferai pas enlever, que je ne me ferai pas frapper, que je ne me perdrai pas… Tu vois le genre ? Quand on restait sur l'île, je pouvais aller et venir comme je le voulais. J'allais souvent assez loin de la maison, je suivais mes grands frères. Et maintenant qu'on ne vit plus à Montréal, la ville est devenue soudainement remplie de dangers. Plus je vieillis, moins je comprends mes parents.

— Tu n'es pas la seule. Imagine-toi que les miens m'obligent à rentrer à neuf heures. J'ai beau leur expliquer que toutes mes amies ont le droit de rentrer à dix heures, rien n'y fait. Je n'ai jamais vu des parents aussi vieux jeu que les miens.

— Je ne veux pas avoir l'air de te relancer, mais je pense que ma mère doit avoir plusieurs points en commun avec eux, sauf que moi je lui tiens tête ou je bougonne jusqu'à ce qu'elle finisse par céder. Il n'y a pas une journée où je ne maudis pas le jour où mon père nous a annoncé qu'on allait déménager à Longueuil. Qu'est-ce que tu veux qu'on fasse en pleine banlieue de Montréal ? Il y a des jours où je pense qu'il ne faut pas aimer ses enfants pour les sortir de la ville comme il l'a fait. Nous autres, la ville, c'est tout ce qu'on connaissait.

— Ça ne doit pas être aussi pire que tu le dis. Longueuil, c'est quand même grand. Et vous allez même avoir le métro, ce n'est pas rien. Je n'arrive pas à me figurer qu'on puisse voyager sous la terre... C'est quasiment incroyable.

— C'est vrai qu'on va avoir le métro, mais en attendant on fait quoi ? Eh bien, on sèche sur notre côté du fleuve. Mais ce qui me dérange le plus, c'est quand j'ai le malheur d'emmener quelqu'un chez nous et que ma mère commence à lui faire subir un interrogatoire en règle. L'autre jour, Langis a eu le malheur de venir me voir et il s'est fait cuisiner de tous bords, tous côtés. J'étais tellement gênée, j'aurais voulu disparaître. Le pire, c'est que mes amis, enfin les rares que j'ai emmenés à la maison, adorent tous mes parents. Quand je me plains, ils disent que je devrais être contente que mes parents s'intéressent à moi et à mes amis.

— Attends un peu. Qui est Langis ? Juste à prononcer son nom, tu es devenue toute rouge. Est-ce qu'il est beau au moins ?

— Beau ? Tu ne peux même pas t'imaginer à quel point. Il a de longs cheveux frisés qui lui arrivent au milieu du dos, des beaux yeux, un corps parfait… Et il est aussi grand que mon père. La première fois que je l'ai vu, la mâchoire m'est tombée par terre.

— Est-ce que c'est ton *chum* ?

— Oui et non. En fait, je ne sais pas trop. On s'est vus juste deux fois depuis la fin des classes. La dernière fois, on s'est embrassés. Tu aurais dû me voir, je ne touchais plus terre. On ne se voit vraiment pas souvent, il reste trop loin, mais on se parle au téléphone chaque soir, au moins une heure. Ma mère s'énerve chaque fois que le téléphone sonne de peur que ce soit lui. J'ai beau m'enfermer dans les toilettes et verrouiller la porte pour parler tranquillement, elle trouve toujours le moyen de me dire qu'il serait temps que je raccroche. Non mais, est-ce qu'on pourrait avoir la paix un peu ?

— Tu es chanceuse d'avoir un *chum*. Moi, je n'ai encore jamais embrassé personne.

— En tout cas, je t'en souhaite un aussi beau que mon Langis. Avec lui, j'irais au bout du monde.

— Mais, ma parole, tu es en amour ?

— C'est le seul garçon à ce jour qui m'ait fait autant d'effet et je n'ai aucune envie de le laisser filer. Tu aurais dû voir les autres filles à l'école : elles faisaient tout pour se montrer intéressantes. Mais c'est moi qu'il a choisie. Je n'en reviens tout simplement pas !

Avant même que Lucie ait le temps de répondre, Luc fait son apparition au pied de la galerie. Il est vert et a toutes les misères du monde à respirer. Dès qu'elle le voit, Sonia accourt jusqu'à lui et le fait asseoir.

— Ah non ! Ça ne pouvait pas plus mal tomber. Papa est parti avec grand-papa et maman est chez la voisine avec grand-maman. Lucie, va vite chercher maman. Dis-lui que ça presse. Et toi, Luc, sais-tu où est ton sirop rouge ?

Il met quelques secondes avant de pouvoir répondre à la question de sa sœur.

— Dans ma val…

Il n'arrive même pas à finir son mot parce qu'il cherche son air de plus belle. Sonia essaie de décoder l'information que son frère vient de lui donner. Après avoir réfléchi à toute vitesse, elle s'écrie :

— Dans ta valise ?

Pour toute réponse, Luc hoche la tête.

— Ne bouge pas, je vais le chercher.

Luc songe que même s'il le voulait, il ne pourrait pas aller bien loin dans sa condition actuelle.

Sonia fait le plus vite qu'elle peut. Elle sait à quel point les minutes comptent quand son frère est dans cet état. Une fois dans la chambre de celui-ci, elle regarde autour d'elle. Quand elle aperçoit enfin la bouteille de sirop, elle la saisit et descend à toute vitesse. Une fois devant son frère, elle lui tend la bouteille et lui commande d'en prendre vite une grosse gorgée. Celui-ci s'exécute sur-le-champ.

Quand Sylvie arrive, Luc est en train de reprendre lentement son souffle. La mère de famille évalue vite la situation. Les deux coudes appuyés sur ses genoux, Luc attend patiemment que le sirop fasse effet.

— Heureusement que tu étais là ! lance Sylvie à Sonia. Je te remercie de t'être occupée de ton frère.

— Tu n'as pas à me remercier. J'ai juste donné à Luc son sirop.

— Peut-être, mais si tu n'avais pas été là, il n'aurait pas été capable d'aller le chercher. J'aime mieux ne pas penser à ce qui aurait pu arriver.

Puis, à l'adresse de Luc, elle poursuit d'une voix mal assurée :

— Qu'est-ce qui s'est passé ?

— Je suis allé ramasser des œufs avec les jumeaux et Junior chez le voisin.

— Une chance qu'on reste en ville. Au moins, il y a peu de risques que ça se reproduise à cause de ça. Tu devrais aller t'étendre un peu.

— Laisse-le reprendre son souffle avant, conseille madame Pelletier. Viens avec moi, je vais faire du café.

— Une chance que le sirop suffit parce que les hôpitaux sont encore en grève, commente Sylvie d'un ton inquiet. Il faudrait peut-être qu'il traîne toujours son sirop avec lui…

— Arrête de t'en faire, il va s'en sortir. Fais-moi confiance, je sais de quoi je parle. Mon jeune frère a fait de l'asthme toute sa vie, mais ça ne l'a pas empêché d'avoir une vie normale. Viens !

Chapitre 27

— Attends ! Attends ! s'exclame Dominic. Il nous en faut au moins deux.

— Je n'ai pas envie de faire mourir maman, répond François. Je veux juste lui faire passer sa peur des araignées.

— Oui, mais au prix que ça coûte, ça ne changera pas grand-chose qu'on en ait deux. J'en ai une autre ! Ouvre le pot et ensuite on va aller voir maman.

François et Dominic savourent déjà le plaisir de voir leur mère affronter et perdre sa peur des araignées. Hier soir, Junior, Luc et les jumeaux se sont parlé et ils en sont venus à la conclusion qu'il était grand temps de faire quelque chose s'ils ne voulaient pas que leur père rapporte le chien de Luc à la fourrière. Ils aimaient bien Prince 1, c'est certain, mais depuis que Prince 2 fait partie de leur vie, aucun d'entre eux ne veut courir le risque de le perdre. Là, c'est un vrai chien qu'ils ont, pas un mini chien – une sottise comme se plaît à dire Junior – qu'on risque d'écraser à chacun de ses pas.

Avec Prince 2 à ses côtés, Luc se sent invulnérable. En quelques jours seulement, il a perdu la peur des chiens qu'il lui restait encore. Son chien est si imposant, alors qu'il est doux comme un agneau, qu'aucun autre n'ose s'en approcher, pas même Patsy. En revanche, Luc trouve que le nourrir coûte très cher. Heureusement que tout le monde dans la famille contribue à payer la différence parce qu'il ne pourrait pas y arriver tout seul. Au début des vacances, il a fait le tour du quartier afin d'offrir ses services pour tondre le gazon. Mais peu de gens sont prêts à payer, alors il tond le gazon chez deux couples de personnes âgées seulement. Il est même allé voir le curé pour lui dire qu'il voulait servir la messe, mais comme ce dernier avait déjà tout son monde, Luc est revenu bredouille. Avec le peu d'argent qu'il gagne, il n'arrive pas à payer la nourriture de son chien. La semaine dernière, c'est sa mère qui lui a donné la différence ; elle avait fait quelques travaux de couture. C'est un peu pour ça qu'il a expliqué aux jumeaux qu'il valait mieux que ce ne soit pas lui qui tente de faire passer sa peur des araignées à leur mère. Avoir peur d'un animal n'est pas une mince affaire, il en sait quelque chose. Junior, lui, a annoncé qu'il préférait ne pas s'en mêler. Compte tenu du fait que sa mère paie une partie de ses cours de danse, il considère qu'il vaut mieux que les jumeaux agissent seuls. Il n'a pas du tout envie de courir le risque de devoir arrêter ses cours, mais ça, c'est un secret…

— Maman doit être en train de faire le lavage, croit Dominic. Je suggère qu'on la laisse finir. En attendant, tu pourrais mettre les araignées dans notre chambre pour qu'elle ne les voie pas.

— Oui, mais elles vont mourir si elles n'ont pas d'air, ajoute François.

— Elles n'auront pas le temps de mourir, car on va agir rapidement.

— Je t'avertis : si les araignées meurent, tu iras en chercher d'autres tout seul.

— OK ! OK ! J'ai compris ! s'impatiente Dominic. On ferait mieux de passer par-derrière. Maman ne sera pas dans les parages, car c'est Junior qui étend le linge.

— Des fois je ne le comprends pas, Junior. Étendre le linge sur la corde, c'est un travail de fille, pas un travail de gars. En plus, il prend même la peine de plier le linge une fois qu'il est sec.

— Je voulais justement te parler de quelque chose à son sujet. Mon petit doigt me dit qu'il y a quelque chose de louche dans sa sortie du mardi après-midi. J'ai bien envie de le suivre la semaine prochaine.

— Pourquoi voudrais-tu qu'il nous mente ? Moi, je crois vraiment qu'il va aider une madame.

— Pas moi. Attends, je vais m'assurer que maman ne soit pas dehors.

Dominic s'avance. Au moment où il va ordonner à son frère de foncer, Sylvie sort sur la galerie.

— Dépêche-toi de passer par la porte d'en avant, je vais retenir maman en arrière.

Une fois son pot en sécurité dans sa chambre, François sort rejoindre ses frères et sa mère sur la galerie d'en arrière.

— Tu as un drôle d'air, lui lance sa mère. On croirait que tu viens de faire un mauvais coup.

— Je n'ai rien fait de mal. C'est juste que je songeais qu'une bonne pipe à la réglisse, ça serait tellement bon.

Junior regarde son frère.

— Tu es pire qu'une tache d'encre, François ! Impossible de se débarrasser de toi. On était bien quand vous étiez à Jonquière, Dominic et toi. Pendant deux semaines, personne ne m'a quêté de la réglisse, pas même maman.

À ces mots, Sylvie avoue sur un ton joyeux :

— Mais tu ne sais pas le nombre de fois où je me suis retenue de t'en demander une, par exemple ! Moi, je suis de l'avis de François : ce serait vraiment bon une pipe en réglisse noire. Je peux même aller les chercher, si tu veux. Je te promets de ne pas en prendre une de plus.

— C'est bien parce que c'est toi qui me le demandes, finit par céder Junior. Mais c'est la dernière fois que je vous en donne, car il ne m'en reste qu'une douzaine tout au plus.

— Tu en as mangé un méchant paquet ! commente Dominic, espiègle.

— Dois-je te rappeler que c'est mon cadeau et celui de personne d'autre ?

— Oui, mais maman nous a appris qu'il faut partager, souligne François.

— C'est facile de se souvenir de partager quand il s'agit des affaires des autres. Pour ça, vous êtes très bons, les jumeaux.

— Veux-tu bien arrêter de les sermonner ! ordonne Sylvie. Tu es pire qu'un vieux curé. Il n'y a pas de mal à vouloir manger une pipe en réglisse noire, à ce que je sache. Même moi, j'en ai envie…

— Bon, tu peux aller en chercher quatre.

— Merci Junior ! dit François. Tu es le meilleur des frères.

— Je suis d'accord avec François, renchérit Dominic.

— N'en rajoutez pas. Vous avez déjà gagné car, dans une minute, vous allez vous régaler… à mes frais, encore une fois.

Quand Sylvie revient, elle tient quatre petites pipes en réglisse noire dans ses mains. Elle en remet une à chacun des trois garçons et met la sienne dans la poche de son tablier.

Junior la met en garde :

— Voyons, maman, il fait trop chaud pour la laisser dans ta poche ! Elle va devenir toute gluante.

— Je vais la manger plus tard, répond Sylvie d'un petit air gêné.

— Mange-la tout de suite et je t'en donnerai une autre plus tard, si tu veux.

— Alors, j'accepte ton offre.

La seconde d'après, elle prend une bouchée de sa pipe.

— C'est presque péché tellement c'est bon ! murmure-t-elle, les yeux aussi brillants qu'un ciel étoilé d'hiver.

— Tu es la seule mère que je connaisse qui aime ça, déclare Dominic d'un air surpris. Les mères de nos amis frissonnent chaque fois qu'elles nous voient en croquer une.

— Moi, j'aime la réglisse noire depuis que je suis toute petite. C'est plus fort que moi, je ne peux pas résister.

— Maman, est-ce que tu as fini le lavage ? demande François.

— Oui, il me reste seulement à vider ma laveuse et à la ranger. Pourquoi veux-tu savoir ça ? Tu n'as pas l'habitude de t'intéresser au lavage.

— Pour rien, répond-il d'un ton faussement détaché.

— Si tu as quelque chose à me dire, vas-y. Arrête de tourner autour du pot.

— Tu ne seras pas contente…

— Qu'est-ce que vous avez fait encore ?

— Ce n'est pas tellement ce qu'on a fait que ce qu'on va faire… explique François en prenant le temps de bien prononcer chacun de ses mots.

— Allez, vas-y ! Je t'écoute.

— Eh bien, tu te souviens quand papa a accepté que Luc achète un deuxième chien ? Il y avait une condition te concernant…

Soudain, les pensées se bousculent dans le cerveau de Sylvie. Comment aurait-elle pu oublier que la garde de Prince 2 dépend uniquement d'une condition : qu'elle arrive à vaincre sa peur des araignées ?

— Pas aujourd'hui ! supplie-t-elle. Demain peut-être, mais pas aujourd'hui. Je n'ai vraiment pas la tête à ça.

— Mais, maman, on a pris la peine d'aller chercher deux araignées, annonce François.

— Deux ? crie Sylvie, l'air paniqué. Une, ce serait déjà bien assez. Vous savez combien je déteste les araignées.

— Te souviens-tu à quel point Luc craignait les chiens ? intervient Junior même s'il avait promis de ne pas s'en mêler. Et il est arrivé à vaincre sa peur ! Alors, c'est à ton tour maintenant de respecter ta part du marché.

— Vous n'avez pas l'air de comprendre que j'ai vraiment peur des araignées.

— On comprend très bien, explique Junior. C'est justement pour que tu n'aies plus peur qu'on veut t'aider.

— Il y a des jours où je déteste votre père au plus haut point. Je voudrais bien le voir à ma place…

— Alors, ça signifie que tu acceptes de tenter l'expérience ? s'exclame joyeusement François.

— Ai-je le choix ? Je sais très bien que vous ne me pardonneriez jamais si, à cause de moi, Prince 2 devait retourner à la fourrière. J'accepte, mais à une condition : si je vous dis que je n'en peux plus, vous arrêtez.

— Promis ! acquiesce François. Si tu veux, on peut aller dans la maison.

— Je préfère rester dehors. D'abord, parce que je ne veux pas d'araignées dans ma maison. Ensuite, parce que si j'ai envie de crier, ça m'obligera à me contenir si je ne veux pas agir comme nos charmants voisins. Il faut vraiment que je vous aime fort pour vous laisser faire…

— Je vais chercher le pot, annonce François avant d'entrer dans la maison au pas de course.

— Pouvez-vous seulement vous imaginer comment je me sens ? demande Sylvie. Si j'étais asthmatique, je ferais sûrement une crise à la simple idée de sentir bientôt une de ces petites bestioles sur moi.

Elle a à peine terminé sa phrase qu'elle se dépêche d'ajouter :

— Vous avez besoin d'en avoir pris des petites, car j'ai encore plus peur des grosses araignées.

— Elles sont toutes mignonnes, tente de l'amadouer Dominic.

— Comment peux-tu trouver qu'une araignée est mignonne ?

— Attends, tu vas voir par toi-même.

— Me voici ! s'exclame François. Viens t'asseoir dans l'escalier, maman.

À contrecœur, Sylvie va rejoindre son fils. Elle s'assoit sur la première marche et attend que ses bourreaux lui précisent la marche à suivre. Elle est si nerveuse qu'elle a l'impression que la tête va lui éclater. Ce n'est qu'en pensant à ce qu'a dû affronter Luc pour vaincre sa peur des chiens qu'elle parvient à se contenir un peu.

— Maman, tu peux me regarder, déclare François. Il n'y a pas de danger, car les araignées sont enfermées dans un pot.

Sylvie prend sur elle et se tourne lentement. Quand elle voit le pot de verre dans les mains de son fils, elle sent la peur la gagner alors qu'elle ne voit même pas encore les araignées.

— Regarde comme elles sont mignonnes, indique François en pointant les deux petites bêtes. Elles sont minuscules.

Sylvie jette un coup d'œil, mais elle se dépêche de détourner le regard.

— Avant de finir l'école, notre maîtresse nous a parlé des araignées, reprend François. C'était vraiment très intéressant. Elle a expliqué, entre autres, que leurs toiles étaient cinq fois plus résistantes que l'acier.

Dominic prend le relais :

— Elle nous a dit aussi que leur fil pouvait s'étirer jusqu'à… euh… Te souviens-tu du pourcentage, François ?

— Oui. Le fil peut s'étirer jusqu'à 40 % sans se rompre.

— C'est exact ! confirme Dominic. Elle nous a appris des tas d'autres choses sur les araignées.

— Bon, ajoute François. Maman, prends ton courage à deux mains et commence par regarder en face les araignées. Elles ne peuvent rien te faire, le pot est très bien fermé. Allez, un peu de courage, maman !

La peur de Sylvie remonte à son enfance. Un jour, alors qu'elle était allée rendre visite avec ses parents à une de ses tantes à la campagne, elle était entrée de plein fouet dans une grosse toile en courant dans la forêt avec sa cousine. Elle avait environ huit ans. Comme l'artisane était en plein travail, celle-ci et sa toile étaient restées prisonnières dans les cheveux de Sylvie, ce que celle-ci ignorait évidemment. Elle était retournée à la maison en courant, pleurant à fendre l'âme. Ce jour-là, elle étrennait une robe bleu pâle ; mais après la promenade, cette dernière ressemblait à un torchon, et elle était toute collante. Sa mère avait eu beau lui expliquer que ce n'était pas grave, que tout partirait au lavage, Sylvie était inconsolable. Jusque-là, la petite fille ne se doutait pas encore que la reine de la toile se déplaçait allègrement sur elle pour tenter de s'échapper. Elle avait fini par sentir quelque chose qui la chatouillait dans le cou. Elle avait passé sa main, mais le chatouillement était revenu au bout de quelques secondes. Entre deux soupirs, Sylvie avait repassé sa main, mais cette fois, elle avait ramassé l'araignée au passage. À la vue de celle-ci, elle avait poussé un grand cri, tout en restant figée sur place. La seconde d'après, elle s'était mise à pleurer de plus belle pendant que l'araignée tentait de s'échapper en tissant un fil pour descendre au sol. La bestiole était aussi grosse qu'un dix cents et aurait fait peur à bien des gens avec ses pattes velues… À lui seul, ce souvenir donne la chair de poule à Sylvie.

Elle est bien consciente qu'elle s'est engagée avec Michel le jour où il a accepté que Luc ait un chien. Elle savait très bien ce qui l'attendait quand elle a accepté le marché. Mais entre les mots et les gestes, il y a parfois un monde infranchissable, ou qui apparaît comme tel. Sylvie est une femme de parole, alors elle ne se défilera pas. D'ailleurs, comment le pourrait-elle ? Elle n'a pas le droit de faire ça à Luc. Il a rempli sa part du marché avec brio, et elle est très fière de lui. Elle ne peut pas non plus faire ça à ses autres enfants. Quelle sorte d'exemple elle leur donnerait si elle ne tenait pas sa promesse ? Non, elle doit prendre sur elle et affronter l'ennemi, et le plus vite sera le mieux. Elle est au moins rassurée quant à la grosseur des araignées : elles sont effectivement toutes petites. Étant donné que Michel n'a rien précisé à ce sujet, elle serait bien folle de ne pas en profiter. Elle prend une grande respiration. Puis, une main devant les yeux, elle se tourne vers François.

— Tu es drôle, maman ! s'exclame Dominic. Si tu veux les voir, il va falloir que tu enlèves ta main et que tu ouvres les yeux bien grand.

— Tiens le pot, dit François en mettant celui-ci dans les mains de sa mère. Comme ça, tu pourras les regarder à ton aise.

Le simple fait de savoir qu'elle tient deux araignées donne la chair de poule à Sylvie. Mais elle prend son courage à deux mains, lève le pot à la hauteur de ses yeux et regarde les araignées. Les premières secondes, elle n'a qu'une envie : lancer le pot au bout de ses bras et se sauver en courant. Elle réussit à se contrôler et continue d'observer le contenu du bocal. Les pauvres petites araignées semblent bien malheureuses dans leur prison de verre, bien plus que Sylvie. De seconde en seconde, cette dernière se laisse attendrir. Les jumeaux prennent leur rôle très au sérieux. Ils surveillent la moindre petite réaction de leur mère tout en gardant le silence. Assis sur le banc sur lequel il dépose habituellement le panier à linge, Junior observe la scène à distance. En son for intérieur, il prie pour que Sylvie se décide à ouvrir le pot et qu'on passe enfin à autre chose, parce que ça fait des semaines que ses frères et lui parlent de cette expérience. Il n'a aucune envie que Prince 2 s'en aille. Même si ce dernier est d'abord le chien de Luc, il est vite devenu celui de chacun des membres de la famille, sauf peut-être de Michel. Ce n'est pas qu'il soit méchant avec le chien, mais il ne propose jamais d'aller le faire marcher. Et, bien sûr, il ne ramasse jamais les besoins de Prince 2.

Voilà maintenant quelques minutes que Sylvie observe les deux petites araignées. Mais elle ne s'est pas encore résolue à ouvrir le pot. François reprend le bocal.

— Pas de problème, maman, formule-t-il. Si tu n'es pas capable, on aura juste à ramener notre chien à la fourrière.

— Au moins, ajoute Dominic d'un air désolé, on aura essayé… Donne-moi le pot, François, je vais libérer les araignées.

Sylvie déclare alors presque malgré elle :

— Il n'en est pas question. C'est aujourd'hui ou jamais que je me débarrasse de ma peur des araignées. Allez, revenez vite avec votre pot.

Un sourire illumine instantanément le visage des trois garçons.

— Attendez que j'aie les yeux fermés et mettez une petite araignée sur mon bras, indique Sylvie. Mais juste une, par exemple…

— Ne t'inquiète pas, maman, la rassure François.

Sylvie respire à fond et fait son possible pour penser à autre chose.

— Allez-y, je suis prête, déclare-t-elle d'une voix faible.

Pendant que Dominic tient le pot, François prend une araignée sur son doigt. Il la dépose délicatement sur le bras droit de sa mère. La petite bête explore tranquillement son nouveau terrain de jeu.

— Allez-vous finir par la mettre sur mon bras ? demande Sylvie, cette fois d'une voix teintée d'impatience.

— Mais elle est déjà sur ton bras ! s'exclame Dominic.

— Je ne sens rien du tout.

— Tu n'as qu'à ouvrir les yeux si tu ne me crois pas. Je t'avais dit que tu n'avais aucune raison d'avoir peur des araignées. C'est doux, hein ?

En entendant ces mots, Sylvie ouvre les yeux. Il faut absolument qu'elle vérifie par elle-même.

— Moi qui croyais qu'une araignée, c'était gluant…

— Tu peux la toucher si tu veux, l'encourage François.

— Tu es certain qu'elle ne me mordra pas ?

— Vu la grosseur qu'elle fait, c'est sûr qu'elle ne te fera aucun mal, lance Junior. J'ai une idée. Pour prouver à papa que tu es bien guérie de ta peur des araignées, je vais prendre une photo.

— Elle est tellement petite, commente Sylvie. Tu es certain qu'on va la voir sur la photo ?

— Oui, car je vais la photographier de près. Pour que papa soit certain que tu as réussi l'expérience, il faudrait que je photographie l'araignée sur ta main gauche. Comme ça, papa reconnaîtrait ta bague.

— C'est une très bonne idée. Va vite chercher ton appareil. Je ne garderai pas éternellement l'araignée sur moi même si je n'ai plus peur.

— On te l'avait dit que ce n'était pas épeurant ! commente fièrement Dominic. J'ai hâte d'apprendre à Luc que Prince 2 va pouvoir rester définitivement chez nous. Bravo maman, tu es une championne !

— Moi, c'est à papa que j'ai hâte d'annoncer la nouvelle, se réjouit François.

Au souper, la discussion revient souvent sur le fait que Sylvie est guérie de sa peur des araignées. Tout le monde la félicite, même Michel. Ce dernier se permet même de la taquiner :

— La prochaine fois qu'on ira au Jardin botanique, je vérifierai par moi-même si tu es vraiment guérie.

— Ce ne sera pas la peine, car j'ai pris une photo, intervient Junior. Dès que mon film sera fini, j'irai le faire développer et je te montrerai ensuite la preuve.

— Vous avez vraiment pensé à tout, ma parole ! s'exclame joyeusement Michel. Je suis aussi bien d'en faire mon deuil : Prince 2 est là pour rester.

Après une pause de quelques secondes, il ajoute :

— À bien y penser, je pourrais peut-être contribuer davantage pour la nourriture du chien. Qu'en dites-vous ?

Chapitre 28

Installée à la table de la cuisine, Sylvie fait le décompte de ses timbres Mark Ten. À mesure qu'elle avance dans sa tâche, son sourire s'élargit. Elle est agréablement surprise car elle a pratiquement le double de timbres que ce qu'elle croyait avoir ; il y avait un bout de temps qu'elle n'avait pas regardé dans sa boîte. Depuis qu'Alain et Martin fument, elle a beaucoup insisté pour qu'ils prennent aussi des Mark Ten et qu'ils lui donnent leurs timbres, ce qui fait que le nombre de ceux-ci augmente beaucoup plus rapidement. Même si Michel ne cesse de lui répéter qu'elle paie le gros prix pour les quelques primes qu'elle réussit à obtenir, il n'en demeure pas moins que c'est un des plaisirs auxquels elle tient mordicus.

Aussitôt qu'elle connaît le nombre exact de timbres, elle se met à feuilleter le catalogue de primes. Il y a des mois qu'elle rêve d'avoir un porte-monnaie en cuir rouge, et il y en a justement un à son goût. Elle l'a regardé des dizaines de fois. Lorsqu'elle trouve enfin la section en question – il lui semblait pourtant avoir marqué la page –, elle appuie lourdement sur le milieu du catalogue pour qu'il reste ouvert et qu'elle puisse ainsi lire la description de l'objet de ses désirs. Lorsqu'elle a fini sa lecture, elle ne peut s'empêcher de s'exclamer à voix haute : « Il est parfait ! » Elle jette ensuite un coup d'œil sur le nombre de timbres exigés et fait vite le calcul. « Il m'en reste assez pour commander une montre pour Sonia », se dit-elle. Elle plie le coin supérieur de la page sur laquelle apparaît le porte-monnaie, puis elle va regarder la section des montres. Elle examine une à une toutes les montres pour femme. Il ne faut absolument pas qu'elle se trompe. Elle se répète dans sa tête les recommandations de sa fille : « Il ne faut surtout pas que tu l'achètes comme si elle était pour toi parce qu'on est loin d'avoir les mêmes goûts. Et choisis-la de n'importe quelle couleur, sauf rose. Elle ne doit être ni trop grosse, ni trop petite. Et il faut absolument qu'elle ait une trotteuse. Ah oui, j'oubliais ! Les chiffres ne doivent pas être trop gros. Je ne suis plus un bébé et je ne suis pas encore aveugle. » En y repensant, Sylvie décide qu'il vaut mieux que Sonia choisisse elle-même sa montre vu ses nombreuses exigences. Bien sûr, il manquera l'élément surprise, mais comme dirait son père, entre deux maux, il faut choisir le moindre. « Je demanderai à Sonia de faire son choix quand elle reviendra de sa garde, songe Sylvie. Comme ça, je m'éviterai bien des problèmes, surtout que ma fille n'est pas à prendre avec des pincettes ces temps-ci. »

Et plus les vacances avancent, plus le caractère de Sonia empire. En réalité, la seule personne avec qui elle est gentille, c'est Langis. Mais il ne vient pas assez souvent au goût de Sylvie, et en plus, Sonia se dépêche de sortir de la maison avec lui aussitôt qu'il arrive. Sylvie est découragée par l'attitude de sa fille ; elle ne sait plus quoi faire. Elle veut bien mettre la faute sur l'adolescence, mais il lui arrive de trouver qu'il est trop facile d'excuser le comportement des gens par leur âge. Trop jeune, trop vieux, en plein changement : toutes les excuses sont bonnes pour se comporter de façon odieuse. Au fond d'elle-même, Sylvie en vient à croire que c'est peut-être le vrai caractère de Sonia qui vient de se manifester.

La dernière fois que Shirley lui a téléphoné, Sylvie lui a parlé du comportement de Sonia. Son amie lui a avoué qu'elle vivait exactement la même chose avec sa fille. « Arrête de t'en faire, ça va finir par leur passer. L'autre jour, j'en ai discuté avec ma mère et elle m'a dit que j'étais exactement comme ma fille au même âge. » Quand elle avait l'âge de Sonia, Sylvie n'avait pas le temps d'avoir des humeurs, aussi courtes soient-elles. Elle assumait de lourdes responsabilités et n'avait pas une seule minute pour s'apitoyer sur son sort. C'est pourquoi elle n'a aucune référence.

Elle vient à peine de ranger son catalogue que le téléphone sonne.

— Bonjour, Sylvie. C'est madame Laprise. Vous vous souvenez que je vous avais dit que je parlerais à mon beau-frère des toiles de votre fille ?

— Bien sûr que je m'en souviens.

— Eh bien, je l'ai rencontré hier et il voudrait venir voir les peintures ce soir, disons vers huit heures. Cela vous convient-il ?

— On vous attend. Sonia va être contente ! À ce soir !

Sylvie est heureuse pour Sonia. Peut-être que le fait que ses toiles soient exposées va adoucir un peu son humeur. « En tout cas, ça pourrait difficilement être pire. J'ai même envie d'aller lui apprendre la bonne nouvelle chez Manon. » Sans plus de réflexion, elle enlève son tablier et va se regarder dans le miroir. Elle replace quelques mèches rebelles et jette un coup d'œil à l'horloge avant de sortir de la maison. Elle dispose d'une demi-heure avant que tout le monde rentre. Il fait tellement chaud qu'elle a décidé de ne pas utiliser la cuisinière. Ils vont manger des sandwiches et, pour une fois, chacun va faire les siens. Au lieu d'envoyer les jumeaux acheter des tomates, elle se chargera elle-même de l'achat au retour vu que l'épicerie est sur son chemin. Elle achètera aussi quelques concombres s'ils ne sont pas trop gros et pas trop chers non plus. Elle se dit qu'elle pourrait peut-être faire une exception et acheter des chips. Elle fait quelques calculs dans sa tête et hoche la tête. Elle a fait quelques travaux pour une voisine cette semaine, alors elle peut bien dépenser quelques sous pour faire plaisir aux enfants.

Quand elle arrive devant la maison de Manon, elle entend chanter. Elle s'approche sans bruit et tend l'oreille. Elle jurerait que c'est la voix de Sonia, mais il est si rare qu'elle chante qu'il s'agit sûrement de quelqu'un d'autre… Sylvie est maintenant sur la galerie et, de là, elle est assez près pour reconnaître que c'est bien la voix de sa fille. Sonia chante une berceuse d'une voix si douce que les larmes montent aux yeux de sa mère malgré elle. Quand Sonia était enfant, c'est la chanson que Sylvie lui chantait. La petite l'aimait tellement qu'elle ne cessait de lui demander de la lui chanter encore et encore. Quand sa mère essayait de lui chanter autre chose, elle se mettait à pleurer. Dans la joie comme dans la peine, cette complainte la calmait. Lorsque l'heure du coucher arrivait, immanquablement Sonia réclamait cette chanson.

Sylvie n'a aucune envie de rompre le charme. Ce court intermède lui permet de voir sa fille sous un tout autre jour, ce qui lui fait le plus grand bien. Elle a l'impression de retrouver sa petite fille d'avant, avant qu'elle soit en train de devenir une femme. Alors que Sonia dit haut et fort qu'elle ne veut pas avoir d'enfants, voilà qu'elle prend le temps de chanter pour ceux qu'elle garde. Dès qu'elle pousse sa dernière note, Sylvie frappe doucement et se permet d'entrer sur la pointe des pieds. Elle avance sans bruit jusqu'à la pièce dont lui parvenait la chanson. La scène qui se déroule alors sous ses yeux vaut son pesant d'or. Sonia est en train de coucher le petit garçon qu'elle garde. Elle le borde doucement et dépose un baiser sur son front. Sylvie est toute remuée de voir autant de tendresse de la part de sa fille. Ces petits gestes lui redonnent un peu d'espoir quant à l'avenir de celle-ci. Qu'elle ne veuille pas avoir d'enfants, Sylvie n'a aucun problème avec ça. Ce qui lui fait le plus mal, c'est de voir avec quelle froideur elle traite parfois ses frères et, plus souvent qu'autrement, elle, sa propre mère. Quand Sonia se retourne, elle sourit à sa mère. Une bouffée de chaleur traverse alors tout le corps de Sylvie. Ça lui fait chaud au cœur de retrouver sa petite fille.

— Maman, je suis contente de te voir. J'allais justement t'appeler.

— Est-ce qu'il y a quelque chose qui ne va pas ?

— Rien de grave. C'est juste que Manon m'a demandé si je pouvais garder jusqu'à sept heures. Je lui ai dit qu'il fallait d'abord que je t'en parle. Alors, est-ce que je peux ?

— Si elle te promet que ça ne dépassera pas sept heures, pas de problème.

— Je ne comprends pas. Même si je devais garder jusqu'à huit heures, ce ne serait pas grave puisque je n'ai pas encore repris l'école.

— Je suis tout à fait d'accord. Mais si je suis venue te voir, c'est pour t'apprendre une bonne nouvelle. Tu as rendez-vous à huit heures ce soir, à la maison.

— Avec qui ? demande Sonia. Est-ce que Langis a téléphoné ?

— Tu te rappelles que le beau-frère de madame Laprise a un restaurant sous le pont Jacques-Cartier ?

Sylvie est si énervée qu'elle ne laisse pas le temps à Sonia de répondre. Elle poursuit :

— Eh bien, il va venir voir tes toiles ce soir.

— C'est vrai ? demande Sonia d'une voix joyeuse. Ça fait tellement longtemps que je n'y croyais plus. Penses-tu qu'il va aimer ce que je fais ?

— Sincèrement, je pense qu'il faut être bien difficile pour ne pas aimer tes peintures. Tout est tellement beau !

— Alors, je vais téléphoner tout de suite à Manon pour lui annoncer que je peux garder jusqu'à sept heures mais pas plus tard. Mais crois-tu que j'ai assez de toiles à montrer ? J'en ai à peine une dizaine, et j'inclus là-dedans celle que j'ai offerte à papa pour sa fête.

— Je l'ignore… Je ne connais pas le beau-frère de madame Laprise et je ne suis jamais allée à son restaurant non plus. On en saura plus ce soir.

— Je suis vraiment contente, mais penses-tu qu'il va réussir à vendre mes tableaux ?

— Je n'en ai aucune idée. As-tu déjà fixé un prix pour chacune de tes toiles ?

— Oui et non. Tu te souviens que je suis allée visiter quelques galeries d'art avec mes amies ? Eh bien, j'en ai profité pour vérifier le prix des tableaux. Il y a des artistes qui n'y vont vraiment pas avec le dos de la cuillère ! Ce n'est pas surprenant que plusieurs d'entre eux crèvent de faim : ils demandent beaucoup trop cher pour leurs peintures. C'est sûr que certains ont beaucoup d'expérience alors que moi je commence à peine, mais quand même. Il faudrait que ça paie mes dépenses et un peu plus. J'ai beau mettre tout ce que je peux de côté pour mon voyage en Belgique, mon magot ne monte pas vite. Si tu veux, quand je rentrerai tout à l'heure, je te dirai combien j'ai pensé demander pour chacune de mes peintures.

— Avec plaisir. Bon, il faut que je retourne à la maison. On se voit tout à l'heure. Est-ce que tu vas avoir mangé ?

— Ça devrait. À plus tard !

Alors que Sylvie va fermer la porte, Sonia ajoute :

— Merci d'être venue jusqu'ici pour m'apprendre la bonne nouvelle, maman.

Ces petits mots suffisent à remplir le cœur de Sylvie de bonheur.

* * *

Après le souper, Michel demande à Junior de veiller sur ses frères pendant qu'il va aller donner une leçon de conduite à Sylvie.

— Nous serons partis à peu près une heure, précise-t-il.

— On doit être ici à sept heures, intervient Sylvie. J'ai promis à Sonia de regarder avec elle le prix qu'elle demandera pour ses toiles au cas où quelqu'un voudrait les acheter.

— Arrête de t'en faire pour rien, la rassure Michel. On va être revenus sinon ça va me coûter bien trop cher d'essence, plaisante-t-il.

— Es-tu bien certain qu'après ce soir, je serai assez bonne pour aller passer mon permis de conduire ? Je n'ai vraiment pas l'intention de manquer mon coup !

— Tu n'as pas à t'inquiéter. Tu conduis déjà bien mieux que plusieurs vieux qui embarrassent les routes.

— Fais attention à ce que tu dis ! Tu sais aussi bien que moi qu'il n'y a pas que les vieux qui conduisent mal. L'âge n'a rien à voir là-dedans.

Sans relever le commentaire de Sylvie, Michel reprend :

— Tu vas passer ton permis haut la main, j'en suis sûr.

— J'aimerais bien être aussi confiante que toi. J'ai beau lire et relire les règles de sécurité, je n'arrive pas à les retenir.

— Tu fais pourtant ce qu'il faut quand tu es sur la route. C'est ce qui compte.

— Si tu le dis…

— Allons-y si on veut être revenus pour sept heures. J'avais pensé t'emmener à Montréal, mais j'ai bien peur qu'on n'ait pas assez de temps…

— De toute façon, je ne me sens pas prête à traverser le fleuve. Tu sais comme moi qu'à Montréal, la conduite est loin d'être la même que de ce côté-ci.

— Voyons donc ! Conduire c'est conduire, peu importe où on est.

Quand Sylvie et Michel reviennent, Sonia est arrivée depuis une dizaine de minutes. Celle-ci lance à sa mère :

— Je pensais que tu n'arriverais jamais ! Veux-tu venir avec moi dans ma chambre ? J'ai étalé mes toiles un peu partout et j'ai sorti la liste que j'avais faite.

— Je suis prête. Veux-tu que j'apporte quelque chose pour écrire ?

— Non, j'ai tout ce qu'il faut. J'ai pris le rouleau de papier collant que papa utilise pour ne pas dépasser quand il peint. J'inscrirai le prix sur un petit morceau de papier que je collerai derrière chacun de mes tableaux.

— Parfait.

À huit heures précises, madame Laprise fait son entrée avec monsieur Desbiens, son beau-frère. Sylvie offre un café aux visiteurs, mais le restaurateur refuse. Il doit retourner fermer son commerce.

— Alors, c'est toi qui peins ? demande monsieur Desbiens à Sonia.

— Oui, répond-elle. J'ai quelque chose à vous demander. Avez-vous l'habitude d'exposer des toiles dans votre restaurant ?

— Ce sera la deuxième fois si ce que tu fais est aussi beau que le dit ma belle-sœur. En tout cas, tu peux être fière de toi, car elle n'a pas cessé de vanter ton talent.

— Voulez-vous voir mes toiles tout de suite ?

— Bien sûr.

— Venez, elles sont dans ma chambre.

Au premier coup d'œil, l'homme est conquis, tellement qu'il sait déjà quelle peinture il va acheter pour lui. Il prend le temps d'examiner chacune des toiles. Sonia l'observe et cherche désespérément à comprendre son silence. Au bout d'un moment qui lui a paru une éternité, le restaurateur se prononce :

— Je suis impressionné ! Tes œuvres possèdent une beauté rare et originale, en plus. Ma belle-sœur avait raison : j'adore tout, même que j'aimerais que tu me fasses un prix pour cette peinture-là, termine-t-il en s'emparant du tableau le plus imposant.

— Vous n'avez qu'à regarder derrière la toile, le prix est là.

Lorsque le visiteur voit le prix, il songe aussitôt qu'il serait malhonnête de sa part de payer aussi peu. C'est pourquoi il déclare :

— Je refuse de payer aussi peu pour une toile de cette qualité. Je t'en offre le triple.

Sonia est folle de joie. Elle n'a jamais gagné autant d'argent en si peu de temps. Si elle ne se retenait pas, elle sauterait au cou de l'acheteur.

— Ce serait un honneur pour moi d'exposer tes toiles à mon restaurant. Je m'engage à les garder un mois. Après, on décidera si on poursuit l'expérience ou pas. Mais il va falloir que tu changes tes prix. Les gens qui viennent manger à mon restaurant ont les moyens de payer. Je prévois que tu vendras au moins la moitié de tes tableaux.

— Êtes-vous sérieux ? s'enquiert la jeune fille, enthousiaste.

— Tout ce qu'il y a de plus sérieux. Si tu continues à peindre, dans dix ans, tes tableaux vont se vendre comme des petits pains chauds.

— Qu'est-ce qui vous fait dire ça ?

— Avant d'être restaurateur, j'ai travaillé dans des galeries d'art. Ce n'est pas pour te flatter, mais tu as beaucoup de talent. Est-ce que toutes tes toiles sont à vendre ?

— Toutes sauf une, indique Sonia en pointant la toile en question. Je l'ai offerte à mon père pour sa fête.

— Il faudrait que tu le notes sur ta liste de prix. Dommage qu'elle ne soit pas à vendre, elle est vraiment belle. Quand penses-tu venir installer tes tableaux au restaurant ?

— Il faudrait que je demande à mon père quand il peut m'emmener.

— Je vais te laisser ma carte. Tu n'auras qu'à m'appeler pour t'assurer que je serai là.

— Je vous remercie beaucoup. Je suis très contente.

— Ce serait plutôt à moi de te remercier. Avec tes toiles, mon restaurant va être encore plus beau. Bon, il faut que j'y aille.

Ce soir-là, Sonia met beaucoup de temps à s'endormir. Elle se répète inlassablement la conversation qu'elle a eue avec monsieur Desbiens. Elle ne pouvait espérer mieux. Demain, à la première heure, elle appellera Langis pour lui raconter ce qui lui arrive. Alors qu'elle est sur le point de s'assoupir, la sonnerie du téléphone retentit. Comme il n'y a aucun bruit dans la maison, elle entend très bien sa mère :

— Oui, c'est bien ici qu'habite Alain Pelletier. Est-ce qu'il lui est arrivé quelque chose ?

Quelques secondes plus tard, Sylvie s'écrie :

— Michel, lève-toi ! Alain a eu un accident de travail, il est à l'hôpital.

* * *

— En tout cas, tu l'as échappé belle, dit Sylvie. Avec le dos, on ne rit pas.

— Peut-être, répond Alain, mais je n'avais pas besoin de ça. Je vais perdre une semaine de travail et c'est loin de faire mon affaire. Je commençais juste à mettre de l'argent de côté pour mes études.

— Tu aurais dû t'y prendre plus tôt, mon garçon, lance Michel. Le cégep commence dans moins d'un mois. En tout cas, si je gérais comme toi, ta mère n'aurait même pas assez d'argent pour l'épicerie. Si tu veux, je peux te montrer comment établir un budget.

— Ce ne sera pas nécessaire, je te remercie. Je sais comment équilibrer un budget ; il faut juste que j'applique mes connaissances. À l'usine, ils ont annoncé que si on voulait faire un quart de travail la fin de semaine à partir de septembre, ce serait possible. Je pense que je vais accepter. De toute façon, il faut absolument que je travaille, alors là ou ailleurs… Et puis, à l'usine, la paie est meilleure qu'à l'épicerie.

— C'est à toi de décider, déclare Michel en se gardant d'ajouter un commentaire bien qu'il en ait très envie.

Michel était pareil en tous points à Alain au même âge. Il recevait sa paie le jeudi. Il se dépêchait de payer sa pension à sa mère et souvent, il n'avait plus un seul sou en poche le vendredi matin. Il se souvient des virées qu'il faisait avec ses amis. Ils étaient tous plus fous les uns que les autres. Si Michel avait mis de côté seulement la moitié de l'argent qu'il a bu quand il était garçon, il serait propriétaire de plusieurs logements. Au lieu d'investir dans quelque chose de durable, il préférait engloutir son argent dans des choses futiles qui ne laissaient aucune trace, sauf un bon mal de tête chaque lendemain de veille. Quand il y repense aujourd'hui, il sourit. Il a profité de sa jeunesse, alors il se trouve très mal placé pour faire la morale à son fils.

— Raconte-moi donc comment il est arrivé au juste, ton accident ? reprend Michel.

— Mon contremaître m'a demandé de tenir une pièce, sauf que la machine qui la retenait a eu un problème. Il a fallu que je supporte tout le poids de la pièce qui était en train de glisser. Au prix qu'elle vaut, il ne fallait absolument pas qu'elle atterrisse par terre, alors je l'ai tenue du mieux que j'ai pu mais c'est mon dos qui a absorbé le coup. Imagine un peu que tu tiens le bout d'une pièce de plus de 500 livres dans tes mains et qu'elle glisse de côté. Résultat : j'ai suivi le mouvement avec elle. Pendant une fraction de seconde, j'ai cru que mon dos allait se casser en deux.

— Mais au moins, tout va bien maintenant, commente Sylvie.

— J'ai quand même une entorse au dos. Si vous n'y voyez pas d'objection, je vais aller me coucher, car j'ai de la misère à tenir sur mes jambes. Je ne sais pas ce que l'infirmière m'a donné, mais ça gèle pas mal plus qu'un joint ! Ah oui, si Lucie téléphone demain matin, dites-lui que je vais la rappeler dès que je vais me réveiller.

— Lucie ? S'agirait-il de la belle Lucie Lépine ? s'informe Sylvie, curieuse.

— Bien oui, maman. On sort ensemble depuis une semaine.

— Espèce de cachottier ! s'exclame-t-elle en passant la main dans les cheveux de son fils. Voudrais-tu manger quelque chose avant d'aller te coucher ?

— Non, merci. Je suis vanné. Bonne nuit !

— Si tu as besoin de quelque chose… commence Sylvie.

— Ne t'inquiète pas, l'interrompt son fils. Je réveillerai Martin.

Chapitre 29

— Tu es bien certain que ça ne te dérange pas de me laisser l'auto ? demande Sylvie.

— Pourquoi ça me dérangerait ? répond Michel. J'ai pleinement confiance en toi.

— Mais si jamais j'ai un accident…

— On avisera à ce moment-là. Arrête de t'en faire pour rien. Si tu veux garder l'auto, il faut qu'on parte au plus vite sinon je vais arriver en retard. En plus, Paul-Eugène attend dans l'auto depuis au moins cinq minutes. Dépêche-toi !

— OK, je prends ma sacoche et je suis prête. J'en profiterai pour aller faire l'épicerie. Tu es bien certain de ne pas vouloir venir avec moi ?

— Absolument ! Maintenant que tu conduis, je vais pouvoir me la couler douce.

Une fois dehors, Michel tend les clés de l'auto à sa femme.

— C'est toi qui conduis.

— Mais j'aimerais mieux être seulement passagère…

— Il n'en est pas question. J'ai envie que tous les gars sachent que ma femme sait conduire. Allons-y.

Installée derrière le volant, Sylvie sourit. Elle est très fière d'elle. Elle a passé tous les examens avec brio, même qu'à l'examen pratique elle a obtenu une note parfaite. L'examinateur lui a raconté qu'un tel résultat arrivait très rarement, surtout chez une femme s'est-il permis d'ajouter. Elle était si contente qu'elle n'a fait aucun cas de sa remarque désobligeante. Michel et Paul-Eugène gardent le silence jusqu'au chantier de construction. Ils ont vite senti que la tranquillité était préférable pour donner une chance à Sylvie. Certes, l'un et l'autre auraient appuyé sur l'accélérateur, mais ils se rappellent qu'ils ont réagi comme Sylvie la première fois qu'ils se sont retrouvés derrière un volant. Quand l'auto s'immobilise enfin à l'entrée du chantier, Sylvie est tout sourire. Et Michel aussi, d'autant qu'ils sont arrivés au moins une minute en avance... Elle n'aurait pu le rendre plus fier. Ce ne sont pas toutes les femmes qui conduisent. D'ailleurs, ce ne sont pas tous les hommes qui veulent qu'elles apprennent. Plusieurs prétendent que la place des femmes est dans la cuisine, avec les enfants et les chaudrons. Pour sa part, Michel voit de nombreux avantages au fait que Sylvie conduise : terminée l'attente dans le stationnement du Metro le jeudi soir, terminées les commissions qui n'en finissent plus le samedi matin, terminés les rendez-vous à gauche et à droite pour les membres de la famille. À lui la belle vie ! Maintenant, la fin de semaine, il va pouvoir profiter de chaque seconde de son temps.

Paul-Eugène félicite Sylvie :

— Tu conduis très bien, ma sœur.

— Ton frère a raison, appuie Michel. Je suis très fier de toi. N'oublie pas de venir nous chercher à cinq heures.

— Vous pouvez compter sur moi, je serai là. Bonne journée !

Sylvie reprend la route, cette fois en direction du Metro. Elle savoure déjà le plaisir de parcourir les allées à son aise sans toujours avoir à l'esprit qu'il faut qu'elle fasse vite pour ne pas faire attendre Michel trop longtemps. Elle se sent légère comme une plume et, surtout, elle se sent libre comme l'air. En fait, jamais elle ne s'est sentie aussi libre. « J'ai l'impression que le monde m'appartient. Je me demande bien pourquoi j'ai attendu aussi longtemps avant d'apprendre ! J'ai de la chance d'avoir un mari comme le mien. Jamais je n'aurais pensé qu'un jour je conduirais, c'est incroyable. » Pour le moment, elle n'a pas l'intention d'aller sur l'île, mais elle se promet de traverser le pont quand elle aura plus d'expérience. La conduite en banlieue diffère de beaucoup de celle sur l'île, même si Michel prétend le contraire.

Une fois dans le stationnement du Metro, elle gare l'auto, baisse la vitre et prend son livre. Elle dispose d'une quinzaine de minutes avant que l'épicerie ouvre ses portes. Elle aurait pu retourner à la maison en attendant, mais tout ce qu'elle aurait fait ça aurait été de rouler, alors aussi bien attendre sur place. De cette façon, elle peut prendre un peu de temps pour lire et, en même temps, elle économise de l'essence. D'ailleurs, elle a dit à Michel qu'elle garderait l'auto seulement le jeudi, ce à quoi il a répondu qu'elle pouvait la prendre aussi souvent qu'elle le souhaitait. Depuis qu'il s'est mis au commerce des antiquités, il a toujours quelques billets dans ses poches. Il respire enfin ! Il lui a même annoncé qu'il était prêt à débourser cinq dollars de plus pour l'essence chaque semaine. Mais même si elle voulait passer ses journées à se promener, elle ne pourrait pas. Bien que les enfants l'aident aux travaux de la maison, les journées filent à toute vitesse.

Dans moins d'un mois, les répétitions de chant vont commencer. La semaine dernière, elle a avisé Jacques qu'elle ne retournerait pas à la chorale cette année. Il a tout essayé pour la convaincre de rester, mais il n'a pas réussi à la faire changer d'idée. Elle ne peut pas faire les deux, sinon elle va manquer de temps. Il n'est pas question que sa famille souffre du fait qu'elle travaille ; cela, elle ne se le pardonnerait pas. Et cette fois, c'est du sérieux, elle a des comptes à rendre et elle a l'intention de livrer la marchandise comme il se doit, et même plus encore. Elle n'a aucune envie de tout gâcher par nonchalance ou sous prétexte qu'elle a manqué de temps. Avant de raccrocher, il lui a fait promettre de lui téléphoner pour lui raconter comment ça se passera pour elle. Certes, elle est nerveuse à l'idée de tenir un rôle, de chanter uniquement en solo, mais en même temps elle se sent survoltée. Elle connaît par cœur toutes les pièces car elle répète depuis le début de l'été. Depuis le jour où elle a brusqué sa nouvelle voisine, celle-ci n'est plus jamais venue se plaindre de son choix musical, et c'est tant mieux.

Cependant, les choses ne s'améliorent pas de ce côté. Les chers voisins écoutent toujours très fort leur musique et, franchement, leur choix musical n'a rien à envier à celui de Sylvie. L'autre jour, Lucie, une autre voisine, a pesté contre leur comportement. Elle a même dit à Sylvie que si ça continuait, elle déposerait une plainte à la ville. Comme elle travaille à l'hôtel de ville – elle est secrétaire aux travaux publics –, elle a déjà pris tous les renseignements nécessaires. Lucie en a parlé à quelques résidents du quartier et tous sont d'accord pour faire quelque chose afin que les agissements des mauvais voisins cessent au plus vite. Elle a demandé à Sylvie si Michel et elle désiraient se joindre à eux. Quand Sylvie en a glissé un mot à Michel, il lui a conseillé d'être patiente, que les choses allaient sûrement s'améliorer. Elle lui a répondu qu'il était presque impossible que la situation se détériore vu les circonstances. Elle trouve que les voisins dépassent les limites du savoir-vivre. Si ça n'avait été que d'elle, elle aurait fait équipe avec Lucie et les autres, mais là, elle devra se contenter de subir les humeurs des voisins sans leur adresser la moindre critique, sinon entre les quatre murs de sa maison, ce qu'elle fait d'ailleurs plus souvent qu'à son tour. Depuis leur arrivée, elle se sent en prison dans sa propre maison. Avant, elle aimait s'asseoir dehors et lire un peu. Maintenant, elle préfère lire à l'intérieur pour ne pas risquer de croiser les voisins. Bien que l'été soit sa saison préférée, elle a hâte que le froid arrive parce qu'au moins elle n'aura plus à subir leur musique endiablée du matin au soir.

Dès que les portes du supermarché ouvrent, elle referme son livre, remonte sa vitre et sort de l'auto la tête haute. Elle est fière comme un paon. Elle savoure pleinement sa première sortie en auto sans escorte. Une fois à l'intérieur, elle prend un panier et sort sa liste. Même si une montagne de lavage l'attend à son retour à la maison, elle s'est promis de prendre son temps pour une fois. Elle a bien l'intention de regarder tous les produits qui l'intéressent sans se presser. Elle fait rouler son panier jusqu'à la première allée et ramasse au passage tout ce dont elle a besoin, s'arrêtant ici et là pour lire quelques étiquettes. Alors qu'elle tourne pour attaquer la deuxième allée, elle arrive face à face avec Jacques. Surprise, elle fige sur place.

— Tu es bien la dernière personne que je m'attendais à voir à l'épicerie en plein avant-midi ! s'exclame-t-il.

— Depuis que j'ai déménagé ici, c'est la première fois que je viens le jour. D'habitude, je viens au supermarché avec mon mari après le souper.

— J'espère que tu n'es pas venue à pied parce que sinon je me ferai un plaisir de te ramener chez toi.

— Non, non, rassure-toi, je suis en auto. Je conduis maintenant.

— C'est vrai ? Eh bien, une fois de plus, tu m'impressionnes. Depuis quand as-tu commencé à conduire ?

Maintenant tout à fait à son aise, elle répond d'un air joyeux :

— C'est ma première sortie en solo !

— Est-ce que ça te plaît ?

— Certain que ça me plaît, et encore plus que tu ne pourrais l'imaginer. Penses-y un peu : je ne serai plus obligée de courir pour faire l'épicerie car plus personne ne m'attend dans l'auto.

— Je suis bien content pour toi. Mais j'y pense, on pourrait aller boire un café. Il y a si longtemps qu'on ne s'est pas vus.

Elle se doutait bien que Jacques lui ferait ce genre de proposition, et peut-être même qu'une partie d'elle l'espérait. Mais sa réaction est immédiate : elle se sent rougir jusqu'à la racine des cheveux. Elle prend le temps de réfléchir quelques secondes avant de répondre. D'un côté, elle aimerait bien passer un moment avec Jacques alors que, d'un autre côté, elle sait pertinemment qu'elle n'ira jamais plus loin avec lui. Alors, pourquoi lui faire perdre son temps quand elle mettrait sa main au feu qu'il espère plus qu'une amitié platonique ? Elle sait ce qu'il lui reste à faire.

— Désolée, mais je n'ai pas le temps. Je dois retourner à la maison, car les enfants m'attendent.

— Une autre fois peut-être ?

— Non, il n'y aura pas d'autres fois. J'aime mon mari et j'ai de beaux enfants qui ont besoin de leur mère. Le bonheur est si fragile qu'il vaut mieux ne pas jouer avec lui. Je te remercie pour tout ce que tu as fait pour moi. Maintenant, tu vas m'excuser, il faut que j'y aille.

En désespoir de cause, Jacques lui demande :

— Est-ce que je vais au moins pouvoir venir t'entendre chanter ?

— Les spectacles qu'on va donner sont publics. Libre à toi de venir. Bonne journée !

Sur ces mots, Sylvie repart avec son panier. C'est le cœur léger qu'elle arpente toutes les allées du supermarché. Après avoir payé ses achats, elle va déposer sa commande dans le coffre de l'auto. Le sourire aux lèvres, elle s'installe ensuite derrière le volant et ouvre la radio. Dès les premières mesures, elle reconnaît un des grands succès de Donald Lautrec : *Manon, viens danser le ska.* Elle monte vite le son et se met à chanter ; c'est une de ses chansons préférées. Quand Lautrec tire sa révérence, c'est au tour de Michel Louvain de prendre la relève. Sylvie ne pourrait pas être plus heureuse qu'en ce moment.

Après avoir tourné dans sa rue, elle aperçoit une ambulance devant chez madame Parapouil. Une fois à la hauteur de la maison de la vieille dame, elle voit deux ambulanciers qui sortent de la maison avec quelqu'un sur une civière. Bien que Sylvie ne connaisse pas la vieille dame – elle l'a seulement entraperçue quelques fois de loin –, ça lui fait quelque chose de savoir qu'elle a peut-être des problèmes de santé. Elle en glissera un mot aux jumeaux.

Dès qu'elle met un pied dans la maison, Prince 2 ne manque pas de venir l'accueillir à grands coups de langue. Il est immédiatement suivi par Luc et les jumeaux.

— Junior n'est pas là ? leur demande-t-elle.

— Il est allé distribuer ses circulaires avec Sonia.

— Vous êtes bien certains qu'il est parti avec Sonia et non avec Martin ?

— Oui ! affirme Dominic. Qu'y a-t-il de si bizarre là-dedans ?

— Rien, c'est juste que d'habitude c'est Martin qui l'accompagne, répond Sylvie.

— Martin est allé travailler, explique Luc. Il va revenir juste après le souper.

— Je croyais pourtant qu'il finissait de travailler à quatre heures…

— Il va souper chez Marco, commente François. Est-ce que tu veux qu'on t'aide à ranger l'épicerie ?

— J'ai une meilleure idée ! lance Sylvie. Pendant que vous rangez, je vais commencer mon lavage.

* * *

Alors que Sylvie vient juste de mettre son tablier pour préparer le souper, on sonne à la porte. Comme elle est seule à la maison depuis un petit moment, elle s'essuie les mains et se dépêche d'aller répondre.

— Bonjour, madame. J'ai une lettre recommandée pour monsieur Michel Pelletier. Est-ce bien ici qu'il habite ?

— Oui. C'est mon mari.

— J'ai besoin de votre signature.

Après le départ de l'employé de Postes Canada, Sylvie observe la lettre. Celle-ci vient de l'Alberta. Qui l'a envoyée ? Michel et Sylvie ne connaissent personne dans ce coin de pays. À moins que…

Elle est vite tirée de ses pensées par la sonnerie du téléphone. Elle décroche. Mais au moment où elle s'apprête à parler, une voix à l'autre bout du fil se fait entendre :

— Sylvie, c'est moi, ta sœur Ginette. Il faut absolument que je te voie.

— Qu'est-ce qu'il y a de si urgent ? demande Sylvie d'un ton impatient.

Chaque fois que sa sœur lui téléphone, c'est pour se plaindre de son père, ce que Sylvie a de plus en plus de mal à supporter. Alors que le pauvre homme essaie seulement d'être heureux, il doit constamment repousser les attaques de cinq de ses enfants. Il dit souvent à Sylvie qu'heureusement que Chantal, Paul-Eugène et elle sont de son côté parce qu'il ne sait pas comment il passerait à travers. Mais malgré tout ce que ses autres enfants lui font endurer, jamais il ne se permet de les critiquer. Pourtant, ce serait une réaction très légitime. Avec tous les coups de fil qu'ils lui passent, toutes les visites surprises qu'ils lui rendent depuis qu'il est marié, alors qu'avant ils ne s'intéressaient pas à lui sauf pour lui demander de leur prêter de l'argent, nombreux sont ceux qui couperaient les ponts. Mais monsieur Belley refuse d'agir ainsi. Il croit que ses enfants vont finir par se ressaisir.

— Ça ne peut plus durer ! s'écrie Ginette d'un ton rempli de condescendance.

— De quoi parles-tu ?

— De papa, voyons ! De qui veux-tu que je parle ?

— Papa ? Je lui ai parlé hier et il allait très bien.

— N'essaie pas de faire ta fine. Tu sais comme moi que ça ne va pas depuis qu'il est marié. Es-tu libre demain après-midi ?

— S'il le faut, je peux me libérer. Mais si c'est encore pour parler dans le dos de papa, je vais passer mon tour.

Ginette ne fait aucun cas de l'intervention de Sylvie.

— Je vais venir chez toi.

— Tu pourrais peut-être en profiter pour voir Paul-Eugène.

— Je croyais qu'il était en Ontario…

— Eh bien, tu es en retard dans les nouvelles, ma petite fille. Il est revenu par ici et il reste chez nous en attendant que sa nouvelle maison soit prête.

— J'espère au moins que ce n'est pas papa qui a payé sa maison.

— Hé, arrête un peu ! Réalises-tu ce que tu viens de dire ? Voyons donc, quand comprendras-tu que papa n'est pas riche ?

— Tu es mieux de te lever de bonne heure pour me faire avaler ça. Moi, je pense tout le contraire. Et je ne laisserai personne me voler mon héritage, en tout cas certainement pas la belle Suzanne.

— Tu m'excuseras, je ne peux pas te parler plus longtemps. Je t'attends demain vers deux heures.

— J'y serai.

Sa sœur a raccroché depuis plusieurs secondes quand Sylvie se décide enfin à raccrocher à son tour. Cette visite de sa sœur Ginette ne lui dit rien qui vaille. Elle ne comprend vraiment pas à quoi cette dernière joue. Avant, elle veillait sur les biens de son père, mais à distance. Depuis qu'il est marié, elle ne manque pas une occasion de l'interroger sur ses moindres dépenses, tellement que la dernière fois qu'elle est allée lui rendre visite, Suzanne l'a mise dehors, ce que Ginette est loin d'avoir digéré. Quand Sylvie a raconté ça à Michel, il s'est mis à rire, car il n'a jamais pu sentir sa sœur. Sylvie va téléphoner à son père après le souper, afin de connaître les dernières prouesses de sa sœur. Elle veut avoir le temps de se faire une idée avant que Ginette débarque à Longueuil avec ses gros sabots.

* * *

Michel tient l'enveloppe dans ses mains depuis quelques minutes et il ne l'a pas encore ouverte. Sylvie l'observe à distance. S'il hésite autant avant de lire la lettre, c'est qu'il doit avoir au moins une petite idée de la personne qui l'a envoyée. Sylvie commence à craindre qu'il s'agisse d'une mauvaise nouvelle. Michel tourne et retourne l'enveloppe entre ses doigts. Son regard est si lointain que Sylvie est à peu près certaine que son mari ne l'entendrait même pas si elle lui parlait. Elle respecte son silence.

Soudain, Michel prend une grande respiration. Puis, il déchire l'enveloppe d'un geste brusque et sort la lettre. Il la déplie et va tout de suite voir la signature à la fin. La seconde d'après, il se laisse tomber sur le fauteuil derrière lui et s'essuie le front alors que deux petites larmes pointent au coin de ses yeux. Il attend cette lettre depuis si longtemps. Mais maintenant qu'il la tient entre ses mains, il est affolé à l'idée de ce qu'elle contient. Il renifle un bon coup et commence à lire :

Mon cher Michel,

Tu n'as pas la berlue, c'est bien moi, ton frère. Me voici après trente-cinq longues années de silence. Ça fait longtemps que je veux renouer avec toi et les autres, mais chaque fois je me disais qu'il était trop tard, que vous ne voudriez plus entendre parler de moi, et que, pire que tout, j'étais peut-être mort pour vous. Laisse-moi te raconter ce qui m'est arrivé pendant tout ce temps.

Tu te souviens du jour où je suis parti brusquement de la maison ? Moi, je m'en souviens comme si c'était hier. Il n'y a pas une seule journée qui passe sans que je me répète les dernières paroles de papa. Elles sont incrustées dans ma mémoire à jamais. Rassure-toi, je ne lui en veux pas. Il a fait ce qu'il croyait être le mieux pour moi. Je m'étais mis dans de beaux draps et je devais me faire oublier pendant un bout de temps. J'ai donc quitté la maison en croyant que je reviendrais un jour. Mais les choses ne se sont pas passées tout à fait comme je l'espérais.

Ce jour-là, j'ai pris un autobus pour Québec. Une fois sur place, je me suis rendu au port et j'ai réussi à me faire engager sur un bateau. Il transportait des céréales, enfin c'est ce que je croyais. Le lendemain matin, on a quitté le port pour se rendre dans les îles. On travaillait comme des fous. Du matin au soir, on astiquait le pont et on faisait le ménage à la grandeur du navire. C'est une fois dans le Sud que les choses ont basculé. Une nuit, alors que le bateau était amarré dans une petite baie, la police est débarquée sans crier gare et a fouillé les lieux. Malheureusement pour moi, les céréales servaient de couverture à des trafiquants d'armes. En moins de deux, je me suis retrouvé les menottes aux mains et aux pieds comme le pire des criminels alors que, pour une fois, je n'avais rien fait. Je ne comprenais rien du tout à ce qui se passait. J'avais beau poser des questions à mes compagnons d'équipage, tous refusaient de parler. J'étais désespéré. J'avais l'impression d'être en plein cauchemar. Une heure plus tard, j'ai été jeté dans une cellule de prison contenant pour tout mobilier une natte de paille à même le sol. Les jours qui ont suivi, je me suis fait mitrailler de questions. On me frappait parce que je ne répondais pas, mais je ne comprenais rien à ce qu'on me disait. J'ai su très vite que les policiers parlaient espagnol. Il m'arrivait de saisir un mot au passage, mais sans plus. Bien après, alors qu'on m'avait enfin permis de sortir quelques minutes dans la cour, j'ai revu un de mes compagnons d'équipage. Il m'a confié qu'on risquait de moisir dans cette prison pendant un bon bout de temps. Les années ont passé ; en fait, près de cinq ans se sont écoulés. Je pense qu'à un certain moment, on a dû oublier jusqu'à notre existence. Ma vie a été infernale pendant tout ce temps. Un beau matin, alors que mes compagnons et moi n'espérions plus rien sinon la mort, un garde est venu nous annoncer que nous étions libres. Au lieu de partir en courant, on est restés là, incapables de bouger. Quand on a enfin trouvé la force de s'en aller, on a vite constaté qu'on était au beau milieu de nulle part, sur une île qu'on ne connaissait pas, et dont on ignorait même le nom…

Plus Michel avance dans sa lecture, plus les larmes troublent sa vue. Il s'essuie les yeux d'un geste brusque avec le revers de sa manche avant de reprendre sa lecture.

Je te passe les détails sur la suite des choses, sinon il faudrait que je t'écrive un roman et non une lettre. Toujours est-il qu'un jour je me suis fait engager sur un bateau qui se rendait à Vancouver. C'est là que je me suis fait une nouvelle vie. C'était il y a trente ans. Je ne pourrais pas t'expliquer à quel point ça a été difficile… J'ai fait toutes sortes de boulots pour pouvoir manger, puis me payer une chambre, puis un appartement et enfin une maison. Depuis que je suis revenu au pays, j'ai eu plusieurs anges gardiens, heureusement. Sans eux, je ne serais jamais passé à travers. Je vis maintenant dans la banlieue d'Edmonton. Je suis marié à une femme que j'adore et j'ai deux beaux enfants. Je travaille dans la construction, et j'ai même ma propre compagnie.

Ça m'a pris tout mon petit change pour écrire cette lettre et encore plus pour te l'envoyer. J'ai même dû payer quelqu'un pour te retrouver. Je ne voulais pas débarquer dans la vie des parents sans crier gare. D'ailleurs, je ne sais même pas s'ils sont encore vivants, mais j'aime croire qu'ils vont bien.

Je ne sais pas si je recevrai un mot de ta part, mais c'est ce que je souhaite de tout mon cœur. Je suis pleinement conscient du mal que je vous ai fait ; c'est d'ailleurs la raison pour laquelle j'ai tant tardé à donner de mes nouvelles. Mais j'espère que je vivrai assez vieux pour que vous me pardonniez tous un jour.

Ton frère,

André

Maintenant, ce ne sont plus quelques larmes qui coulent des yeux de Michel : c'est un véritable torrent qu'il ne cherche même pas à retenir. Ces quelques mots griffonnés sur un bout de papier viennent de faire remonter toute la peine des trente-cinq dernières années. André n'était pas seulement son frère, il était aussi son meilleur ami. Quand il est parti un beau jour sans prévenir, c'est comme si Michel avait été amputé d'un membre. Quelques mois plus tard, il a quitté Jonquière à son tour pour aller travailler à Montréal. Voir le désespoir dans les yeux de ses parents jour après jour était devenu insupportable pour lui.

Quand Sylvie pose les mains sur ses épaules, Michel s'essuie les yeux et lève la tête un instant. Il est incapable de parler. Il tend la lettre à sa femme et s'abandonne à nouveau à sa peine parce que, pour le moment, c'est tout ce qu'il peut faire. Demain, peut-être, il pourra renouer avec ce frère qu'il attend depuis trop longtemps.

Chapitre 30

Voilà maintenant plus d'une semaine que Michel a reçu la lettre et il est encore bouleversé. Il va travailler, mais il n'a pas le cœur à l'ouvrage, ce qui ne lui ressemble pas du tout. Sylvie a essayé à quelques reprises de le faire parler, mais tout ce qu'elle a obtenu comme réponse c'est: « Laisse-moi un peu de temps encore et je te raconterai tout. Ne m'en veux pas mais, pour l'instant, j'en suis incapable. »

Quand il revient de travailler avec Paul-Eugène ce vendredi, il file à la cuisine. Il dit à Sylvie :

— Si tu veux, je t'emmène souper en ville. Paul-Eugène va faire manger les enfants et il s'occupera d'eux jusqu'à ce qu'on revienne. Je vais tout te raconter. Je saute dans la douche et tout de suite après, on part.

Avant même qu'elle ait le temps de répondre, Sylvie entend la porte de la salle de bain se refermer. Elle s'essuie les mains, enlève son tablier et va s'habiller plus convenablement pour sortir. Elle sait d'avance que la soirée n'aura rien de comparable avec leurs habituelles petites escapades, mais elle est contente car elle va enfin savoir pourquoi Michel a tant de peine.

Cette fois, ils ne traversent pas le pont. Michel préfère rester de ce côté-ci du fleuve, car il n'a pas envie de conduire plus que nécessaire. Il s'est informé auprès de ses collègues de travail et plusieurs lui ont recommandé un petit restaurant dans le centre-ville de Longueuil. Il pose une main sur le genou de Sylvie et se tourne vers elle.

— Attends-moi, je vais venir t'ouvrir la portière.

Une charmante dame leur assigne une table près de la fenêtre ; Michel et Sylvie ont vue sur un beau jardin où diverses variétés de roses sont en pleine floraison. Le simple fait de les regarder ramène leur odeur si délicate à la mémoire de Sylvie. Elle adore les marguerites, mais elle aime aussi les roses même quand ce ne sont pas des roses de mort.

— Prendrais-tu un Cinzano sur glace ? lui demande Michel.

— Si tu prends quelque chose, je veux bien. C'est gentil de m'avoir invitée.

— J'ai préféré te parler en dehors de la maison. Comme ça, on ne risque pas d'être dérangés par les enfants. Bon, je vais aller commander à boire et, si tu veux, tout de suite après je vais te raconter une tranche de vie de la famille Pelletier.

Michel va voir la serveuse. De retour à la table, il reprend :

— J'espère de tout mon cœur que ça ne changera pas ton amour pour moi et pour ma famille.

— Même si je le voulais de toutes mes forces, je ne pourrais jamais cesser de t'aimer. Et j'aime tous les membres de ta famille, avec leurs qualités et leurs défauts. Comme tu le sais, ma famille est loin d'être parfaite. Ma sœur Ginette te l'a prouvé chaque fois qu'elle est venue chez nous.

À ces mots, Michel sourit malgré lui. Il meurt d'envie de donner son point de vue sur sa belle-sœur. Ne pouvant résister, il lance, avec une pointe d'ironie comme lui seul en est capable :

— Tu es chanceuse si tu considères qu'elle ne fait que venir chez vous. Moi, chaque fois que je la vois, j'ai l'impression d'avoir une baleine devant moi tellement elle prend de place. Quand ta sœur est dans une pièce, il ne reste plus beaucoup d'espace pour les autres. On dirait qu'elle ne pense toujours qu'à elle... Je suis désolé, ne fais pas attention à ce que je raconte.

— Tu n'as pas à être désolé. Ma sœur est ce qu'elle est, ni plus ni moins. Et même si je ne partage pas toutes ses idées, loin de là, elle reste ma sœur et je l'aime.

— Je te trouve bien bonne. Moi, contrairement à toi, je n'aime pas tout le monde. Quand quelqu'un fait souffrir ceux que j'aime, je ne porte pas cette personne dans mon cœur et c'est très difficile de me faire changer d'idée.

La serveuse apporte les consommations. Elle leur demande s'ils veulent commander tout de suite.

— Si ça ne vous dérange pas, on va attendre un peu, répond Michel.

— Vous n'aurez qu'à me faire signe quand vous serez prêts.

Sitôt que la serveuse a tourné les talons, Michel reprend la parole.

— Si tu veux, je vais commencer tout de suite. Je t'ai déjà dit que j'ai un frère aîné et qu'on était sans nouvelles de lui depuis longtemps. En réalité, jusqu'à ce que je reçoive sa lettre, ça faisait trente-cinq ans que ma famille n'avait pas entendu parler de lui. Avec les années, on en est tous venus à le croire mort. Ce que tu ne sais pas, c'est pourquoi il est parti alors qu'il n'avait que dix-huit ans. Mon frère André était un sacré fêtard. Mon père disait qu'il ressemblait à son propre père comme deux gouttes d'eau. Pour mon frère, toutes les occasions étaient bonnes pour fêter. Il avait des tas d'amis pour sortir et il ne manquait pas de femmes pour faire tu sais quoi. Aucune ne se refusait à lui. Sans être une beauté, c'était un tombeur hors pair – enfin, selon les filles. Elles étaient toutes folles d'André, sans exception. Il travaillait fort, même qu'à la fin il avait deux emplois pour arriver à joindre les deux bouts. Tu sais comme moi que l'alcool finit par coûter cher, et les femmes aussi, ce qui fait qu'un beau jour mon frère et deux de ses amis ont décidé de faire un coup d'argent facile ; c'est du moins ce qu'ils croyaient. Imagine-toi qu'ils ont fait une série de faux chèques dans différentes banques de la région. Un matin, mon père a reçu un appel d'un agent de police qui voulait parler à mon frère. Mon père s'est tout de suite douté qu'André avait fait quelque chose de pas correct. Tu n'as jamais vu mon père de mauvaise humeur et c'est tant mieux pour toi. Je m'en souviens comme si c'était hier. Il a raccroché le téléphone si brusquement que le mur a tremblé. La minute d'après, il est entré dans la chambre de mon frère sans frapper. Et là, il a hurlé : « Tu as une minute pour me raconter ce que tu trames avec tes amis. La police est à tes trousses. » Mon frère a commencé par faire son fanfaron, mais il a vite compris qu'il valait mieux qu'il dise la vérité. Plus mon père écoutait, plus sa colère montait. Il était si furieux qu'il a empoigné André par le devant de son pyjama et l'a collé contre le mur. Jamais je n'avais vu mon père perdre les pédales comme ça. Et là, il a lâché les pires paroles qu'un père puisse dire à son fils : « Je ne veux pas de voleur dans ma maison. Tu as exactement cinq minutes pour t'en aller parce que sinon je ne réponds pas de moi. Tu as entaché la réputation de la famille et ça, jamais je ne te le pardonnerai. Ramasse tes affaires et va-t'en, je ne veux plus jamais voir ta face. » C'était terrible ! Ma mère pleurait à chaudes larmes dans la cuisine alors que mes frères et sœurs se tenaient serrés les uns contre les autres.

— Et toi ? demande Sylvie.

— Moi ? J'étais incapable de faire quoi que ce soit. Mon père venait de mettre mon frère dehors et je n'avais même pas pris sa défense. Tu ne peux pas t'imaginer à quel point je m'en suis voulu.

— Mon pauvre Michel, dans l'état où était ton père, tu étais bien mieux de faire le mort. Il aurait été capable de te mettre dehors toi aussi.

— Je sais bien. Quelques minutes plus tard, mon frère est sorti de la maison avec ses bagages sans saluer personne. On ne l'a jamais revu depuis. Mon père s'est assis dans sa chaise berçante et n'a pas dit un mot du reste de la journée, pas même à ma mère. C'était la première fois qu'on voyait mon père aussi fâché.

— Mais ça a dû être terrible les jours suivants ?

— Pas seulement les jours suivants… C'était loin d'être gai dans la maison. Le lendemain, le policier a rappelé et mon père lui a dit qu'il ignorait où était son fils, ce qui était la stricte vérité. Personne ne savait où André se trouvait, pas même ses amis. À partir de ce jour-là, personne dans la maison n'a osé prononcer le nom d'André. On parlait de lui entre nous, mais jamais devant mon père. On avait trop peur de sa réaction. Quant à ma mère, elle essuyait souvent des larmes au coin de ses yeux. Pauvre maman !

— Je ne sais vraiment pas comment tes parents on pu passer à travers une telle épreuve. C'est affreux, ne plus jamais avoir de nouvelles d'un de ses enfants !

— N'oublie pas que mon père n'avait pas donné le choix à mon frère… Mais quand même, j'ignore comment mes parents ont fait. Je suis parti de la maison parce que je n'en pouvais plus de les voir souffrir. Et je suis venu m'installer à Montréal pour être le plus loin possible de la maison. J'avais perdu mon frère, mais j'avais aussi perdu mon meilleur ami. André et moi, on était très proches, un peu comme Alain et Martin. Cela m'a pris beaucoup de temps avant d'être capable de retourner à Jonquière. J'en voulais à mon frère pour ce qu'il avait fait et j'en voulais aussi à mon père de l'avoir chassé de la maison. Il fallait que je guérisse mes plaies. Je téléphonais chaque semaine chez mes parents pour prendre des nouvelles et, chaque fois que je raccrochais, je maudissais le jour où André était parti. Ma mère me demandait immanquablement quand j'allais venir les voir. J'avais toute une banque d'excuses pour ne pas être obligé d'y aller. Ça a duré des mois. Un jour, je suis allé rendre visite à mes parents. J'ai alors senti que les choses avaient changé pour eux aussi. Mon père avait enfin desserré la mâchoire et ma mère était plus sereine. Quant à mes frères et sœurs, ils avaient retrouvé le sourire.

— Vous n'avez vraiment jamais reparlé de tout ça ?

— Jamais ! Tout le monde a toujours fait comme si mon frère était mort, même la parenté.

— Et maintenant que tu sais qu'André est vivant, qu'est-ce que tu as l'intention de faire ?

— Je ne sais pas trop. Je meurs d'envie de le revoir mais, en même temps, je me dis qu'il vaut mieux ne pas ressasser le passé parce que ça risque de faire trop mal.

— Bien voyons donc ! Tu ne vas pas te priver de revoir ton frère sous prétexte qu'il ne faut pas revenir en arrière ? D'ailleurs, personne ne te demande ça. Je ne suis pas à ta place, c'est certain, mais moi il y a longtemps que je l'aurais appelé. Tu te fais du mal pour rien. Tu n'as pas le droit de te priver du plaisir de revoir ton frère, en tout cas pas pour de fausses raisons.

— Et comment dois-je agir avec mon père ?

— Une fois que tu lui auras parlé de la lettre d'André, ce sera à lui de décider de ce qu'il veut faire. C'est un homme intelligent, il a sûrement passé outre ces événements depuis longtemps.

— Je ne parierais pas là-dessus. Mais ce serait trop bête de le laisser mourir sans qu'il sache que son fils est vivant et qu'il a bien réussi. Toutefois, avant de parler à la famille, je vais téléphoner à mon frère.

— C'est une bonne idée. En tout cas, ton frère l'a payée très cher, sa bêtise. Il a vraiment été puni au centuple.

— Tu as bien raison. Mais j'y pense : je n'ai pas le numéro de téléphone d'André.

— Avec son adresse, ça devrait être facile de trouver son numéro. Quand comptes-tu l'appeler ?

— Demain. Tu sais, ça m'a vraiment mis tout à l'envers cette histoire.

— C'est loin d'être quelque chose d'ordinaire ! Ta réaction est tout à fait normale. Aimerais-tu revoir ton frère ?

— Tu parles d'une question ! J'en meurs d'envie, mais ça risque d'être un peu compliqué. La distance entre Edmonton et Longueuil est grande. En tout cas, c'est certain qu'on ne pourra pas se voir souvent.

— Commencez par vous parler au téléphone et après, vous verrez bien. Il pourrait venir passer Noël avec nous.

— Mais on n'a pas assez de place pour le recevoir avec sa famille.

— Tu oublies que Paul-Eugène vient d'acheter une grande maison. Je suis sûre que ça lui ferait plaisir de les héberger. Est-ce vrai que Martin lui ressemble ?

— Comme deux gouttes d'eau. Mais si on ne s'entendait plus, André et moi ?

— C'est inutile de t'en faire à l'avance. Laisse aller les choses et tu verras. En tout cas, je trouve tout ça bien excitant.

Sylvie regarde son mari avec affection.

— Et si on commandait ? Je meurs de faim.

— C'est une excellente idée. Les gars m'ont dit que le steak était très bon…

* * *

C'est aujourd'hui que les enfants retournent à l'école, tous sauf Alain, puisqu'il a commencé le cégep depuis près de deux semaines.

Comme il a seulement vingt-et-une heures de cours par semaine, Sylvie a un peu de mal à s'habituer au fait qu'il reste à la maison même pendant le jour. Il a décidé de travailler quelques heures à l'épicerie et il fait aussi huit heures tous les samedis à l'usine où il a passé l'été. Il ne cesse de répéter à quel point c'est plaisant d'aller au cégep, tellement que Martin, excédé, lui a lancé : « Vas-tu finir par te taire ! Il me reste encore une longue année à souffrir, moi ! » Étant donné que la belle Lucie, sa copine, fréquente le même cégep que lui, il arrive qu'elle vienne à la maison avec Alain. Au début, ça gênait Sylvie, mais elle s'est vite accoutumée à la jeune fille qui est toujours prête à rendre service. Alors qu'Alain étudie en sciences pures, la jeune fille étudie en techniques administratives. Elle veut travailler en comptabilité.

Depuis quelques jours, les jumeaux sont insupportables. Ils ont hâte de connaître leur nouvelle maîtresse, et aussi de revoir quelques-uns de leurs amis qu'ils n'ont pas vus de l'été parce que ceux-ci habitent trop loin de l'école. Ils ont pensé pendant un moment que madame Parapouil avait rendu l'âme, mais hier, alors qu'ils passaient devant chez elle, elle est sortie brusquement de la maison et s'est mise à courir après eux avec son balai. Quand ils sont revenus à la maison, ils ont demandé à leur mère la permission de passer dans l'autre rue. Ils ont plaidé leur cause en insistant sur le fait qu'ils sont assez grands maintenant pour faire un petit détour.

— Mais vous n'avez qu'à passer du côté de monsieur Masson, leur a-t-elle répondu.

Ils ont argumenté : ils en ont assez de courir chaque fois qu'ils passent devant la maison du vieil homme au cas où ce dernier reprendrait ses mauvaises habitudes. À cause de l'air découragé de ses fils, Sylvie a finalement cédé. Ils lui ont sauté au cou et se sont dépêchés de lui dire qu'elle n'avait pas à s'inquiéter parce que Luc ferait l'aller-retour avec eux. Comme d'habitude, François et Dominic avaient tout prévu avant même de discuter avec leur mère. « Ces deux-là, ils vont aller loin dans la vie ! » a songé Sylvie.

Quant à Luc, il n'est pas très enjoué. Il est content de retourner à l'école parce que cela occupera ses journées. De nature plus solitaire que François et Dominic, il a passé une partie de son été à lire, Prince 2 à côté de lui. Contrairement à ses frères, il ne lit pas que des bandes dessinées. Il lit aussi des romans, mais surtout des livres sur la guerre. Le simple fait qu'il n'ait plus peur des chiens va lui faciliter énormément la vie. Alors qu'avant, c'était très compliqué pour lui de se rendre dans un nouvel endroit, maintenant il peut aller où il veut sans se casser la tête. Il ne sera jamais brave avec les chiens qu'il ne connaît pas, mais au moins il se sent à l'aise avec la gent canine en général, ce qui a changé sa vie du tout au tout. Il est aussi content de retourner à l'école parce qu'il va apprendre beaucoup de choses en histoire. Il espère de tout son cœur qu'il aura le même enseignant que l'année dernière. Tout juste avant les vacances, monsieur Roy a dit à ses élèves qu'il y avait des chances qu'il monte avec eux. Cet homme est un personnage en soi. Il a voyagé de par le monde. Il s'intéresse particulièrement à tout ce qui touche à la guerre. Bien qu'il ait été en âge d'aller au front lors de la Deuxième Guerre mondiale, il a été exempté du service vu qu'il vivait sur une ferme, à son grand désespoir d'ailleurs. Il a tout essayé pour convaincre son père de le laisser aller se battre, mais celui-ci a refusé, prétextant qu'il avait besoin de lui. Au fond, il était mort de peur à l'idée que son fils ne revienne pas de l'autre bord, comme ce fut le cas de plusieurs Canadiens.

Junior n'est pas pressé de retourner à l'école, mais le fait d'y aller ne le dérange pas outre mesure non plus. De tempérament plutôt conciliant, il est toujours content d'être là où il se trouve. La seule chose qui le dérange dans le fait de reprendre le chemin de l'école, c'est que ses cours de danse ont été déplacés au mardi soir. À ce jour, il a réussi à garder le secret, mais comme les jumeaux lui posent de plus en plus de questions, il se doute bien qu'ils vont finir par savoir où il va. Dans ce cas, il espère que ses frères le laisseront tranquille. C'est permis de rêver. Il aime énormément les cours de danse. Il est maintenant beaucoup moins gêné avec les filles, ce qui est un peu normal étant donné qu'ils sont seulement deux garçons dans le groupe. Au début, il était tellement mal à l'aise que sa chemise et son pantalon étaient imbibés de sueur avant la fin de la première danse. Ses mains étaient moites et de grosses gouttes de sueur coulaient sur son front. Il a pensé de nombreuses fois à abandonner. Mais quand il revenait à la maison, il se convainquait qu'il passerait à travers. Et il a eu raison. Aujourd'hui, il est plus sûr de lui et il ne transpire pas chaque fois qu'il adresse la parole à une fille. Seulement pour cette raison, ses cours valent largement l'effort qu'il y met. Il serait meilleur s'il répétait ses pas entre les cours, mais il n'y arrive pas. L'autre jour, il a tenté le coup et il est passé à deux doigts de se faire démasquer alors qu'il dansait un cha-cha-cha. Sans crier gare, Martin est entré dans sa chambre et lui a demandé s'il pouvait lui prêter un dollar. Quand il a entendu la musique que Junior écoutait, il s'est écrié : « Je ne peux pas croire que tu aimes ça ! C'est de la musique pour les vieux ! » Junior n'a pas pris la peine de répondre. Il s'est dépêché de donner un dollar à son frère pour qu'il sorte de sa chambre au plus vite.

Sonia n'a jamais été aussi heureuse d'aller à l'école. Elle va enfin voir son beau Langis tous les jours. Elle est si contente qu'elle n'arrête pas de le répéter. Comme elle est la seule fille de la famille, son discours n'intéresse pas grand monde, à part sa mère… et encore. Sylvie s'inquiète, car elle sait que les amoureux jouiront d'une plus grande liberté pendant qu'ils seront à l'école.

Dimanche soir dernier, Sonia est allée porter avec son père ses toiles au restaurant de monsieur Desbiens. C'est un très beau restaurant, plus vaste que la grande salle de l'école. Le restaurateur a reçu la jeune fille comme une reine. Il a pris la peine de lui montrer où il allait suspendre ses toiles. Au moment de partir, il lui a fait préparer une boîte de desserts. Quand Sonia est revenue à la maison, tout le monde a voulu en avoir. Elle a commencé par dire que les desserts étaient seulement pour elle, mais c'était pour taquiner ses frères. Alors que, très déçus, ils allaient retourner à leurs occupations, elle s'est exclamée : « Qu'est-ce que vous attendez pour vous en choisir un ? Mais dépêchez-vous avant que je change d'idée ! »

C'est bien beau d'avoir ses toiles exposées dans un grand restaurant, mais personne, pas même monsieur Desbiens, ne peut garantir combien Sonia va en vendre, ni même si elle va en vendre une. De toute façon, la jeune fille n'a rien à perdre. Et, au moins, elle a vendu un tableau à monsieur Desbiens. C'est déjà plus que ce qu'elle espérait. Elle n'a rien dépensé : ni l'argent qu'il lui a donné, ni celui qu'elle a gagné à garder. Elle a tout déposé dans son compte pour ses vacances en Belgique. Quand elle parle du voyage à ses amis, personne ne la croit.

Quant à Martin, s'il pouvait sauter une année, il le ferait. Il sait déjà qu'il va trouver l'année bien longue sans son frère Alain. Comme ils étaient toujours ensemble, il ne s'est pas fait beaucoup d'amis l'an dernier dans sa classe. Sa seule consolation à l'idée de reprendre l'école, c'est qu'il va enfin avoir un peu de temps à lui. Il n'a fait que travailler cet été. L'autre jour, il a dit à sa mère qu'il avait passé plus de temps à l'épicerie qu'à la maison ou à n'importe quel autre endroit. C'est certain qu'il a gagné beaucoup d'argent, mais il a été si occupé qu'il n'a pas eu le temps de le dépenser. Et comme il ne travaillait pas aux mêmes heures qu'Alain, les deux frères se sont très peu vus. Maintenant que son frère sort avec la belle Lucie, Martin a bien peur de se faire « tasser ». Ça ne l'inquiète pas outre mesure, mais il lui arrive parfois de se sentir seul, même quand il va chez Marco. C'est difficile pour lui de s'habituer à vivre sans son frère. Il ne doute pas une seule seconde qu'il va y arriver, mais en attendant, il trouve la situation pénible. Il savait qu'un jour ou l'autre, Alain et lui prendraient chacun leur chemin, mais il ne pensait pas que ça se ferait aussi brusquement. La semaine dernière, il en a glissé un mot à Alain alors qu'il partait travailler. Tout ce qu'il a obtenu comme réponse, c'est : « Ne t'en fais pas pour ça, on trouvera du temps pour se voir. Tu ne te débarrasseras pas de moi aussi facilement. » Depuis, s'ils se sont parlé trois fois, c'est sûrement le maximum.

De son côté, Sylvie est contente que la vie reprenne son cours normal. Les derniers mois ont été remplis de surprises, heureuses et malheureuses. Alice est partie vivre ailleurs. Ceux qui lui ont succédé ne lui arrivent pas à la cheville, mais Sylvie a appris à les supporter même si elle rouspète après eux encore trop souvent au goût de Michel. Paul-Eugène est revenu dans le coin et, dans deux jours, il emménagera dans sa nouvelle maison – à quelques rues de celle de sa sœur. Michel a reçu des nouvelles de son frère qu'il croyait mort. Sonia tient sa première exposition. Luc n'a plus peur des chiens, et elle des araignées. Et son père est heureux comme un roi avec sa nouvelle femme, tellement qu'elle échange plus souvent avec lui au téléphone qu'en personne. Mais le plus beau dans tout ça, c'est que dans une semaine elle aura sa première répétition de chant. Elle a très hâte, mais en même temps elle est morte de peur. Elle espère vraiment qu'elle sera à la hauteur.

Michel a téléphoné à son frère ; depuis ce jour, il a retrouvé le sourire. C'était un moment très émouvant, rempli de silences et de fous rires. Quand il a raccroché, il a dit à Sylvie que c'était comme s'il avait quitté André la veille. Les deux frères ont convenu de se téléphoner chaque semaine. Pour ce qui est de prévenir le reste de la famille, ils ont décidé de prendre le temps d'y réfléchir.

Chapitre 31

Paul-Eugène a emménagé dans sa nouvelle maison il y a deux jours. Toute la famille Pelletier a mis la main à la pâte pour l'aider à s'installer. Sylvie a aimé la maison dès qu'elle a franchi le seuil de la porte. De belles grandes pièces, très éclairées. Une immense cuisine avec des armoires en chêne. Un beau terrain avec des arbres matures au fond de la cour. Une entrée asphaltée. Elle n'en a pas parlé à personne, mais c'est une maison comme celle-là qu'elle aimerait avoir un jour. La sienne est très bien, mais comme les enfants prennent de plus en plus de place en vieillissant, il n'y a aucun endroit où s'isoler, à part dans son lit. Et même là, c'est valable uniquement pour ceux qui ont la chance de dormir seuls, ce qui n'est pas le cas de Sylvie. Étant donné que Paul-Eugène n'a reçu la clé que le jour du déménagement, cette semaine elle ira lui acheter des rideaux. Elle a noté toutes les dimensions des fenêtres et s'est assurée des goûts de son frère quant à l'habillage de celles-ci, ce à quoi il a rétorqué : « Tu as carte blanche. Peu importe ce que tu choisiras, je sais d'avance que ce sera nettement plus beau que ce que je prendrais. Je te donne un budget de 100 dollars. Penses-tu que tu vas pouvoir t'en tirer ? » Sylvie a dit que c'était beaucoup trop et qu'elle lui remettrait la balance. « Je ne veux pas que tu me redonnes un seul sou. Cela compensera pour tout ce que tu as fait pour moi. Je ne sais vraiment pas ce que je ferais sans toi. »

Quand les enfants sont retournés à l'école, Sylvie a été bien contente de reprendre sa petite routine. Dès que le dernier à partir ferme la porte, elle se prépare un deuxième café instantané et prend quelques minutes pour lire le journal. Elle aime être au courant de ce qui se passe ici et ailleurs. C'est certain qu'en écoutant les nouvelles chaque soir à la télévision, elle connaît déjà beaucoup de choses, mais pour elle, le journal restera toujours la meilleure source d'information. Elle peut le lire quand cela lui convient. Elle peut relire un passage si elle n'est pas certaine d'avoir bien compris. Le journal est toujours là, à portée de main, attendant qu'elle daigne y jeter un coup d'œil.

Depuis le début du mois, Radio-Canada diffuse ses émissions de télévision en couleur, ce qui fait toute une différence. La première fois, Sylvie était si excitée qu'elle s'est figée devant le petit écran et qu'elle n'arrêtait pas de répéter à quel point c'était beau. Les enfants voulaient qu'elle se pousse parce qu'ils ne voyaient rien alors que Michel faisait tout ce qu'il pouvait pour essayer d'entendre les nouvelles. Mais la plus grande exaltation de Sylvie est survenue le mardi 6 septembre alors qu'elle a écouté la première du téléroman *Rue des Pignons.* Elle ne tenait pas en place. Elle admirait le beau boxeur incarné par Réjean Lefrançois et s'extasiait constamment sur sa beauté. Les enfants se demandaient ce qui arrivait à leur mère. Ce n'était pourtant pas le premier téléroman qu'elle regardait à la télévision, mais celui-là semblait la toucher plus que les autres. Tout cet énervement pour un boxeur...

Alors qu'elle va boire sa dernière gorgée de café, on frappe à la porte. Quelle n'est pas la surprise de Sylvie de voir son père sur le seuil. Elle se dépêche de l'inviter à entrer. Il y si longtemps qu'il ne l'a pas honorée de sa visite.

— Je suis si contente de vous voir ! s'exclame-t-elle. Venez vous asseoir.

— Moi aussi, je suis content de te voir, ma fille, lance-t-il en l'embrassant chaleureusement sur les deux joues. Je t'ai beaucoup négligée ces derniers temps. J'espère que tu ne m'en veux pas trop.

— Ne perdez pas de temps à vous en faire avec ça. Vous êtes là, c'est ce qui compte. Pendant que je vous prépare un café, dites-moi donc comment va Suzanne ?

— Très bien, répond-il d'un ton joyeux. Tu sais, je n'aurais pas pu mieux tomber. On est très bien ensemble. La preuve, c'est que je ne travaille pratiquement plus.

— C'est vrai ?

— On en a parlé ensemble, Suzanne et moi, et on a décidé de profiter des belles années qu'il nous reste. Imagine un peu, on projette même d'aller en Floride l'hiver prochain. Chantal va nous organiser tout ça. On a l'intention de rester là-bas au moins deux mois. Je me réjouis déjà à l'idée de me sauver des grands froids de janvier et de février.

— Vous faites bien. Avec tout ce qui arrive, il vaut mieux profiter de la vie quand on le peut. Mais je voudrais savoir une chose : est-ce que mes charmants frères et sœurs vous laissent en paix au moins ?

Monsieur Belley hésite quelques secondes avant de répondre, ce qui n'échappe pas à Sylvie. Elle sent instantanément la colère la gagner. Elle pose une main sur celles de son père pour l'encourager à parler.

— J'aimerais mieux te dire que tout va bien de ce côté-là, mais je ne peux pas. En fait, ça ne va pas du tout. La pire, c'est Ginette. Elle téléphone chaque jour ou bien elle débarque sans prévenir. Tu devrais la voir, elle entre chez nous comme si elle entrait dans un moulin. Tout à coup, elle est là, à côté de nous, à nous observer. Pourtant, je ne me souviens pas de vous avoir élevés comme ça. Elle pose des questions sur des sujets qui ne la regardent pas, et elle revient à la charge tant que la réponse ne la satisfait pas. J'ignore totalement ce qui lui prend. Elle est impolie avec Suzanne, et avec moi aussi. Jusqu'à maintenant, j'ai réussi à me contenir, mais plus je la vois et plus je sens que j'arrive au bout de ma patience. Je ne sais pas quoi faire pour mettre fin à son petit manège qui ne rime à rien.

— Pauvre papa ! Je vais vous révéler pourquoi elle s'intéresse autant à vous depuis que vous vous êtes remarié : elle a peur pour son héritage. L'autre jour, elle est venue ici et elle m'a dit qu'il n'était pas question que ce soit Suzanne qui hérite de tout ce que vous possédez. Vous auriez dû l'entendre ; elle a tout essayé pour me mettre de son côté. Il faut que ça s'arrête ! Et les autres, sont-ils aussi entreprenants qu'elle ?

— Non, pas vraiment. Ils téléphonent régulièrement, mais au moins ils n'arrivent pas à l'improviste. C'est fou, car lorsque je restais dans mon petit appartement, j'avais de la misère à les voir. Je suis vraiment peiné par tout ça. L'autre jour, j'ai dit à Suzanne que s'ils n'arrêtaient pas avec leurs niaiseries, on irait vivre ailleurs. Mais tu comprends, toute sa famille vit à proximité et elle n'a aucun problème avec ses enfants. Ils m'ont accueilli à bras ouverts la première fois qu'ils m'ont vu. Je suis fatigué de tout ça. Heureusement qu'il y a Chantal, Paul-Eugène et toi parce que je ne sais pas comment je passerais à travers.

— Ça a déjà trop duré ! s'exclame Sylvie. Chantal est en voyage, mais je vais aller en parler à Paul-Eugène ce soir. On va voir ce qu'on peut faire. Cela ne peut pas continuer ainsi. Vous êtes bien assez grand pour savoir ce que vous avez à faire. Et pour ce qui de votre argent, c'est le vôtre et non le nôtre. Je ne sais pas quelle mouche a piqué Ginette, mais je finirai bien par le savoir. Le pire, c'est que les autres approuvent tout ce qu'elle dit.

— Si tu veux mon avis, ce n'est pas très différent du temps où vous étiez tous à la maison. Ce n'est pas d'hier que Ginette entraîne les autres dans ses toquades. Rappelle-toi quand elle a décidé que manger de la viande c'était criminel.

— Difficile à oublier, affirme Sylvie en souriant. Elle ne mangeait plus, tellement qu'à un certain moment elle n'avait plus que la peau et les os. Comme emmerdeuse, on ne fait pas mieux.

— Ne sois pas si méchante. C'est ta sœur, après tout.

— Ginette a beau être ma sœur, il y a des choses qui ne se font pas. Et là, elle dépasse les bornes.

— Je voudrais que les choses soient claires en matière d'héritage.

— Peu importe ce qu'il en est, ça ne regarde personne d'autre que vous. C'est tout de même votre argent à la fin !

— Je tiens à t'en parler. Mais si tu veux, on pourrait aller marcher sur le bord du fleuve. Qu'en penses-tu ?

— C'est une excellente idée !

* * *

— Fichez-moi la paix ! s'écrie Junior. Je n'ai pas de comptes à vous rendre à ce que je sache.

— Si tu veux qu'on te laisse tranquille, lance François d'un air frondeur, tu n'as qu'à nous dire où tu vas chaque mardi.

— Même si on en a déjà une bonne idée... avoue Dominic, fier de son coup.

— Ouais, reprend François. La sœur d'un de nos amis lui a dit que tu suivais des cours de danse sociale avec elle. Quand il nous en a parlé, on lui a répondu que sa sœur était folle.

— Et qu'elle se trompait sûrement de gars parce qu'on n'avait jamais entendu parler de ça, renchérit Dominic. Moi, je lui ai expliqué que tu allais aider la mère d'une madame de la chorale dans laquelle maman chantait parce que c'est ce que tu nous as raconté, et maman aussi.

— De toute façon, pourquoi tu suivrais des cours de danse ? demande François. Tu n'es pas une tapette. Et dans notre famille, personne ne sait vraiment danser...

— Arrêtez, sinon je vais prévenir maman, les menace Junior.

— Tu n'as qu'à nous dire si c'est vrai et tu n'en entendras plus parler, c'est promis.

— Vous pensez sérieusement que je vais vous croire ! s'indigne Junior. Peu importe ce que je pourrais déclarer, vous en profiteriez pour m'écœurer parce que c'est ce que vous faites le mieux. Merci pour moi ! Ce que je fais le mardi, ce n'est pas de vos affaires. Laissez-moi tranquille maintenant, il faut que je prépare mes circulaires.

Mais les jumeaux ne sont pas du genre à lâcher le morceau aussi facilement. Quand ils se mettent sur le cas de quelqu'un, ils ne laissent jamais tomber avant d'obtenir toutes les réponses à leurs questions. Ils continuent d'interroger Junior pendant qu'il plie les circulaires, tellement qu'à un moment donné, le garçon n'en peut plus. En deux temps, trois mouvements, il se jette sur ses frères, les colle au plancher et leur crie de toutes ses forces :

— Allez-vous la fermer à la fin ?

Luc arrive sur ces entrefaites. Quand il voit dans quelle posture sont les jumeaux, il prend son grand frère par les épaules et le renverse de côté. Ils sont maintenant trois sur Junior. Les coups jaillissent de toutes parts. On dirait quatre petits coqs en train de se battre pour obtenir les faveurs de la plus belle poule du poulailler.

Pendant ce temps, Sylvie revient tranquillement de l'épicerie du coin en chantonnant. Alors qu'elle était en train de préparer le souper, elle s'était aperçue qu'il n'y avait plus un seul oignon dans la dépense. Dès qu'elle met un pied dans la maison, elle entend des cris et aussi des bruits de coups. Elle saisit vite ce qui se passe. Elle laisse tomber son sac de papier brun sur le comptoir de la cuisine et file aussi vite qu'elle le peut au sous-sol. Quand elle voit ses quatre plus jeunes se frapper sans aucune retenue comme de vrais voyous, elle voit rouge. Il faut qu'elle les arrête au plus vite. En même temps qu'elle tente de les séparer, elle rugit :

— Arrêtez-moi ça tout de suite ! Allez, plus vite que ça ! Asseyez-vous tous sur le divan. Vous devriez vous voir, vous avez l'air de quatre petits bandits.

Maintenant alignés sur le divan, les quatre frères se jettent des regards en coin. Au lieu de calmer les esprits, cette petite bagarre a eu l'effet contraire. Ils sont prêts à reprendre le combat, même s'ils savent que c'est la dernière chose à faire maintenant que leur mère est là.

— Qu'est-ce qui s'est passé ?

Quatre voix se font entendre en chœur.

— Arrêtez ! Ne parlez pas tous en même temps, je ne comprends rien. Junior, je t'écoute.

— C'est la faute des jumeaux. Ils…

— Menteur ! le coupe Dominic.

— C'est toi qui as commencé, accuse François.

— Hé ! Vous deux, laissez parler votre frère. Continue, Junior !

— Ils n'arrêtaient pas de m'écœurer pour savoir où je vais le mardi. Ils m'ont tellement achalé que j'ai fini par en avoir assez que je les ai collés au sol. C'est quand Luc s'est jeté sur moi que tout a dégénéré. Moi, je préparais tranquillement mes circulaires.

Sylvie connaît suffisamment ses petits derniers pour savoir qu'ils n'ont pas leur pareil quand ils décident de s'en prendre à quelqu'un. Ils sont très tenaces. Cette qualité leur servira sûrement au cours de leur vie, mais pour le moment, ce n'est pas le cas. Ils en ont souvent après Junior. Quant à Luc, il est de loin le plus opportuniste de la famille. Il sait tirer profit de chaque occasion sous prétexte qu'il défend la veuve et l'orphelin alors qu'au fond il n'en est rien. Luc ne met jamais le feu, mais il ne fait jamais rien non plus pour l'éteindre. Sylvie réfléchit quelques secondes. Elle croit que chacun a le droit d'avoir son jardin secret tant que celui-ci ne nuit à personne. Elle et Junior ont réussi à garder la famille à distance par rapport à la sortie du mardi de celui-ci, et elle a bien l'intention que ça continue ainsi. Elle regarde ses quatre pugilats d'un air sévère alors qu'au fond d'elle-même elle meurt d'envie d'éclater de rire. Ils sont tellement drôles à voir. On dirait une scène de film. Par ici un œil au beurre noir en devenir, et peut-être même deux. Par là, une trace d'ongle sur toute la longueur de l'avant-bras. Un début de saignement de nez ici. Et les queues de chemise sont sorties des pantalons.

Sylvie réfléchit ensuite à la punition qu'elle va infliger à ses petits garnements. Pendant ce temps, la colère qui habitait les quatre garçons tombe à mesure que ces derniers reprennent leur souffle. Sylvie remarque même que Luc respire normalement, ce qui n'est pas sans l'étonner. Comme elle a un souper à préparer, elle doit régler cette affaire au plus vite. Elle regarde ses fils tour à tour avant de s'adresser à eux :

— Écoutez bien ce que j'ai à vous dire parce que je ne le répéterai pas. D'abord, personne n'a d'affaire à savoir ce que Junior fait le mardi pour la simple et unique raison que ça ne regarde que lui. Chacun a droit à ses secrets. Alors, à compter de maintenant, Dominic et François, je vous interdis d'aborder ce sujet avec qui que ce soit. M'avez-vous bien compris ?

— Mais ma… tente Dominic.

— Il n'y a pas de mais qui tienne et je ne changerai pas d'idée. Quant à toi, Luc, une fois de plus, tu as sauté dans le tas sans te poser de question. Il commencerait à être temps que tu réfléchisses un peu avant d'agir.

— Mais… commence celui-ci.

— Je ne veux rien entendre. Quant à toi, Junior, ton comportement est inacceptable pour un garçon de ton âge. Tu devrais connaître suffisamment les jumeaux pour ne pas prêter attention à leurs paroles. Tu sais bien qu'ils font exprès de te mettre en colère.

— Ça paraît que tu ne...

— Non ! Ne va pas plus loin. Pour votre punition, vous allez préparer le souper tous les quatre sous ma surveillance. Puisque ce que je vous ai enseigné jusqu'à ce jour n'a pas l'air d'avoir porté fruit, il est temps que vous appreniez d'une autre manière ce que signifie le mot *respect.* Je vous avertis, je ne tolérerai aucun mauvais comportement.

— C'est tout ce qu'on a comme punition ? lance François d'un air surpris.

— Les traces que vous aura laissées votre bagarre vont faire le reste, croyez-moi. Au travail, maintenant, et je ne veux pas entendre un mot plus haut que l'autre.

— Est-ce que je peux au moins aller me laver le visage ? demande Dominic. J'ai saigné un peu du nez...

— Tout ce que vous avez le droit de vous laver, ce sont les mains. Je veux que votre père voie de quoi vous avez l'air quand il rentrera de travailler.

Chapitre 32

Il n'est pas encore quatre heures de l'après-midi quand Paul-Eugène et Michel font leur entrée dans la maison. En les voyant arriver aussi tôt, Sylvie se dépêche de leur demander d'un ton teinté d'inquiétude :

— Il ne vous est rien arrivé de fâcheux au moins ?

— Non, rassure-toi, répond joyeusement Michel. Même que c'est tout le contraire. On vient de faire notre plus grosse vente à vie.

— C'est vrai ? Grosse comment ?

— Énorme ! s'exclame Michel. Tu te souviens de tous les vieux cadres ovales qu'on est allés chercher à Jonquière ? Eh bien, on vient de les vendre à une dame de Saint-Lambert. Elle a sûrement du sang anglais qui coule dans ses veines parce qu'elle cassait le français pas à peu près. Elle nous a confié qu'il y avait longtemps qu'elle n'avait pas vu d'aussi beaux cadres, ce qui fait qu'elle les a tous achetés. Il paraît qu'elle a une très grande maison et que plusieurs de ses amis ont les mêmes goûts qu'elle.

— Et cette cliente n'a même pas marchandé, renchérit Paul-Eugène. Michel lui a fait son prix ; elle a sorti une liasse de billets de sa sacoche et elle a payé. Elle nous a demandé de déposer les cadres dans son auto et elle est partie, le sourire aux lèvres.

— Je me demande bien qui, de nous trois, avait le plus grand sourire ! ajoute Michel en rigolant. Tout ce que je sais, c'est que si on faisait des ventes comme celle-là tous les jours, on pourrait démissionner et se consacrer à temps plein aux antiquités.

— Je pense qu'on est mieux d'attendre un peu avant de lâcher notre emploi, déclare Paul-Eugène. Je n'en reviens toujours pas de voir à quel point il y a des personnes qui aiment les vieilleries alors que d'autres s'en débarrassent pour une bouchée de pain.

— Au moins, pour une fois, ce sont des petits comme nous qui en profitent. Alors, pour fêter ça, on s'est arrêtés à la petite pâtisserie et on t'a acheté des millefeuilles.

— C'est très gentil ! s'exclame Sylvie d'une voix enjouée. Je me régale à l'avance d'en déguster un pour le dessert.

— J'ai une meilleure idée, lance Michel. Étant donné qu'il est encore tôt, je suggère qu'on profite du fait qu'on est juste tous les trois et qu'on mange un millefeuille tout de suite.

— Bonne idée ! appuie Paul-Eugène.

— Si vous insistez, je vais me laisser tenter, déclare Sylvie d'un ton moqueur. Mais est-ce qu'il y en a assez pour les enfants ?

— Les millefeuilles sont pour nous, précise Michel. Pour les enfants, on a acheté des beignes au miel dans des sacs de papier brun. On a été obligés de faire quelques places pour en trouver. Même que le jeune qui nous les a vendus nous a dit qu'on était chanceux parce que d'habitude, à cette heure, il n'en reste plus nulle part.

— Ils vont être contents, affirme Sylvie. Juste le temps de nous préparer un bon café et je viens m'asseoir avec vous.

— Pas de café pour moi, intervient Paul-Eugène. Si ça ne vous gêne pas, je prendrais plutôt une bière bien froide.

— C'est une excellente idée ! approuve Michel, tout sourire. Il est beaucoup trop tard pour prendre un café. Je risque de ne pas dormir ce soir… Va pour la bière froide pour moi aussi !

— Eh bien, vous allez devoir m'attendre quand même parce que je ne peux pas concevoir de manger un millefeuille sans un bon café instantané pour l'accompagner. Je vais faire vite.

— Tu n'as pas à te presser, la rassure Michel. Tant qu'il y aura de la bière, on peut patienter le temps que tu voudras. Mais je ne t'ai pas tout dit. Lundi, j'irai déposer un beau cinquante piastres dans mon compte pour notre voyage en Égypte.

— Chanceux ! s'exclame Paul-Eugène.

— Tu n'as qu'à venir avec nous, lui offre Sylvie. Qu'en dis-tu, Michel ?

— Moi, je n'ai aucun problème avec ça, à condition que tu paies ton voyage !

— Vous êtes vraiment sérieux ?

— Oui, confirme Michel. De toute façon, on va faire un voyage organisé. Chantal nous a dit que c'était ce qu'il y avait de mieux pour visiter ce pays-là. Mais d'ici notre départ, il faudrait bien que tu te trouves une compagne, sinon ça va te coûter trop cher si tu voyages seul.

— Laisse faire la compagne ! s'écrie Paul-Eugène. Je paierai le prix qu'il faudra, mais pas question d'y aller accompagné. J'aime bien trop ma liberté pour me mettre la corde au cou.

— Espèce de vieux garçon, va ! plaisante Sylvie. Tu ne changeras donc jamais.

— Pourquoi je changerais une recette gagnante ? Je n'ai rien à envier à personne. J'ai un bon emploi, une maison, une auto, un père que j'adore et deux sœurs en or.

— À ce que je sache, on est plus que trois dans la famille, lance Sylvie.

— Ne me fais pas parler. Tu sais comme moi que les autres font partie d'une race à part ; moins je les vois, mieux je me porte. Je suis trop vieux pour faire semblant. Et de toute façon, nomme-m'en un qui se préoccupe de moi…

— Je ne me trouve pas très charitable, mais je suis assez d'accord avec toi. Ça te plairait d'aller voir papa un soir de la semaine prochaine ?

— Oui. Tu n'as qu'à me dire quand tu veux y aller.

— Je croyais que ma famille était compliquée, mais finalement la vôtre est loin d'être mieux, commente Michel.

— Si tu veux mon avis, chaque famille a des squelettes cachés au fond de son placard, formule Paul-Eugène. Un jour ou l'autre, au moment où on s'y attend le moins, ils refont surface sans aucun avertissement.

— Tu as bien raison, acquiesce Michel. Mais changement de sujet, j'ai vu au moins deux tas de crottes sur la pelouse. Vu que j'avais des millefeuilles dans les mains, j'ai attendu pour venir les déposer sur le comptoir de la cuisine, mais ça ne saurait tarder…

— Attends un peu ! s'indigne Sylvie. Pas plus tard qu'au début de l'après-midi, j'ai vu Luc et les jumeaux faire la cueillette quotidienne des besoins de Prince 2. Et tout de suite après, ils sont partis avec leur chien. À mon avis, la coupable, c'est la belle Patsy.

— Alors, avant le souper, j'irai remettre le tout aux propriétaires de Patsy en mains propres… enfin, avec ma pelle. Moi, je comprends mal les gens qui ont un chien et qui ne sont même pas capables de s'en occuper comme il faut.

— Comme disait ma mère, ça prend de tout pour faire un monde, même des innocents, lance Sylvie.

— Parlant d'innocents… ajoute Paul-Eugène. Comment vont vos charmants nouveaux voisins ?

— L'automne nous fait du bien, répond Sylvie, parce que plus il fait froid, moins on les entend, ce qui est parfait pour moi. Je ne pensais jamais qu'un jour j'aurais hâte que l'hiver arrive.

— En tout cas, moi, j'ai d'excellents voisins. À gauche, c'est un couple dans la cinquantaine, qui n'a plus d'enfants à la maison. Je n'entends jamais aucun bruit de ce côté. À droite, c'est une jeune famille. Ils ont cinq enfants en bas âge – le plus vieux a à peine huit ans. Ils sont pleins de vie, mais ils sont tellement charmants que ça ne me dérange pas du tout. Il faut dire que ce n'est en rien comparable avec vos voisins. Le peu de temps que j'ai habité ici, il n'y a pas une seule journée où je n'ai pas eu envie d'aller leur tordre le cou. Je vous trouve bien bons de les supporter.

— Que veux-tu qu'on fasse d'autre ? demande Michel. On ne peut pas mettre le feu à leur maison ou aller les battre. On est allés leur parler plusieurs fois, mais ils ne comprennent rien.

— En tout cas, je vous plains.

— J'en ai fait mon deuil, avoue Sylvie. Je suis loin d'être heureuse de les avoir comme voisins, mais il a bien fallu que je finisse par changer d'attitude, sinon je pense que je serais tombée malade. C'est papa qui a réussi à me raisonner. Il m'a dit que dans la vie il y a des choses qu'on ne peut pas changer, et que tout dépend de comment on prend ces choses. À force de discuter avec lui, j'ai décidé d'arrêter de m'en faire. Depuis, ça va beaucoup mieux. J'étais rendue à un point où je commençais à haïr ma propre maison. Chaque fois que j'arrivais dans notre rue, je voyais rouge. Maintenant que j'ai fait mon deuil, c'est beaucoup plus facile pour moi. Le mieux qui pourrait arriver, c'est qu'ils déménagent.

— C'est ce que tu avais de mieux à faire, commente Michel.

— Mais c'est vrai, indique Sylvie en regardant son mari, j'allais oublier de t'annoncer une nouvelle. Tante Irma va venir souper demain soir. Elle va apporter tout ce qu'il faut pour le repas.

— On croirait qu'on est les seuls chez qui elle peut aller, se plaint Michel. C'est impossible qu'elle s'ennuie déjà, elle est venue il n'y a même pas deux semaines.

— J'ai une idée, s'écrie joyeusement Paul-Eugène. Vous pourriez tous venir chez moi pour une fois. On pourrait même inviter papa et Suzanne, et Chantal aussi. Comme ça, Michel, tu ne serais même pas obligé de venir.

— Qu'on aille chez vous, pas de problème, mais que mon cher mari se sauve encore une fois de voir tante Irma, ça non. On ira chez toi avec Michel, sinon on la recevra chez nous.

Michel sait très bien que ce n'est pas correct de sa part de refuser de voir la tante Irma, mais c'est plus fort que lui. Déjà, quand elle était religieuse, il ne pouvait pas la sentir, alors ce serait trop lui demander de faire semblant de l'aimer. Il y a des gens qu'on ne peut pas supporter, tout simplement. C'est comme ça, un point c'est tout. Heureusement, Michel a trop de doigts sur une main pour compter le nombre de personnes qui font partie de cette catégorie pour lui. De nature joviale et affable, il s'entend plutôt bien avec tout le monde… sauf avec la tante Irma. Il a bien essayé de s'intéresser à elle. Il a même pris le temps de discuter avec elle, mais rien n'y fait. Dès qu'il l'aperçoit dans son champ de vision, il a envie de se sauver le plus loin possible. Au fond de lui, il sait que c'est la meilleure chose à faire parce que s'il restait en sa présence, il finirait par être désagréable, et ça il ne le veut pas.

Pour le moment, il se sent piégé. À voir l'air décidé de Sylvie, il sait qu'il a peu de chances d'échapper au dragon cette fois. C'est fou, à chacune des visites de la tante, il doit user de toute son imagination afin de trouver une excuse plausible pour s'absenter. Il sait fort bien que la tante Irma n'est pas dupe de son petit jeu. Elle sait qu'il ne l'aime pas, et Michel mettrait sa main au feu que c'est réciproque. Mais le voilà pris au piège. Il faut qu'il trouve une solution, et le plus vite sera le mieux. Il réfléchit. Au bout de quelques secondes, il se dit qu'il aura plus de chance de pouvoir prendre le large si le souper se passe chez Paul-Eugène. Il lance d'une voix enjouée :

— C'est d'accord, j'irai chez Paul-Eugène.

— Tu as intérêt à ne pas me faire faux bond ! prévient Sylvie. En tout cas, tu n'as vraiment pas de quoi être fier. D'après toi, quelle sorte d'exemple donnes-tu aux enfants ?

Paul-Eugène se porte à la défense de son beau-frère :

— Laisse-le donc tranquille. Depuis quand on est obligé d'aimer tout le monde ?

— Toi, ne t'en mêle pas, tranche Sylvie en pointant l'index vers son frère. Tante Irma n'a jamais fait de mal à personne. Les enfants l'adorent, tout comme moi d'ailleurs. Il n'y a que Michel qui ne puisse pas la sentir, même en peinture. Et ça, c'est depuis qu'elle a quitté le voile. Je n'y comprends rien.

— Ça suffit ! s'impatiente Michel, un peu excédé. J'ai promis que j'irais et j'irai. Mais tu ne nous as pas dit où sont passés les enfants…

— Les quatre derniers sont allés jouer au baseball au parc. Sonia est au centre commercial avec ses amies. Martin et Alain travaillent.

— Où notre fille trouve-t-elle l'argent pour aller magasiner ? demande Michel.

— Tu oublies qu'elle a vendu trois toiles le mois passé.

— Je veux bien le croire. Mais si elle continue comme ça, au mois de juin elle n'aura pas un sou pour aller en Belgique.

— Ne t'inquiète pas, le rassure Sylvie. Sonia met de l'argent de côté.

— Laisse ta fille tranquille, Michel, conseille Paul-Eugène. À son âge, ce n'est pas le temps d'épargner, c'est le temps de profiter de tout. Si elle manque d'argent pour partir, je lui en donnerai.

— Il n'en est pas question, s'objecte le père de famille. Il faut que Sonia apprenne à gérer ses affaires.

— Tu ne prêches pas trop par l'exemple, encore une fois ! s'esclaffe Paul-Eugène. Faites ce que je dis, mais pas ce que je fais ! Pas plus tard que ce matin, tu m'as avoué que tu avais commencé à compter le jour où tu as demandé la main de ma sœur. Tu n'as pas de quoi te vanter.

— Pour le moment, ça va bien avec Sonia, reprend Sylvie, alors ne compte pas sur moi pour aller tout gâcher, Michel. C'est son argent et elle a le droit d'en faire ce qu'elle veut. Si elle ne peut pas partir avec Chantal l'année prochaine parce qu'elle n'a pas assez de sous, eh bien elle devra vivre avec les conséquences de ses gestes. Mais c'est drôle, tu ne tiens jamais ce genre de discours avec tes fils.

— C'est parce que...

— Une piastre, c'est une piastre, le coupe Sylvie. Elle possède la même valeur pour un garçon ou pour une fille. Tu es vraiment de la vieille école, mais je ne te laisserai pas faire. Aussi longtemps que je vivrai, je vais défendre les intérêts de ma fille.

— Tu fais bien, ma sœur, approuve Paul-Eugène. Bon, ce n'est pas que je m'ennuie, mais je vais rentrer chez moi.

— Pourquoi tu ne restes pas manger avec nous ? l'invite Sylvie. Je vais faire des frites et des sandwiches au jambon gratiné.

— Comme tous les samedis soir… commente Michel d'un air taquin.

— Sauf quand tante Irma vient souper, répond Sylvie du tac au tac.

Tous les trois éclatent de rire.

— Je reste, mais à une condition, ajoute Paul-Eugène : je vais aller acheter les frites au petit snack-bar.

— Il n'en est pas question ! proteste Sylvie. Tu priverais les enfants d'un trop grand plaisir. On a tenté l'expérience samedi dernier et ils nous ont fait promettre de servir des frites maison chaque fois qu'on mange des sandwiches au jambon gratiné.

— Je ne savais pas que mes neveux et ma nièce étaient aussi capricieux ! Moi, je les trouve délicieuses, les frites du snack-bar.

— C'est vrai qu'elles sont bonnes, mais pas pour le repas du samedi soir, explique Sylvie. C'est devenu une sorte de tradition pour les enfants et ils ne veulent rien y changer.

La sonnerie du téléphone se fait alors entendre. Vu qu'elle est la plus proche de l'appareil, Sylvie va répondre.

— Un instant, je vous le passe.

Elle tend le téléphone à Michel en prenant soin de mettre une main sur le combiné.

— C'est la femme de Fernand. Elle n'a pas l'air de bien aller du tout.

Quand Michel raccroche quelques minutes plus tard, il est blanc comme un drap. Il s'approche de la table et se laisse tomber sur une chaise, avant d'annoncer :

— Fernand a eu un accident d'auto, il est aux soins intensifs.

— Ah mon Dieu ! s'exclame Sylvie en mettant une main sur sa bouche. Sais-tu ce qui s'est passé ?

— C'est arrivé juste en face de chez lui, devant sa femme. Il s'apprêtait à traverser la rue pour aller parler à son voisin quand un chauffard l'a heurté de plein fouet. Les médecins ont dit qu'ils allaient tout tenter pour le sauver… C'est terrible.

— Veux-tu qu'on aille le voir ?

— Si ça ne te dérange pas, je vais y aller tout de suite. Mais tu n'as pas besoin de venir avec moi. Ne m'attends pas, je ne sais pas à quelle heure je vais rentrer.

Chapitre 33

Cette semaine, Michel est allé rendre visite à son ami Fernand à l'hôpital tous les soirs. Le pauvre se trouve dans un bien piètre état. La veille, le médecin a confirmé que le rétablissement de son patient va bon train, mais qu'il est encore trop tôt pour dire si Fernand va pouvoir marcher à nouveau. Le moral de celui-ci est au plus bas : la veille, il a répété à plusieurs reprises qu'il aimerait mieux mourir que d'être cloué dans un fauteuil roulant le reste de ses jours. Michel aurait voulu l'encourager, mais il ne trouvait pas les mots. En fait, tout ce qu'il a pu conseiller à son ami, c'est de prier. Plus tard, en y repensant, il s'en est voulu d'avoir dit pareille bêtise. Alors qu'il n'est pas très croyant, voilà qu'il est allé suggérer à son meilleur ami de prier. Prier qui ? Et comment ? Il aurait mieux valu qu'il se contente de lui donner une petite tape sur l'épaule. De toute façon, comment peut-on réconforter quelqu'un devant tant de misère ?

La vie est trop injuste. On se lève un bon matin et on pose les mêmes gestes qu'à l'habitude et vlan, au moment où on s'y attend le moins, la vie bascule en une fraction de seconde. C'est vraiment trop injuste. Fernand, c'est un homme bon comme du pain, qui ne ferait pas de mal à une mouche. Et un excellent ouvrier, en plus ! Comment va-t-il se débrouiller s'il ne peut plus marcher ? Sa femme n'a jamais travaillé à l'extérieur de la maison. Et même si Fernand bénéficie d'une assurance à son travail, ce n'est pas avec ce montant qu'il va pouvoir passer le reste de ses jours. C'est dans ces moments-là qu'on voit à quel point la vie est fragile, et qu'elle ne tient qu'à un fil. Le temps d'un simple battement de cils et tout a basculé. Le pire, c'est que le chauffard qui a heurté son ami n'a rien eu. Il était si imbibé d'alcool qu'il était mou comme de la guenille. Tout ce qu'il a récolté dans l'accident, c'est quelques bleus et un bon mal de tête. Pire encore, il ne se souvient de rien. La loi étant ce qu'elle est, il risque fort de s'en tirer avec pas grand-chose. Mais Fernand, lui, en plus de souffrir le martyr, risque de tout perdre. Même si ses enfants sont un peu plus vieux que ceux de Michel, trois d'entre eux vivent encore à la maison. Et en plus, sa belle-mère habite avec la famille depuis près de cinq ans.

Sur le chemin du retour, Michel fait son possible pour chasser sa peine. Il se sent aussi impuissant qu'une puce devant un éléphant. Il voudrait aider son ami, mais il ne sait pas comment. À part lui rendre visite aussi souvent qu'il le peut et tenter de le distraire, il ne peut pas faire grand-chose. Demain, Sylvie va l'accompagner à l'hôpital. Elle a promis à Fernand de venir le voir.

* * *

Pendant ce temps, Sylvie est à la répétition de la chorale. La première fois, elle était si nerveuse qu'elle tremblait de tout son corps. Elle n'arrêtait pas de regarder ses mains pour s'assurer que rien ne paraissait. Heureusement, tout se passait en elle-même. Quand elle a entonné ses premières notes, un filet de voix à peine perceptible est sorti de sa bouche. Monsieur Laberge s'est approché d'elle et lui a demandé s'il y avait quelque chose qui n'allait pas. Elle aurait voulu disparaître dans le plancher ou au moins perdre connaissance. Voyant l'inconfort de Sylvie, il a posé une main sur son épaule droite et lui a soufflé : « Ne vous en faites pas, c'est tout à fait normal. Croyez-moi, ça va finir par passer. » Puis il est retourné à sa place et a repris la répétition. Il avait raison. Au fil des minutes, Sylvie a cessé de trembler et sa voix a repris toute sa vigueur. Monsieur Laberge lui a fait un signe de tête et lui a souri, l'encourageant ainsi à continuer.

Sylvie savait qu'elle aimait chanter, mais jamais à ce point. Elle adore ça. Jamais plus elle n'arrêtera de chanter. Ici, avec Les 1 000 voix, ça n'a rien de comparable avec la chorale dont elle faisait partie auparavant. Tout est plus grand. Tout est plus sérieux. Tout est plus beau. Ici, les chanteurs ont mérité leur place et sont prêts à tout pour la conserver. Quand elle les entend raconter leur histoire, Sylvie songe qu'elle a eu beaucoup de chance d'être recrutée.

Au prochain spectacle, ils chanteront des airs de *Carmen,* de *La Paloma* et de *Don Juan*... Tout un programme en perspective. Les solos seront attribués dans deux semaines. Sylvie aimerait beaucoup en obtenir un, mais elle pourrait prendre cette première année pour faire ses classes, acquérir de l'expérience et se contenter de chanter dans les chœurs. Mais chanter en solo est vraiment tentant. Bien sûr, tenir un rôle important demande beaucoup de temps – et le temps est justement ce qui lui manque le plus. Mais jusqu'à maintenant, elle s'en tire plutôt bien, même avec trois répétitions par semaine. Depuis que chacun fait sa part à la maison, elle peut consacrer à son art le temps nécessaire. Si monsieur Laberge voyait dans quelles conditions elle répète ses chansons, il serait sûrement découragé. Toutes les occasions sont bonnes pour Sylvie : en faisant le lavage, en repassant, en préparant le souper, en reprisant... Les enfants l'entendent tellement souvent chanter les mêmes chansons que l'autre jour, quand elle a eu un blanc, Dominic a continué la chanson, ce qui a provoqué un rire collectif. Une fois l'effet de surprise passé, Sylvie a lancé à son fils :

— Tu pourrais être ma doublure.

— Ta doublure de quoi ?

— Laisse-moi t'expliquer. Quand on chante dans une chorale ou dans un groupe lyrique comme c'est mon cas, il y a une doublure pour chaque soliste.

— Je ne comprends pas.

— Attends, je n'ai pas fini. Être la doublure de quelqu'un signifie qu'on peut le remplacer s'il est malade ou s'il perd la voix.

— Non merci, s'est empressé de refuser Dominic. Je ne veux pas être ta doublure. Je suis trop gêné pour chanter devant tout le monde.

Au moment de sortir, monsieur Laberge vient voir Sylvie.

— J'espère que vous vous présenterez aux auditions pour les solos.

— Je ne sais pas encore. Après tout, je viens juste d'arriver dans la chorale.

— Ne soyez pas si modeste. Vous avez tout ce qu'il faut, croyez-moi. Promettez-moi au moins d'y réfléchir.

Pour toute réponse, Sylvie sourit. Quand elle rejoint Michel dans l'auto, il lui demande pourquoi elle sourit. Elle lui raconte ce qui vient d'arriver. Il pose une main sur sa cuisse avant de déclarer :

— Si tu en as envie, pourquoi t'en priver ? Tu sais, chaque fois que je sors de l'hôpital, je me dis qu'on n'a pas le droit de ne pas profiter des talents que le bon Dieu nous a donnés. Si j'étais toi, je foncerais.

— Oui mais, tu sais comme moi qu'il va falloir que je répète encore plus.

— Et après ? On est capables de t'aider, les enfants et moi. On n'est pas des manchots, à ce que je sache. Je te le répète : si tu en as envie, vas-y. Pour le reste, on s'arrangera.

— Je te remercie ! Maintenant, donne-moi des nouvelles de Fernand.

— Il n'y a pas grand-chose à raconter, sinon que son état ne s'améliore pas vite. Je n'ai jamais vu Fernand aussi découragé. Il n'a pas de moral. Il répète sans cesse qu'il préfère mourir s'il ne peut plus marcher. Il me fait peur, tellement que si j'étais à la place de sa femme, je le surveillerais tout le temps pour qu'il ne fasse pas une bêtise.

— As-tu peur qu'il mette fin à ses jours ?

— Je ne suis pas médecin, c'est certain, mais il m'inquiète sérieusement. Remarque que je ne sais pas comment je réagirais si j'étais à sa place.

— Moi non plus. Ça te tenterait d'arrêter boire un Coke au petit restaurant près de chez nous ? Je suis tellement excitée qu'il me semble que je n'arriverai pas à dormir. On pourrait mettre quelques pièces dans le juke-box et écouter les succès de l'heure.

— C'est une bonne idée.

* * *

Bien installé, les deux coudes sur la table, Michel lit son journal comme chaque dimanche au retour de la messe. Fidèle à ses habitudes, il commente tous les articles, ce qui suscite chaque fois l'intérêt de Sylvie qui s'empresse alors de venir lire par-dessus son épaule.

— Je n'en reviens pas. Écoute celle-là. Ça s'est passé la semaine dernière : *Un homme dans la jeune trentaine a perdu la vie d'une façon tragique. Pour son enterrement de vie de garçon, ses amis l'ont enfermé dans une cage de métal qu'ils ont ensuite déposée sur une remorque. Étant donné que le futur marié venait de la banlieue, ses amis l'ont d'abord paradé dans les rues de Montréal et ont ensuite traversé le fleuve pour passer devant la maison de sa bien-aimée. C'est alors que l'irréparable s'est produit. La remorque s'est détachée dans une courbe et s'est retrouvée au fond d'un ravin en bordure de la route. La cage a fait des tonneaux et le futur marié s'est frappé la tête à plusieurs reprises sur les poteaux de métal. On a constaté son décès à son arrivée à l'hôpital.* C'est terrible ce qui lui est arrivé !

— C'est épouvantable ! s'écrie Sylvie d'un air consterné. J'imagine la pauvre fille qui a perdu son fiancé juste avant de se marier. C'est une histoire vraiment triste.

— Il y a seulement des mauvaises nouvelles dans ce journal.

— Il n'est pas différent des autres. Tu sais comme moi que les bonnes nouvelles n'intéressent pas les gens.

— Je pense sérieusement à mettre fin à mon abonnement.

— Comme tu veux. Demain, si tu n'as pas besoin de l'auto, j'irai voir Shirley. Elle s'est cassé une jambe la semaine dernière. Il paraît qu'elle a déboulé l'escalier d'en arrière.

— Pourtant, il n'a que quelques marches.

— Tu sais comme moi que ce n'est pas tant la hauteur que la manière dont on tombe qui importe.

— Tu as raison. En tout cas, nos amis ne sont pas en pleine forme par les temps qui courent. J'espère qu'on va tenir le coup. Ça fait presque peur de voir les autres tomber comme des mouches autour de nous. Pour en revenir à ta question, oui, tu peux prendre l'auto. Paul-Eugène et moi, on a prévu de faire un tour dans la campagne environnante, mais on peut très bien prendre son auto. Je l'appellerai demain matin quand je me réveillerai.

* * *

Sylvie est très fière d'elle. C'est la troisième fois qu'elle traverse le pont toute seule depuis qu'elle a obtenu son permis de conduire. La première fois, Michel lui a proposé de l'accompagner, mais elle a refusé. Elle préférait être seule, comme ça elle pouvait rouler à la vitesse qu'elle voulait. Elle était si nerveuse à l'idée de conduire sur le pont que plus elle s'approchait de celui-ci, plus elle suait à grosses gouttes. Sylvie était tellement concentrée sur la route qu'elle n'entendait même pas la radio alors que celle-ci jouait un de ses airs préférés. Elle se faisait un point d'honneur de suivre la circulation qui, en ce samedi matin, était plutôt fluide, ce qui l'obligeait à être doublement attentive. Aussitôt arrivée sur l'île, elle s'était dépêchée de se stationner sur la première petite rue rencontrée pour reprendre son souffle. Aujourd'hui, tout ça la fait sourire. Quand elle a raconté son aventure à Michel, celui-ci l'a félicitée en la qualifiant de championne. Pour sa part, Shirley lui a avoué qu'elle avait beaucoup d'admiration pour elle. Sylvie lui a répondu qu'il n'en tenait qu'à elle d'apprendre à conduire. «Je n'ai pas ton audace», a soufflé son amie, l'air gêné.

Elle se rend directement chez Shirley. Il y a un moment que les deux femmes ne se sont pas vues. Sylvie a été très occupée avec la rentrée des classes. Habiller tout son monde demande beaucoup d'organisation. En plus, il faut acheter tous les effets scolaires. Chaque mois d'août, elle est toujours surprise de voir que pratiquement tout a disparu dans la maison : plus de crayons à mine, de cahiers, de coffres à crayons ou d'aiguisoirs, plus de crayons de couleur non plus. Pourtant, elle tente d'assurer un contrôle serré sur tout ce qui revient de l'école en juin. Cette année encore, elle s'est promis qu'en juin prochain elle récupérerait tous les effets scolaires et les remiserait dans un même endroit. Quand juin arrive, les enfants sont si excités d'être en vacances et elle si bousculée de les avoir en permanence qu'elle en oublie sa bonne résolution. Résultat : chaque début d'année, c'est un éternel recommencement. Il ne faut pas oublier de voir à l'entretien des sacs d'école non plus. C'est à croire que les enfants, en tout cas les siens, s'acharnent à découdre les coins ou à briser les courroies de leurs sacs. Dans la semaine qui suit la fin des classes, Sylvie débarque chez le cordonnier avec sa pile de sacs et lui demande de leur refairc une beauté. Chaque fois, le bon monsieur commente en souriant : «Je me demande ce qu'ils font avec leurs sacs pour les abîmer autant... » Sylvie aimerait bien le savoir, elle aussi. Heureusement, cette année, elle a fait plusieurs travaux de couture pour des femmes du voisinage, ce qui l'a aidée à tout payer. Si ce n'avait été de cela, elle ne sait vraiment pas comment elle s'en serait tirée.

Sylvie a trouvé que son amie avait une drôle de voix quand elles se sont parlé au téléphone. Quand elle en a fait la remarque, Shirley lui a simplement répondu qu'elle était fatiguée. Sylvie n'est pas devin, loin de là, mais son petit doigt lui dit qu'il y a quelque chose qui ne va pas. Elle le saura très vite. La dernière fois qu'elles se sont vues, Shirley lui a confié que ça n'allait pas très bien entre elle et son mari.

Elle stationne son auto devant la maison de Shirley. Elle n'a pas le temps de sortir de l'auto que celle-ci apparaît sur le perron en se tenant sur ses béquilles, comme si elle surveillait son arrivée, ce qui n'est pas dans ses habitudes. Sylvie prend son sac à main du côté passager et monte l'allée jusqu'à la porte d'entrée. Les deux femmes s'embrassent sur les joues.

— Laisse-moi te regarder, Shirley, déclare Sylvie en s'éloignant un peu. Ouf! Je pense que c'est la première fois que je te vois aussi pâle. Veux-tu aller prendre un café ?

— Je n'attends que ça, répond Shirley d'un ton décidé.

— Viens, je t'emmène où tu veux.

— Le plus loin sera le mieux.

— Tu m'inquiètes. Je ne t'ai jamais vue dans cet état. Mais j'imagine que c'est normal de changer d'humeur quand on a une jambe dans le plâtre.

Une fois assise dans l'auto, Sylvie demande à son amie où elle veut aller.

— Tu te souviens du petit snack-bar où on va parfois prendre un Coke ? C'est à quelques rues d'ici.

— Oui. C'est parfait.

— Je t'envie, tu sais, avoue Shirley. Tu peux aller où tu veux, et surtout quand tu veux.

— C'est vrai. Aujourd'hui, je me demande comment je faisais avant. C'est fou, chaque fois que je voulais aller quelque part, il fallait que j'attende Michel. Il n'a jamais rouspété, mais le simple fait qu'il m'attende dans l'auto la plupart du temps m'obligeait toujours à me dépêcher, alors que maintenant, je peux prendre tout mon temps. Tu aurais dû me voir la première fois que je suis allée seule à l'épicerie ; ça m'a pris un temps fou ! Je me sentais comme une petite fille qui peut enfin faire ce qu'elle veut. Mais il n'y a pas que moi qui tire avantage de la situation ; Michel aussi en profite. Penses-y un peu : il est libéré. Il a toutes ses soirées pour lui et il ne manque plus le travail pour les rendez-vous des enfants et les miens. Franchement, j'aurais dû apprendre à conduire bien avant. Et pour mes répétitions de chant lyrique, j'adore ça. Même si on termine un peu plus tard, ce qui arrive plus souvent qu'autrement, je ne fatigue pas en pensant à mon pauvre Michel qui attend patiemment mon retour dans l'auto. Vraiment, tout le monde est heureux que je sache conduire.

— Tu en as de la chance, lance Shirley d'un ton monocorde.

— Ma pauvre fille, ça n'a vraiment pas l'air d'aller. J'ai hâte que tu me racontes ce qui t'arrive parce que tu m'inquiètes un peu.

Mais son amie reste silencieuse. Elle se contente de baisser la tête pour essayer de retenir ses larmes, ce qui n'échappe pas à Sylvie.

Dès que les deux femmes sont installées à une table, Sylvie se lance :

— Maintenant, je t'écoute. Je veux tout savoir, Shirley.

— Il n'y a pas grand-chose à dire. Comme tu le sais déjà, j'ai déboulé bêtement l'escalier en arrière de la maison et je me suis cassé une jambe. Et me voilà en congé forcé pour presque deux mois, ce qui est loin de faire mon affaire.

— Je ne sais pas pourquoi, mais j'ai l'impression que tu me caches quelque chose... Raconte-moi donc comment ton accident est arrivé.

À ces mots, le visage de Shirley devient tout rouge et de grosses larmes perlent au coin de ses yeux.

— Avant, il faut que tu me jures de n'en parler à personne, pas même à Michel.

— Si c'est tout ce que ça prend pour que tu parles, je te le promets.

Sylvie prend les mains de son amie dans les siennes et ne la quitte pas des yeux. Elle attend patiemment que Shirley trouve le courage de parler, ce qui prend plus d'une minute.

— Tu ne peux même pas t'imaginer à quel point je suis gênée. Jamais je n'aurais pensé un jour tenir un tel discours. La dernière fois qu'on s'est vues, je t'ai dit que ça n'allait pas très bien entre John et moi. Eh bien, ça va encore plus mal maintenant. On se dispute souvent et plus les jours passent, moins il est patient. J'ai tout essayé pour l'amener à me parler, mais il refuse. La semaine dernière, on a argumenté pas mal fort, au point que j'ai fini par sortir dehors. Il m'a suivie. Il a claqué la porte tellement fort qu'elle est sortie de ses gonds. Moi, j'étais sur le bord de l'escalier. Il s'est approché, m'a craché quelques injures au visage et a fait mine de me frapper. C'est là que j'ai perdu pied. Après, je me tordais de douleur pendant qu'il se confondait en excuses.

Sylvie fait de gros efforts pour garder son calme. Elle est furieuse. Elle sait très bien que plusieurs femmes sont victimes de violence conjugale, mais jamais elle n'aurait cru que ça se produisait si près d'elle. « On pense toujours qu'on connaît réellement les gens », se dit-elle.

— Jamais je n'aurais pensé que John pouvait être violent. Mais est-ce que c'était la première fois qu'il levait la main sur toi ?

Shirley hésite un peu avant de répondre. Elle baisse légèrement la tête et prend une bonne respiration avant de poursuivre ses confidences.

— Non. Il a toujours été violent, mais là c'est de pire en pire… J'ai peur de lui. Chaque fois qu'il rentre, je voudrais disparaître. Je n'ai plus la moindre confiance en lui.

— Ma pauvre amie, tu ne peux pas rester là.

— Où veux-tu que j'aille ? Je suis comme toi, j'ai encore des enfants à la maison. Je fais tout pour qu'ils ne s'aperçoivent de rien. Quand ils seront partis, ce sera autre chose. Mais pour le moment, je ne peux pas faire grand-chose de plus que d'éviter de me trouver dans la même pièce que John dès qu'on est seuls à la maison.

— Mais tu pourrais au moins déposer une plainte à la police…

— Ce n'est pas la peine. J'en vois tous les jours des cas comme le mien et, crois-moi, il n'y a pas grand-chose à faire sinon trouver la force de partir. Mais, encore là, c'est à la condition que mon mari accepte que je m'en aille. Toutefois, je suis loin d'être rendue à cette étape.

— Je ne sais pas comment t'aider, à part le fait de te faire jurer de me téléphoner à n'importe quelle heure du jour ou de la nuit si tu as besoin d'aide.

— C'est gentil, je te remercie. Bon, parle-moi de toi maintenant. J'ai besoin d'entendre de bonnes nouvelles. Raconte-moi tout sur tes répétitions de chant. J'ai tellement hâte d'aller t'entendre chanter.

Deux heures plus tard, c'est le cœur gros que Sylvie quitte son amie. Bien qu'elle lui ait promis de ne pas en parler à Michel, elle ne tiendra pas sa promesse. Elle ne peut pas garder un tel secret, d'autant que son mari connaît très bien John. Sylvie prend la direction de la maison de son père, ou plutôt de celle de Suzanne. Il était si content quand elle lui a téléphoné la veille pour lui demander si elle pouvait passer. Il a même insisté pour qu'elle dîne avec lui et sa femme le lendemain, ce qui a fait très plaisir à Sylvie. Elle stationne son auto dans l'allée et court pratiquement jusqu'à la porte d'entrée. Elle appuie joyeusement sur le bouton de la sonnette et attend qu'on vienne lui ouvrir en trépignant sur place. Quand la porte s'ouvre sur son père, elle comprend vite à son air que quelque chose le dérange.

— Viens, entre, s'efforce-t-il de dire d'une voix enjouée. Je suis si content de te voir.

Puis, sur un ton de confidence, il ajoute :

— Ta sœur Ginette est ici.

Sylvie espérait pouvoir passer un moment tranquille avec son père et sa belle-mère. Au lieu de ça, elle risque fort d'être prise à partie par sa charmante sœur et toute sa paranoïa concernant la protection de son héritage. Elle s'efforce de sourire avant d'entrer dans la cuisine où Ginette discute une fois de plus de son sujet préféré avec Suzanne qui a l'air découragée. Sylvie observe la scène quelques secondes. Et là, tout bascule dans sa tête. Elle juge que sa sœur et ses acolytes en ont assez fait endurer à son père et à Suzanne. Elle se plante devant Ginette. Alors que celle-ci la salue avec son plus beau sourire, Sylvie recule et lui ordonne d'un ton autoritaire, l'index dans les airs :

— C'est assez ! C'est aujourd'hui que se termine ton petit numéro et celui de tes supporteurs. Vous avez fait assez de mal. À compter d'aujourd'hui, je t'interdis, ou plutôt je vous interdis, de venir ici pour quelque raison que ce soit. Est-ce que tu m'as bien comprise ? Prends tes affaires et va-t'en. Personne ne veut de toi ici. Quant à ton héritage, tu auras la décence d'attendre ton tour comme tout le monde. Mais si j'étais à la place de papa, ça fait longtemps que je vous aurais déshérités, les autres et toi.

— Pour qui te prends-tu pour me parler comme ça ? tonne Ginette.

— Je me prends pour ta sœur aînée. Tu as cinq minutes pour t'en aller. Après ce temps, j'appellerai la police si tu es encore là. Crois-moi, j'ai suffisamment de raisons pour te faire interdire de remettre les pieds ici. Et tu n'appelles plus papa ou Suzanne, non plus. C'est bien compris ?

Tout s'est passé si vite que ni son père ni Suzanne n'ont eu le temps de réagir. Sylvie se tourne vers son père et lui demande :

— Est-ce qu'elle a une clé pour entrer ici ?

— Non. Personne n'a la clé de la maison, à part Suzanne et moi.

— Très bien. Viens, Ginette, je vais t'accompagner jusqu'à la porte.

— Ça ne sera pas nécessaire, crache sa sœur. Je ne suis pas une voleuse. Qu'est-ce que je vais faire en attendant que mon mari vienne me chercher ? Il doit passer juste après le dîner…

— Ça m'est égal. Tu peux t'asseoir sur le trottoir, si tu veux, ou ailleurs. Mais que je ne te voie pas mettre un pied sur le terrain parce que je vais appeler la police. Allez, dépêche-toi de sortir !

Sylvie sur ses talons, Ginette reste silencieuse. Elle est furieuse comme jamais, mais son petit doigt lui dit qu'elle fait mieux de battre en retraite si elle ne veut pas avoir d'ennuis avec la police.

Une fois sa sœur sortie de la cour, Sylvie revient dans la cuisine. Elle lance :

— Il était grand temps que tout ce cirque arrête.

— Je ne te remercierai jamais assez ! s'exclame son père. Je ne savais plus quoi faire pour qu'elle arrête de nous harceler.

— Si elle revient, ne serait-ce qu'une seule fois, je compte sur vous deux pour m'aviser. Personne n'a le droit de vous empoisonner la vie.

— Je ne te savais pas aussi autoritaire, commente Suzanne.

— Quand on a sept enfants à éduquer, il faut l'être de temps en temps, confie Sylvie. J'étais loin de me douter que je la croiserais ici aujourd'hui, mais la vie est bonne parfois. Bon, assez parlé de choses plates. Vous m'invitez toujours à dîner ? ajoute-t-elle d'un ton enjoué. Je vous avoue que je suis affamée.

— Viens t'asseoir à table, l'invite Suzanne. Tout est prêt.

Chapitre 34

— Vous en avez de la chance aujourd'hui! lance joyeusement Sylvie. J'ai essayé une nouvelle recette et je l'ai réussie.

Après avoir entendu les mots « nouvelle recette », les enfants – et même Michel – font la moue. Sylvie sourit. Elle a préparé un bœuf à l'oignon. La dernière fois qu'elle a dîné chez son père, c'est ce que Suzanne leur a servi. Celle-ci a pris soin d'expliquer chaque étape à Sylvie. Il s'agit d'une recette tellement simple qu'il est pratiquement impossible de la rater.

— Ça cuit au four depuis ce matin. Je suis certaine que vous allez adorer ce plat. J'ai fait des patates pilées aussi. Je suis tellement sûre de mon coup que vous aurez le droit de manger seulement du dessert si vous n'aimez pas ça.

— Qu'est-ce qu'il y a comme dessert ? demande François.

— Des choux à la crème.

— Avec de la crème fouettée et du sirop de chocolat ? demande Luc.

— Oui, répond Sylvie. Bon, je vais faire le service.

Une fois que tout le monde a son assiette, Michel bénit le repas que les siens vont prendre. Ensuite, c'est sans grande conviction que chacun pique sa fourchette dans un morceau de viande. Sylvie ne relève pas le fait que Junior a, encore une fois, pris une trop grosse bouchée. Elle n'a pas envie de briser le moment de gloire à venir. Après avoir goûté à la viande, tous y vont de commentaires élogieux.

Sylvie est fière comme un paon. Il y a longtemps qu'elle attendait une telle réaction à la suite d'une nouvelle recette.

— J'espère que tu en as fait beaucoup ! s'exclame Junior en parlant la bouche pleine. C'est sûr que je vais en reprendre, c'est trop bon.

— Moi aussi, je vais vouloir une autre assiette, renchérit Martin. Tu peux refaire cette recette quand tu veux.

— Dommage qu'il n'y ait pas de four au chantier parce que je partirais avec les restants, commente Michel.

— À la vitesse où tout le monde mange, ajoute Sylvie, je crois bien qu'il n'y aura pas de restes.

Tout le repas se passe dans la joie. Tous ont mangé tellement de viande qu'il n'y a que Junior qui prend des choux à la crème. Trois petits choux remplis de crème fouettée reposent dans son assiette. Le jeune homme les a nappés de sirop de chocolat. Tout le monde se demande comment il va faire pour avaler son dessert après avoir mangé autant de viande. La seconde d'après, il montre à quel point c'est facile. Il saisit un petit chou entre ses doigts et le prend au complet dans sa bouche. Cette fois, Sylvie ne peut s'empêcher de réprimander son fils.

— Voyons Junior, ce n'est pas une façon de manger ! On dirait que c'est ton dernier repas. Je t'interdis de manger de cette façon les deux autres choux. Les choux sont petits, mais tu devrais prendre quelques bouchées dans chacun d'eux.

— Mais maman, c'est bien meilleur quand on mange un chou en une seule bouchée ! proteste Junior. Tu devrais essayer.

— J'ai bien envie de te prendre au mot, lance Sylvie.

Elle va jusqu'au comptoir. Elle prend une petite assiette, puis un chou qu'elle remplit généreusement de crème avant de laisser couler une montagne de sirop de chocolat dessus. Elle revient s'asseoir à table.

— Je suis prête à tenter l'expérience. Si je m'étouffe, laissez-moi tranquille.

Junior est content. Sylvie regarde son petit chou et, sans crier gare, elle l'enfourne la seconde d'après. Des traces de crème fouettée et de sirop de chocolat jaillissent aux commissures de ses lèvres, mais elle s'en moque éperdument. Elle doit l'admettre : jamais elle n'a trouvé un petit chou à la crème aussi bon. La prochaine fois, elle pourrait faire les choux un peu plus petits pour qu'ils puissent se manger en une seule bouchée. Sylvie prend le temps de savourer, même si tous l'observent avec intensité. Au bout d'un petit moment, elle déclare :

— Eh bien, Junior, tu as raison : les choux sont bien meilleurs à ta façon.

— Je te l'avais dit, maman.

— Tu peux manger ainsi les choux à la crème quand on est entre nous, ici. Mais pour le reste, je demeure sur mes positions et je vais insister pour que tu prennes de plus petites bouchées. Je m'en voudrais trop si on me reprochait que mon fils ne sait pas se comporter. Et puis, tu sais, les filles sont très sensibles aux bonnes manières à table.

— Parlant de filles, lance François, Junior ne s'en est pas vanté mais il a une blonde.

— Attends, laisse-moi finir ! s'écrie Sylvie. Je disais donc que les filles sont sensibles aux bonnes manières à table. Il ne faut pas laper sa soupe. Il ne faut pas essuyer son assiette avec un morceau de pain. Il faut fermer la bouche en mâchant. Et il faut prendre de petites bouchées. Maintenant, j'aimerais savoir si c'est vrai que tu as une blonde, Junior.

Le garçon soupire un bon coup. Il se gratte ensuite la tête. Il aurait préféré garder le secret encore un petit moment, mais si les jumeaux se mettent à fouiner, ils risquent d'en découvrir trop.

— Vous êtes vraiment fourrés partout ! s'exclame Junior à l'adresse de ses deux petits frères. Eh bien oui, j'ai une blonde. Et après ?

— Mais raconte-nous tout : son nom, son âge, où elle demeure, à quelle école elle va… s'enquiert Dominic.

— Travaillez-vous pour la police, François et toi ? demande Junior, un demi-sourire sur les lèvres. Elle s'appelle Francine. Elle a treize ans et elle est fille unique. Elle va à la même école que moi et elle habite à quelques rues d'ici.

— Où l'as-tu rencontrée ? veut savoir Luc.

— À l'école, voyons !

— Quand est-ce que tu vas nous la présenter ? demande François.

— Dans le temps comme dans le temps, répond Junior, agacé. Pour l'instant, il n'y a pas d'urgence. Bon, il faut que j'aille préparer mes circulaires.

— Je peux te donner un coup de main, si tu veux, lui propose Sonia.

— Ça ne serait pas de refus !

— Vous pouvez y aller, autorise Sylvie.

— Viens, Sonia, formule Junior. J'ai déjà tout installé en bas.

* * *

Pour une fois, Martin aide sa mère à faire la vaisselle. Elle n'a même pas été obligée de le lui demander. Dès qu'il a vu que Sonia allait aider Junior, il s'est dévoué. Aussitôt qu'ils sont seuls, Sylvie s'informe :

— Tu n'as pas l'air dans ton assiette, mon grand. Est-ce qu'il y a quelque chose qui ne va pas ?

Martin commence par hausser les épaules. Il ignore lui-même ce qui ne va pas. Depuis le retour en classe, il se sent triste en permanence et il dormirait tout le temps.

— Si tu ne parles pas, je ne pourrai pas t'aider. Profites-en pendant qu'on est seuls.

— Je ne sais pas quoi te dire. Je n'ai envie de rien. Je suis toujours fatigué…

— Mais qu'est-ce qui t'arrive ?

Martin hausse encore les épaules. Plus les semaines passent, plus il s'enferme, lui habituellement si jovial. Il y a plus d'une semaine qu'il n'est pas allé chez Marco, alors que d'habitude il lui rend visite tous les jours. Ce dernier lui a téléphoné à plusieurs reprises, mais il n'a pas réussi à le convaincre de passer le voir.

En réalité, Martin a une bonne idée de ce qui lui arrive. Tout a commencé quand Alain s'est mis à travailler à l'usine à la fin de l'école. Du jour au lendemain, il s'est retrouvé pratiquement seul. Et quand son frère a commencé à sortir avec Lucie, les choses se sont détériorées davantage. À part le fait qu'ils dorment dans la même chambre, Alain et Martin n'ont plus du tout le même horaire, ni les mêmes préoccupations. En fait, ils ne se parlent pratiquement plus. Depuis son entrée au cégep, Alain ne jure que par ses nouveaux amis. Chaque soir, il a une fête chez l'un ou chez l'autre. Au début, Martin a essayé de se faire inviter, mais chaque fois il s'est fait répondre que ces partys étaient réservés aux cégépiens. Étant donné que son frère était son meilleur ami, celui-ci lui manque cruellement. Et comme Martin se tenait uniquement avec des gars plus vieux que lui et que tous vont maintenant au cégep, voilà qu'il se retrouve tout seul, ce qu'il vit très mal.

En voyant que son fils est perdu dans ses pensées, Sylvie lui met une main sur une épaule.

— Ça n'a vraiment pas l'air d'aller, mon garçon, commente-t-elle. Viens, on va aller s'installer au salon.

— Mais il y a la vaisselle…

— Laisse faire, je m'en occuperai plus tard.

Une fois assise, Sylvie revient à la charge.

— Bon, dis-moi ce qui ne va pas.

— Je ne le sais pas moi-même, répond Martin.

— Il doit bien y avoir quelque chose, sinon tu n'aurais pas cet air-là. On croirait que tu portes tout le malheur du monde sur tes épaules.

Alors que Martin tarde à lui répondre, Sylvie réfléchit. Elle remonte dans le temps pour essayer de voir à quel moment Martin a changé. Selon elle, c'est quand Alain a commencé à travailler à l'usine. Jusque-là, les deux frères étaient inséparables. Alors qu'Alain entreprenait en quelque sorte une nouvelle vie, Martin s'est retrouvé seul. Comme il a travaillé énormément pendant toutes les vacances d'été, l'absence de son frère adoré était plus facile à supporter. Les choses se sont compliquées quand il est retourné à l'école. Sylvie elle-même ne croise qu'occasionnellement Alain, alors elle sait que Martin ne le voit pratiquement plus.

— Je crois que c'est à cause d'Alain que tu te trouves dans cet état…

Le seul fait d'entendre le nom de son frère fait réagir Martin. Il lève la tête et se retient de pleurer. Sylvie sait qu'elle a vu juste.

— Il te manque ?

— Terriblement, avoue Martin. Avant, on était toujours ensemble et maintenant, c'est comme s'il m'ignorait.

— Est-ce que tu lui en as parlé ?

— J'ai essayé plusieurs fois. Mais il est dans son monde et je ne fais plus partie de celui-ci. Ça me crève le cœur.

— Est-ce que tu vois encore Marco ? Il me semble qu'il te téléphone de temps en temps…

— Je ne l'ai pas vu depuis plus d'une semaine. Je ne veux voir personne. Ça me prend tout mon petit change pour aller à l'école.

— Mon pauvre enfant, j'ai bien peur que tu sois en train de faire un genre de dépression. Je vais te prendre un rendez-vous chez le médecin.

— Mais je ne suis pas malade, je n'ai mal nulle part. J'ai juste le moral à terre.

— C'est pour ça qu'il faut aller consulter. Moi, je pense que tu as besoin d'un peu d'aide pour te reprendre en main. Tu sais, Alain ne sera pas la seule personne à sortir de ta vie. Il va falloir que tu apprennes à être fort parce que la vie est faite d'arrivées et de départs.

— Je sais tout ça, maman. Mais là, ce n'est pas pareil : il s'agit de mon frère.

— Je peux parler à Alain.

— Fais comme tu veux. Cependant, je refuse absolument d'être un poids pour lui.

— Je comprends très bien.

* * *

Sylvie doit attendre jusqu'au lendemain soir avant d'être capable de mettre la main sur Alain. Soit elle dort quand il rentre, soit elle est sortie. Cette fois, elle est couchée, mais elle ne dort pas encore. Dès qu'elle entend la porte, elle enfile sa robe de chambre et va rejoindre son fils à la cuisine.

— Salut, maman ! lance-t-il en la voyant. Est-ce que je t'ai réveillée ?

— Non, non, je ne dormais pas encore. Veux-tu manger ?

— J'aimerais bien, mais je ne trouve rien.

— Regarde au fond du réfrigérateur. Je t'ai fait un sandwich au jambon.

Alain prend le sandwich. Il mord dedans à pleines dents avant même de s'asseoir.

— Tu as l'air fatigué, mon gars, constate Sylvie.

— Je manque un peu de sommeil, mais à part ça je vais très bien. Tu ne peux même pas t'imaginer à quel point c'est plaisant au cégep.

— J'en ai quand même une petite idée, répond sa mère. Au nombre d'heures que tu passes là-bas, tu dois sûrement y trouver ton compte. C'est justement de ça dont je veux te parler.

— Il ne faut pas que tu t'inquiètes pour moi. Je suis assez grand pour savoir ce que j'ai à faire.

— Je sais tout ça. C'est de Martin dont il s'agit.

— Martin ? Est-ce qu'il est malade ? demande-t-il d'un ton inquiet.

— Tu ne t'es rendu compte de rien ?

— Qu'est-ce que j'aurais dû remarquer ? Depuis le mois de juin, c'est à peine si je l'ai vu. Entre mes cours, ma blonde et mon travail...

— Et les nombreux partys... complète Sylvie en souriant.

— Oui. Et avec tout ça, il ne me reste plus beaucoup de temps pour grand-chose d'autre.

— C'est justement ça, le problème. Il n'y a pas si longtemps, Martin et toi étiez toujours ensemble. Du jour au lendemain, tu l'as complètement mis de côté alors que toute sa vie tournait autour de toi.

— Ça ne s'est pas tout à fait passé comme ça. Mais j'avoue que je ne lui ai pas accordé beaucoup d'attention dernièrement.

— Imagine-toi un peu comment tu te sentirais si tu étais à sa place.

— Ouais... Je n'y avais pas pensé. Pauvre Martin ! C'est vrai que je l'ai abandonné. Et chaque fois qu'il a essayé de me parler, j'ai été trop bête pour l'écouter. Au lieu de ça, je lui disais que je n'avais pas le temps. Je ne suis pas très fier de moi, mais je peux me rattraper, par exemple.

— Ça l'aiderait sûrement. Il n'en mène vraiment pas large ces temps-ci, même que je vais l'emmener voir le médecin vendredi.

— Pourquoi ?

— Ton frère m'inquiète. Je crois qu'il est en dépression.

— En dépression ? À son âge ? Voyons donc, ça ne se peut pas !

— Cette maladie frappe à n'importe quel âge. Le médecin va pouvoir lui prescrire quelque chose afin qu'il remonte la pente. Si, en plus, tu consacres un peu de temps à Martin, ça devrait aider.

— Demain matin, je commence juste à dix heures. Je vais lui parler avant qu'il parte pour l'école.

— C'est une très bonne idée. Ah oui, j'oubliais ! Tu as reçu une lettre des prêts et bourses. Elle est sur le réfrigérateur.

Alain va prendre la lettre. Il regarde l'enveloppe quelques secondes avant de l'ouvrir. La réponse qu'elle contient peut faire une grande différence dans sa vie : il pourra ou non s'offrir l'Europe l'été prochain.

— Vas-y, ouvre-la ! s'impatiente sa mère.

Alain déchire nerveusement l'enveloppe et sort la lettre. À mesure qu'il lit, un grand sourire s'installe sur son visage.

— C'est oui ou c'est non ? demande Sylvie.

— Je n'en crois pas mes yeux ! s'exclame-t-il. J'ai reçu le maximum pour la bourse. Ça fait vraiment du bien. Ouf !

— Je suis très contente pour toi. J'ai hâte de l'annoncer à ton père.

— Je pense que je vais appeler Lucie pour lui apprendre la bonne nouvelle.

— Il est trop tard pour appeler chez les gens, le réprimande sa mère.

— Je suis certain qu'elle ne dort pas encore, car je viens de la laisser. Ça signifie que si je me marie, je pourrais aller chercher au moins le double… Ça commence à être vraiment intéressant.

— Te marier ? Est-ce que j'ai bien compris ? s'enquiert Sylvie, fort surprise.

— Ne t'en fais pas, maman, c'est juste pour avoir plus de prêts et bourses et pour pouvoir aller en Europe. Bonne nuit ! Je m'en vais téléphoner à Lucie. Elle va être folle de joie.

Chapitre 35

Michel s'étire le bras pour prendre un paquet de cigarettes en haut de l'armoire. Quelle n'est pas sa surprise de ne rencontrer que le vide. Il se hausse sur la pointe des pieds et regarde jusqu'au fond de l'armoire. Il était pourtant certain qu'il lui restait encore un paquet.

— Sylvie, aurais-tu pris mon dernier paquet de cigarettes ? fait-il d'une voix forte.

Celle-ci laisse tomber le t-shirt qu'elle est en train de plier dans le salon et vient dans la cuisine.

— Non, répond-elle. Tu sais bien que je ne touche jamais à tes cigarettes. Veux-tu que je te donne un paquet des miennes ?

— Je te remercie, mais j'arrêterai à l'épicerie en allant travailler. Ce qui m'inquiète, c'est que je suis certain qu'il m'en restait un. Hier matin, j'ai réalisé qu'il fallait que je m'achète des cigarettes si je ne voulais pas en manquer.

— S'il y a quelqu'un qui vole tes paquets de cigarettes, il serait grand temps qu'on le sache.

— Tu as raison. C'est seulement la deuxième fois en quelques semaines, mais c'est deux fois de trop. On n'a pas appris à nos enfants à voler. En tout cas, celui qui prend mes cigarettes ne perd rien pour attendre.

— Laisse-moi faire ma petite enquête. Au cas où tu aurais changé d'idée, mon offre tient toujours.

— J'ai bien envie d'accepter, parce que sans cigarettes je risque d'avoir tout un caractère. Et puis, si tu me donnes un paquet, ça va me faire épargner du temps. C'est sûr qu'il n'y a pas grand monde qui m'entend bougonner dans mon camion, mais quand même. Ne te dérange pas, je vais aller le chercher moi-même.

Une fois Michel parti avec Paul-Eugène, Sylvie se prépare un café instantané et s'assoit à la table. Il faut qu'elle réfléchisse. Elle n'aime pas du tout que les cigarettes de Michel disparaissent. Elle repasse en mémoire les événements survenus dernièrement avec les enfants et essaie de trouver un élément, une phrase ou même une nouvelle attitude qui pourrait lui mettre la puce à l'oreille. À sa connaissance, il y a seulement Alain et Martin qui fument. Bien que la majorité de ses amies fument, Sonia n'a pas réussi à s'habituer. Et Junior éprouve un profond dédain pour la cigarette depuis qu'il est tout petit. À cause de l'asthme, Luc ne peut pas fumer. Et François et Dominic sont beaucoup trop jeunes. «Je vais aller faire un tour dans la chambre des jumeaux. On peut s'attendre à tout avec eux.» Elle ouvre les tiroirs de leur commode et constate une fois de plus que le désordre règne en roi dans leurs affaires. Même si elle prend la peine de plier le linge et de le déposer par piles dans les tiroirs, ils se font un devoir de mettre le désordre. Comme elle ne trouve aucune trace de cigarette, elle s'attaque ensuite à la garde-robe. Elle n'y voit rien de suspect. Elle referme la porte et va s'asseoir sur le lit de Dominic. Tout à coup, elle se souvient que les jumeaux possèdent chacun une boîte de carton dans laquelle ils mettent leurs trésors. Elle réfléchit à l'endroit où ils auraient pu ranger les boîtes. Elle ne les a vues ni dans les tiroirs ni dans la garde-robe. «À moins qu'ils les aient mises sous leur lit», pense-t-elle. Elle va aussitôt vérifier. Elle aperçoit une boîte de carton sous chaque lit. Elle en tire une et se dépêche de l'ouvrir. Deux paquets de cigarettes trônent sur le dessus des trésors de Dominic. Sylvie dépose les cigarettes sur le lit. Elle vérifie ensuite dans la boîte de François. Elle y découvre également deux paquets de cigarettes. «Il reste maintenant à savoir pourquoi ils les ont pris. Je vais tirer ça au clair avec eux dès ce midi.»

Les quatre paquets de cigarettes en main, Sylvie retourne dans la cuisine. Elle les place au beau milieu de la table. Comme ça, elle n'oubliera pas d'aborder le sujet.

Après avoir regardé ensuite l'heure, elle évalue qu'elle a amplement le temps d'aller faire l'épicerie avant que les trois plus jeunes viennent dîner. Elle sait déjà ce qu'elle va leur servir. Elle achètera du baloney et le fera rôtir à la poêle. Si le temps lui manque pour faire des patates pilées, elle ouvrira une boîte de haricots jaunes et ce sera parfait. Elle va chercher son sac à main et ramasse sa liste au passage. Elle met son manteau. Au moment où elle va sortir, on sonne à la porte. En voyant le laitier, elle lui lance d'un ton joyeux :

— Vous arrivez à temps, j'allais partir !

— Ça n'aurait pas été grave. J'aurais mis le lait sur la galerie comme d'habitude. Il fait assez froid pour qu'il se conserve bien.

— Vous avez raison. L'hiver n'est pas encore commencé et on gèle comme des rats. Je vais vous payer avant que vous me montiez une trop grosse facture !

— Le temps d'aller chercher mon livret de factures dans mon camion et je reviens.

— Pas de problème. Pendant ce temps, je vais aller mettre le lait au réfrigérateur.

Quand Sylvie sort de la maison, le laitier est encore en train de faire ses calculs, installé confortablement dans son camion. Elle va le rejoindre.

— Si je me fie au temps que ça vous prend, je ne suis pas sortie de l'auberge.

— Ne vous inquiétez pas, ce ne sera pas si pire que ça. Vous me devez seulement une semaine.

— Oui, mais vu la quantité que mes petits veaux boivent, ça me coûte toujours cher.

— Voici ce que vous me devez, annonce-t-il en lui montrant ses calculs. Vous ne devez pas être fâchée que le froid soit arrivé. Votre rue est beaucoup plus calme qu'à l'été.

Tout en lui répondant, Sylvie sort son porte-monnaie et lui tend un billet.

— Je ne vous le fais pas dire. Je ne savais pas qu'un jour je pourrais trouver un été aussi long. On ne choisit pas ses voisins.

— Non, madame. Et il y a pire que les vôtres, croyez-moi. Un peu plus haut dans le quartier, il y a une jeune famille. Le terrain devant la maison a l'air d'un dépotoir. L'autre jour, un des voisins m'a appris que le secteur est infesté de rats. Il était découragé, le pauvre.

— Des rats ? C'est vraiment dégoûtant. Quand on habitait à Montréal-Est, il y en avait dans la ruelle, mais ici il ne devrait pas y en avoir.

— Bon, si je veux finir ma ronde à une heure raisonnable, il vaut mieux que je reprenne la route. Bonne journée !

— À vous aussi !

Le sourire aux lèvres, Sylvie s'installe au volant de l'auto familiale. Elle aime bien échanger quelques mots avec le laitier et avec le boulanger aussi. Les deux hommes ont toujours quelque chose à raconter. Elle prend la direction du supermarché et ouvre vite la radio. Instantanément, Bruce et les Sultans envahissent tout l'habitacle. Elle est heureuse. Elle se met à chanter à tue-tête. Depuis qu'elle conduit, sa vie a changé du tout au tout. Voilà maintenant qu'elle reçoit une paie chaque semaine. Elle a peine à le croire : on lui donne de l'argent pour faire ce qu'elle aime le plus au monde, soit chanter. C'est vrai qu'elle ne gagne pas beaucoup, mais le simple fait d'avoir quelques dollars bien à elle lui fait plaisir. Si elle continue sur sa lancée, elle devrait avoir assez d'argent pour acheter une passe pour l'Expo à chacun des membres de la famille avant la fin de l'année comme elle le souhaite. Et si on lui donne quelques travaux de couture à faire au cours des prochaines semaines, elle pourrait même offrir les passes comme cadeau de Noël. Quand elle a décidé au début de l'année de mettre de l'argent de côté dans ce but, elle n'était pas certaine d'atteindre son objectif. Elle a très hâte de visiter l'Expo. Elle se propose d'y aller aussi souvent que possible. D'après le maire Drapeau, ce sera un événement fabuleux, du jamais vu au Québec et même au Canada. D'ailleurs, tout le monde n'était pas du même avis que le maire quant à la tenue de cette exposition universelle. Montréal a dépensé à ce jour bien plus que prévu ; la ville aura une lourde dette à supporter pour des années à venir. Chaque fois qu'on lui en parle, le maire se défend en prétendant que les retombées économiques seront énormes. Mais en attendant, les Montréalais et les Canadiens sont très inquiets. Comment vont-ils pouvoir rembourser cette immense dette ? Les chantiers majeurs sont légion à Montréal et autour de la ville depuis l'annonce de la tenue de l'Expo : il y a la construction du pont-tunnel Louis-Hippolyte-La Fontaine ; de l'île Notre-Dame ; des pavillons de l'Expo, tous plus originaux les uns que les autres ; du métro et de ses nombreuses lignes ; il y a également la prolongation des autoroutes... En fait, la liste des travaux est infinie, et le nombre de factures aussi. Plus l'Expo approche, plus les journalistes font leurs choux gras de toutes les dépenses en cours et à venir. Même si elle ne lit pas le journal aussi religieusement que Michel, Sylvie est très bien informée car son mari ne manque pas de lui parler de tout ce qu'il lit et, surtout, de tout ce qui le dérange. Alors, ces temps-ci, elle est servie.

Il y avait tellement de monde au supermarché que Sylvie revient à peine cinq minutes avant les enfants. Lorsqu'ils arrivent, elle n'a pas encore fini de ranger l'épicerie. Les garçons la saluent l'un après l'autre et poursuivent allègrement leur conversation jusqu'à ce que les jumeaux voient les paquets de cigarettes sur la table. Ils se sont arrêtés si soudainement de parler que Luc leur demande ce qui se passe. Mais ni François ni Dominic ne lui répondent. Luc revient vite à la charge :

— Qu'est-ce qui vous prend ? Vous avez perdu votre langue ou quoi ?

— Non, répond Dominic d'une petite voix. C'est juste qu'on n'a plus rien à raconter.

— Arrête de me prendre pour un cave. Tu n'as même pas fini ta phrase. Dès que tu as mis les pieds dans la cuisine, tu as cessé de parler.

— Laisse-le tranquille, ordonne François. On peut rester silencieux, si on veut.

C'est ce moment que Sylvie choisit pour intervenir. Elle prend les quatre paquets de cigarettes dans ses mains et s'adresse aux jumeaux :

— Je pense que vous avez quelque chose à me dire… et Luc aussi, s'il est de la partie. J'ai trouvé ces paquets de cigarettes dans vos boîtes aux trésors, deux dans chacune. C'est drôle parce que ça correspond exactement au nombre de paquets disparus dans la réserve de votre père, soit trois à la fin de l'école et un autre hier.

— Je n'ai rien à voir là-dedans, maman, même que je ne suis au courant de rien, affirme Luc.

— Parfait ! Tu peux aller lire dans ta chambre quelques minutes pendant que je parle à tes frères.

Les jumeaux regardent leur mère d'un air coupable. Ils savent qu'ils ont fait quelque chose de mal, mais ils ont agi pour une bonne cause.

— Je vous écoute, ajoute simplement Sylvie.

— Puisqu'on n'a pas le choix, on va tout te raconter, déclare François. À la fin de l'année, le père d'un des garçons de la classe est mort d'un cancer du poumon.

— Il fumait comme une cheminée, renchérit Dominic.

— C'est là qu'on a décidé qu'on devait faire quelque chose pour que papa arrête de fumer parce qu'on ne voulait pas qu'il meure. On a pensé que si on lui enlevait ses paquets de cigarettes, il arrêterait.

— Ce n'est pas parce que nos paquets de cigarettes disparaissent qu'on arrête de fumer sur-le-champ ; ce serait trop facile. Et pourquoi vous avez recommencé votre manège hier ?

— On avait oublié, c'est tout, explique Dominic. Mais hier, un autre gars de la classe était absent parce que son grand-père venait de mourir du cancer du poumon. C'est pour ça qu'on a pris le dernier paquet de cigarettes de papa dans l'armoire. On ne veut pas qu'il meure.

— Vous vous inquiétez pour rien. De nos jours, tout le monde fume et peu de gens meurent du cancer à cause de la cigarette. Si c'était si mauvais que ça, les médecins le sauraient. Et le gouvernement ne construirait pas des usines pour fabriquer des cigarettes. Êtes-vous bien certains que les deux hommes fumaient ?

Les deux garçons réfléchissent à ce que leur mère vient de dire. Ils se regardent et, ensuite, c'est François qui répond :

— Oups ! On a oublié de le demander !

— Votre intention était bonne. Cependant, la prochaine fois, il faudrait peut-être que vous m'en parliez avant de faire quelque chose comme ça. Mais j'y pense : je fume moi aussi et vous ne m'avez pris aucun paquet.

— C'est parce qu'on ne connaît aucune femme qui est morte du cancer du poumon.

Sylvie passe une main sur la tête de chacun des jumeaux et leur sourit.

— Vous allez remettre les paquets de cigarettes à votre père vous-mêmes.

— Est-ce qu'il va être fâché ? s'inquiète Dominic.

— Je ne pense pas. Vous n'aurez qu'à lui expliquer vos raisons. Il va sûrement comprendre. Bon, si vous ne voulez pas repartir à l'école le ventre vide, il vaut mieux dîner au plus vite. Allez chercher Luc et dressez ensuite la table. Pendant ce temps-là, je vais faire rôtir le baloney.

— Yé ! C'est mon repas préféré ! s'exclame François. J'en veux beaucoup !

— Moi aussi ! renchérit Dominic.

* * *

Le soir, alors que Michel est sur le point d'aller se coucher, le téléphone sonne. Sylvie se dépêche d'aller répondre avant que la sonnerie réveille tout le monde.

— Un instant, je vous le passe.

Après avoir posé sa main sur le récepteur, elle annonce à Michel sur un ton de confidence :

— C'est pour toi, c'est ton frère André. On croirait qu'il appelle de l'autre bout du monde.

Michel se racle la gorge avant de prendre l'appareil. Ça lui fait encore tout drôle de parler à son frère. Parfois, quand il travaille, il sourit tout seul dans son camion en pensant à lui. Il n'a pas encore eu le courage de parler à son père de ses retrouvailles avec André. Samedi prochain, sa sœur Madeleine doit venir souper. Il a bien l'intention de lui glisser un mot au sujet de leur frère. C'est un secret qui commence à être drôlement lourd à porter pour Michel. S'il fallait que ses parents meurent sans savoir qu'André a repris contact avec lui, jamais il ne se le pardonnerait. En revanche, il lui faut bien préparer le coup parce qu'il n'a aucune idée de la manière dont ses parents vont réagir quand il leur parlera. C'est la réaction de son père qui l'inquiète le plus. Et s'il refusait de revoir André ? Michel adore son père, mais il sait à quel point celui-ci peut être imprévisible. Maintenant qu'il est au courant de tout ce que son frère a enduré depuis son départ, Michel n'approuverait pas son père s'il refusait de reprendre contact avec André.

— Salut André ! J'ai justement pensé à toi aujourd'hui en conduisant mon camion. Tu vas bien au moins ?

— On ne peut mieux. J'ai une bonne nouvelle. J'ai parlé avec ma femme et on a décidé de venir te voir pour les Fêtes.

— C'est vrai ? Je suis vraiment content ! Quand allez-vous arriver ?

— Si cela vous convient, on prendrait l'avion le 26 décembre.

— C'est une excellente idée. Allez-vous emmener les enfants ?

— Non, pas cette fois. Ils vont aller faire du ski avec leurs grands-parents.

— Ça va nous faire plaisir de vous recevoir.

— Il ne faut pas vous déranger pour nous autres. On peut très bien aller à l'hôtel.

— Jamais de la vie, c'est chez nous que vous allez rester. Tu n'as qu'à me dire à quelle heure vous arriverez et on ira vous chercher à l'aéroport.

— C'est très généreux de ta part, mais je préfère louer une auto. Comme ça, si l'envie nous prend de nous promener un peu, on n'aura pas besoin d'achaler personne.

— C'est comme tu veux pour l'auto, mais j'insiste pour que vous restiez chez nous.

— Je te rappellerai bientôt. Bonne nuit, mon frère.

André a raccroché depuis quelques secondes déjà quand Michel se décide enfin à remettre le récepteur en place. Il est heureux comme un roi. Il se dépêche d'aller rejoindre Sylvie dans le salon et lui annonce la bonne nouvelle.

— C'est bien beau tout ça, mais où penses-tu les installer ? demande-t-elle.

— On verra ça plus tard. Pour l'instant, je suis tellement énervé que je vais aller me chercher une bonne bière froide.

— Quand vas-tu parler à ton père ?

— Je n'ai encore rien décidé pour l'instant. J'ai peur que ça le tue...

Chapitre 36

— Ça te dirait d'aller marcher un peu ? demande Michel à sa sœur Madeleine à la fin du repas.

— Il fait tellement froid… déclare-t-elle pour essayer de se soustraire à la promenade.

— Si tu préfères, on n'a qu'à prendre mon auto. Viens, on va aller boire un Coke au snack-bar. Il faut que je te parle de quelque chose d'important.

— Tu pourrais m'en parler ici…

— Non ! Je t'avertis : s'il le faut, je vais te traîner de force.

— C'est vraiment sérieux. Dans ce cas, allons-y !

Sur la courte distance qui les sépare du snack-bar, le frère et la sœur échangent des banalités. Madeleine se demande bien ce que son frère veut lui communiquer ; cela semble très important. Quant à Michel, il s'interroge sur la façon de s'y prendre.

Après que les boissons gazeuses ont été servies, il se lance :

— Il y a quelques semaines, André a repris contact avec moi.

— André ? De qui tu parles ? Le seul André que je connaisse, c'est le cousin de mon mari et je l'ai vu avant de partir…

— Je te parle de notre frère.

— Notre… frère ? Si c'est une blague, c'est loin d'être drôle. Il m'arrive encore de rêver à lui.

— Voyons, Madeleine, crois-tu vraiment que je t'aurais obligée à venir jusqu'ici si c'était pour te faire une blague ? C'est bien mal me connaître ! André est bel et bien vivant. Il est marié et il a deux enfants. Il vit à Edmonton et possède sa propre compagnie de construction.

Bien que Madeleine n'ait rien perdu de ce que vient de lui confier Michel, les mots n'arrivent pas à se frayer un chemin jusqu'à son cerveau. Elle observe son frère, le regard vide.

— Est-ce que tu as compris ce que je viens de te dire ? s'impatiente Michel.

— J'ai tout entendu, mais je ne comprends pas. Ça fait au moins trente ans qu'il est mort pour moi. Et là, tu m'apprends qu'il est vivant. Mets-toi un peu à ma place. J'ai l'impression d'être en plein cauchemar.

— Je parle à André toutes les semaines. Il va même venir passer le jour de l'An chez nous avec sa femme.

— Est-ce que papa est au courant ?

— Pas encore. Je veux qu'on en discute ensemble.

Peu à peu, Madeleine digère la nouvelle. Un sourire s'installe lentement sur ses lèvres. Savoir que son frère est vivant lui fait très plaisir, d'autant qu'elle s'entendait plutôt bien avec lui – encore mieux qu'avec Michel. Elle en a tellement voulu à André d'être parti sans même lui dire au revoir. Pendant des années, elle a rêvé qu'il se faisait tuer ; chaque fois, elle se réveillait en larmes. Elle a bien essayé de savoir où il était, mais personne ne le savait, pas même ses amis les plus proches. Au début, elle ne les croyait pas et ne se gênait pas pour les traiter de menteurs. Mais au fil du temps, il a bien fallu qu'elle se rende à l'évidence : son frère ne reviendrait pas.

— Je veux tout savoir ! lance-t-elle, le regard pétillant.

Michel lui fait lire la lettre qu'André lui a envoyée. Il ne quitte pas sa sœur des yeux, surveillant la moindre petite réaction. Plus Madeleine avance dans sa lecture, plus elle renifle. Après lui avoir remis la lettre, elle s'essuie les yeux.

— J'ai peine à croire ce que je viens de lire. Comment peut-on survivre à autant de violence ? C'est terrible. Continue avant que je n'aie plus la force de t'écouter.

Michel lui résume les discussions qu'ils ont eues, André et lui, au fil des semaines. Si Madeleine ne se trouvait pas dans un lieu public, elle se roulerait en petite boule et pleurerait toutes les larmes de son corps. Elle doit ravaler ses larmes quelques fois avant d'être capable de parler.

— Qu'est-ce qu'on fait maintenant ? demande-t-elle.

— Je ne sais pas. Il me semble qu'on n'a pas le droit de cacher la vérité à papa. En tout cas, moi, je ne me le pardonnerais pas s'il venait à mourir avant de savoir que son fils est vivant. Mais, en même temps, je n'ai pas envie de prendre le risque qu'il fasse une crise cardiaque en apprenant la nouvelle. C'est pour ça que je voulais te parler avant de prendre une décision.

— On pourrait prévenir maman en premier. Après, elle pourrait nous aider.

— Comment veux-tu qu'elle nous aide ? Tu la connais aussi bien que moi : ce sera trop dur pour elle de garder le secret. Chaque fois que je me retrouve seule avec elle, elle ne manque jamais de me parler d'André. Non, ce n'est pas une bonne idée. Une chose est certaine : je ne peux pas aller à Jonquière avant l'arrivée d'André. J'ai pensé que je pourrais annoncer la nouvelle à papa au téléphone. Je sais bien que ce n'est pas l'idéal, mais c'est le mieux que je puisse faire dans ces circonstances. Qu'en penses-tu ?

— Non, on ne peut pas lui apprendre une telle nouvelle par téléphone ; ça risquerait de le tuer. Si tu veux me prêter la lettre d'André, je la ferai lire à papa et à maman. Mais, à mon avis, peu importe ce qu'on va décider, ce ne sera jamais idéal.

— Mais là, c'est comme si je te passais une patate chaude.

— Ne t'en fais pas avec ça. Je pense que je suis la mieux placée pour les prévenir. Est-ce qu'André est d'accord avec le fait que tu parles de lui à la famille ?

— D'après ce que j'ai cru comprendre, il aimerait beaucoup revoir tout le monde, mais il n'a pas le courage de contacter quiconque. Je pense que, pour lui, ce serait une belle occasion au jour de l'An de renouer avec la famille. Il m'a dit qu'il allait louer une auto au cas où il voudrait aller se promener.

— Crois-tu qu'il t'en voudrait beaucoup si tu me donnais son numéro de téléphone ? J'aimerais tellement lui parler.

— Je ne sais pas, mais je te le donnerai quand on sera à la maison.

— En tout cas, j'étais loin de me douter que tu m'apprendrais une telle nouvelle. Tu ne peux même pas t'imaginer à quel point ça me fait plaisir de savoir qu'il va bien. Je ne veux pas te priver de sa présence, mais j'aimerais bien l'inviter chez nous.

— Ne t'en fais pas avec ça, répond Michel d'une voix étranglée par l'émotion. Maintenant qu'on l'a retrouvé, il ne faut pas perdre à nouveau sa trace.

— Dès que papa et maman seront au courant, j'informerai les autres.

— Je compte sur toi. Merci ma sœur !

Dès qu'ils sont sortis du snack-bar, Madeleine se jette dans les bras de Michel. Elle laisse enfin libre cours à la joie et à la peine qui l'habitent. Il ne faut que quelques secondes avant que Michel se laisse aller lui aussi. Le frère et la sœur restent enlacés pendant de longues minutes sans se préoccuper des gens qui passent. Des flocons de neige tombent maintenant sur eux, mais ils ne sentent rien.

Quand ils reviennent enfin à la maison, Sylvie est soulagée. Elle commençait à s'inquiéter sérieusement. Madeleine et Michel ont tous les deux les yeux bouffis, mais personne ne pose de questions.

Comme Madeleine travaille en comptabilité depuis des années, Michel en profite pour lui parler de son petit commerce d'antiquités. Elle l'écoute avec grand intérêt.

— Si tes affaires continuent à bien aller, il va falloir que tu déclares quelques revenus.

— Es-tu sérieuse ?

— En fait, tant que ton rythme de vie ne change pas trop, il n'y a pas de problème. Là, c'est ta sœur qui te parle et non la comptable. Le jour où tu vas faire plus d'argent, ça va être important que tu respectes les lois de l'impôt.

— Moi, je n'ai jamais compris que le gouvernement ait le droit de nous prendre notre argent sans nous demander la permission alors que nous, le pauvre petit peuple, nous sommes obligés de déclarer la moindre cent que nous gagnons…

— Que veux-tu qu'on y fasse ? La loi c'est la loi ! J'ai un ami qui est inspecteur au ministère du Revenu. Crois-moi, il vaut mieux jouer franc jeu. Ce que je te suggère, c'est d'enregistrer un nom d'entreprise. Comme ça, tu pourras déduire un tas de dépenses, ce qui aura pour effet de réduire ton revenu, enfin celui que tu voudras déclarer. Si tu veux, je vais t'envoyer tout ce qu'il faut pour t'éviter de chercher.

— Je te remercie. Bon, ça vous dirait de jouer un peu aux cartes ?

— Pas plus d'une heure, par exemple, répond Madeleine. Il faut quand même qu'on retourne à notre hôtel à Montréal.

* * *

Quand Michel rentre du travail ce soir-là, Sylvie le salue à peine et se dépêche de lui apprendre la nouvelle.

— Tu ne devineras jamais ce qui arrive à Ginette, ou plutôt à son fils…

— À voir ton air, je suis sûr que tu vas te faire un plaisir de me le dire, la taquine-t-il. Vas-y, je t'écoute. J'irai me changer après.

— Imagine-toi donc que son cher fils est en prison. Il est accusé d'avoir volé des religieux retraités. Il paraît qu'il n'est pas seul dans le coup, mais il refuse de dénoncer ses complices.

— On ne sait jamais ce qui nous pend au bout du nez quand on met des enfants au monde. Si je me souviens bien, il a le même âge qu'Alain…

— Oui. Mais attends, tu ne sais pas encore le pire. Ma sœur a téléphoné à mon père pour qu'il lui prête l'argent de la caution afin que son fils soit libéré en attendant son procès.

— Il me semblait bien qu'elle finirait par revenir à la charge. C'est tout un moineau, ta sœur Ginette. Et qu'est-ce que ton père lui a répondu ?

— Il a prétendu qu'il n'avait pas de liquidités disponibles. Le pauvre, quand il m'a téléphoné ce matin, il était dans tous ses états. Il se sentait coupable d'avoir refusé d'aider son petit-fils.

— Je le comprends, mais il ne peut pas aider la terre entière. À son âge, il faut d'abord qu'il pense à lui. De toute façon, passer quelques semaines en prison va peut-être faire du bien à ton neveu. Parfois, ça prend un coup dur pour réaliser qu'on est en train de faire fausse route. En tout cas, si par malheur un de nos enfants se retrouve au poste de police, tu peux être certaine qu'il va y passer la nuit. Ce n'est pas toujours bon de tout faire pour nos enfants.

— Tu as raison. Je me demande encore si je dois téléphoner à Ginette ou bien si je dois attendre.

— Ça, c'est toi qui le sais. Ce serait peut-être l'occasion de te rapprocher d'elle. Tu la connais mieux que moi.

— Oui et non. La vérité, c'est que je pensais la connaître. Depuis qu'elle a mené la vie dure à papa et à Suzanne, je ne recherche pas sa compagnie, loin de là.

— Alors, laisse passer un peu de temps et tu verras. Bon, je vais aller me changer. J'ai promis à Paul-Eugène de passer chez lui avant le souper. Il a un petit problème avec le nouveau robinet de son bain. Je ne suis pas le champion des plombiers, mais à deux on devrait trouver le problème. Ne m'attends pas pour manger.

— Si tu n'es pas revenu à six heures, tu vas passer en dessous de la table ! Blague à part, je garderai ton assiette au chaud. On mange du pâté chinois.

— Parfait !

Après le départ de Michel, Sylvie s'assoit sur la chaise berçante et elle réfléchit. C'est bien triste ce qui arrive à Ginette, mais elle ne peut rien faire pour sa sœur, à part l'écouter. Toutefois, Ginette voudra-t-elle se confier vu que c'est Sylvie qui l'a mise dehors de chez leur père ? Il vaut mieux attendre la suite des événements. Sylvie commence à dresser la table. Les enfants sont sur le point d'arriver pour manger, car il est près de cinq heures.

Elle vient à peine de déposer le dernier verre sur la table quand le téléphone se met à sonner. C'est Alice, son ancienne voisine.

— Je suis si contente de vous parler ! s'exclame Sylvie. Je disais justement à Michel hier soir qu'on devrait venir vous voir.

— J'ai mieux que ça à vous proposer ! lance joyeusement Alice. Mon fils doit aller à Montréal la semaine prochaine pour son travail. Il m'a offert de l'accompagner. Je dormirais à l'hôtel avec lui. Pendant la journée, j'en profiterais pour passer du temps avec vous. Qu'en pensez-vous ?

— Quelle question ! Ça me ferait très plaisir, voyons ! Vous n'avez qu'à m'indiquer la date de votre arrivée et à quel hôtel vous descendrez et j'irai vous chercher. Les jumeaux vont être ravis de vous voir.

— Je serai à Montréal mercredi et jeudi de la semaine prochaine. Je ne sais pas encore dans quel hôtel nous descendrons, mais mon fils doit réserver à proximité du pont Jacques-Cartier. Je vous rappellerai pour vous donner le nom de l'hôtel dès que je le saurai. Il faut que mon fils soit à Montréal à midi.

— Alice, j'ai quelque chose à vous proposer à mon tour. Aimeriez-vous que je vienne vous chercher dès votre arrivée et que je vous ramène à l'hôtel seulement pour retourner chez vous ?

— Je dormirais chez vous ?

— Oui ! Qu'en dites-vous ?

— J'accepte avec grand plaisir. Ça me donnera un peu plus de temps pour voir tout le monde. Je pourrais même aller rendre une petite visite à vos nouveaux voisins.

— Vous pouvez y aller si vous voulez, mais vous irez sans moi. J'ai bien assez de les supporter jour après jour. Je suis si heureuse que vous veniez nous voir. N'oubliez pas de me rappeler pour me donner le nom de l'hôtel.

— Ne vous inquiétez pas. Je vous embrasse très fort. J'ai préparé une surprise pour les jumeaux. Mais gardez le secret !

— N'en faites pas trop, Alice. Le simple fait de vous voir va les combler. J'ai très hâte à mercredi ! Bonne soirée !

Chapitre 37

Depuis que l'automne s'est installé, Michel va marcher avec Prince 2 de temps en temps, à la grande surprise du reste de la famille. « Lui, c'est un vrai chien, pas une sottise », pense-t-il en son for intérieur. Il n'a jamais aimé les petits chiens. La seule raison pour laquelle il avait exigé que leur premier chien soit petit, c'était parce qu'il craignait d'être obligé de ramasser ses besoins. Il avait mis des conditions sévères alors qu'au fond il était prêt à faire sa part lui aussi, sauf qu'il s'était bien gardé d'en parler. Il trouvait l'idée très bonne d'acheter un chien pour guérir Luc de sa peur, mais il ne voulait pas écoper des conséquences se rattachant à cette solution. Heureusement, les choses se sont très bien passées et il en est très heureux. À ce jour, Prince 2 ne lui a apporté que du bonheur.

Depuis qu'il n'a plus peur des chiens, Luc fait moins de crises d'asthme. Peut-être n'est-ce qu'une coïncidence, mais il a l'air en meilleure santé. Il lui arrive même de courir avec les jumeaux, ce qu'il ne pouvait pas faire il n'y a pas si longtemps encore. Certes, cela lui prend plus de temps qu'aux autres pour reprendre son souffle, mais au moins il peut maintenant suivre ses frères. Michel croise les doigts : il y a quelques mois que Luc n'a pas fait de séjour à l'hôpital.

Avec Prince 2 en laisse, Michel avance d'un bon pas en direction de la maison de Paul-Eugène. Aujourd'hui, son beau-frère et lui ont décidé de ne pas aller courir la campagne à la recherche d'antiquités. Ils en ont tellement ramassé ces dernières semaines qu'un ménage s'impose dans leurs garages respectifs avant de reprendre leur quête. Il faut aussi qu'ils discutent de la pertinence de louer un petit local en ville pour vendre leurs plus belles pièces. Vu qu'ils travaillent tous les deux à temps plein, ils pourraient ouvrir seulement les jeudis et vendredis soir et le samedi. Mais d'abord, ils doivent faire des calculs serrés parce qu'à Longueuil les locaux sont loin d'être donnés. Et puis, s'ils ont pignon sur rue, un seul d'entre eux pourra se lancer à la recherche de nouvelles pièces pendant que l'autre s'occupera du commerce. De plus en plus, les clients téléphonent pour venir voir leur matériel. Peut-être que si Paul-Eugène et lui misaient sur cette façon de faire, ce serait suffisant. Mais même ainsi, ils doivent absolument être mieux organisés parce que, pour l'instant, tout est tellement pêle-mêle qu'il est difficile de voir tout ce qu'il y a à vendre. L'autre jour, deux cultivateurs ont téléphoné à Michel pour lui dire de venir vider leur fenil. Les deux associés n'ont même pas attendu le samedi pour y aller. Le butin était si impressionnant qu'ils ont dû faire deux voyages à chaque endroit pour tout transporter. Bien sûr, il n'y avait pas que du beau, mais dans l'ensemble, le matériel valait largement le déplacement. Paul-Eugène et Michel commencent même à avoir des clients réguliers. Chez les particuliers, ce sont essentiellement des femmes qui achètent alors que lorsqu'ils vendent en gros, leurs principaux acheteurs sont des hommes.

La semaine dernière, Michel et son beau-frère se sont rendus chez une veuve qui habitait à plus d'une heure de Longueuil. Ils n'avaient pas encore mis les pieds dans la grange que la femme s'activait déjà à chanter la pomme à Michel. Mais celui-ci ne s'en était même pas aperçu. Paul-Eugène avait dû l'obliger à le suivre pour le prévenir.

— Qu'y a-t-il de si urgent que ça ne puisse pas attendre qu'on finisse nos affaires ? avait lancé Michel sur un ton impatient. J'étais sur le point de conclure la vente.

— Es-tu aveugle ou quoi ? La pauvre femme, elle n'en peut plus de te faire les yeux doux. C'en est presque pathétique.

— Ce n'est pas sérieux, voyons ! Elle est juste gentille.

— Je suis certain de ne pas me tromper. Tu as le choix : tu te sers de son intérêt à ton égard pour nous faire obtenir un meilleur prix ou tu lui fais clairement comprendre que tu n'es pas intéressé.

— C'est certain que je ne suis pas intéressé. Elle a beau être belle la madame, j'ai tout ce qu'il faut à la maison.

— Tu sais, il n'y a rien qui interdit de regarder à ce que je sache.

— Il paraît. Bon, viens qu'on en finisse.

Sur le chemin du retour, Paul-Eugène n'avait pas arrêté de le taquiner. Finalement, la situation leur avait bien servi. Ils avaient ramené de belles pièces obtenues à un très bon prix, tellement qu'ils se sentaient un brin coupables d'avoir profité de la belle dame. D'ailleurs, au moment de partir, elle avait tendu un bout de papier à Michel sur lequel elle avait inscrit son numéro de téléphone. Dès qu'ils avaient été suffisamment loin de la ferme, celui-ci l'avait brandi sous les yeux de Paul-Eugène avant de le jeter par la fenêtre.

— C'est quand même bon pour le moral, avait-il fini par avouer, le sourire aux lèvres. Savoir que je plais encore m'a fait beaucoup de bien. J'ai hâte de raconter ça à Sylvie…

— Pas de saint danger que ça m'arrive à moi, avait grommelé Paul-Eugène.

— Avoir su, je t'aurais donné son numéro de téléphone.

— Laisse faire, espèce de tombeur ! Elle n'a même pas daigné jeter un seul regard sur moi et tu voudrais que je l'appelle ? Sérieusement, je suis très bien célibataire.

Michel sourit en se rappelant cet épisode. Une fois devant la maison de Paul-Eugène, il va jusqu'au garage. Il entre et crie :

— Il y a quelqu'un ?

Mais personne ne répond. Il revient sur ses pas, puis il se rend devant la porte d'entrée et appuie sur le bouton de la sonnette. Quelques secondes plus tard, Paul-Eugène apparaît, tout sourire.

— Moi qui croyais que tu serais déjà au travail ! s'exclame Michel.

— Pour une fois, j'ai décidé de t'attendre. Entre, je viens juste de faire du café. Ce n'est pas de l'eau de vaisselle comme ma sœur boit, mais du vrai café pour les hommes.

— Bonne idée ! approuve Michel. Je songeais justement en m'en venant ici que j'aurais bien pris une deuxième tasse de café ce matin. Tu es certain qu'il ne te reste pas un fond d'instantané ? ajoute-t-il d'une voix espiègle.

— Jamais je n'achèterai un seul pot de cette poudre infecte. J'ai pris des *buns* à la crème du boulanger. Si tu veux, je peux les mettre quelques minutes au four pour que la crème devienne coulante… C'est encore meilleur.

— Si tu continues à me prendre par le ventre, je t'avertis : je risque de ne pas travailler très fort aujourd'hui !

— Même si on en faisait moins pour une fois, ce ne serait pas bien grave. Une chance qu'on n'a pas le droit de travailler le dimanche parce qu'avec notre petit commerce on n'arrête pas souvent.

— C'est vrai. Mais si on veut développer notre affaire, il faut qu'on y investisse beaucoup de temps.

— Je le sais bien. Mais même si on commence une demi-heure plus tard aujourd'hui, personne ne va nous en tenir rigueur.

— Bon, vas-tu finir par les mettre au four tes brioches ? Depuis que tu as prononcé ce mot, je salive !

* * *

Les deux hommes travaillent depuis plus de trois heures quand ils réalisent tout à coup qu'ils sont affamés.

— Si tu es d'accord, je pourrais aller chercher des *hamburgers* ou des *hot dogs*, si tu préfères, propose Paul-Eugène.

— C'est une excellente idée, mais je propose qu'on aille les manger sur place. Il me semble que ça nous ferait du bien de mettre le nez dehors un peu.

— Comme tu veux ! Qu'est-ce qu'on fait du chien ?

— On le laisse ici !

En sortant dehors, un coup d'œil leur suffit pour voir qu'il a neigé tout l'avant-midi. La voiture de Paul-Eugène est recouverte d'un bon quatre pouces de poudre blanche. En une fraction de seconde, les deux complices décident d'aller au restaurant à pied, histoire de ne pas être obligés de nettoyer l'auto et de la faire chauffer. Ils mettent leur tuque, remontent leur col, fourrent leurs mains dans leurs poches et commencent à marcher. L'odeur de la friture vient très vite jusqu'aux deux marcheurs. Ils n'ont qu'à se laisser guider par celle-ci pour arriver à destination. Une fois devant la porte du commerce, ils secouent leurs vêtements et enlèvent leur tuque avant d'entrer. Ils s'installent au comptoir après avoir suspendu leur manteau sur les crochets près de la porte. À peine ont-ils le temps de regarder le menu que la serveuse vient prendre leur commande.

— Ce sera une seule facture, annonce Paul-Eugène. C'est moi qui régale aujourd'hui.

— Je te reconnais bien là ! s'exclame Michel. J'aurais dû me méfier. Pas de danger que tu me paies la traite si j'avais pris un steak !

Paul-Eugène rit de bon cœur à la boutade de son beau-frère.

— Mon père m'a enseigné qu'il faut vivre selon ses moyens.

— Tu as bien retenu la leçon. Je ne risque certainement pas de crever ton budget avec mes deux *hot dogs*, ma petite frite et mon Coke !

— Si tu veux un troisième *hot dog*, ne te gêne surtout pas pour moi.

— Je te remercie, c'est trop de bonté ! Si j'ai encore faim, je paierai moi-même le troisième.

— Compte sur moi pour te rafraîchir la mémoire si tu oublies !

— Je sais que je me répète, mais je suis très content que tu sois venu t'installer près de chez nous. Tu es vraiment un excellent partenaire d'affaires.

— C'est tout ce que je suis pour toi ?

— Tu es aussi mon meilleur beau-frère…

— Là, c'est bien mieux. Mais tu as sans doute remarqué que dans ma famille, je suis à peu près le seul beau-frère recommandable.

— Tu as bien raison. En tout cas, heureusement qu'il y a Chantal et toi parce que les autres, ça ne vaut pas cher la tonne. Mais la pire, selon moi, c'est Ginette.

— C'est elle qui fait le plus de bruit, mais d'après moi, ce n'est pas la plus dangereuse. Ginette, tu peux l'entendre venir à des milles de distance avec ses gros sabots, ce qui est loin d'être le cas de mes charmants frères. C'est vrai qu'avec le métier qu'ils exercent, ils ont avantage à utiliser avec brio les faux-fuyants.

— C'est sûr que lorsqu'on est agent d'assurance ou banquier, il vaut mieux savoir endormir le monde si on veut réussir.

— Oui monsieur ! Crois-moi, mes frères excellent à ce jeu, l'un comme l'autre. Ce que je ne comprends pas, c'est comment ils ont pu mettre Charlotte de leur bord. Il me semble qu'une infirmière ne devrait pas se laisser embobiner aussi facilement, sans compter qu'elle ne manque sûrement pas d'argent. Son mari gagne au moins deux fois ton salaire et le mien ensemble.

— Je le vois tellement rarement que je ne me souviens jamais de ce qu'il fait.

— Il est plombier, mais il a hérité de l'entreprise de son père. La dernière fois que je l'ai vu, il avait une trentaine d'employés. Je suis même étonné qu'il permette à ma sœur de se joindre aux autres pour quelques dollars.

— Tu sais comme moi que l'appât du gain rend parfois les gens très méchants.

— Malheureusement...

— Mais entre toi et moi, penses-tu que ton père a beaucoup d'argent ?

— Je ne sais pas trop, mais j'imagine qu'il en a un peu. En tout cas, il doit au moins lui rester l'argent de la vente de sa maison. S'il l'a placé intelligemment, ce montant a sûrement fait des petits. Tout ce que j'espère, c'est qu'il a assez d'argent pour finir sa vie dignement. Après tout ce qu'il a traversé, il mérite de connaître le bonheur.

— Les gens sont souvent jaloux du bonheur des autres.

— Tu as raison, acquiesce Paul-Eugène. À ta santé ! ajoute-t-il sur un ton joyeux en levant son verre de Coke. À nous deux, on va bâtir un commerce très florissant, je te le jure.

— À nous deux, cher associé ! Tiens, voilà notre dîner. Bon appétit !

— Avoue que c'est quand même mieux qu'un sandwich au Paris Pâté avec un verre de Tang à l'orange.

— Parle pour toi, car c'est un régal pour les jumeaux ! plaisante Michel avant de mordre à pleines dents dans un *hot dog*.

* * *

Lorsque Michel revient à la maison, Sylvie se dépêche de lui annoncer que Fernand lui a téléphoné.

— Tu aurais dû l'entendre, on aurait cru un enfant. Figure-toi qu'il a recommencé à marcher ce matin. Il m'a bien fait rire quand il m'a raconté qu'il marchait comme une marionnette de bois.

— Ça, c'est une bonne nouvelle ! Si tu n'y vois pas d'objection, j'aimerais bien lui rendre une petite visite après le souper.

— Je peux t'accompagner, si tu veux. Je pourrais sortir prendre un café avec sa femme pendant que vous parlerez seuls tous les deux.

— D'accord. Mais on ne tardera pas à y aller parce que j'ai l'impression que Fernand ne doit pas se coucher très tard.

— On peut demander aux enfants de faire la vaisselle.

— Je te laisse ça entre les mains.

— Je n'ai pas eu le temps de te le dire, mais Martin a invité une fille à souper. Si j'ai bien compris, c'est sa nouvelle blonde. Elle s'appelle Denise. Il paraît que son père travaille avec toi.

— Je suis bien content qu'il aille mieux parce que je t'avoue qu'il commençait sérieusement à m'inquiéter.

— Moi aussi. Depuis qu'Alain lui a parlé, il va mieux.

— Ça a aussi aidé Martin que tu l'emmènes chez le médecin.

— Oui, mais quand j'ai voulu aller chercher sa prescription à la pharmacie, il m'a dit qu'il n'en avait pas besoin. Je l'ai averti que je lui donnais une semaine et qu'après, s'il n'avait pas pris de mieux, j'irais chercher son médicament. À partir de là, les choses se sont enchaînées. Alain lui a parlé et lui a accordé un peu de temps par la suite. Et maintenant, quelques semaines plus tard, voilà qu'il a une blonde. Je trouve qu'ils vieillissent vite, nos enfants.

— Ouais, et ce n'est rien pour nous rajeunir...

Chapitre 38

Quand Michel revient des quilles ce dimanche soir-là, il a peine à conduire son auto. Il s'apprêtait à lancer sa dernière boule quand il a entendu un craquement sourd dans son bras droit, entre l'épaule et le coude. Il a été tellement surpris par la douleur qu'il a laissé tomber sa boule sur le plancher. Un peu plus et il la recevait sur un pied. Quand il entre dans la maison, il se dépêche d'aller s'asseoir sur le divan. Sylvie lui demande ce qu'il a. Il lui explique ce qui s'est passé.

— Veux-tu que je frotte ton bras avec de l'antiphlogistine ?

— Ça ne me ferait sûrement pas de tort. En tout cas, si j'ai aussi mal demain matin, je ne pourrai pas aller travailler.

— Tu verras bien. Au fait, ton père a appelé. Il veut que tu le rappelles.

— Est-ce qu'il t'a dit ce qu'il me voulait ?

— Non. Mais il avait une drôle de voix, comme s'il avait pleuré.

— Peut-être que Madeleine l'a prévenu au sujet d'André. On avait pourtant convenu qu'elle devait m'avertir dès qu'elle lui aurait parlé.

— Elle n'a peut-être pas eu le temps encore. Donne-lui une chance.

Au moment où Sylvie finit sa phrase, le téléphone sonne. Elle va vite répondre.

— C'est pour toi, annonce-t-elle à Michel. C'est Madeleine.

Michel passe un bon moment à discuter avec sa sœur. Elle est allée voir leurs parents et leur a raconté tout ce qu'elle sait sur André.

— Tu aurais dû voir papa, confie-t-elle à son frère, la voix remplie d'émotion. Je ne l'avais jamais vu aussi malheureux. Il faisait pitié à voir. Pendant qu'il lisait la lettre d'André, il pleurait à chaudes larmes, tellement qu'à un moment donné il m'a demandé de la lire à haute voix. C'était tellement triste. Les coudes sur ses cuisses et la tête penchée en avant, comme il se tient chaque fois qu'il a des soucis, il m'écoutait. À chaque phrase, il était secoué par un sanglot. Et maman n'en menait pas plus large. Assise sur sa chaise berçante, elle tordait nerveusement le coin de son tablier. Elle ne cherchait même pas à retenir ses larmes. Elle pleurait doucement, comme quelqu'un qui sait qu'il ne pourra jamais pleurer assez pour sortir toute la peine qu'il a dans le cœur. Je me doutais que ce serait difficile, mais jamais à ce point-là. Quand j'ai eu fini de lire la lettre d'André, aucun des deux n'a parlé. J'ai respecté leur silence. Une demi-heure plus tard, je leur ai dit que ce n'était pas tout. Ils m'ont regardé tous les deux. Quand je leur ai appris qu'André viendrait chez toi dans le temps des Fêtes, j'ai vu un sourire s'installer sur leur visage.

— Je te remercie, Madeleine. Ça n'a vraiment pas dû être facile.

— C'est vrai. Mais heureusement que tu ne leur as pas annoncé la nouvelle par téléphone. C'était un trop gros morceau pour eux, ça les aurait tués. J'ai soupé avec eux, et je les ai laissés après avoir vérifié s'ils préféraient que je reste encore un peu.

— Papa a téléphoné. Il veut que je le rappelle. C'est pour ça que je tenais à te parler avant. Est-ce qu'il t'a dit quelque chose ?

— Il m'a demandé si toute notre famille était au courant. Quand je lui ai dit que j'allais appeler les autres en rentrant, il m'a remerciée et m'a serrée dans ses bras. Juste avant que je parte, il a déclaré qu'il voulait voir André. Je n'en sais pas plus pour l'instant.

— Je ne crois pas que ce soit une bonne idée que papa vienne voir André ici. Je vais en discuter avec lui. À mon avis, ce serait plus simple si André allait à Jonquière.

— Tu as probablement raison. Mais il va falloir que tu en parles à notre frère. Demain, je vais appeler André. J'ai tellement hâte de l'entendre. J'ai peine à réaliser qu'il est bel et bien vivant.

— Ça ne m'étonne pas. Il m'arrive de penser que j'ai sûrement tout rêvé.

— Je peux te confirmer que tu n'as pas rêvé… J'ai lu sa lettre tellement de fois que je n'ai aucun doute. D'ailleurs, j'ai promis à papa de la lui donner dès que j'aurai parlé à tout le monde. J'espère que tu n'y vois pas d'inconvénient…

— Non, c'est parfait pour moi ! Merci pour tout, Madeleine.

— Il n'y a pas de quoi. À toi maintenant de convaincre André de venir nous voir à Jonquière.

— Je te promets de faire mon gros possible.

Michel a raccroché depuis un moment déjà, mais il n'a pas bougé. Il pense à la conversation qu'il vient d'avoir avec sa sœur. Il s'imagine à quel point ça a dû être difficile pour elle, mais surtout pour ses parents. Leur père n'est pas l'homme le plus doux que la terre ait porté, mais qui n'a pas dit un jour des paroles qui dépassaient sa pensée ? Un excès de colère, toutes les déceptions qui s'accumulent, une peine sans fond : c'est suffisant pour prononcer des paroles qu'on regrette aussitôt qu'elles ont franchi nos lèvres. Mais ces jours-là, allez savoir pourquoi, on ne peut rien rattraper. Puis, les choses se bousculent, jusqu'à ce qu'on prenne conscience qu'on vient de faire la plus grosse gaffe de sa vie. Le plus difficile, c'est quand on s'aperçoit qu'on ne peut pas revenir en arrière, que la personne à qui on s'en est pris durement n'est plus là parce qu'elle a fait exactement ce qu'on lui a ordonné : elle est partie.

Michel a aussi une pensée pour sa mère. Il l'a surveillée de loin pendant les mois qui ont suivi le départ d'André. Elle était distraite. Chaque fois qu'un des enfants lui parlait, il fallait qu'il répète parce qu'elle était ailleurs, là où la douleur causée par le départ de son fils aîné s'était installée pour y rester. Chaque fois qu'elle souriait, elle se dépêchait de reprendre son sérieux, comme si à cause d'André elle n'avait plus le droit d'être heureuse. Les années ont passé. Un beau jour, alors que Michel rendait visite à ses parents, il avait enfin retrouvé sa mère, celle qu'il aimait tant. Il n'avait pas posé de question ; il s'était contenté de la serrer dans ses bras et de lui dire à quel point il l'aimait. Alors qu'elle est enfin parvenue à retrouver une forme de bonheur, voilà que son fils adoré refait surface dans sa vie. Pourvu que ça ne la tue pas !

Armée de son tube d'antiphlogistine, Sylvie rejoint Michel dans la cuisine. Quand elle pose une main sur le bras droit de son mari, la réaction de celui-ci est immédiate : il sursaute.

— J'ai bien peur que tu ne puisses pas aller travailler demain, commente-t-elle.

— S'il te plaît, frotte-moi un peu le bras, puis je vais téléphoner à mon père. Ensuite, je vais aller me coucher. La journée a été plutôt éprouvante.

— Tu as tout à fait raison ! Assieds-toi.

* * *

Pendant que les jumeaux font du coloriage dans leurs livres d'images, Sylvie les observe en souriant. Ils ont étalé tous leurs crayons Prismacolor sur la table. Évidemment, ils veulent toujours utiliser la même couleur en même temps. Pourtant, ils ont 24 crayons de couleur. Luc est parti marcher avec son chien et Junior est allé à son cours de danse. L'autre jour, il a dit à Sylvie qu'il était parvenu à un bon niveau. Les élèves vont donner un spectacle pour la fête des Mères et Junior aimerait que sa famille y assiste. Surprise, Sylvie lui a demandé s'il était certain de son coup.

— Oui. Le spectacle me permettra de montrer à tout le monde ce que je sais faire. Tu sais, maman, mon professeur m'a dit que j'étais le meilleur en cha-cha-cha. Tu devrais voir ça : je fais tourner ma partenaire comme pas deux. En plus c'est la meilleure, et la plus belle aussi.

Voyant que sa mère fronçait les sourcils, il a ajouté avec un grand sourire :

— Je danse avec Francine !

Sonia est allée passer une heure chez son amie Lise. Elle a tellement insisté que sa mère a fini par céder en lui précisant que c'était une exception. Habituellement, la semaine, elle n'a pas le droit de sortir. Sylvie entend bien tenir son bout jusqu'à la fin de l'année scolaire. Depuis son retour à l'école, Sonia a peint plusieurs toiles. Dès qu'elle en finit une, elle l'apporte au restaurant de monsieur Desbiens. L'autre jour, il lui a dit qu'elle peignait de mieux en mieux. Sylvie est assez d'accord avec lui. L'arrivée de Langis dans la vie de la jeune fille lui a fait du bien. Ce garçon est tellement doux que Sonia s'est adoucie à son contact. Elle ne sera jamais la personne la plus patiente au monde, mais son caractère est plus égal, malgré les hauts et les bas occasionnés par le passage à l'adolescence. Maintenant, il arrive à Sylvie de pouvoir parler avec sa fille sans que celle-ci monte le ton dès le début de la conversation. Et puis, le fait que de parfaits inconnus achètent ses toiles contribue sûrement à augmenter sa confiance en soi. Chaque fois qu'elle vend un tableau, elle déclare à sa mère qu'il y a sûrement une bonne étoile au-dessus de sa tête. Elle n'a même pas encore quatorze ans et elle a déjà vendu six toiles, ce qui est loin d'être le cas de tous ceux qui manient le pinceau. Sonia ne vend pas cher ses œuvres, mais pour le moment elle est satisfaite. Dernièrement, elle a raconté à Sylvie qu'elle se mettrait peut-être à peindre de petites toiles, de six pouces sur six pouces environ. Ces tableaux seraient accessibles à ceux qui n'ont pas de grands moyens financiers. Sonia a un bon fond, songe Sylvie. Le problème, c'est que trop souvent elle s'enferme dans son monde ; elle devient alors inaccessible.

Sylvie va chercher sa tirelire et la dépose sur la table de cuisine. Il y a plusieurs jours qu'elle veut faire ses comptes. Elle vide d'un coup le contenant rempli d'argent. Surpris par le bruit, les jumeaux lâchent subitement leurs crayons.

— Est-ce que tu veux qu'on t'aide ? demande Dominic.

— Tu vas voir comme on est bons en calcul, ajoute François.

— Si vous voulez. Occupez-vous de la monnaie. Il faut faire des petites piles : 40 de 25 sous, 40 de 5 sous, 50 de 10 sous et 50 de un sou. Moi, je me charge des billets.

— Wow ! Tu es riche, maman ! s'exclame François. Tu as vu tout l'argent que tu as ? Qu'est-ce que tu vas faire avec tout ça ?

— C'est une surprise.

— Tu peux nous faire confiance, affirme Dominic d'un ton sérieux. On gardera le secret, c'est promis.

— Mais si je vous en parle, ce ne sera plus une surprise.

— Mais alors, quand est-ce qu'on va le savoir ? interroge Dominic.

— Mon petit doigt me dit que c'est à Noël.

— C'est loin, Noël ! se plaint François.

— Pas tant que ça, réplique sa mère. C'est dans moins de deux semaines.

— C'est bien plus long que tu penses, deux semaines, déplore Dominic. Ça paraît que ça fait longtemps que tu n'as pas eu notre âge parce que tu trouverais que c'est interminable.

— Vous allez survivre tous les deux, ne vous en faites pas, les rassure Sylvie. Je suis déjà passée par là. Et moi, tout ce que j'avais pour cadeau, c'était une orange et des mitaines. Pourtant, chaque année, j'attendais avec impatience Noël même si je savais ce que j'allais recevoir. Vous, au moins, vous avez des vrais cadeaux et, la majorité du temps, ce sont des surprises.

— Est-ce qu'on va pouvoir échanger notre cadeau si on n'est pas contents ? demande Dominic.

— Vous ne pourrez pas l'échanger, car tout le monde va recevoir la même chose.

François revient à la charge :

— Tu pourrais au moins nous donner un indice, maman.

— Si vous voulez. C'est un cadeau qui va vous servir pendant plusieurs mois.

— S'il vous plaît, donne-nous un autre indice. C'est trop difficile de deviner, car il y a beaucoup de choses qui peuvent servir pendant plusieurs mois. Allez, maman !

— Non, je ne dirai rien de plus, indique Sylvie. Allez-vous continuer à m'aider quand même ? demande-t-elle avec son plus beau sourire.

— À une condition : je veux que tu nous chantes un de tes solos, demande Dominic. C'est tellement beau !

Sans se faire prier, Sylvie se met à chanter. Les jumeaux sont si contents de l'entendre qu'ils arrêtent de compter. Ils sont son meilleur public. Alors que la majorité des enfants de leur âge déteste les airs d'opéra, ses deux plus jeunes fils en redemandent. Ils aiment tellement cela que Sylvie songe sérieusement à les emmener au spectacle que son groupe donnera au printemps prochain.

Elle a si bien performé lors des auditions qu'elle s'est vu offrir deux solos. Au début, elle a cru qu'elle avait mal compris. Mais quand monsieur Laberge est venu la féliciter, Sylvie a réalisé qu'elle ne s'était pas trompée. Elle touchait plus terre tellement elle était contente. Mais elle éprouvait un brin d'inquiétude.

— J'espère que vous allez accepter de chanter les deux solos, a-t-il énoncé. Vous êtes vraiment une bonne recrue.

— Mais que vont penser les autres ?

— Vous savez, Sylvie, quoi que vous décidiez de faire, certaines personnes trouveront le moyen de rouspéter. Alors, cessez de vous tracasser et faites ce que vous voulez.

Quand elle a annoncé à Michel qu'elle avait été retenue pour interpréter deux solos, il lui a dit la même chose que monsieur Laberge. Le lendemain matin, elle a accepté de chanter les deux solos. Depuis, elle met tout son cœur à répéter ses chansons. Quand elle chante, elle a l'impression d'être dans un autre corps, dans une autre ville, dans un autre monde. Elle ne sait pas comment la magie opère, mais chaque fois qu'elle entonne un air, elle se sent transportée dans l'histoire. Elle devient le personnage qu'elle joue et l'habite entièrement. Elle ignorait qu'elle pouvait atteindre un tel niveau de concentration. Selon monsieur Laberge, cette aptitude est naturelle chez elle. Ce phénomène intervient à son insu alors qu'elle s'applique à chanter du mieux qu'elle peut. Elle aime chanter, mais jamais elle n'aurait cru que cette activité lui procurerait autant de bonheur. Elle se sent privilégiée de pouvoir faire ce qu'elle aime. Au fond, elle a le meilleur des deux mondes. Elle peut répéter à longueur de journée pendant qu'elle s'occupe des travaux ménagers alors que, si elle travaillait dans un bureau, elle devrait se contenter de répéter le soir, après son travail.

À peine a-t-elle poussé sa dernière note que Dominic lui demande :

— Est-ce que tu voudrais nous chanter ton autre solo ?

— Ça me ferait plaisir, mais aussitôt que je chante, vous arrêtez de travailler.

— Comment on pourrait travailler pendant que tu chantes ? s'exclame François. On ne veut pas perdre une seule note !

— Je vais vous chanter mon autre solo. Mais après, il va falloir qu'on se mette à l'ouvrage.

Une fois le décompte de son argent terminé, un grand sourire s'affiche sur le visage de Sylvie. Elle a réussi ! Elle pourra acheter un passeport pour l'Expo à chacun des membres de la famille, Michel compris. Elle est très fière. « Demain, j'irai acheter les passeports et je les cacherai jusqu'à Noël. Cette année, je n'aurai pas à me casser la tête pour choisir un cadeau à chacun. ».

Chapitre 39

André et sa femme vont arriver dans trois jours. Sylvie est dans tous ses états. Elle a beaucoup cuisiné. Le congélateur déborde de pâtés à la viande, de beignes et de tartes de toutes sortes. Elle a aussi fait des bonbons aux patates, des carrés aux Rice Krispies et du sucre à la crème. Comme chaque année, elle a caché les sucreries dans sa garde-robe, sinon les enfants dévoreraient tout. Pour une fois, elle a cuisiné seulement ce qu'elle réussit le mieux. Ce n'est pas le moment d'essayer de nouvelles recettes. Il est préférable qu'elle attende de mieux connaître son beau-frère avant de le mettre à l'épreuve. Elle a acheté une grosse dinde ce matin ; elle la mettra à cuire le jour de l'arrivée des visiteurs. Cela donnera le temps au volatile de décongeler.

Elle installera son beau-frère et sa femme au sous-sol ; ils y seront plus tranquilles. Pendant la durée de leur séjour, Alain et Martin iront s'installer chez Paul-Eugène, ce qui revêt de nombreux avantages pour les deux garçons. Ils ont promis à leur mère de venir prendre leurs repas à la maison, mais ils ont bien l'intention de profiter de leurs petites vacances à plein et d'en sauter quelques-uns. Ils savent qu'ils ne mourront pas de faim chez leur oncle, d'autant plus qu'il est bien meilleur que leur mère en cuisine. Le congé des Fêtes va passer vite. Alain va travailler à l'usine tous les jours, sauf le 25 décembre et le 1er janvier. Quant à Martin, il travaillera pendant les heures d'ouverture de l'épicerie, c'est-à-dire presque tout le temps lui aussi.

Alain et Lucie ont décidé de se marier pour obtenir plus de prêts et bourses. Ils vont l'annoncer à leurs parents le jour de l'An. Ils n'ont encore rien décidé quant à l'endroit où ils vont demeurer. Vu que leur but premier est de gagner plus d'argent, il va de soi qu'ils ne pourront pas payer un montant exorbitant pour un loyer.

De prime abord, la meilleure solution serait qu'ils s'installent chez les parents de Lucie, qui ont un grand sous-sol inutilisé. Mais Alain n'est pas très enthousiaste à cette idée. Ce n'est pas parce qu'il ne s'entend pas bien avec les parents de sa douce, non, c'est plutôt les deux jeunes frères de celle-ci qui posent problème. Alain n'a aucun atome crochu avec eux, et c'est réciproque. Si les choses se déroulent comme Lucie et Alain le souhaitent, ils s'envoleront pour la France dès que les cours seront finis et ils passeront l'été à voyager. Ils n'ont pas encore parlé de ce projet à leurs parents. De toute façon, il est inutile de les inquiéter trop tôt.

À travers toutes ses occupations, Sylvie a essayé de prendre de l'avance pour le réveillon de Noël. Elle a fait cuire un gros jambon et un gros poulet et elle les a passés au moulin à viande. Demain, elle va confectionner un pain sandwich. Les enfants sont fous de cela. Cette année, elle a commandé un long pain vert menthe à son boulanger ; ça fera changement. Elle a acheté un gros pot de Cheez Whiz et deux douzaines d'œufs pour la troisième couche de la garniture. Avec les clubs sandwiches, c'est le met qu'elle déteste le plus faire parce que ça n'en finit plus. En revanche, les enfants mangent du pain sandwich tant qu'il y en a, ce qui lui permet de reprendre un peu son souffle entre les repas.

Le père de Sylvie a invité cette dernière et les siens à manger le soir de Noël. Sylvie a proposé son aide à Suzanne, mais celle-ci a insisté pour tout faire. « Ne m'enlève pas mon plaisir. Ce sera une vraie fête de famille. Il y aura ta famille, Paul-Eugène, Chantal et mes enfants aussi. » Sylvie n'a pu s'empêcher d'avoir un petit pincement au cœur. Si on lui avait dit qu'un jour elle serait en froid avec cinq de ses frères et sœurs, elle ne l'aurait pas cru. Ils s'entendaient si bien quand ils étaient jeunes. Ils avaient leurs petites disputes comme en ont tous les enfants. Mais la plupart du temps, ils avaient du plaisir ensemble alors qu'aujourd'hui ils ne se fréquentent pas même s'ils vivent tous à proximité les uns des autres. La nostalgie du temps passé est toujours plus présente quand arrive la période des Fêtes.

En début de semaine, Sylvie a eu des nouvelles de son neveu qui est en prison par sa sœur Chantal. Il semblerait que depuis son arrestation, la liste des méfaits qui lui sont reprochés se soit passablement allongée. D'après Chantal, Ginette le prend très mal. Il paraît même qu'elle a beaucoup maigri. Sylvie aimerait bien téléphoner à sa sœur, mais chaque fois qu'elle compose son numéro de téléphone, elle raccroche avant que la première sonnerie se fasse entendre à l'autre bout. Elle voudrait encourager Ginette, lui faire savoir qu'elle peut compter sur elle... Mais elle lui en veut terriblement encore pour tout ce qu'elle et les autres ont fait subir à leur père. Sa mère disait qu'il fallait pardonner. Sylvie croit plutôt que certaines choses sont impardonnables ; on peut apprendre à vivre avec à grands coups de lâcher prise mais sans jamais les oublier. Comment peut-on pardonner à un violeur ? Comment peut-on pardonner à un mari qui bat sa femme ? Comment peut-on pardonner à une personne qui fait mal à un enfant ? Il y a des choses qui ne se font pas, un point c'est tout.

Il lui reste encore quelques cadeaux à emballer : ceux de son père, de Suzanne, de Paul-Eugène, de Chantal et de Shirley. La dernière fois que Sylvie a parlé à son amie, celle-ci lui a confié qu'elle pensait quitter John après les Fêtes. Elle irait s'installer chez ses parents avec les enfants en attendant. On pense connaître les gens, mais plus souvent qu'autrement on ne voit que ce qu'ils veulent bien nous montrer.

Le sapin de Noël trône dans un coin du salon. Chaque année, Sylvie achète de nouvelles décorations, alors l'arbre est plutôt bien garni. En plus, les décorations que les jumeaux ont faites à l'école ont été accrochées dans le sapin. Une fois que François et Dominic apportent à la maison leurs « œuvres », plus question de se défaire de celles-ci. Noël après Noël, elles se retrouvent dans la boîte qui contient toutes les décorations. Sitôt le sapin défait, Michel va ranger la boîte sur la plus haute tablette dans le garage.

Sylvie sort le papier d'emballage et les ciseaux. Elle va ensuite chercher les cadeaux. Installée à la table de cuisine, elle regarde l'heure. Sonia est en retard de plus de trente minutes, ce qui n'est pas dans ses habitudes. Elle se retient de paniquer. Comme elle est allée chez son amie Lise, il n'y a pas de quoi s'inquiéter. Comme pour faire exprès, Michel est allé se coucher plus tôt, ce qui fait qu'elle ne peut pas lui demander son avis. Depuis que sa blessure au bras l'a empêché de travailler une pleine semaine, son mari n'a pas retrouvé la forme. À moins que ce soit la visite de son frère qui le rende nerveux. Sylvie croit que c'est probablement un mélange des deux facteurs. Elle peut imaginer assez facilement le choc que ça risque de donner à Michel de revoir son frère après tant d'années. Il doit sûrement se poser des tas de questions. Et il doit craindre qu'ils n'arrivent pas à s'entendre comme dans le temps. Sylvie sait à quel point Michel est content, mais elle sait aussi à quel point il s'inquiète. Au moins, André a accepté d'aller à Jonquière. Heureusement, d'ailleurs, car Sylvie ne se voyait pas du tout recevoir toute la famille de Michel ici. Michel, Sylvie et leur famille auront bien assez de leur part d'émotions. Madeleine pourra veiller au grain pour la suite des choses.

Sylvie prend le soin d'écrire un petit mot à chacun sur les cadeaux. Quand elle regarde l'heure à nouveau, l'inquiétude la gagne. Sonia a maintenant une heure de retard. Malgré l'heure tardive, elle décide d'appeler chez Lise. Quand le père de la jeune fille lui dit qu'il croyait que sa fille était chez les Pelletier, elle sait tout de suite qu'il y a anguille sous roche. Elle prend quand même le temps de lui demander s'il connaît les autres amies de Lise.

— Non, j'entends toujours parler seulement de Sonia, répond-il. Je suis certain qu'elles vont arriver dans quelques minutes. À leur âge, ça nous arrivait de dépasser le couvre-feu.

— Je veux bien vous croire, mais il y a quelque chose de louche dans cette affaire. Ça sent le coup préparé d'avance sur toute la ligne. Vous pensiez que votre fille était chez nous alors qu'on croyait que la nôtre était chez vous.

— Écoutez, je vais aller dans sa chambre pour voir si je n'y trouverais pas un indice.

— Je vais aller vérifier dans la chambre de Sonia. Le premier qui trouve quelque chose prévient l'autre, d'accord ?

Sitôt qu'elle a raccroché le téléphone, Sylvie court réveiller Michel.

— Réveille-toi. Il est plus de dix heures et demie et Sonia n'est pas encore rentrée. Elle a plus d'une heure de retard, ce qui ne lui ressemble pas.

Michel se frotte les yeux et finit par s'asseoir dans le lit. Il regarde Sylvie d'un drôle d'air.

— As-tu compris ce que je viens de te dire ? s'impatiente-t-elle. Sonia n'est pas rentrée.

— Tu t'en fais sûrement pour rien, lâche-t-il d'une voix ensommeillée. Elle est sûrement chez Lise.

— Non. Je viens de parler au père de Lise : ni Sonia ni son amie ne sont là-bas.

— Mais alors, elles sont peut-être chez Langis. Lui as-tu téléphoné ?

— As-tu vu l'heure qu'il est ?

— Je te rappelle qu'on cherche notre fille. Personne ne t'en voudra même si tu le réveilles.

— J'y vais. Je t'attends à la cuisine.

Sylvie ne perd pas de temps. Elle court dans la chambre de Sonia et regarde les quelques papiers qui traînent sur le bureau. Quand elle met la main sur le petit carnet d'adresses de sa fille, elle se met à y chercher le numéro de Langis. Aussitôt qu'elle le trouve, elle file à la cuisine et appelle chez le garçon.

— Bonsoir, madame. Je suis désolée de vous déranger à cette heure. Je m'appelle Sylvie Pelletier et je suis la mère de Sonia, l'amie de Langis. Est-ce que je pourrais parler à votre fils ?

— Mais il dort depuis un bon moment déjà.

— Je m'excuse, mais ce serait très important que je lui parle. Sonia n'est pas encore rentrée et je suis morte d'inquiétude.

Au bout de quelques minutes qui ont semblé interminables à Sylvie, le garçon se manifeste.

— Allo ! Ma mère m'a dit que Sonia n'était pas encore rentrée.

— C'est vrai. Je voudrais savoir si tu as une idée de l'endroit où elle peut être allée.

— Non. Quand je lui ai parlé hier, elle m'a indiqué qu'elle ne pourrait pas m'appeler ce soir, mais je n'ai pas posé de questions.

— Tu es bien certain qu'elle ne t'a rien révélé qui pourrait nous aider ?

— Je suis désolé, mais je vous jure que je ne sais rien. Si quelque chose me revient, je vous rappellerai sans faute. J'aimerais que Sonia me téléphone dès qu'elle rentrera, peu importe l'heure.

— Je te remercie, ajoute Sylvie avant de raccrocher.

Découragée, elle se laisse tomber sur une chaise. Toutes sortes d'idées, plus pathétiques les unes que les autres, lui trottent dans la tête. « Mon Dieu, faites qu'il ne soit rien arrivé à ma petite fille ! » se dit-elle.

— À ce que je vois, tu n'as pas appris grand-chose, commente Michel en voyant l'air inquiet de Sylvie.

— Langis m'a juré qu'il n'était au courant de rien.

— Et tu l'as cru ?

— Que veux-tu que je fasse d'autre ? Je ne l'ai pas devant moi. Je ne sais pas quoi penser. Plus le temps passe, plus je suis inquiète. Il faudrait peut-être qu'on appelle la police…

— Même si tu appelles, les policiers vont te dire de rappeler quand sa disparition remontera à vingt-quatre heures.

— Mais il peut se passer des tas de choses en vingt-quatre heures, tu le sais aussi bien que moi.

— Oui, mais c'est comme ça. Si tu veux, je vais te préparer un café.

— Je te remercie, mais tant que je ne saurai pas où est ma fille, je ne pourrai rien avaler.

— Tu t'en fais sûrement pour rien.

— Pour l'instant, je ne peux rien faire d'autre que m'inquiéter. Tu peux être certain qu'elle n'a pas fini d'en entendre parler.

— Si ça ne te dérange pas, je vais m'ouvrir une bière.

— Vous êtes drôlement faits, vous les hommes. Pendant que ta fille erre on ne sait où, tu vas boire une bière…

— Je suis aussi inquiet que toi, c'est juste que je ne l'exprime pas de la même façon. Tu devrais en prendre une toi aussi, ça te détendrait un peu.

— Je n'aime pas la bière quand tout va bien, alors imagine un peu quand rien ne va.

— Veux-tu bien arrêter de dramatiser ? Je suis certain que Sonia pourra nous donner une bonne explication.

— Pour ça, il faudrait qu'elle commence par arriver.

* * *

Sonia et Lise viennent de sortir du bar où elles sont allées entendre un groupe de musique.

— As-tu remarqué le chanteur ? demande Sonia d'une voix cassée à force d'avoir trop crié.

— Difficile de le manquer, car on ne voyait que lui, répond Lise. Au nombre de filles qu'il y avait là-dedans, je pense qu'on était loin d'être les seules à le trouver beau. As-tu l'heure ?

— Attends, j'ai mis ma montre dans ma sacoche.

Dès qu'elle pose ses yeux sur le cadran, Sonia s'écrie d'une voix paniquée :

— Oh non ! Il est plus de onze heure trente. Il faisait tellement noir dans le bar que lorsque j'ai essayé à quelques reprises de regarder l'heure, je ne voyais rien. Il faut qu'on se dépêche si on veut attraper le dernier autobus pour Longueuil.

— À mon avis, on l'a déjà manqué.

— Allez, grouille ! Je suis certaine que ma mère a déjà mis la police à ma recherche.

— Pour ma part, tant que ta mère n'appelle pas chez nous, je suis correcte. J'ai dit à mon père que ça se pouvait que je dorme chez vous.

Quand les deux jeunes filles arrivent enfin à l'arrêt, elles voient l'autobus qui s'éloigne. Elles l'ont manqué d'une minute.

— Qu'est-ce qu'on fait maintenant ? s'enquiert Lise d'une voix essoufflée.

— Comment veux-tu que je le sache ? On va commencer par reprendre notre souffle.

Assises sur le trottoir, les deux filles réfléchissent. Il n'est pas question qu'elles passent la nuit dehors.

— As-tu un peu d'argent ? demande Sonia à son amie. Moi, il ne me reste même pas assez pour appeler ma mère.

— Moi non plus. Tout ce que j'ai, c'est mon billet d'autobus.

— Attends, j'ai une idée. Ma tante Chantal habite près d'ici. Elle est sûrement en voyage, mais la dernière fois que je suis venue la voir avec maman, elle m'a montré où elle cache sa clé. On pourra appeler nos parents dès qu'on y sera. Je sais déjà que je n'ai pas fini d'en entendre parler. Ma mère a une excellente mémoire quand il s'agit de se souvenir de mes écarts de conduite, comme elle dit.

— Bienvenue au club ! C'est pareil chez nous.

Quand les filles arrivent à destination, Sonia dit à Lise d'attendre en avant de l'édifice. Elle se rend à l'arrière et monte sur la petite galerie de sa tante. Elle soulève ensuite le pot de fleurs rempli de neige. Quelle n'est pas sa surprise de constater qu'il n'y aucune clé en dessous. Elle est soudain prise de panique. Il faut qu'elle trouve une solution. La température commence à chuter sérieusement. Elle rejoint Lise.

— Alors, est-ce que tu as la clé ?

— Non, elle n'était pas à sa place. Mais peut-être que ma tante est chez elle… Il me semblait que maman m'avait dit qu'elle revenait seulement la veille de Noël. Je vais sonner, on verra bien.

Sonia sonne trois fois, mais elle n'obtient aucune réponse. Elle commence à désespérer. Au moment où elle va appuyer une dernière fois sur le bouton de la sonnette, la porte s'ouvre sur sa tante emmitouflée dans une robe de chambre. En voyant sa nièce, elle s'exclame :

— Sonia ? Que fais-tu dehors à cette heure ? Entre.

— Je ne suis pas seule, répond la jeune fille d'un air gêné. Je suis avec mon amie Lise.

— Entrez vite avant que le froid s'infiltre à l'intérieur. Est-ce que ta mère sait où tu es ?

— Non... Est-ce que tu crois que tu pourrais l'appeler pour moi ? Je n'ai vraiment pas envie de l'entendre me faire la morale.

— À la condition que tu me dises où vous étiez, ton amie et toi, et pourquoi vous êtes venues chez moi si tard.

— Pas de problème. Est-ce qu'on peut dormir ici ?

— Bien sûr ! Il n'est pas question que ta mère vienne vous chercher à l'heure qu'il est. Je vous ramènerai chez vous demain matin à la première heure.

Quand Sylvie entend sonner le téléphone, elle se précipite dessus à toute vitesse.

— Sylvie ? C'est Chantal, ta sœur. Je ne m'excuserai pas de t'avoir réveillée parce que je suis certaine que tu ne dormais pas. Je ne dormirais pas moi non plus à ta place. Ta fille et son amie Lise sont chez moi.

— Que font-elles chez toi à cette heure ?

— Arrête de t'inquiéter, il ne leur est rien arrivé. C'est l'essentiel pour l'instant. Elles sont venues voir un spectacle de musique sur l'île et elles ont manqué leur autobus.

— Arrange-toi pour qu'elles n'aillent nulle part. Je saute dans l'auto et je viens les chercher.

— Il n'en est pas question. Va te coucher. Je vais les ramener chez vous tôt demain matin, c'est promis.

— OK ! En tout cas, je peux te certifier que ma fille ne perd rien pour attendre.

— Ne sois pas trop dure avec elle. Rappelle-toi qu'on a fait bien pire que ça à son âge.

— Parle pour toi ! Moi, j'étais celle qui s'inquiétait, et c'est encore ce que je fais des années plus tard.

— Excuse-moi, Sylvie. Je sais que je t'en ai fait voir de toutes les couleurs. Si tu veux, demain, je t'invite à déjeuner au restaurant.

— On verra. Et merci de t'occuper de ma fille. Je vais prévenir les parents de Lise et je vais aller me coucher. À demain !

Chapitre 40

Quand Sonia arrive le lendemain de son escapade, sa mère lui annonce qu'elle est privée de sorties et de l'utilisation du téléphone jusqu'au jour de l'An. Normalement, elle aurait rouspété, mais dans ces circonstances, elle se garde bien d'émettre le moindre commentaire. Elle file dans sa chambre après avoir remercié sa tante de l'avoir hébergée et ramenée chez elle.

En voyant l'air de sa sœur, Chantal réitère son invitation à déjeuner.

— Avec plaisir, répond Sylvie. J'ai grand besoin de me changer les idées. Allons-y ! Veux-tu que je te suive avec mon auto ?

— Ce n'est pas la peine, je te promets de te ramener à temps pour Noël !

— J'espère bien ! s'exclame Sylvie d'un ton bourru.

Ce matin-là, Sylvie n'a pas le sourire facile. Même si elle n'a pas d'enfants, Chantal peut comprendre à quel point sa sœur devait être inquiète en constatant que sa fille n'était pas rentrée à l'heure convenue. Elle peut facilement imaginer tout ce qui a dû défiler dans la tête de Sylvie. Même si la majorité des gens sont de bonnes personnes, un faible pourcentage des êtres humains sont dangereux. Les journaux le prouvent quotidiennement. Il arrive des tas d'événements qu'on aurait pu éviter s'il n'y avait pas autant de malades sur la terre. Et c'est sans parler des guerres qui n'en finissent plus dans trop de pays.

Pendant le court trajet qui les mène jusqu'au restaurant, Sylvie ne prononce pas un seul mot. Chantal respecte son silence. C'est tout juste si elle se permet de lui jeter des petits coups d'œil de côté. Dès que les deux sœurs sont installées à table, Sylvie commence à parler ; elle en a trop sur le cœur. Les bras croisés sur sa poitrine et le regard noir, elle lance :

— Tu sais ce qui m'embête le plus ? C'est que j'ai déjà vécu tout ça quand je m'occupais de vous tous. J'ai parfois l'impression de retourner dans le passé et, crois-moi, c'est loin de me faire plaisir. Quand je pense que je voulais avoir une fille à tout prix ! Eh bien, je l'ai eue et je le paie cher, beaucoup trop cher. Je conseille à Sonia de ne plus me refaire le coup parce que je vais lui interdire de sortir jusqu'à sa majorité. Je suis tellement furieuse, Chantal, tu ne peux même pas t'imaginer à quel point. J'ai une boule dans l'estomac et je gronde en dedans comme un vieux moteur.

— Ma pauvre Sylvie, je ne sais pas quoi te dire. Je peux bien m'excuser de t'en avoir fait baver quand j'avais l'âge de Sonia, mais sincèrement je pense que, malgré mes écarts de conduite, j'étais la plus sage de la famille. Je reconnais quand même que je n'ai pas toujours été facile. Et je ne peux pas m'excuser pour les autres. Je sais que la vie ne t'a pas ménagée. Je sais aussi que tu aurais préféré ne pas avoir à t'occuper de nous. Cependant, à cause de tes enfants, tu devais t'attendre à revivre bien des choses que tu connaissais déjà, surtout celles que tu n'aimais pas. Tu as le droit d'être en colère, mais la personne à qui tu fais le plus de mal actuellement, c'est toi. Si tu continues à te mettre dans cet état chaque fois qu'un de tes enfants ne rentre pas à l'heure convenue, tu ne seras même plus là pour assister au mariage des jumeaux. Je ne connais pas grand-chose en la matière, mais j'en connais suffisamment pour te recommander de te ménager parce que tes enfants, eux, ne te ménageront pas. Pas parce qu'ils sont méchants, mais simplement parce que ce sont des enfants et que, pour devenir des adultes, il leur faudra faire leurs propres expériences, que ça plaise ou non à leurs parents !

— Malgré tout, il y a des limites à ne pas franchir. Elle aurait dû me parler de sa sortie.

— Est-ce que tu lui aurais permis d'y aller ?

Sylvie prend quelques secondes avant de répondre. Elle sait très bien qu'elle aurait trouvé mille et une excuses pour refuser : tu es bien trop jeune pour aller traîner à Montréal, c'est trop dangereux, il n'y a que des drogués qui vont voir ces spectacles, tu n'as même pas l'âge requis… Mille et une excuses qui, au fond, tiennent en ces mots : « Je suis morte de peur à l'idée de ne pas savoir où tu es. »

— Veux-tu que je répète ma question ? demande gentiment Chantal.

— Non… avoue Sylvie.

— Alors, qu'est-ce que tu attends ? Réponds !

— Je viens de te répondre. C'est certain que j'aurais refusé qu'elle aille à Montréal. J'ai un tas de bonnes raisons à part ça pour justifier ma décision.

— Dans ce cas, ne cherche pas plus loin. C'est la raison pour laquelle Sonia ne t'a pas demandé la permission. Elle savait que tu refuserais. Et comme elle tenait absolument à aller voir ce spectacle, elle a préféré courir le risque d'être punie. Bien sûr, il y aurait eu moins de dommages si le spectacle n'avait pas fini aussi tard et si Lise et elle n'avaient pas manqué l'autobus. Mais que veux-tu, ainsi va la vie : on finit toujours par se faire prendre dans le détour même si on fait tout pour que les choses se passent bien.

— Mais elle a à peine quatorze ans !

— Rappelle-toi tout ce qu'on faisait – pas toi, bien sûr, mais les autres –, pour pouvoir entrer dans les bars : on mettait un peu plus de maquillage, on se procurait une fausse carte, on portait des vêtements plus sexy, on adoptait une coiffure qui vieillit… Et puis, ta fille peut facilement passer pour plus vieille que son âge. Son amie Lise aussi. Ce n'est plus comme dans notre temps. Aujourd'hui, les jeunes veulent plus de liberté. Ils n'ont que ce mot à la bouche. Et ils ne font que commencer à revendiquer. Avec l'Expo, ça va empirer. Avec la venue de touristes de partout dans le monde, ça ne peut pas être autrement.

— Tout cela n'a rien pour me rassurer, au contraire.

— Je ne vois pas en quoi c'est décourageant non plus. C'est seulement un constat. Quand on est jeunes, on veut tout avoir, tout savoir et surtout tout contrôler. Tu le sais comme moi, on a l'impression – et même la certitude – de tout savoir. Le Québec se trouve à un tournant important. C'est terminé, la petite vie entre nous. Si on ne s'ouvre pas sur le monde, on va finir par mourir. Malgré toutes les critiques que le maire Drapeau essuie avec l'Expo 67, moi je crois qu'il a fait ce qu'il fallait pour donner un nouvel envol au Canada tout entier. C'est tout à son honneur.

— Mais as-tu pensé à toutes les dettes dont on va hériter avant, pendant et après l'Expo ?

— Pour utiliser une expression de papa, on ne fait pas d'omelette sans casser des œufs. Je pense qu'on gagnera sur toute la ligne. Crois-tu que Montréal aurait son métro s'il n'y avait pas l'Expo ? Je peux te confirmer que non. Imagine un peu : on devient la huitième ville en Amérique du Nord à bénéficier d'un système de transport souterrain. C'est fabuleux ! Au printemps, même Longueuil aura sa propre ligne. Je ne sais pas si tu as eu l'occasion de prendre le métro, mais je peux te dire que c'est extraordinaire. Je te jure, la première fois que je l'ai utilisé, j'avais les larmes aux yeux tellement j'étais émue. Et c'est rapide comme ce n'est pas possible. En métro, pas de pluie, pas de coup de chaleur, pas de retard !

— Je ne l'ai pas encore essayé. Je t'avoue que j'ai un peu peur.

— Quand tu seras prête, fais-moi signe et j'irai avec toi. Pense maintenant au pont-tunnel ! C'est quelque chose qu'on n'aurait même pas pu imaginer il n'y a pas si longtemps. Quand il sera terminé…

— S'il l'est un jour, la coupe Sylvie. Ça fait plus de trois ans qu'il est en construction.

— Il faut quand même mettre les choses en perspective. On ne construit pas un pont-tunnel de cette importance en criant ciseau. Quand le maire a annoncé sa construction, il a précisé que ça prendrait presque quatre ans. Il devrait être en opération le printemps prochain, comme prévu. Jusqu'à maintenant, les travaux se déroulent bien. N'oublie pas que c'est le plus grand tunnel sous-marin au Canada. En plus, il y a toutes les nouvelles autoroutes qu'on construit sur l'île ou pour accéder au pont-tunnel. Non, l'Expo est ce qui pouvait arriver de mieux à Montréal, même si on travaille d'arrache-pied à sa tenue depuis des années. Tu verras : le Québec ne sera plus jamais le même.

— Tu as probablement raison. Tu sais, depuis que j'ai déménagé à Longueuil, je me sens moins concernée par tout ce qui se passe à Montréal.

— Tu ne devrais pas. Ça restera toujours ta ville.

— Je le sais bien. Pour tout avouer, il m'arrive encore régulièrement de m'ennuyer de Montréal, même si je suis très bien à Longueuil. J'ai une plus grande maison, et Michel travaille moins. Enfin, il faudrait préciser qu'il travaille moins dans son camion parce qu'avec son petit commerce d'antiquités il est plus occupé que jamais.

— La dernière fois que j'ai vu Paul-Eugène, il m'a raconté que Michel et lui loueraient peut-être un local à Longueuil.

— Ils en ont trouvé un. Ils s'entendent tellement bien ces deux-là, on dirait qu'ils sont de la même famille.

— Avoue que c'est facile de s'entendre avec notre frère.

— C'est vrai ! En tout cas, je suis très contente qu'il soit revenu au Québec.

— Moi aussi. Surtout que notre famille se résume à nous trois, à part papa et Suzanne, bien sûr.

— Je ne pensais jamais qu'un jour on en arriverait là. Et je n'ai pas ménagé mes efforts pour garder le contact, crois-moi.

— Tu t'en fais pour rien. Moi, il y a longtemps que j'ai compris qu'on ne choisit pas sa famille. Tant mieux si on s'entend bien, et tant pis si ce n'est pas le cas. On ne peut rien y faire, de toute façon. Moi aussi, j'ai essayé de me rapprocher des autres, mais tout ce que j'ai réussi à obtenir, ce sont des critiques sur ma façon de vivre, sur mon discours, sur ma façon de m'habiller, sur le fait que je vis seule… Si tu ne penses pas comme eux, tu ne les intéresses pas. Moi, j'ai pour principe qu'il faut vivre et laisser vivre les gens à leur guise. Ce n'est pas grave si on ne pense pas la même chose ; l'important, c'est de se respecter.

— Je suis de ton avis. Au fait, je tiens à te remercier de t'être occupée de Sonia.

— Tu sais, je n'ai pas fait grand-chose. C'est elle que tu devrais féliciter pour avoir pensé à venir chez moi. Ça prouve à quel point elle est débrouillarde.

— Oui, mais il y a d'autres façons de montrer qu'on est débrouillard.

— Mais enfin, Sylvie, tu ne vas quand même pas lui en vouloir jusqu'à ta mort ! Elle n'a tué personne à ce que je sache. Elle n'a pas volé non plus. Elle n'a rien fait de répréhensible. Tout ce qu'elle a fait, c'est aller voir un spectacle en ville avec une amie. Je vais te poser une question : si Alain avait fait la même chose à l'âge de Sonia, est-ce que tu aurais réagi de la même façon ?

— Je me serais certainement inquiétée, mais pas autant. C'est normal, c'est un gars.

— Non, tu fais fausse route. Un gars ou une fille, c'est pareil.

— Je ne crois pas. Il arrive bien plus de malheurs aux filles qu'aux garçons.

— Si c'est au fait de tomber enceinte que tu fais allusion, c'est vrai. Mais pour le reste, c'est du pareil au même. Aller voir un spectacle en ville pour un gars ou pour une fille, c'est aller voir un spectacle, un point c'est tout. De toute façon, Sonia prend la pilule, non ?

— Effectivement. Mais le fait de prendre la pilule ne règle pas tout.

— À moins que je ne comprenne rien à rien, ça règle au moins la plus importante différence entre Sonia et Alain. En plus, je suis loin d'être certaine que ta fille a déjà fait l'amour. En tout cas, rien dans son discours ne l'indique.

— J'espère bien qu'elle n'a pas encore fait l'amour.

— Dans quel monde vis-tu, ma parole ? Aujourd'hui, personne n'attend le jour du mariage pour passer à l'acte.

— En tout cas, j'aime mieux penser que ma fille est encore vierge et qu'elle le restera un bon bout de temps.

— Ah ! Tu me décourages !

Les deux sœurs continuent à discuter pendant tout le déjeuner. Ensuite, Chantal dépose sa sœur chez elle et reprend aussitôt la route. Elle n'a pas encore acheté ses cadeaux de Noël.

Chapitre 41

Jamais un 26 décembre n'aura paru aussi long à Michel. Depuis qu'il s'est levé, il fait les cent pas dans la maison. L'avion de son frère atterrira dans quelques minutes. Après, André et sa femme devront récupérer leurs bagages, louer une auto et traverser le pont. Ils arriveront probablement vers six heures et demie, à moins qu'ils restent bloqués sur le pont, ce qui n'est pas impossible. Sylvie a fait manger les enfants à l'heure habituelle. Ainsi, Michel et elle pourront jaser en toute tranquillité avec leur visite et prendre tout le temps qu'ils voudront. À force d'insistance de la part de Michel, Sylvie s'est finalement décidée à faire de simples spaghettis. Elle fera cuire la dinde le lendemain.

Michel est très nerveux à l'idée de revoir son frère, tellement qu'il n'a pas beaucoup dormi la nuit passée. Il a d'abord pensé qu'il avait des problèmes de digestion, mais après deux verres de « petite vache » dans de l'eau, il ne se sentait pas mieux. Il a fini par aller s'asseoir dans son fauteuil où il a somnolé un peu. C'est le babillage des jumeaux qui l'a réveillé.

— Est-ce que tu es malade, papa ? lui a demandé Dominic.

— Non, tout va bien. C'est juste que je n'arrivais pas à dormir dans mon lit.

— Tu as dormi toute la nuit dans ton fauteuil ? s'inquiète François.

— Pas toute la nuit, mais une bonne partie.

— Alors, maman a eu le lit pour elle toute seule ! reprend François d'un air taquin.

— Oui, répond Michel en souriant. Et vous, pourquoi vous êtes-vous levés d'aussi bonne heure ?

— Parce qu'on a promis à maman de lui servir son déjeuner au lit, explique Dominic. Tu ne te souviens pas ? C'est ce qu'on lui a donné comme cadeau.

— Oui, oui ! Est-ce que vous croyez que vous pourriez préparer le mien aussi ?

— Si tu veux ! accepte joyeusement Dominic. Va te coucher dans ta chambre et fais semblant de dormir. Pendant ce temps-là, on va tout préparer. N'oublie pas de dire à maman de rester couchée, par exemple.

— Promis ! Pour moi, ce sera deux œufs avec du bacon bien croustillant.

— Ah… On pensait faire des toasts au beurre d'arachide, déclare François d'un ton trahissant sa déception. Mais on peut demander à Sonia de nous aider pour le bacon, parce que maman ne veut pas qu'on en fasse cuire tout seuls.

— Je pense qu'elle a peur qu'on mette le feu à la maison, précise Dominic.

— Si Sonia ne veut pas vous aider, je me contenterai de toasts, mais à la confiture de fraises, celle de grand-maman.

Sur ces mots, Michel retourne se coucher. Quand les jumeaux entrent dans la chambre avec son déjeuner, il dort à poings fermés. Il ouvre seulement un œil. Il est très tenté de se tourner sur le côté et de récupérer les heures de sommeil perdues, mais il se ravise rapidement. Il ne peut pas faire ça aux jumeaux après leur avoir demandé de préparer son déjeuner. L'odeur du bacon et des œufs fait le reste. Il s'assoit. Puis, Sylvie et lui prennent leur petit-déjeuner au lit, au grand plaisir des deux jeunes cuisiniers en herbe.

Pendant toute la journée, Michel ne sait pas quoi faire de sa peau. À force d'insister, Sylvie réussit à l'emmener prendre une marche. Malgré les gros flocons qui tombent doucement, il n'arrive pas à profiter du spectacle alors que d'habitude son enthousiasme ressemble à celui d'un enfant quand il neige autant. Il passe son temps à regarder sa montre. Sylvie finit par lui dire :

— Vas-tu finir par arrêter de regarder l'heure ? Ça ne les fera pas arriver plus vite.

— Je le sais, mais c'est plus fort que moi. Je suis comme un lion en cage. Je ne suis bien nulle part.

— Ça paraît ! Remarque que je te comprends. Ce n'est quand même pas tous les jours qu'on revoit un frère dont on n'a pas eu de nouvelles depuis trente-cinq ans. Je serais probablement pire que toi, même que je serais sûrement déjà rendue à l'aéroport.

— Ça ne me donnerait rien d'y aller, car André va louer une auto.

— Tu as raison. Mais peut-être que j'y serais allée quand même. J'imagine comment tu peux te sentir.

— Alors que moi, je ne suis pas certain de le savoir. Il y a des tas de choses qui me trottent dans la tête. Et si le courant ne passait plus entre nous ? Et si cette longue absence nous avait séparés pour toujours ? Et si…

— Veux-tu bien arrêter ? ordonne Sylvie sans lui laisser le temps de finir sa phrase. Tu m'étourdis ! Moi, je pense que vous allez vous retrouver exactement comme le jour où il est parti.

— Crois-moi, c'est ce que j'espère de tout mon cœur. Mais je ne le saurai pas tant que je n'aurai pas André devant moi. En tout cas, je suis content que mon frère ait accepté d'aller à Jonquière. Pour être honnête, je n'avais pas du tout envie d'assister à ses retrouvailles avec mon père, ma mère et tous les autres. Je suis très heureux de l'avoir à moi tout seul pendant quelques jours. Il m'a dit qu'il repasserait par chez nous avant de retourner à Edmonton. J'ai tellement de questions à lui poser que j'ai peur de manquer de temps.

— Tu verras… De toute façon, c'est une première rencontre, mais elle pourrait être suivie par beaucoup d'autres.

— Ouais. Mais tu conviendras avec moi que l'Alberta, ce n'est pas la porte à côté.

— Il paraît que c'est très beau, l'Ouest canadien. On pourrait peut-être y aller.

— C'est une bonne idée. On pourrait y aller en auto avec les enfants.

— Il faudrait d'abord savoir si ton frère est installé pour nous recevoir. Même si les plus vieux ne viendront pas, il n'en demeure pas moins qu'on est nombreux quand on débarque chez quelqu'un. Tant qu'à faire le voyage, on ne resterait pas seulement deux jours non plus.

— Mon frère a un petit chalet sur le bord d'un lac. Il a offert de nous le prêter si on vient à Edmonton.

— Tu vois, on a déjà un toit. Je commence à geler des pieds. Que dirais-tu si on rentrait ? Cette maudite humidité me transit jusqu'aux os. Je pourrais nous préparer un bon Quick chaud.

— Va pour le Quick, mais pas de guimauves pour moi… demande Michel en souriant.

Plus l'heure avance, plus Michel est impatient. Au lieu d'écouter le bulletin de nouvelles comme il le fait d'habitude, il arpente le couloir de long en large et surveille la porte comme si le seul fait de la fixer allait la faire s'ouvrir plus vite sur son frère et sa belle-sœur.

— J'espère qu'il ne leur est rien arrivé, s'inquiète-t-il. Avec toute la neige qui est tombée, les routes ne doivent pas être très belles. Ce n'était peut-être pas une si bonne idée que mon frère loue une auto à l'aéroport. Il n'a peut-être jamais conduit sur la neige.

— Il y a sûrement un hiver à Edmonton. Ça a beau être loin du Québec, ce n'est quand même pas la Floride. Je suis certaine qu'il neige là-bas. Mais oui, je me rappelle maintenant : Chantal y est déjà allée et elle avait eu droit à une tempête de…

Mais Sylvie n'a pas le temps de finir sa phrase. Le téléphone sonne. Michel se dépêche d'aller répondre.

— Pourvu qu'il ne leur soit rien arrivé ! lance-t-il juste avant de décrocher le récepteur. Allo !

— Michel, c'est André.

— Où es-tu ?

— Le vol a eu deux heures de retard. On vient d'arriver à l'aéroport. J'ai pensé qu'il valait mieux que je t'appelle pour que tu ne t'inquiètes pas. On va chercher l'auto et on arrive.

— On vous attend. Fais attention sur la route, car il neige depuis une couple d'heures.

— Ne t'en fais pas pour moi. À Edmonton, on a notre lot de neige nous aussi. À plus tard !

Il est près de neuf heures quand André et sa femme Audrey font leur apparition. Enfin face à face, les deux frères se regardent quelques secondes avant de se jeter dans les bras l'un de l'autre. Ce moment de retrouvailles est tellement fort que Sylvie a les larmes aux yeux. Elle réalise vite qu'il vaut mieux laisser les deux hommes en tête-à-tête. Elle entraîne sa belle-sœur dans le salon, puis l'invite ensuite à s'asseoir.

— Je pense qu'il vaut mieux ne pas attendre après les hommes pour faire les présentations. Je m'appelle Sylvie.

— *Me,* Audrey.

Il n'en faut pas plus pour que Sylvie réalise que sa belle-sœur ne maîtrise pas le français. Comme elle-même ne fait que baragouiner l'anglais, la communication risque d'être difficile.

— *Sorry !* lance Audrey. Je parle… français… un… petit peu.

— *And me, I speak English a little bit.*

— Je veux… pratiquer… ma français.

— OK ! Tu dois avoir faim ? demande Sylvie en faisant des gestes.

Pour une fois, Sylvie ne s'est pas préoccupée de demander la permission avant de tutoyer quelqu'un. Elle croit qu'Audrey ne verra pas la différence entre « tu » et « vous » de toute façon.

— *Sure !* répond Audrey en souriant.

— Aimes-tu les spaghettis ?

— Oui.

— Viens dans la cuisine.

Pendant ce temps, dans l'entrée, Michel et André sont toujours dans les bras l'un de l'autre. Les deux frères n'ont pas envie de bouger, comme s'il fallait qu'ils rattrapent en une seule étreinte toutes les années où ils ont été absents de la vie l'un de l'autre. De grosses larmes coulent sur leurs joues, ce dont ils ne se préoccupent guère. Au bout d'un moment qui aurait pu sembler une éternité à un spectateur, Michel réussit à se distancer de son frère. Il prend la tête d'André entre ses deux mains et lui dit, la voix remplie d'émotion :

— Je suis tellement content de te retrouver…

— Et moi donc ! clame André. J'ai peine à croire que nous sommes enfin ensemble. Tu ne peux même pas t'imaginer le nombre de fois que j'ai rêvé que j'étais avec toi comme dans le bon vieux temps. Tu te souviens quand on allait voir les filles et que papa nous attendait dans sa chaise berçante ?

— Comment voudrais-tu que j'aie oublié ? C'était le bon temps. Te rappelles-tu la fois où on était tellement chauds qu'on était incapables de conduire ?

— C'est la fois où on a dormi dans la grange du vieux Tremblay dans le 6e Rang.

— Ouais.

La seconde d'après, Michel redevient nostalgique.

— Il faut que tu me jures de ne plus jamais me laisser sans nouvelles de toi.

— Tu n'as aucune inquiétude à avoir là-dessus. Maintenant qu'on s'est retrouvés, ce n'est sûrement pas pour se perdre à nouveau. Je veux tout savoir sur toi et sur tout ce que tu as fait depuis que je suis parti de Jonquière.

— Ça adonne bien parce que moi aussi je veux tout savoir ! Tu risques d'avoir mal à la langue d'avoir trop parlé quand tu vas partir voir le père. Viens, on va aller rejoindre les femmes.

— Il faut que j'aille chercher les valises dans l'auto avant.

— Veux-tu un coup de main ?

— Ça ne serait pas de refus. Comme tu le verras, ma femme n'a aucune notion de ce que signifie « voyager léger ». Attends de voir tout ce qu'elle a apporté. J'ai même dû payer un surplus parce que nos bagages dépassaient le poids permis.

Quand les deux hommes font leur entrée dans la cuisine, Sylvie regarde son beau-frère. Elle lui trouve rapidement de nombreuses ressemblances avec Michel.

Une fois les présentations faites, elle demande à André s'il veut manger. Mais celui-ci n'a pas le temps de répondre que Michel lui met une bière dans les mains, ce qui fait rire les deux hommes.

— On va commencer par absorber du liquide ! lance joyeusement Michel.

— Comme dans le bon vieux temps ! s'écrie André.

Quand arrive le moment d'aller dormir, André et sa femme ont rencontré toute la famille à l'exception d'Alain et de Martin. Ceux-ci ont promis à leur mère de venir souper le lendemain. André avait prévu un cadeau pour chacun des enfants, ce qui a fait très plaisir à ces derniers.

Ce soir-là, c'est le cœur joyeux que Michel sombre dans un sommeil profond. Au sous-sol, André n'arrive pas à s'endormir tellement il est heureux d'avoir retrouvé son Michou. Si ce n'était de leurs cheveux gris, on pourrait croire qu'il ne s'est pas passé plus de quelques heures depuis la dernière fois où ils se sont vus tous les deux.

* * *

Comme Michel le craignait, le temps passe trop vite. Voilà déjà le moment pour André de partir pour Jonquière. Les deux frères se font une grosse accolade et se promettent de se revoir avant qu'André reparte pour Edmonton. Ils ont peu dormi au cours des trois derniers jours. Ils se levaient très tôt et se couchaient très tard, de peur de perdre une seule minute du temps qu'ils pouvaient passer ensemble.

À plusieurs reprises, André a confié à Michel à quel point son voyage à Jonquière l'inquiétait. Chaque fois, Michel l'a rassuré de son mieux.

— Tu as l'adresse de Madeleine ? demande Michel.

— Oui.

— Elle vous attend. Pour le reste, je suis certain que tout va bien se passer. Ne conduis pas trop vite dans le parc des Laurentides et, surtout, fais attention aux orignaux. On a failli en frapper un la dernière fois qu'on y est allés.

— Tu es pire qu'une mère poule, ma parole ! s'exclame André en riant. Il ne faudrait pas que tu oublies que c'est moi le plus vieux. Si tu veux, je peux même t'appeler quand on sera arrivés. À bientôt !

Michel regarde partir son frère. Il ne bouge pas tant qu'il voit l'auto.

Chapitre 42

Le jour où sa punition se termine enfin, Sonia supplie sa mère de la laisser aller souper chez Langis.

— À une condition, cède finalement Sylvie. Je t'emmène là-bas et je vais te chercher à l'heure qui me convient.

— Merci maman ! dit joyeusement Sonia. Je vais appeler Langis tout de suite. J'espère seulement que sa mère n'aura pas changé d'idée.

Sonia a eu le temps de réfléchir depuis le soir où elle est allée voir un spectacle à Montréal. Elle n'a pas l'intention de devenir une petite fille modèle et de toujours agir comme sa maman le désire, mais elle ne veut pas rendre sa mère complètement folle d'inquiétude non plus. Sonia va essayer de parler avec Sylvie et de lui faire entendre raison.

Son amie a été moins chanceuse. Quand Lise est rentrée chez elle, son père lui a annoncé qu'elle était privée de sorties pendant un mois. Il a ajouté qu'elle n'avait pas le droit de recevoir d'appels ni de visiteurs. Son argent de poche a été aboli. Un régime tout ce qu'il y a de plus sec, mais c'est sans compter les corvées ménagères que sa mère s'est fait un malin plaisir de lui assigner. Sonia a tenté quelques fois de parler à son amie, mais les parents de Lise ont bloqué tous ses appels. À bout de ressources, Lise a écrit une lettre qu'elle a réussi à faire porter à Sonia. C'est dans ce message qu'elle a tout raconté à son amie. Celle-ci a alors réalisé que sa propre situation n'était peut-être pas si difficile. Maintenant qu'elle est à nouveau libre de ses allées et venues, elle se promet bien de réussir à parler à Lise. Demain, elle apportera une lettre à son amie dans laquelle elle lui demandera de l'appeler si ses parents la laissent seule ne serait-ce que quelques minutes.

Langis est très content que Sonia puisse venir manger chez lui, car il a très hâte de la présenter à ses parents. Ceux-ci ont d'ailleurs été surpris de ne pas la connaître avant ce jour alors que les vacances des deux jeunes tirent à leur fin. Langis a dû leur avouer que Sonia était en punition. Quand il a fini de répondre à leurs nombreuses questions, sa mère lui a confié que Sonia était sûrement une bonne fille avec des parents comme les siens.

— Maman, il faudrait que je sois chez Langis à quatre heures, explique Sonia.

— Ma foi du bon Dieu, je ne connais personne qui mange d'aussi bonne heure.

— Ils mangent à cinq heures comme nous autres. J'ai pensé que ce serait plus facile pour toi de me conduire là-bas un peu plus tôt, c'est tout.

— Tu as eu une bonne idée. Comme ça, tu passeras un peu plus de temps avec Langis, et moi, je pourrai revenir à temps pour le souper. As-tu bien noté l'adresse ?

— Oui. Langis m'a même tracé l'itinéraire.

— C'est bien parce qu'il est très facile pour une fille de la ville de se perdre à la campagne. Pour moi, tous les arbres se ressemblent.

— Ne t'inquiète pas, je vais te guider. Et pour revenir, tu n'auras qu'à faire le chemin à l'envers. De toute façon, je te laisserai la feuille sur laquelle figurent les instructions.

— Il vaut mieux si tu ne veux pas être encore chez Langis demain matin.

— Tu sais, moi, ça ne me dérangerait pas vraiment !

— Mais moi, oui. Je finirai bien par trouver le chemin, ne t'en fais pas. Peut-être que ton père en profitera pour venir avec moi.

Aimerais-tu apporter un cadeau à la mère de Langis ? J'ai acheté une belle petite boîte de chocolats Opéra au cas où j'aurais un cadeau à faire à la dernière minute.

— Oui, c'est une très bonne idée. Je te remercie, maman. Si tu permets, en attendant qu'il soit l'heure de partir, je vais aller peindre. J'ai promis à mon oncle André de lui envoyer ses toiles d'ici la fin janvier.

— Es-tu avancée ?

— J'ai pratiquement terminé la première. Si tu veux, je peux te la montrer. Viens la voir dans ma chambre.

— C'est sûr que je veux la voir. Mais comment vas-tu faire pour lui envoyer les tableaux ?

— Je ne sais pas. Ils ne sont pas très gros, alors je trouverai sûrement une boîte pour les emballer. Mon oncle m'a laissé de l'argent pour l'envoi. Il voulait me payer les toiles avant que je les fasse, mais j'ai refusé. Je lui ai dit de m'envoyer l'argent seulement si elles sont à son goût. Tu sais ce qu'il m'a répondu ?

— Non.

— Il a déclaré que tout travail méritait un salaire, qu'il me donnerait au moins le prix convenu, mais que plus les toiles lui plairaient, plus le montant qu'il m'enverrait serait gros. Je ne le connais pas depuis longtemps, mais il me plaît bien.

— Je trouve qu'il ressemble beaucoup à ton père.

— Oui, mais en même temps il est différent. Quand il parlait avec moi, j'avais l'impression d'être la personne la plus importante au monde.

— Tu as raison. C'est sûrement à cause de tout ce qu'il a vécu qu'il est comme ça.

— En tout cas, je ne sais vraiment pas comment il a fait pour passer à travers toutes les épreuves qu'il a vécues.

— Ton grand-père Belley te dirait qu'une personne reçoit les épreuves qu'elle est capable d'affronter.

— De toute façon, mon oncle André est sûrement quelqu'un de très fort parce que moi je n'y serais pas arrivée.

— Comment peux-tu croire ça ? Tu commences à peine ta vie.

— Je le sais parce que je n'aime pas souffrir. Moi, j'aime quand la vie coule d'office.

— Tout le monde aime la vie facile. Mais quand on est aux prises avec une situation difficile et hors de contrôle, on fait ce qu'on peut, crois-moi. On baisse la tête au début et on la relève seulement quand tout est fini. Il n'y a pas d'autres solutions. Montre-moi ta toile maintenant.

Dès que Sonia tourne son chevalet, Sylvie ne peut retenir un cri d'admiration.

— Wow ! Elle est vraiment très belle. Tu n'as pas à t'inquiéter, c'est sûr qu'André va l'aimer. Mon petit doigt me dit qu'il va même l'adorer. Tu as vraiment un bel avenir devant toi.

— Je te l'ai déjà dit, maman, je veux aussi être comédienne. Et couturière aussi !

— Tu n'auras jamais le temps de tout faire. Parfois, je me demande d'où vient ton ambition, car…

Mais Sylvie ne termine pas sa phrase. Sonia tient sûrement de ses parents biologiques. Voyant l'embarras de sa mère, la jeune fille se dépêche de prendre le relais :

— Papa et toi, vous êtes mes deux modèles. Toi, tu chantes des airs d'opéra et on t'a même choisie pour faire deux solos. Quant à papa, il est en train de démarrer sa propre entreprise. Crois-moi, je ne tiens pas des voisins !

Sylvie est touchée par ce qu'elle vient d'entendre, même qu'elle renifle un bon coup avant d'annoncer qu'elle doit aller finir le lavage. De retour dans la cuisine, elle sort son mouchoir de la poche de son tablier et s'essuie les yeux, puis elle remet sa laveuse en marche.

* * *

André et Audrey sont retournés à Edmonton hier matin. Même si les visiteurs avaient encore leur propre auto, Michel et Sylvie les ont accompagnés à l'aéroport. Ils se sont promis de tous se revoir dans l'année. Pour le moment, ils ignorent qui d'entre eux se déplacera, mais ils auront tout le temps d'y penser. Michel a même dit à Sylvie que si elle était d'accord, ils pourraient retarder leur voyage en Égypte et aller à Edmonton à la place. Elle a répondu :

— Où tu iras, j'irai ! À moins d'un grand malheur, l'Égypte ne risque pas de s'envoler au cours des prochaines années. Et les pyramides n'en seront que plus vieilles.

Michel n'a pu s'empêcher d'éclater de rire. Il l'aime tellement, sa Sylvie !

* * *

C'est ce matin que tout le monde retourne à l'école, excepté Alain, puisque les cours au cégep ne reprendront que dans deux semaines. C'est la première fois que les Pelletier ne sont pas allés passer quelques jours à Jonquière pendant le temps des Fêtes. Il semblerait que tout le monde ait apprécié. Les plus jeunes ont joué au hockey tous les jours, même Luc. L'avant-veille, ce dernier a fourni d'énormes efforts pour essayer de suivre ses frères, au point qu'il a fait une crise d'asthme. Quand sa mère a voulu le gronder, il s'est dépêché de prendre son sirop rouge. Puis, il s'est rhabillé et est allé retrouver les autres. Sylvie s'inquiétait beaucoup pour lui; quand Michel a annoncé qu'il allait faire un tour à la patinoire pour vérifier si Luc était correct, cela l'a grandement soulagée. Sonia a profité des vacances pour peindre beaucoup. Langis habite si loin qu'ils se sont vus seulement deux fois pendant la dernière semaine de vacances, une fois chez lui et une fois ici. Plus Sylvie voit Langis, plus elle l'apprécie. C'est vraiment un bon garçon.

Contrairement à ses habitudes, Junior n'a pas rouspété pour retourner à l'école. Sylvie a vite compris qu'il avait hâte de revoir Francine. Celle-ci est allée faire du ski dans les Laurentides avec ses parents pendant tout le congé des Fêtes, ce qui fait que Junior ne l'a pas vue une seule fois. Ils ont pu bavarder un peu au téléphone la veille au soir. Junior était tout sourire quand il a raccroché.

Martin va de mieux en mieux, il a même repris toute la joie de vivre qui l'habitait lorsqu'il faisait les quatre cents coups avec Alain et Marco. Le fait qu'il ait une petite amie lui fait le plus grand bien. Ces dernières semaines, il a gagné beaucoup en maturité, ce qui est loin d'être le cas d'Alain. Ce dernier sort encore avec la belle Lucie. Ces deux-là caressent toujours le projet de se marier pour augmenter leurs prêts et bourses. Alain mène une vie de débauche d'après Sylvie, mais chaque fois qu'elle veut lui en parler, Michel lui conseille de le laisser tranquille. « Il faut que jeunesse se passe », ne cesse-t-il de répéter, un grand sourire sur les lèvres. « Ça paraît que tu ne m'as pas connu à son âge… »

Tante Irma est venue manger à la maison une seule fois pendant les Fêtes, au grand plaisir de Michel qui s'est tout de même organisé pour briller par son absence ce jour-là. Elle est arrivée les bras chargés de cadeaux; elle en avait même apporté un pour Michel. Comme celui-ci n'était pas là, tante Irma a dit à Sylvie d'un air taquin que son mari ne méritait pas son cadeau et elle est repartie avec, ce qui a bien fait rire sa nièce.

Le père de Sylvie et sa femme se portent à merveille. Le jour de Noël, quand ils ont reçu tout le monde, ils ont annoncé qu'ils allaient passer deux mois en Floride. Tous étaient très contents pour eux.

Paul-Eugène a enfin fini de s'installer ; du moins, c'est ce qu'il prétend chaque fois que Sylvie lui demande s'il a besoin d'aide. Il faudrait qu'elle aille vérifier par elle-même. Michel et lui s'apprêtent à signer un bail de location pour un local au centre-ville de Longueuil. Ils prévoient ouvrir leurs portes pour la Saint-Valentin. S'ils continuent sur cette lancée, ils ont un avenir très prometteur devant eux, d'après Sylvie.

Celle-ci n'a pas vu Shirley une seule fois pendant la période des Fêtes. Elle lui a seulement parlé au téléphone. À sa voix, Sylvie gagerait que les choses ne se sont pas améliorées avec John. Sylvie lui a promis d'aller la voir la semaine prochaine.

Alice a annoncé sa visite pour la deuxième semaine de janvier, ce qui rend Sylvie très heureuse. Elle pense souvent à son ancienne voisine, particulièrement lorsqu'elle croise, même de loin, ceux qui font tout leur possible pour lui empoisonner la vie. Ces jours-là, elle la regrette amèrement.

C'est cette semaine que les répétitions de chant reprennent, ce qui réjouit Sylvie. Elle réalise de plus en plus à quel point chanter lui fait du bien. Plus elle prend de l'expérience, plus elle est à l'aise. Et monsieur Laberge ne manque pas une occasion de la complimenter sur la qualité de ses prestations, sur l'émotion qu'elle est capable de rendre comme peu de chanteuses peuvent le faire, sur sa présence hors du commun sur scène... Ces louanges la rendent très heureuse.

Chaque jour, Sylvie constate à quel point elle est chanceuse. Elle a un mari aimant, des enfants le plus souvent adorables, un frère et une sœur exceptionnels, une tante en or, quelques bons amis... Elle est vraiment choyée par la vie.

Perdue dans ses pensées, elle entend à peine la sonnerie du téléphone. Quand elle revient à la réalité, elle se lève d'un coup et va décrocher le combiné.

— Bonjour, dit une voix officielle à l'autre bout du fil. Je suis le notaire Antoine Blais de Québec. J'aimerais parler à madame Sylvie Pelletier, s'il vous plaît.

— C'est moi.

— Madame Pelletier, croyez-vous que vous pourriez vous présenter à mon étude ce vendredi, à deux heures ?

— Pourquoi voulez-vous me voir ?

— Connaissiez-vous madame Jeannine Desbiens ?

— Oui. C'était ma meilleure amie quand j'étais jeune, mais il y a très longtemps que je n'ai pas eu de ses nouvelles. La dernière fois que je l'ai vue, c'est à mon mariage, il y a près de vingt ans.

— Eh bien, je suis désolé de vous annoncer que madame Desbiens est décédée des suites d'une longue maladie il y a deux semaines. Elle vous a désignée comme la seule héritière de tous ses biens.

Sylvie n'en revient pas. Jeannine ne peut pas être morte, elle était dans la fleur de l'âge ! Elle étire le fil du téléphone à son maximum et se laisse tomber sur une chaise.

— Madame Pelletier ? Êtes-vous toujours là ?

Sylvie doit se ressaisir quelques secondes avant de pouvoir répondre.

— Oui, je suis là. Excusez-moi, mais je ne m'attendais pas à tout cela. Pouvez-vous m'en révéler un peu plus ?

— Si vous n'y voyez pas d'objection, je vous donnerai plus de détails quand vous viendrez à mon étude.

— Je veux bien me déplacer, mais si c'est pour ramasser des dettes, oubliez-moi.

— Rassurez-vous, madame. Votre amie avait beaucoup de valeurs et aucune dette.

— Pouvez-vous me donner une idée de ce que cela représente ?

— Disons que vous aurez suffisamment d'argent pour vous acheter une très belle maison.

— Je ne comprends pas pourquoi elle m'a tout laissé.

— Vous comprendrez peut-être mieux quand vous lirez la lettre qu'elle vous a écrite. Tout ce que je sais, c'est que madame Desbiens n'avait aucune famille. Je vais vous donner mon adresse. Rappelez-vous : je vous recevrai vendredi prochain à deux heures.

Une fois le combiné raccroché, Sylvie tient précieusement le bout de papier sur lequel elle a noté l'adresse du notaire. Elle croit rêver : elle vient d'hériter de son amie Jeannine.

Soudain prise de remords, elle range le papier dans la poche de son tablier avant de se signer à la mémoire de son amie.

— Que Dieu ait son âme ! lance-t-elle à voix haute.

La seconde d'après, un large sourire illumine son visage. Elle, Sylvie Pelletier, vient d'hériter !